流泉笔记

——张祯三十年

苏胜才 ◎ 著

上海文艺出版社
Shanghai Literature & Art Publishing House

图书在版编目（CIP）数据

流泉笔记：张祯三十年/苏胜才著. -- 上海：上海文艺出版社，2023
ISBN 978-7-5321-8758-4

Ⅰ.①流… Ⅱ.①苏… Ⅲ.①纪实文学—中国—当代 Ⅳ.①125

中国国家版本馆 CIP 数据核字 (2023) 第 119611 号

发 行 人：毕　胜
策 划 人：杨　婷
责任编辑：李　平　程方洁
封面设计：悟阅文化
图文制作：悟阅文化

书　　名：流泉笔记：张祯三十年
作　　者：苏胜才
出　　版：上海世纪出版集团　上海文艺出版社
地　　址：上海市闵行区号景路 159 弄 A 座 2 楼
发　　行：上海文艺出版社发行中心发行
　　　　　上海市闵行区号景路 159 弄 A 座 2 楼 206 室　201101　www.ewen.co
印　　刷：成都市兴雅致印务有限责任公司
开　　本：787×1092　1/16
印　　张：19.5
字　　数：309 千
印　　次：2023 年 8 月第 1 版　2023 年 8 月第 1 次印刷
Ｉ Ｓ Ｂ Ｎ：978-7-5321-8758-4
定　　价：89.00 元

告读者：如发现本书有质量问题请与印刷厂质量科联系　T：028-83181689

序

有一种时间叫"张祯时间"

◎ 马步升

　　张祯是谁？那个名叫张祯的人，关于他的人生风云史，作家苏胜才在《流泉笔记——张祯三十年》这部纪实文学中，有着详细、精细和周到的描述，我相信，读者诸君一定会对这部书感兴趣的，不仅仅是从中去完整地了解那个名叫张祯的人，更多的是，在张祯那里究竟读到了什么。在阅读中复原了一个张祯的形象，在张祯走过的足迹中，为自己的人生汲取了前行的经验和动力，更难得的是，以张祯为一条线索，为一根标尺，去梳理，去透视，去理解，去判断一个时代，如果是这样，那么，我会情不自禁地恭喜这样的读者：你是一个合格的高明的读者，作者有你这样的读者是幸福的。

　　是的，张祯是一个具体的人，但却不是单个的孤独者，或孤勇者。他是一个缩微版的时代，而这个时代是被滔滔天下公认的大时代。该书为我们高高挂起了一个清晰的时间坐标：1990—2020。这是张祯时间，更是华夏时间，在这个时间段里，华夏大地上无数的张祯，共同造就了一个属于华夏子民的时间。

　　我们权且以"张祯时间"作为说话的边界吧。无论好的时代，不好的时代，任何时代，绝不会是一个空洞无物的概念，它充盈，它包容，它乃至藏污纳垢，囊括了这个时代的所有。这种界定同样实用于被称作大时代的时代。所谓大时代，并不是气吞八荒包藏宇宙的代名词，而是在这个时代，整个社会氛围积极向上，一种关乎群体的远大理想，在时时鼓舞着每一个个体，每个个体都愿意，也都在为了美好未来不遗余力，奋勇向前。具体到个体，哪怕遭遇风雨如晦，也坚信日月在天，哪怕当下不得不苟且，蓄积于心的仍然是诗和远方，哪怕走一步跌三跤，只要骨头不碎，也绝不会生出就此躺平之念。

所有的大时代都不会是一个完美无缺的时代，也不会给每个人都做出心想必定事成的廉价承诺，它的伟大在于，给所有人都开辟了一个可供驰骋的竞技平台。既然是竞技，那么，一定会有优胜者，也一定会有落选者。无论结果怎么样，结果往往不是最重要的，最重要的是，每个人都有一展身手的机会。由此，水涨船高，优胜劣汰，时代如滔滔巨流，大浪淘沙，活力无限。

张祯正是在这个大时代氛围中成长起来，并脱颖而出的，无数的张祯正是从这个时代氛围中成长起来的，并脱颖而出的，华夏子民也是从这个时代氛围中成长起来的，并脱颖而出的。小河水旺大河大，大河水大小河旺，个人梦，群体梦，国家民族梦，从来都是一个梦，张祯以三十年的"张祯时间"，印证了一个时代的运行轨迹。

是为序。

壬寅柘月于兰州

马步升：中国作家协会散文委员会委员、自然资源部生态文学委员会常委，甘肃省作家协会第六届主席团主席。现任甘肃省社科院文化研究所所长、研究员。多次担任茅盾文学奖、鲁迅文学奖、骏马奖等国内重要文学奖评委。

目录
Contents

上卷
前十五年

天眷流泉
——2005 张祯纪事

中篇
艰苦创业，用汗水浇筑辉煌

下篇
造福桑梓，用真情回报社会

下卷
后十五年

厚德载物
——2020 张祯事略

上卷

前十五年

天眷流泉
——2005 张祯纪事

走近张祯 走近流泉

二〇〇五年三月的某一天，金昌市委在组织全市党政机关领导干部听了"任长霞事迹报告会"之后，又在金川区委的报告厅举办了一场隆重而生动的"张祯事迹报告会"。这是一个有关本乡本土成长起来的优秀人物的事迹报告会，因此市委要求党政机关全体党员去听。这成了你决定采写这个文字的契机。

在永昌的朱王堡镇有个叫流泉的村子，地处"鸡鸣三县听"的民勤、永昌、凉州三县（区）交界的地方，是一个行政区划上的边缘村，自然条件比较差。但就是从这样一个自然条件差又名不见经传的小村子里走出来了一个为人行事响当当的人物，名字叫张祯。十多年来，张祯的所作所为不仅感动了他的父老乡亲，而且感动了社会上许许多多的认识或不认识他的其他人。是一名退伍军人，入党后始终保持着一个共产党员的先进本色。回乡后经过十多年的艰苦创业，终于拥有了一份让当地人羡慕和赞叹不已的产业。但是他致富不忘乡亲，造福惠及桑梓。他不仅关心和支持社会公益事业，治沙播绿，扶危济困，捐资助学，造福百姓，而且以智慧与人品带领村里人共同致富，使流泉成了远近闻名的明星村。那次报告会持续时间只有短短的一个多小时，听报告的人特别多，你又恰好坐在报告厅最末一排，同时报告厅里的音响不是太好，报告人的方言又重，因此没有听清楚多少报告会的内容。会后和别人说起，又通过查阅一些相关资料，这才知道了有关张祯先进事迹报告的来龙去脉。而知道了你便再也放不下心，总想着要去那个离我们生活的这座城市并不遥远的流泉村看看，也想认识一个活生生的张祯，而不是报告会上那个带着绶带，一脸严肃，时不时擦一把汗，面对众人做报告的张祯。

因为猜测到，张祯不仅是个大忙人，而且还是个社会名人，又被各级政府和有关行业树为典型，金昌市委新近又授予他"优秀共产党员"称号，号召全市人民向他学习。现在去他那里采访、参观、学习的各界人士很多，你这个吃文学饭的"闲人"去找他未必就能顺当。因此，在去流泉找他之前，先去找了最早支持他创业的金昌市科技局原局长、时任金昌市委宣传部常务副部长的张继生先生。张部长在听了你的采访计划之后，很支持。但是他也同时告诉你，最近去流泉村考察的乡镇干部很多，去张祯那里的人更多，由上往下前来视察的各级领导，学习取经的业内人士，采访报道的新闻记者，一拨接着一拨，张祯都有些接待不过来了。不过他可以给你联系，张祯这个人也确实值得一写。他当时就给张祯打了电话，说明了情况，没想到张祯倒是很热情。

四月中旬，瞅了个空子，你的流泉之行终于成行。

流泉是个让人一听就能产生一种莫名情感的地名。流泉，流泉，流动的是泉，抑或是由水流而泊的泉？一个既实在又诗意的名字，一个让人想到月光、芦苇、水鸟和宁谧、清澈、柔静的地方，一个既能容下碧蓝的天空，又能容下无数生命在她的怀抱里安身立命的地方。可是当你知道她竟然身处戈壁大漠深处的时候，你肯定会产生另一种想象，以你诸如"海子""月牙泉""一碗泉""九碗泉"之类的知识和直觉，你会想到水在那里肯定是非常稀缺和珍贵的，因此在那片戈壁荒漠上求取生活的人，就给那里取了个含着泉水也含着希望的名字。那潺潺河流清清泉水也许有也许原本就没有，即使有也肯定不会成多大的气候。

然而，不管你有多少种不同的想象与直感，有些却注定要和事实有些出入。流泉过去并不叫流泉，流泉是在距今很近的年代里才叫起来的。她过去的名字叫流迁，据说是数百年前那里还是一片荒漠戈壁，后来朱明洪武年间，从山西大槐树下及其他地方迁来了许多走投无路的人，在那弯形似月牙的泉水边落下脚来。逐水而居，这是典型的农耕民族的特征。那些迁徙到这里的外乡人，对故乡有一种很复杂的感情，在他们恋恋不舍地回首看了最后一眼遥远的故乡之后，就把这个最后收留了自己的地方当成了永远的家。于是他们怀着对自己根源的复杂感情，就将那里起了个很历史的名字："流迁"。而傍村而过的小河自然就叫成了"流迁沟"。当然，这里的沟不是黄土高原上的那种沟，它没有什么深度，它只是比周围稍低一些的水道而已。

这个名字从此就传了数百年。

而改为流泉，也自有她的道理，因为在十数年或数十年前，石羊河流域水网密布，到处都流淌着从祁连山里奔腾而来的雪水，而乌牛坝则是为了拦截夏季从祁连山里不期而至的山洪，当地人修筑的一条大坝。当从这坝里流出来的一股水流到流泉的时候，由于地势使然，就形成了一个形似月牙的小湖泊。夏日里，那里绿草青青，碧水相连，芦苇丛丛，水鸟翩翩，孩子们在其中潜水嬉闹，牛羊们在岸上流连碧草；而冬天，祁连山遍披冰雪，上游的来水少了，月牙泉就上冻了，结着一层厚厚的冰，大人们凿冰取水，孩子们一边赶着陀螺，一边滑来滑去，玩着他们在那个季节里最爱玩的游戏。春天来了之后，冰雪消融，上游的雪水渐渐形成奔腾之势，月牙泉里的水位迅速上涨。春耕正在这个时候开始了，月牙泉里的水就地分成数股，从流泉闸里淌出去，源源不断地向周边五六个村社流去，灌溉着数万亩良田，滋润着成千上万老百姓的日子。

这不是你坐在书房里做的凭空想象，而是你到达流泉之后和几位老人闲聊时零零碎碎知道的。同时那里到现在还存有一处不知是从哪年代上留存下来的古迹，无言地证实着你的这种想象。在过去的月牙泉旧址边，有一个四方四正的土墩子，因月牙泉而称为月牙墩。据老年人说，这个土墩子过去可不像现在这样只有半截子墩基了，过去要比现在高得多，每年大概从春分开始到秋分结束，每天正午时分，墩子四角都能照到太阳。从这个意义上讲，也许这个土墩子是过去的人为自己修建的一座巨大钟表——日晷，他们从这里感觉节令，安排着一年的农事桑麻。但是又有传说，说是月牙墩里曾经有一尊铜佛像。那么从这个传说中，我们似乎又觉得，这个墩子与当地的水文有关。也许那时候的乌牛坝汹涌澎湃，常常河水泛滥，产生水患，于是人们想可能是那传说中的乌牛精在兴风作浪，因此修了这个墩子，以起镇压作用。你以这两种疑问与猜想问寻于流泉人，但是他们都没有否定也没有肯定。他们只是摇摇头说，说不来。既然流泉人自己都不知道这个土墩子究竟是干什么的，我们当然也就不知道了。但是假如这两种猜想与墩子的来历都有关系，那么月牙墩存在的现实意义也就很明显了，前挡来势汹汹的乌牛坝水，使其减弱冲击力，后护为下游几万亩耕地提供水源的月牙泉。

这真是一个很智慧的设计。2005 年 6 月 29 日，当你参加完张祯"勤奋"扩建工程竣工开业并揭牌仪式后，就去了一趟地界已到民勤境内的月牙墩旧址。远远看去，就像是一个低矮的土烟囱，和一个土砖窑差不多。妙的是它的旁边还真有个废弃的土砖窑，只是比它低矮得多。待走到它的近旁，却完全不是那么回事。虽然四"脚"有些毁损，表面被风雨所蚀，但气势依旧不凡。在正午的阳光下，真如先前老年人所说的，四面四角都能晒到阳光！一开始你确实没看明白这其中的道理，但看着看着就看出了其中的门道，原来这个"四面四角"的建筑四面其实是没有平面的，典型的上小下大的个土墩子，一如汉朝仕人的那种帽子。如果把那四个圆弧形的边当成角的话，那么两角之间则是一片瓦，呈凹型，上窄下宽，仰仰地躺在那里。而那四角，与其说是"角"，还不如说是"脚"更为形象，极像一只巨型的"斯大林烟锅"，或者下面更像是一只老虎爪子！这在某种程度上不正证明了你先前"镇水护泉"的猜测吗？站在它的旁边，看过去的月牙泉旧址，一片碧绿，全是庄稼与树木。月牙泉干涸之后，已经被垦为良田，但过去的月牙泉形状隐约可见。假如站在月牙墩顶，可俯瞰四野，数一年四季，夏看乌牛坝水，冬赏月牙泉冰，视野极是寥廓！

其实，有关乌牛精的传说却又是很美好的，说正是乌牛精才为清河的人们带来了充足的水源，才让清河人安居乐业。在距流泉大约十数公里的朱王堡镇上，有一尊名叫"绿洲源"的当代雕塑，是一头体态矫健，力大无比的牛，据说那就是传说中的乌牛精。相传远古时代，清河地区水草丰美，牛羊肥壮，是一块非常优良的天然牧场。牧人们经常看到一头巨大而神态迥异的青牛朝显暮隐，游弋在大地之上，出没于牛群之中。于是牧人们相约窥寻，终于在其憩息之地，掘地三尺，得到了一尊造型奇异的石牛。人们正在吃惊错愕的时候，石牛突然张口，瞬时清泉奔涌，绵绵不绝。更加奇妙的是，随着石牛吐水，大地之上千万个清泉纷沓奔涌。自此之后，人们开始筑渠垒坝，改牧为农，从事桑麻与农耕，并将这种生活方式一直延续到了今天。

由此也可以看出，生活在这里的人们的日子，虽然不是十足的富裕，但也基本上能安居乐业。这当然是十数年或数十年前流泉人的基本生活场景。现在是十数年或数十年之后，那月牙泉早已名存实亡，石羊河流域已没有多少水了，乌牛坝也干涸了，流泉沟里再也没有了可以濯足可以饮畜的清流，而主要依靠上游来水蓄积的月牙泉和周围的水泡子岂能独存？河床干涸起碱，良田成滩成漠，沙尘即起，沙进人退，在种种自然因素和人为因素的合力破坏之下，流泉的自然生态迅速恶化，土地沙化严重，地下水位下降，由过去挖一米深就能见水下降到了今天挖二十几米深都难见水，而且水质也起了极大的变化，又咸又苦，人们的生活越来越陷入困难和窘迫……

作为河西粮仓——清河地区重要一链的流泉，在人们的视野里渐行渐远，既而模糊，既而便很少有人再行关注这个过去的富庶之地。假如任时光流淌，日月消磨，任古漠荒沙在越来越频繁的沙尘暴里，张着贪婪的大口，无情地一片一片吞噬掉人们赖以生存的绿洲，那么我们完全可以预言，在不久的将来，流泉将是第二个民勤湖区。

然而天眷流泉，老天爷似乎不愿民勤湖区的悲剧在流泉上演！

流泉人自己当然更不愿自己的家园被岁月的风沙埋没！

时间到了世纪之交，流泉人自己为了生存而进行了数十年的治沙斗争达到了高潮，而且让更多的人把关注的目光重新投到了那片土地上。但是，毋庸置疑，流泉在2005年之前并不怎么出名，也很少有外界人知道在巨大的腾格里沙漠南缘，还有这么个曾经湿漉漉的地方。她出现在公众眼里，是因了一个人，一个既能致富又能治沙，还能以他悲天悯人的巨大情怀带领乡亲们共同致富，一个被很多纯朴乡民称为"大好人""大能人"的人。

这个人的名字就叫张祯。

治沙播绿，用挫折累积硕果

走近张祯

走进张祯，那么就让我们从流泉人的治沙开始。

2005 年 4 月 18 日，就是你到达流泉村的第二天，河西地区本年较早的，也可能是最大的一次沙尘天气不期而至。有关媒体也报道说，这是继 20 世纪 90 年代中期那场巨大的沙尘暴之后，最为强劲的一场沙尘暴。整个天空在一瞬间就被滚滚沙暴倾覆，天地一片昏黑。风声凄厉，狂沙叫嚣，肆意地抽打着一切。村庄从人们的视线里消失了，刚刚泛绿的麦田也消失了，树木被狂风扭曲得面目狰狞恐怖。在张祯的勤奋机械厂大棚下工作的工人也不得不暂停了手里的工作，以避那狂风的欺凌。那时候，不知有多少饱受风沙之苦的人都蜷缩在屋子里，目光里透出了无尽的惶恐与绝望。即是在先一天晚上，你刚刚从金川来到流泉，爱人就从金川打过去电话，告诉你天气预报上说，第二天有极强的沙尘暴，问你住在什么地方，带的衣服够不够等等。人们对沙尘暴的恐惧与担忧可想而知。

然而，张祯却镇静如常。

那时候，你正坐在张祯的勤奋机械总厂办公室里，和他很随意地聊着天。当沙尘初起，卷起了院子里的杂物浮土，几个工人用水龙头浇压一大堆盖着编织带的从兰州买来用作铸造原料的细沙净沙的时候，你就很担心地问过他，他承包治理的那几百亩沙漠林会不会受这场沙尘暴的侵袭，看样子这场势头不小。他笑了笑说，侵袭是肯定的，但是不会出更大的问题。当更强的沙尘暴骤然而至，覆盖了整个大地，充塞了整个天空，你们所在的房子似乎都被撼动了的时候，你又一次问了同样的问题，他依旧笑着说没关系的。前一天下午他们已经去看过了，最严重的东边那片，有已经成林的而且还比较低矮又不易受沙尘暴攻击的沙枣、梭梭、红柳、毛条、白杨镇压着，沙尘暴根本奈何不了。也就是说，最容易出问题的那片，现在是最出不了问题的。而其他已改造成良田的几片，除了前几年种植的树木环护着，主要是今年又进行了网格栽种，种地的那部分已浇上了水，沙尘暴刮不起来。再说了，看情形这场沙尘暴不会刮得太久。

果然让他说着了。大约不到一个小时，风势就减弱了。等到下午上班的时候，风就几乎完全停下来了，但天空有些昏暗，土腥味还很重。更为让人欣喜的是，到了晚上，一场淅淅沥沥的春雨紧跟着白天沙尘暴的背影，悄悄地降临流泉大地，洗尽了沙暴过后留下的尘灰！

天眷流泉，真的有那么回事儿，你想。

为什么张祯能做到镇静如常，原来他心中有数也有"树"啊。

但是要做到心中有数也有"树"，得付出怎样的努力啊?!

偏僻的流泉村

偏僻的流泉村，真的很小，但她却是金昌九千八百平方公里的土地上著名的八大风口之一。由于其地处腾格里大沙漠南缘，往北便是千里荒滩万里黄沙的特殊地理位置，三天一小风，五天一大风，风起沙涌，碗口粗的树木被连根拔起，刚刚种上的庄稼被沙掩埋或是被风吹走，尤其是三、四月份播种的时候，一把种子或肥料能撒进犁沟里的并不多，大多被风刮走了；七、八月份开始收割庄稼的时候，遇上大风，颗粒无收是常事。当地有几句民谣来形容："黄沙一起沙满天，庄稼树木连根断。一茬庄稼种三遍，大风绝收小风欠。"面对如此严酷的自然条件，几百年来一直繁衍生息在这片土地上的流泉人，欲哭无泪，望沙而叹，这样苦焦的日子啥时候才能改变啊？那眼皮子底下的千里荒滩什么时候才能遍披绿装，草木成林，溪水潺潺，羊咩鸟鸣？那满眼的黄沙要经过怎样的努力，才能变成良田，种满绿油油的庄稼？

其实，他们不是没有过与沙的抗争与风的苦斗。让荒滩披上绿装，把沙丘变成良田，一直是流泉人的百年梦想。从共和国成立之初开始，勤劳勇敢的流泉人，就一直与狂暴的风沙进行着艰苦卓绝的斗争。历任流泉村的书记与村长，在上任伊始，都把防风治沙当作自己为官一任上的头等大事一手抓起。然而，由于种种自然因素和人为因素的制约，几十年过去了，直到改革开放的二十世纪七八十年代，流泉人流干了汗，哭干了泪，但风沙却一直没有根治得住。尽管流泉滩上已经植起了一片一片的林木，但最大最具有破坏力的大风口却始终没有堵住，整个村庄依旧暴露在风口上，像泊在狂风浪尖上的一叶小舟，被风沙吹打得摇摇晃晃。尤其是近几十年来，随着气候变暖，祁连山雪线的后退，上游石羊河来水渐渐稀少，再加上二十世纪六七十年代皇城、西大河两大水库的修建，完全靠上游来水蓄积的乌牛坝完全干涸，流泉再也没有了地表水可用。人们为了生存，只能大量的从地下取水，用以维持基本的灌溉、畜饮和人用。自然环境的恶化，使肆虐的黄沙和过去一样，仍以每年平均七、八米的速度向村庄逼近，吞噬着良田。沙进人退，沙逼人走，靠近沙漠边缘的人家除了向村中心转移之外，就只剩下背井离乡一条路了。

在流泉滩最北端

在流泉滩最北端，靠近民勤蔡旗镇月牙泉村那里，有一块大约千亩以上的大荒滩，即是大风口所在地。它不仅是流泉人几十年治沙过程中留下来的一块永远的痛，也是流泉人生活当中最大的威胁。那里除了黄沙碱滩，高耸的沙包，就是一年四季的狂风了。流泉人曾经在这里经过了几十年的苦斗，却始终没有改变那里的一丝一毫，没有治服住骄狂暴燥的"沙王爷"，而且还付出了沉重的代价。村人们谈滩色变，闻风心惊，看沙流泪，历届村委会虽然尽了最大的努力，也没有改变多少现状。

时光到了公元 2001 年初，新的一届村委会班子上任了，为了治沙，为了永远改变生态环境，他们决心在自己的任上要治住这个"沙王爷"，挡住北来风沙，造福一方百姓，对自己的父老乡亲有个交代。他们精心策划，吸取以往治理失败的经验教训，改变以往"众人拾柴火焰高"的粗放式治理方式和管理方式，决定将其中四百六十亩荒滩先期以承包的方式治理。谁承包谁投资，谁投资谁受益。八年之内，村里不收任何承包费用。八年之后，再看具体治理情况，另行决定。初看这个承包方案，给人的感觉是有些苛刻，既然全村几千口子人经过了几十年的治理都未能治理得了，可见其治理的难度。为什么现在让个人担着极大的风险承包治理，却只给了短短的八年时间。我们要想到，在那里防风治沙，比登天还难，撇开许多自然环境制约因素，不仅还要投入大量的资金和人力，而且也绝非一朝一夕就能见到什么效益啊！然而，流泉人自有流泉人这样承包的道理。因为那里的沙土，大多是沙尘暴日积月累从别处搬运过来的，其中含土量极大，不是单纯的黄沙。而且沙土下面压着极厚的土层，有些地方甚至过去就是良田，现在只是被厚厚的黄沙掩埋住罢了。一旦一次性地治理成功，那可是上好的沙土良田啊。同时假如有人承包失败了，也好及时调整和变更承包方案。但是，即使这样，当村委会的承包方案公布出来之后，却没有一个村民敢站出来承包。这不能怪我们那些纯朴的乡亲没有承包的勇气，也不能怪他们没有远见卓识，毕竟历史的经验教训太惨痛了，谁还愿意在老虎嘴里拔牙，担那么大的风险呢?! 而且，大家都是土里刨食的庄稼人，能混个温饱就已经蛮不错了，谁还能有那么大的资金投入到沙滩里去?!

面对沙王爷

面对"沙王爷"一次又一次的暴虐与吞噬，面对沙尘暴一次又一次的侵袭与欺凌，再面对众人畏难不前而又无助无奈的眼神，面对村委会要彻底治理风沙的决心，面对还算合理的承包方案眼看就要流产的结局，张祯这个土生土长又长期遭受风沙伤害的血性汉子站出来了。

当年的张祯刚好跨进稳健沉着，能应付一切大小物事的不惑之年，同时也是他的"勤奋机械厂"进入跨越式大发展之年。他已经连续担任村民兵连连长十多年了，是当然的村委会老委员。人们都说他是一个一来到这个世上就具有"红运"的人，老天爷最愿眷顾的人。因为人们发现，这个人不管干什么事情，都有自己的主见，不管是小时候的娃娃头，还是二十岁时偷偷背着家人去当兵，也或者是退伍回来所做的一切事，都是自作主张，不受任何人的左右。而且，只要是他想干的，就没有干不成功的。因此，他的承包许诺，让村委会一班人顿时松了一口气，也让村子里的大部分人松了一口气。

然而，好事多磨。张祯勇敢地站了出来承包治理荒滩，让村子里的其他人大大地松了一口气，但是却把自己一家人的心悬了起来。几乎没有什么意外，全家人没有一个人支持他。跟风沙苦斗了一辈子的老父亲第一个反对他，因为他老人家风风雨雨几十年的经历，始终都与治沙连在一起，太知道治理那片荒滩的艰难了，因此他认准了"没有金刚钻，别揽瓷器活"这个老道理，谁要是没有大能耐，想跟"沙王爷"过不去，谁注定要被碰得头破血流。然而他又希望有个有大能耐的人挑起头来，真的把那"沙王爷"治住。他反对自己的儿子出头，一方面是因为"祖祖辈辈都过来了"，"沙王爷"始终都没有被治服，反而气焰越来越嚣张，"沙王爷"太厉害了，你能有啥能耐；另一方面，是因为儿子的事业已经干大了，从一个当初只有五六个人的铁匠铺铺子，已然发展到今天拥有几十号工人的机械制造厂，事业正蒸蒸日上，又何必分心去治理几辈子人都治理不了的"沙王爷"。然而，我们从他老人家劝说儿子的几句话里已然听出了另外一种声音："娃娃，想想就算了吧。祖祖辈辈都过来了，你凭啥能耐和沙王爷过不去？"要想和"沙王爷"过不去，你就必须要有治服"沙王爷"的能耐。老人家只是怀疑儿子的能耐，并没有认为儿子的决定是个错误的决定，儿子的选择是个不合时宜的选择。

跟着父亲反对他的是他的几个亲兄弟。张祯弟兄五个，他排行老三，都已经各自着各自独立的生活，而且小日子都过得还是相当不错的。当他们知道老三要逞强承包治理荒滩，就都摇了头。他们不是没起过承包的念头，但是他们都知道承包治理荒滩的巨大风险，那是单个人绝无可能干成功的大事。现在老三要承包了，他们的心里压上了块沉甸甸的石头。怎么办呢，总不能眼睁睁地看着自家兄弟往火坑里跳吧？当然他们都知道老三之所以想要这样干，是因为他有一定的经济基础做后盾。他自退伍回来就一直折腾着跑买卖、做生意、办厂子，手里多少有了些积蓄。但那也是辛辛苦苦挣来的，不是从天上掉下来的。怎么能由着性子糟蹋呢？他们于是一个跟一个地规劝他，说挣钱不容易，他又不是不知道；说把钱扔到沙丘上去，和用肉包子打狗没有区别；说有钱了办什么事儿不成啊，非要干吃力不讨好的治沙大事？说得最直接的是，他有俩钱了烧得慌，坐不住。其实，劝归劝，他们谁都心里明白，老三是个犟脾气，自己认准的事儿，是非干不可的，十头牛都拉不回来。他们只不过是把自己的心里话说出来，把兄弟们的担忧说出来，听不听全在他自己了。当然，他们也真心希望他能听他们的劝，现在回头还来得及。也真心希望，如果干了，就一定要干成，丢了钱还可以挣，丢了脸面就再也找不回来了。

最后一个上场反对他的，自然是他那和自己已经一块过了十多年日子，已有两个孩子的妻子了。这是个贤惠温顺的女人，对丈夫的事一向任其自然。她从不干涉他的任何事，他想干什么就干什么，她很少过问。这大概缘于从一开始就有的对丈夫的敬重，对丈夫能力的信任，对丈夫威信的支持。他几乎很少和她一起去田地里劳动过，因为他从部队上转业回来，有一年时间在金川上班，然后就是回来倒腾生意和买卖，田里的农活基本上是她一个人完成的，只是在大忙季节才有可能帮帮她。虽然他们是父母包办的婚姻，但是他们的感情很深，十多年里，很少起过什么大的过不去的摩擦。但这回不行了，对于那片风口上的数百亩荒滩，她几乎相信她要比他了解得多，也熟悉得多，因为他们的家就在风口的边缘。只要起风，只要刮一场沙尘暴，受害最深的就是他们的家，就是他们的那个小庄子。庄里人已经治理了几十年了都没有治住，你张祯凭什么要去治，你逞的是哪一门子的能？一开始她是规劝，"你不要去包了，谁愿包谁包去，我不能让两个娃娃将来替你还债。"看丈夫不为所动，她就来气了，"要包，我就和你分家。"即使这样，他依旧没有回头，因为他知道她说的不是真话。在去滩上治沙的头几天，她赌气没有给他做饭，这也没有挡住他要整治沙患的决心。

一家人都劝说过来了，然而张祯仍义无反顾，开弓没有回头箭，他谁的规劝都没有听，他只听他自己的，听从他心灵深处发出来的呼唤。在有些材料里，把张祯当时的所作所为提升到了党性高度，他认为自己是村班子成员，是受党教育多年的共产党员，现在他依靠党的政策致富了，他不带头谁带头？……他是一个农民，不能忘记土地是农民的根本，土地是庄稼人的命根子，连地都保不住，乡亲们咋过日子，我们又如何奔小康……这当然都没有错，而且也是他发自肺腑的心声，是从根子里带来的自觉自愿的乡村情结和土地意识，以及割舍不掉的以人为本的终极关怀和善良天性。

是的，他是一个农民，或者说他曾经是一个农民，是从农民当中走出来的企业家。因此，他要比一般农民看得远，看得高。但即使这样，他的根依旧在农村，他的目光始终没有离开土地。现代农村的经济尽管比过去有所提高，但依旧贫穷，依旧视那有限的几亩土地为命根子（土地是他们活下去的唯一希望也是最后的希望）。假如农民失去了土地，也就失去了衣钵，也便失去了活下去的根本。因此，说什么他也要挡住那吃人的黄沙！他毕竟经过十几年的打拼，经济上要比他的那些农民兄弟强一些，拿出有限的一部分，如果真正挡住了沙，也就是保住了农民兄弟的饭碗。从更深层意义上讲，治住了沙害，就是保住了自己的饭碗，保住了他与土地之间的血肉联系，保住了人们赖以生存的家园。因此，他的承包治理，从前景上看，除了可以估算到的几百亩良田及林木产生的直接经济效益，还蕴含着巨大的保住几千亩耕地的社会效益。

全家人

全家人的工作基本上算是做通了。其实与其说是"做通了"，还不如说是被他的坚持和韧性劝动了。正如他的妻子所说的，"从来没管过他的事，管也管不住。他就是那么个人。"既然他就是那么个人，犟得十头牛都拉不回来，大家还规劝什么呢？牛不喝水强按头，没用！其实张祯也知道家里人是不会同意他承包的，但工作他还得做，不同意不要紧，最少家里人不能拉了他治沙的后腿。

原来，张祯原本就信心十足！

2001年，对于流泉人来说，注定是一个值得纪念的年份；而对于张祯来说，却是一个实实在在的张祯年！

这一年张祯四十岁。

农村的春节，天定是很热闹的。但是张祯并没有融入这热闹的氛围中去。因为从他决定要承包治理荒滩的那一天起，他就开始做准备工作了。

首要问题是资金问题。治理风沙，资金先行。如果资金不到位，计划做得再好，一切都还是空的。他大致估算过了，要彻底治理好几百亩大的荒滩，没有个十来二十万启动资金是不可能的。十来二十万，他估摸自己家里大约能拿出一半，另一半就只能靠政府贷款了。当然，对于他来说，要贷款并不难，因为他有个固定资产近二百万元的机械厂可以用来作担保，但贷款是不能让家里人知道的，尤其是不能让自己的妻子知道。他有个根深蒂固的观念，认为女人家大都心事重，胆子小，一片子树叶落下来都怕砸着了头。尤其是自己的女人，他更清楚。别说贷款，就是把家里的钱拿出来，她都会心疼得掉眼泪渣渣子。十几万不是个小数字，对于普通人家来说，几辈子人"愚公移山"也是很难攒起来的。张祯是能折腾，但十几万却也不是一下子就能折腾来的。女人虽然没有参与自己的事业，但她也知道他干事业的艰辛，挣几个钱不容易，攒几个钱就更难。但是他要花自己挣的钱，她也没有啥好说的，就怕十几万元打了水漂。要是她知道他以厂子作抵押又去贷那么多的钱，她会忧愁得睡不着觉吃不下饭的。张祯很传统，即使再苦再累，他作为男人也要咬紧牙关挺住，哪怕把脊梁骨压弯！因为你是男人，你是儿子、是丈夫、是父亲，你是全家人的主心骨顶梁柱。只有这样，女人才不会担惊受怕，才有希望，才能平平安安一心一意地把日子过下去。因此，关于贷款的事，别人都知道了，他的妻子却一直不知道，直到把沙治住了，树种上了，她才知道还有贷款这档子事。

资金落实了，治沙的第二要务就是水源了。没有充足的水源，治沙依旧是纸上谈兵。流泉人在过去几十年里进行了艰苦卓绝的治沙斗争，付出了那么大的代价，为什么始终没有把沙治住？说到底是因为没有充足的水源。过去的人们生活很贫穷，除了一身力气，再也没有什么能够投入到那个沙窝窝中去了。打一眼机井的费用，在农村人的眼里是一个天文数字。因此，张祯比任何人都清楚，水源才是治沙的瓶颈之所在，水源也是治沙的关键因素。治沙就意味着植树，在荒滩上植树没有水源不等于是插干柴棒吗？而平整出来的土地更是离不开水的滋润，但是乌牛坝早就消失了，流泉沟早就干涸了，月牙泉也干涸得连过去的形状都看不出来了。怎么办？不可能从村里的机井里把水直接引到荒滩上去，而且村里的机井里也没有那么多的水可以用来治沙！

只有打专用机井，才能把治沙工作做到万无一失。而打机井的手续，不知道能不能顺顺当当地办下来。由于采水过量，清河地区的地下水位已经严重下降，一般的打井手续是很难办下来的。但张祯就是张祯，村里人都说他是一个"红运"当头的人。他的治沙计划不仅得到了乡亲们的支持、村委会的支持，而且也得到了当地政府的支持。在采访朱王堡镇党委副书记的时候，他也告诉你说，张祯是个好运气跟着走的人，即使一开始有困难，但最终他都能成功。他为治沙而打机井的时候，适逢国家产业政策调整，"三北"防护林四期工程刚好启动。对于像他这样自己投入巨资治沙的行为，国家不仅无条件支持，而且还鼓励人们这样干。比如所需的树苗子，政府基本上无偿支持了一半左右。这话后来也得到了张祯自己的证实。

有了资金，有了水源，有了村里父老乡亲的帮助和政府的大力支持，张祯雄心勃勃，甩开膀子和不可一世的"沙王爷"就真正干起来了。

谁选择了治沙，谁就选择了痛苦

谁选择了治沙，谁就首先选择了痛苦，这话一点不假。

春节刚一过完，做好一切准备的张祯就闯进了那片"属于自己"的荒滩。他首先是说服家里人拿出了自己辛辛苦苦积攒下来的 11 万存款，然后悄悄以厂子作保，从信用社贷了 10 万。

怀揣 21 万，去征服荒漠沙滩，这是何等的气魄！

这 21 万就像撒种子一样撒进荒漠沙滩，又需要怎样的一种勇气！因为，张祯毕竟是一个个体，凭的是自个独立的力量。21 万，如果能让荒滩变成良田，能让沙漠变成绿洲，当然物有所值；如果荒滩依旧是荒滩，沙漠依旧是沙漠，甚至于比过去更加荒凉，那将是一种什么样的悲惨结局?!

资金到位之后，他首先买来变压器，请有关部门的技术员帮助架设了专用供电线路近两公里，然后花了十数万元打了两眼机井，挑开了水渠，并就近从民勤县蔡旗乡租来了三台大型推土机，浩浩荡荡地开进了远离村庄的沙窝子，与风沙开战。

早春二月，天寒地冻，那些蛰居的生命还没有一点复苏的迹象，大地一片荒芜，光秃秃的树枝在寒风里颤抖。浩瀚无垠的腾格里大沙漠雄居北方，冷冷地看着从流泉村里走来的张祯，看着他带领的十七名穿着橄榄绿服装的年轻人，也看着三台嘶吼着的推土机。它不明白在它眼皮子底下一直抖抖索索活着的人们究竟想干什么？这里是它的领地，它拥有这块领地的历史长得连它自己都想不起来了，而现在这些人却想把它从这里赶出去！这不是异想天开吗？你们究竟有什么能耐做到这一点，你们一直想和我斗，你们已经与我斗了几十年了，我不是照旧毫发未损，而且我的领地还在不断地向着你们的领地延伸吗？记住了，这里是我的世界，整个流泉滩就是我散步的前院，容不得任何外来势力的入侵。我只要稍稍动一下手指，你们将碰得头破血流!

退出去，你们还来得及！

然而，张祯和他的十七名战士，似乎没有听到腾格里大沙漠向他们发出的严厉警告，依旧义无反顾地走进了它的前院。也许他们比腾格里大沙漠更清楚，这里原本就是他们的家园，只是由于自己保护不力才丢失了的，才输给了大漠！他们现在想做的和要做的，就是将曾经属于自己的家园夺回来，让其重新焕发出生机！

尽管天地之间寒流滚滚，但张祯们的心里却是热气腾腾，血脉奔涌。铁锹挥起来了，推土机动起来了，昔日荒凉苦寂的流泉滩，一下子漩进了热闹的漩涡。不可一世的腾格里大漠大概没有想到这一次是真的碰着了对手，它不得不认真对待这些敢在老虎嘴里拔牙的人，于是连忙束腰捋袖，大踏步地向他们冲了过来……

大漠要与他们决斗了！

张祯没有料到这场决斗的艰难与困苦。

三月的河西，大地虽然还没有解冻，但扬沙天气已经开始了。张祯他们用了近一个月时间，在荒滩里摸爬滚打，终于推倒摊平了六个六、七米高的大沙丘，一片平展展的沙土地出现在人们的视野里。然而他们怎么也没有想到，一场狂风不期而至，滚滚黄沙遮天蔽日，所有的生灵都闭声敛息，狂风只用仅仅几个小时的时间，就将他们用了近一个月时间才推倒摊平的六个大沙丘又堆集起来了，而且比过去更多更高，层层叠叠，像一排排脓包，烧烫着张祯的心。而腾格里大沙漠，就在不远处如一个恶毒的幽灵，发出冷冷的笑声：谁要是不服气就来！

张祯心疼，但是他不气馁！

张祯带着他的十几员斗士，重新向狂风沙暴开战。然而，当他们终于又一次将重新堆集起来的沙丘推倒摊平的时候，又一场狂风也跟着到来了，荒滩又恢复了原状！张祯们再战，狂风又来，推平，卷起，再推平，再卷起……肆虐的风沙，不给张祯他们丝毫喘息的机会。张祯被打蒙了，也困惑不解了，难道真是一开始自己就错了？这个大风口，真像人们所说的那样是老虎嘴里的牙？大自然为何如此的残酷？他一次又一次的努力都被狂风毁于一旦，他辛辛苦苦用汗水换来的钱就这样被一场又一场的狂风白白刮走了吗？一场沙尘暴，他的直接经济损失就是五千块啊！一家普通农户辛辛苦苦一年的收入也未必能有五千块啊，也是他张祯要经过怎样的努力才能挣回来的血汗钱啊！再说了，五千块被一风刮走了，这才只是看得见的损失，看不见的损失要大得多。比如说，乡亲们原本就畏惧于这个"沙王爷"，现在连他张祯这个大能人都被日鬼得趴下了，今后还有谁敢来承包这片荒滩，绿洲何时才能出现？比如说，张祯是致富能手，乡亲们对他一直抱着深深的希望，都渴望着他能带着他们过上他一样的好日子，现在连他都失败了，他们还有什么希望所言?! 豆粒大的火苗，吹灭容易点燃难，兜头的冷水透心凉，乡亲们那刚刚点燃的希望之火，原本就很脆弱啊！

张祯心疼得清泪长流，不知所措，六神无主。他不知道这种狂暴的风沙还要刮多少回，他的钱还要这样白白扔出去多少？当前来帮忙的人们一个一个悄悄撤出工地的时候，当一弯残月冷冷地爬上光秃秃的树梢的时候，沙滩上只剩下了呼天天不应唤地地不灵的张祯。一种孤寂清冷的感觉慢慢地浸透了他的全身心。他是那样的疲惫不堪与孤绝无助。当他看到刚平整好的沙地又变成一片狼藉的时候，他更被一种深深的恐惧控制住了：多年来，由于风吹日晒，有些沙丘上原本形成了一些硬壳，在某种程度上还有一定的固沙作用。但现在全部被他推破了，假如最后依旧治理不住，几场沙尘暴刮过，几千亩良田的命运就可想而知了。他几乎看得见那模糊的前景，滚滚黄沙，就像一群失控的野马，肆无忌惮地将铁骑踏向了良田，扑向了村庄。一切都在一场黑风暴里消失殆尽……想到这里，他不禁打了个寒战，到那时，他可就真正成了流泉人的千古罪人。他的罪孽又岂止是区区 21 万元能救赎得了的?! 流泉人原谅不原谅自己，自己首先就不能原谅自己。也许到那时，不等别人动手，他自己就把自己送到监狱里面去了……

夜深了，风也停了。张祯拖着疲惫的脚步，一步一步地挪回了家。焦心的妻子站在街门上等着他，然而他什么话也没有对她说，连她做好的饭也没有吃，就一头扑到床上去了。然而一整夜，他都翻来覆去地没有睡着，他第一次失眠了。他的眼前，始终晃动着被推平复又被狂风堆起的沙丘，晃动着在大风沙里与自己一起苦斗着的满面尘灰的人们，也晃动着那个可怕的前景。他一次次迷糊过去，又一次次被噩梦惊醒……

他连脸都未顾得上洗，就扛着铁锹，独自来到了荒滩上。他多么希望昨天的狂风只是发生在睡梦里的一场噩梦啊，然而眼前的破败情景让他的心又一次生生地疼了起来。干一件事咋就这么难呢？我张祯干事什么时候输得这么惨过？可是，面对这惨败，又该怎么办呢？继续干下去，谁又能保证得了不再继续失败？可是不干又能怎么样呢？再说了，治沙，不仅仅只是自个的事儿啊；栽树，也不仅仅只是为了自己将来的收益！治沙、栽树、平田，说到底了，不都是为了家乡的父老乡亲能过上好日子吗？在流泉滩上，通过自己的努力，营造出一片遮天蔽日的绿洲，增加上几百亩的上好农田，保护住老百姓的命根子，这不仅仅是在做积德行善的好事，更重要的是他做人的责任。他是军人出身，什么时候说过失败的话，做过失败的事？路是一步一步走出来的。记得鲁迅先生说过一句有名的话："地上原本没有路，走的人多了，也便成了路。"治沙这条路，他张祯是走定了，而且没有回头路可走。想到这里，他的心里一热，又一锨锨地铲起来……

这时候，他的妻子王春香扛着一把锨来了。

这个善良的女人，这个和自己同甘共苦的女人，尽管一开始她坚决反对丈夫承包治理荒滩，并以分家相威胁。其实，她哪里是真的想离婚呢？她实在是不愿意看到丈夫再受那么大的苦。丈夫已经够辛苦的了，再来干治沙这种吃力不讨好的事，实在是划不来的。他不为家里人着想，也该为自己着想吧！她真正是心疼他啊。然而当丈夫不听她的规劝，毅然决然地走进流泉滩之后，她也便夫唱妇随，一改初衷，把家里的一切事都自己承担起来，给丈夫腾出了更多的时间去治理荒滩，全力支持丈夫的事业。

然而丈夫遇到了大麻烦，老天爷和丈夫总是过不去。

数天来，当她看到丈夫为治沙熬红的眼睛，看到他备受狂风的欺凌而吃不下饭睡不好觉的可怜样子，心里比刀子割着还难受。她不知背着家人和丈夫流了多少泪。当然，她流泪也不仅仅只是因为这些。最让她难受的是，丈夫为了大家的事而备受折磨，可是却得不到大家的理解。丈夫最初的失败，很是引起了村子里一些人的流言蜚语和风凉话。那些等着看张祯笑话的人这时候就更是不遗余力地诋毁起张祯来，说什么"人心不足蛇吞象，给个阁老还想当皇上。张祯他不知天高地厚，我看他还想日弄个啥呢？""挣了俩钱就烧得坐不住了，那沙漠是你张祯能日弄来的吗？"还说，"人家钱多得没处花了，硬要往沙窝窝里扔，我看他有多少钱还能往里扔？等着瞧吧，张祯他栽定了……"等等，净是些伤人心的话。还有那些一开始准备承包荒地的农户，这时候也开始打退堂鼓了，他们也似乎失去了信心与耐心，有的甚至来找张祯，准备撤回承包协议。

（这里需要说明的是，这里所说的承包荒地，其实是张祯自己搞的第二次承包。也就是当他把荒滩治理好之后，他不亲自去管理和经营，而是让一些缺地又想种地的农户承包他业已平整出来的沙地，水电费自理。他只象征性地收取承包费，其余一切沙地上的收入都归承包户所有。还有一个条件是以包养林，承包者要保护好他栽种的任何一株树木，包括定时挑沟、浇水等等管理事务。）

而张祯呢，打掉牙齿往肚子里咽，心里再酸，也只能自己忍住。其实，在那一阵子，他背着妻子和孩子所流的泪并不比妻子少。他痛心于治沙所受的挫折，痛心于人心的向背。他原本是一个心地很宽的人，一个能干能吃也能睡的人。白天累了，晚上吃完饭，头挨着枕头就能打呼噜的人。然而那些天里，这一切都远远离开了他。知夫莫若妻，王春香知道丈夫的心里太苦了，也太累太沉重了。她想劝他，可是又不知道如何向他开口，多年来养成的习惯，让她只能默默地关注着他。因此，当几乎所有的人都不再到滩上去的时候，她便帮着安排好厂里的事之后，就默默地扛上铁锨，跟着丈夫到滩上去。别人不来，她得来。她虽然出不了多少力，但总可以看着丈夫，看着他不要因为治沙而出什么事。

明摆着，张祯的治沙事业陷入了前所未有的困境。

那时候

那时候，除了那些等着看热闹的人，除了自始至终关心着自己的亲人、朋友和乡亲，还有两个人密切关注着张祯的每一步行动和每一个挫折。他们是谁？他们就是流泉村给予张祯创业大力支持的村党支部书记刘吉中和村委会主任赵登庆。其实他们比张祯自己都着急，比张祯自己更心疼那些白白被风刮走的票子，尽管那些都不属于自己。可是流泉村还有谁能有那么大的魄力拿出那么多钱来做造福子孙后代的治沙工作呢？流泉人自从二十世纪五十年代起，经历了半个世纪的努力，以几代人毕其一生的代价也没有把沙彻底治住，其中最重要的原因不就是缺钱吗？想一想，过去连一眼机井都打不起啊！但你看现在，张祯在治沙之前，就自己投资十数万元拉了专线打了两眼机井。说心里话，有了充足的水源还怕治不住沙?! 可现在水源有了，张祯依旧遇到了那么大的挫折，究竟是为什么呢，是啥原因？

其实，在某种程度上，张祯治沙也有他们的一份。治沙之前，这是他们的决策是他们为官一任的工作；治沙之后，这是他们的政绩，是他们为老百姓办的实事。在职谋事，他们当然要出政绩要出彩，但政绩和出彩如果只是敷在面上的一层金粉，而不与老百姓的生活实惠紧密相连的时候，也就没有什么意思了。农村人实诚，他们的政绩观就是实实在在地替老百姓办些事，让老百姓从他们的政绩中分享到实实在在的利益。承包治理荒滩，这是他们最大的心愿，想一想那一片将要出现在眼前的绿油油的林木，想一想世世代代狂暴肆虐的大风口就要在他们这代人手里被堵住，心里的那个舒坦真是美得没法说。可是现在眼看着村里最有希望成功的张祯都要失败了，这可怎么是好？无论如何，他们都要尽最大可能地帮助他，绝不能让他半路趴下，也不能让那块绿洲成为乡亲们伤心的梦想。

2005 年 4 月 19 日，你在流泉村那座新修的三层村委会办公楼里采访刘吉中先生的时候，他说那一阵子，他都急得上火了。承包治理荒滩，是村委会的决定，也是他的决策。当初并没有想到首先让张祯承包，也没有想到让村委会班子里的其他人首先承包，因为张祯也是村班子成员之一，一开始就让他来承包，肯定会引起村里人的不满，引起他人的猜疑。同时那样做也是对众乡亲的不公。因此，他们必须首先让村里其他人来承包，让利于老百姓，如果实在因为困难太大而没有人站出来的时候，才考虑由班子里的人来承包，即所谓的吃苦在前享受在后。这时候，即使张祯不承包，村委会也会另想办法的。

张祯站出来了，刘吉中先生说，当时他和村委会的一班人都非常高兴，像吃了一颗定心丸。因为他们早就考虑到了，在流泉村里有也只有张祯才能有那样大的气魄。这不仅仅是因为张祯在经济上有那个能力，而最重要的是张祯原本就有那个梦想。治沙播绿，是张祯挂在嘴上搁在心里的一个沉甸甸的人生之梦。只有具有这个绿色之梦的人，才有可能下定决心，一往无前。

张祯的人马上滩了，村委会一班人也上滩了。他们要亲眼看着那一片荒滩在张祯的手里变成良田变成绿地！刘吉中说，那一段时间，他几乎和张祯一样是一门心思地滚在沙滩里了。然而，谁能想到，老天爷愣是不给张祯个好彩头，也不让他刘吉中所吃的定心丸生根发芽。一场又一场的沙尘暴拔地而起，一次又一次地和张祯过不去，把张祯好不容易干出来的成果一次又一次席卷一空。张祯痛苦，他也痛苦；张祯流泪，他也跟着湿眼窝子。他觉得他和张祯在这件事上，已经严严实实地捆绑在一起了。张祯的治沙成败关乎着张祯在流泉的口碑，关乎着实实在在的经济利益，也关乎着他刘吉中的声誉，更关乎着他们这一届村委会的声誉！老百姓睁着双眼盯着他们呢，如果这件事办砸了，还有谁会相信或者信任他们呢？张祯说治沙失败所造成的恶果，是一种不可饶恕的罪过，其实他刘吉中的责任更大。张祯说治沙失败是对流泉几千口子父老乡亲的犯罪，那他刘吉中更是罪加一等了，毕竟这件事自始至终都与他刘吉中有关联。

面对一次又一次的失败

面对一次又一次的失败，张祯在思索，村委会的刘吉中他们也在思索。他们痛心于村子里那些目光短浅的人，也着急于寻找不到更好的治沙办法。张祯说，在那些天里，他天天到沙滩上去，不仅努力寻找和探索治沙的更好办法，而且想得更多更远，想到治沙本身之外的许多事情。在他几十年的生活经历里，还从没有过这么大的失败记录。他也从没有在什么事情上承认过自己失败。当过兵的人，能有什么事让他畏缩不前呢？永不言败，这是他做人干事的信条。如果就此打住，在困难面前低头弯腰，那不是他张祯做事的风格。因此，在那些天里，在某种程度上，也确实磨炼了他的性格与意志。他不仅在与狂暴的风沙抗争，更是与自己性格中的软弱一面抗争。有人说，这是他张祯命运中的一道坎，是不好跨过去的，但他一定要跨过去，而且他相信自己能跨过去……

机会终于来了！

路子终于在一次又一次地思索中找着了！

那天晚上，月色朦胧，狂风过后的流泉滩，安安静静地躺卧在村庄边上，像是什么事都没有发生过一样，显得那样的温顺和恬适。吃完饭的张祯，踏着一路微寒，又一次来到了村支书刘吉中家里，并找来了村主任赵登庆，三人围在一起，继续商讨治沙大事。

刘吉中看着一脸憔悴的张祯，看着这个敢作敢为的勇士被风沙坑害煎熬得双目发红，打内心里涌上了一股难言的痛楚。这个人什么时候还被这么给折腾过？他们已共事多年，他太了解张祯的为人了，他也太了解张祯干事业的能力，不管是过去搞贩运开商店，还是现在办工厂搞制造，每一步虽然都走得艰辛，但由于他从小干起，从大处着眼，小处着手，稳扎稳打，几乎没有失败过，但却在这件事情上遇上了那么大的挫折，这个跟头他实在是栽不起啊。但是这时候他却不能把这种感情流露出来，而且还要深深地埋进心底。他必须给张祯打气出力，气可鼓不可泄。他说，张连长，这会儿可说啥都不能退啊，否则前期十多万元的投资可就白扔了。俗话说得好，兵来将挡，水来土掩。我思谋着，这治沙没有水绝对不行，咱为啥不试试用水来治沙呢？那边的机井早已打开了，把水先引过去不行吗？

真正是醍醐灌顶，一句话就把张祯给浇醒了。是啊，那沙土那样容易被风刮起，不就是因为沙土太干燥了吗？一脚踢过去，那沙土都能扬起数尺高来，更何况是那么大的狂风！如果先把沙土浇湿，不就刮不起来了吗？先前总是想着把沙丘推平了，再栽树浇水固沙。现在看来问题就出在这里了，是自己的工作不到位，并非老天爷跟自己过不去，故意为难他。一把钥匙开一把锁，对症下药，世间万物，总是物物相服，环环相扣。就像游戏里玩的大压小那样，伸出五指，一个指头总是被另一个指头所压，但同时又压着另一个，而最后总是最小的一个偏偏又压住了最大的那个。即所谓介子不让大象，须弥藏在人心。想到这里，他一下子就灵醒过来了，一个对付风沙的办法也渐渐形成了：一边浇水，一边栽树，步步推进，治服风沙。

当然用这种办法治沙，是个苦活儿，需要连轴转。但这样做在其他方面，也不无可取之处。他是民兵连长，可以利用自己特殊的身份，动员和组织基干民兵参与进来搞突击（当然要付工钱），这样既能把沙治住，与风沙抢了时间，又能栽上树，还可以锻炼民兵队伍。一旦治沙成功，流泉的民兵功不可没，他将把那一片林场命名为"流泉村民兵林"，树碑纪念，让人们永远记住这个流泉村历史上的重大事件。

夜深了，他告辞出来。在回家的路上，看着那轮明月，心想着那个切实可行的治沙方案，心情从来未有过的轻松。而村支书刘吉中和村主任赵登庆看着轻松离去的张祯，知道好戏就要开始了，脸上不禁流露出难得一见的会心的笑容。当然他们也准备好了，一旦开戏，他们也将全力以赴，为张祯呐喊助阵，动员全村的力量，帮张祯干成这件流泉村历史上难得一遇的大事。

天还没有亮透，张祯就早早起来，前往民勤蔡旗乡，雇来了第四辆推土机。他要让四辆推土机轮番作业，他不信这一次就治不住"沙王爷"，这一次老虎嘴里的牙他一定要拔下来。他要让风沙见证，让遍披绿装的流泉滩见证，他张祯是个什么样的汉子！

　　治沙现场，人欢马叫，机声隆隆。张祯又带着他的 17 名基干民兵，穿着他为他们自费特别置办的迷彩服，一下子又扑在了治沙栽树的劳动现场。那真是一场艰苦卓绝的战斗啊。饿了，嚼两口干馍馍，垫垫肚子，继续干；渴了，就地趴在水渠边上，痛痛快快地饮上一气甘甜的井水；累了，躺在干燥的沙土上歇一会儿，继续挥锹……

　　连他在内，十八个民兵，十八条好汉，从早到晚，滚成了泥人，变成了土人。但他们谁也没有叫一声苦喊一声累，谁也没有任何怨言。他们知道，他们所干的，即是他们领头人张祯的事业，也是自己的分内之事。他们祖祖辈辈都生活在那片土地上，受够了风沙的伤害。他们都是单单纯纯的庄稼汉，是靠着那片土地生存的人。风沙治住了，庄稼保住了，对于种田为生的人，还有什么能比这更让人舒心的事儿?! 再苦再累，也都是自己的事儿啊！

　　每一个人在前面挥汗如雨，每一畦平整的土地向前延伸。那是希望，那是未来，那是流泉人的百年梦想啊……

　　村两委班子当然比谁都感动，他们无一例外的纷纷前来为张祯助阵，操起铁锹纷纷加入那热火朝天的劳动场景之中去；全村的民兵全都动员起来了，每一个人都放下了自家的活计，来到了工地，摆开了与风沙决战的阵势；村小学的几百名小学生也来了，他们虽然都很幼弱，但是他们都理解这场治沙战斗对于他们将来的意义。他们用稚嫩的双手，栽种下他们的一棵棵理想、希望与信念……

　　清河长绿，流泉不枯。几乎所有的流泉人都真正认识了张祯，也认识到了什么是"众人拾柴火焰高"，什么是"众志成城"，什么是"榜样"。经过近一个月的艰苦奋战，四月初，在流泉滩上肆虐了不知多少岁月的滚滚黄沙，终于在张祯的硬打猛冲面前低下头来，16 万株苗木生长在了湿漉漉的沙土地上，迎接着世人惊奇的目光，也迎接着阳光雨露……

流泉人真正的春天

流泉人真正的春天，是四月。三月惊蛰闻虫鸣，炊烟处处迎春分；四月清明有雨来，大地撒绿在谷雨。有一分耕耘，就有一分收成。春天的流泉，处处生机勃勃，一派繁盛景象。昔日荒疏漠野的流泉滩上，再也看不见沙丘累累，代之而起的是一片新绿。几十万株白杨、毛条、红柳、沙枣等树种，在春风里，迎风而绿，见雨即长。当初没有跟着别人退出承包协议的农户们，怀着对张祯的感激，怀着对新生活的热望，把希望的种子撒进那肥沃的条田里。整齐划一的网状条田地埂上，绿树成荫，清流潺潺。带着你去参观的张祯不无自豪地说，由于有充足的水源，沟邦渠畔的树木长得非常快，有的已经有碗口子粗了。不出几年，就都长大成材了。到那时候，那可是一笔不菲的收入。你问他，这树长到地里了，到那时候，根据国家有关政策，虽然树木的所有权在你，但你能随意砍伐吗？记得前几年看过一篇新闻报道，说是有一个女人砍掉了自己种植的一片林子，就犯法了。他说，当然不能随意砍伐，随意砍伐肯定是犯法。但可以伐旧植新，新老更替，砍一棵大树植一棵小树，只要永远保持住足够的数量就行，只要能挡住风沙即可。其实，树真正长大了，又有谁舍得砍呢？流泉人的传统，不到万不得已，是没有人砍树的。你不是看见了吗，整个流泉村几乎处处是树。到了盛夏你再来的时候，整个村子就完全置身于浓荫之中了。

此话不假。整个清河地区，只要有人家的地方，大多是绿树成荫，排排高大的白杨，围着片片碧绿的庄稼。可以想见，不出三五年，张祯的"流泉村民兵林"将和村庄里所有的林木一样，遮天蔽日，浓荫遍地，发挥出更大的防风固沙作用。

风沙治住了，树木植起来了，流泉人看张祯的眼光也就变了。走在路上，不管熟不熟，只要遇着张祯，都要主动地和他打招呼，问他一声。那股子亲热劲，那份敬意，并不是所有流泉人都能享受到的。有一位村民不无感激地说，张祯真了不起，是个大能人，自从防风林建起来之后，这里的风沙明显少多了。流泉人再也不用从沙窝窝里往外刨庄稼了，而且粮食产量稳步提高。而十九户当初没有跟着别人退出协议的村民，更是满怀欢喜。他们承包的 190 亩土地，亩亩都有好收成。有一位村民，去年在他承包的十亩沙田里种的籽瓜，刨去成本，再加上享受的退耕还林政策，纯收入达 7000 多元。这当然不是个小数字，要是所有的庄户人家每年都净增 7000 多元的收入，何愁过不上小康日子。

　　就连当初反对他承包治理荒滩的老父亲，在一个盛夏的日子里，也在他的搀扶下，颤颤巍巍地来到林子边上，他要亲眼看看儿子给流泉人干成的大事。满头苍苍白发，一脸岁月履痕的老人，双眼怔怔地盯着那一大片突现在眼前的林木和一畦畦平整的沙土良田，感慨万千，紧皱的眉头舒展了许多。谁能想得到啊，几辈子人都没有治住的风沙，儿子竟然用了短短的时间就真给治住了，这真是一个了不得的奇迹啊。黄沙荒滩不见了，绿树绿苗长起来了。看着那一棵棵树苗上吐出的嫩嫩的绿叶，他喃喃地说，娃子啊，你的劲终于没有白费。你知道吗，你可为咱流泉人立了大功啊。一句话说得张祯眼窝子里湿漉漉的了，他也感慨万千。是啊，他的劲终究没有白费，他的心血终于浇灌出了一片可人的绿洲。想想那些没日没夜跟风沙苦斗的日子，他能不感慨万千?! 经过数年的苦斗，固沙防风，植树造林，一道坚固的防风林带已渐渐地形成了，沙丘变成了绿洲，不仅保护了周围 2000 多亩的良田，光这片绿洲就为流泉十四社的农户带来的经济收入每年多达 20 万元。昔日被黄沙狂风害苦了的乡亲们，终于可以在辛勤劳动之后，能有个好年成，能过上富足的日子了。现在，老人已经去世了。我们可以想得到，他是带着没有任何遗憾的心情上路的，因为他在最后闭上眼的一瞬间，看到了将来的那一片郁郁葱葱，看到流泉人幸福的生活前景。他的儿子很成器，他的儿子没有给他丢脸，而且还很光荣！

　　在这里需要补充记叙的是，张祯为了治沙自己投资所打的两眼机井，在完成了最初治理荒滩的历史使命之后，其中的一眼就被他无偿地捐献给了村里，捐献给了他的乡亲们。你曾经问过他，按说一眼机井如果单纯用来浇地大概在二、三百亩左右，而用来浇树远不止这个数字，他的林子是 460 亩，一眼就绰绰有余了，为啥还要花六七万多打一眼呢？张祯说，有两个方面的理由，一个是当时村里原本就有几百亩地和林子浇水很困难，他看着心里急得不行。想想看，庄稼人就靠着几亩地过日子，而且还想着过上好日子呢。作为井灌区里的庄稼，浇不上水不就等于他们没有过好日子的希望了吗？但是，单是为了那几百亩地和林子要打一眼机井，不管从哪个方面来讲，都没有什么可能。那时候，他要防风治沙，正好可以借着机会多打一眼机井！可是乡亲们没有那个经济能力，怎么办？他想还是他打吧，亏了他一个，但受益的却是村里那么多人；另一个理由是，他觉得村里人看得起他，460 亩荒滩让他无偿使用 8 年时间，这个面子可是天大的面子啊，搁给谁，谁的心里都会沉甸甸的。他是一个知恩图报的人，不然的话，他心里过意不去。将心比心，天地良心，好是用好换来的！他思谋了好长时间，最后他终于想来了，庄稼人种地最需要的不就是水吗？于是他把那眼机井就当成了礼物赠送给了村里人。而村里人无不感慨张祯做人的大气。

说到机井的事，还有一件事也不能不在这里补记一笔：2005 年上半年，正是庄稼灌浆的紧要关口，张祯"勤奋机械厂"所在地流泉二社的机井却出了问题，由于井壁塌方而毁弃。全社的庄稼就靠那一眼机井来浇灌呢，社里人谁都很焦急，眼看着正是庄稼急着用水的时候，却突然无水可用了。社里紧急召开了社员大会，按预算各家各户均摊费用，重新打井，没有谁提出反对意见。但让大伙儿没想到的是，预算上出了问题，打到最后还差 4000 多块，张祯二话没说就主动承担下来了。你曾经问过他，既然是二社人用来浇田的机井，与他的厂子没多大关系，管那么多事干什么？他正在进行大规模的厂房扩建，拉了一屁股的债务，正愁着呢。但是他说，他的厂子就在人家二社的地界上，二社的乡亲们待他不薄，对他有恩，现在他们遇上了困难，正是经济上"青黄不接"的五黄六月，他怎么能不帮助他们呢？后来二社人感激他的义举，在他扩建工程完成举行揭牌仪式的时候，社里人自己凑钱制作了一块牌匾，放着鞭炮，很隆重地给他送来了，后面跟了许多人……有个外村人不无感慨地说，要是他们村里也有个张祯那样的能人善人带头人，他们的日子何愁过不好！本村人也说，要是咱流泉再能多出几个张祯，咱流泉不信就到不了小康！那种期盼能多出几个带着大家往小康之路上奔跑的领头人的心情，无不溢于言表。看着清清渠水哗哗地流淌进旁边的青青麦田，你忽然想起两句古诗来："问渠哪得清如许，为有源头活水来。"流泉人的日子比过去好过多了，流泉人的脸上带着幸福的神情；流泉村的面貌发生了质的变化，流泉村在外面也有了知名度！但是这一切都是怎么发生的？问问那清清渠水吧，问问那绿洲碧野吧，它们会用它们特殊的语言告诉你，因为流泉人勤劳，因为流泉人聪颖，因为流泉村出了个大好人大能人，他就是我们这个文字的主人公—张祯。

大诗人艾青有两句非常有名的诗："为什么我的眼里常含泪水，因为爱这片土地爱得深沉……"让我们把这两句诗借来献给张祯吧，因为正是他对生他养他的那片土地的深爱，才让他将青春与事业全部奉献给了那片土地！

中篇

艰苦创业，
用汗水浇筑辉煌

生存与生活

　　生存与生活，是人生的根本概念。生即生命，这是每一个人存在于世的基本形式和状态，生存着并生活着。但是怎样生存又怎样生活，对于任何一个个体生命来说，都是千差万别的。就像一座舞台，虽然所有的演员都在台上认真表演，但没有一个角色是相同的，生、末、旦、净、丑，每一位演员都有自己的位置、动作、台词、结局。当然这样比喻，好像有些宿命的感觉，毕竟舞台上的角色都是由导演排定了的，演员一般都不能自主行动。但是我们又怎么能够确定，人生天地间，在天地这个大舞台上，就没有一个如导演一样的什么起决定作用的角色，在无形中划定着每一个人不同的命运?! 而命运就是"命"和"运"的合称，把这命运中的"命"字理解为天注定是一种对生命无从把握之后的观点，理解为人生机缘是另一种观点。而命运中的"运"字，则无疑是"运作"之意，有自主、自立、自强、自觉的含义。每一个人来到世上，都有自己不同于他人的生活道路，也就是不同的命运。有人天生相信命运，也便顺其生命的自然流程，就像前几年被新闻记者炒作的那个陕北高原上放羊娃的故事：放羊干什么? 下小羊。下小羊干什么? 长大羊。羊长大了呢? 卖钱。卖钱干什么? 娶媳妇。娶媳妇干什么? 生娃。生娃干什么? 放羊。放羊干什么? 下小羊。下小羊干什么? 长大羊。羊长大了呢? 卖钱。卖钱干什么? 娶媳妇。娶媳妇干什么? 生娃。生娃干什么? 放羊……就这样，生生不息。单从这个过程看来，虽然苍凉，但也不失为在一种残酷环境下对生存与生活的坚韧与执着；也有人不相信命运，但又因为没有把握好"天时""地利""人和"等诸种与命运密切相关的要素，与其抗争失败了，也便顺应天命平平凡凡地把日子过下去；更有人既相信命运，也相信人生的机缘；既能把握时势，又能进行不懈的努力，这种人往往就能成功! 因为他生来就能审时度势，给自己的生活道路有一个准确的定位。他知道在什么时候在什么方面才能够既不违地利，又不违人和，因此他们往往就能够事半功倍，把事情办得漂漂亮亮。

我想说的是，张祯就是这最后一种人！

叩问生活

叩问生活，张祯从成人起，就在以实际行动叩问着生活，叩问并努力改变着自己的命运。他今天的成功，既有他天生的人生机缘，又有他审时度势，不断与命运抗争的因素。记得一个叫哈尼·鲁宾的美国人送给朋友的几句话："注意你的思想，它们会变成你的言语；注意你的言语，它们会变成你的行动；注意你的行动，它们会变成你的习惯；注意你的习惯，它们会变成你的性格；注意你的性格，它会决定你的命运。"是的，一个人的思想决定了他在生活中说什么，做什么，并形成习惯，而这习惯确实造就了他的性格和一生的命运。纵观张祯这几十年的生命历程，我们不难看到这一具有哲学意味的人生总结在他身上的影子。

二十世纪七十年代中期，张祯还没有上完高中就回乡务农了。对于这一点，他也有自己无奈的解释，他说他就不是那块读书的料，他学不进去。再加上那时候家里很穷，也就自己辍学了。

自己辍学，这大概是张祯第一次对自己命运的主张。

明知不可为而为之，是一种坚强的人生态度；知不可为而不为之，则是一种更为明智的人生选择。每个人的一生，从始至终，原本有许多种选择，但是任何选择却只能是其中的一种。一个人不可能同时走两条道路。当然，张祯的辍学，从表面上看，是他自己不想上了，但从本质上来讲，这却是那个时代的无奈与悲剧。在这代人当中，只有极少数部分后来赶上了改革开放，顺利完成学业，并由此而改变了自己的命运。

离开学校，张祯有四年时间在农村度过。按照他自己的说法，就是小小年纪，修理了四年地球。但是，我们可千万不能小看了他的这四年农村生活经历，因为正是这四年实打实的农村生活，让他对什么是农村，什么是风沙，什么是劳动，什么是艰辛，什么是贫穷，什么是收获，什么是刨土为食，什么是面朝黄土背朝天的农民日子有了彻骨的认识。那时候，西北农村离改革开放的联产承包时期还有六、七年时间。因此，他和许多与他有同样遭遇的同龄人一样，在生产队里干活挣工分。在这四年时间里，农村里的什么活他都干过来了，耕田、犁地、淘粪、送肥、撒种、收割、打碾……没有哪一样他没有干过，没有哪一样让他没有切身的体会。农村太苦了，日子过得太穷了，辛辛苦苦一年，还连个饱肚子都混不上，就更别说其他了。那时候的流泉，据一些老年人说，真是穷得肚皮子朝天，光板子羊皮，要啥没啥。由于缺水，也不知道咋干，大风口的黄沙一直没有治住，狂风肆虐，一茬庄稼种好几遍，也不见得有个好收成。其实，后来不惑之年的张祯之所以义无反顾地投巨资，千辛万苦治理流泉荒滩，不能不说与这四年的农村劳动生活有关。

小小年纪，经历了短短四年农村的贫穷生活，张祯开始思考起自己的前途来。他不能就那样窝在农村一辈子，他最少要走出去看一看外面的世界，见一见世面，看一看流泉之外的人是不是也跟流泉人一样生活。

不知不觉中的时光

不知不觉中的时光，到了1980年的冬天，每年一度的全国性征兵工作开始了。看着那些同龄人纷纷相约去报名参军，张祯那颗不安分的心也活了起来，尽管那时候他已经二十岁了。其实，那时候像他一样考学无望的农村青年，都把参军入伍看成是能够走出农村从而改变命运的唯一出路，谁个不想?! 但张祯自有他的顾忌，他知道他的父母双亲是不会同意他去当兵的，他已经二十岁了，按照当时当地农村的习俗，他是该成家立业娶妻生子当丈夫当父亲的年龄了，还去当什么兵?! 父母双亲经历了太多的苦难，贫村穷户娶一个媳妇不知道有多难? 他们的想法自有他们的道理，几年兵当回来，就是实实在在的大龄青年了。到那时候，别说娶一个好媳妇，就是赖的也怕寻不下一个。当时国家刚刚实施新的《婚姻法》，农村人是新《婚姻法》的积极实践者，像张祯那样已到法定年龄的青年，已大都结婚生子，当上了父亲。张祯不是没有想过这事，但是他却很无奈。家里太贫穷了，兄弟姊妹又多，有哪个姑娘会嫁给他这个家徒四壁的人呢?

另外，张祯他也有他自己的想法，贫穷而苦难的经历，使他做梦都想过上富裕一些的生活，就像城里人那样，挣工资，吃皇粮。假如放过了这次有可能进城的机会，费了九牛二虎之力，勉勉强强娶上一房媳妇，再过上几年，生上几个孩子，那他就永远也走不出流泉了! 永远只能像父兄们一样，被牢牢地拴在那几亩薄田上，过他们那种二牛抬杠、背日头下山的苦焦日子。因此，在经过几天激烈的思想斗争之后，他背着父母偷偷去报名了，而且一路过关斩将，顺利地拿到了一张入伍证书。当蒙在鼓里的父母在最后知道的时候，他已经是一名光荣的武警战士了。

这大概是张祯在他生命旅途中的第二次自主选择。

在谈到这一点的时候，张祯的脸上微微露出得意的神色，然后又变得很平静了。他说，尽管他偷偷地当兵了，但是他最终却没有离开农村，而且还在农村把根越扎越深了，他的农机制造事业原本就离不开农村。当兵五年，他已经通过自己的努力，成了一名代理排长，但是1980年代中期的百万大裁军政策，使他又回到了那片生他养他但依旧很贫瘠的故土。但是，面对这种无奈的结局，张祯说他并不后悔，毕竟正是那五年在艰苦环境与条件下的军旅生涯，磨砺了他的意志，锻炼了他的心智，让他长了见识，让他学会了思考! 永不言败，这是军人的信条，也是他的最大收获! 他说，回家之后的这二十年时间里，他之所以能够一步一个脚印地走到今天，之所以取得了些让他自豪的成就，与那五年的军旅锻炼是分不开的。

　　张祯所在的部队是中国人民武装警察部队交通某支队，驻扎在遥远的新疆天山。这支部队当时的主要任务是修筑天山战备公路。张祯到达部队之后，就直接开进了天山工地，一干就是数年。由于他为人正直善良，坦荡真诚，能吃苦，耐劳动，脚踏实地，勤勤恳恳，工作干得很出色，深得战士们敬重，也深得支队领导赏识，因此很快就当上了副排长，离他最初的人生目标已经越来越近。可以说，他现在只差那么小小的一步就可以迈上直达目的地的列车。当然，这一小步很重要，需要付出加倍的努力。

　　有一阵时间，他们去修路的地方是个高海拔的地方，荒无人烟，空气稀薄，气候特别寒冷，即使不干活只站在那里，人的呼吸都很困难。他说，那真是个连手表都走不动的地方，自然环境恶劣得你想象不来，有的战士就倒在了那样的环境中。去那里干活，他们连队全上了，任务分解到每一个排。一般情况下，排长和副排长是轮流领着战士们施工作业的，每个人都有一定的轮换休息时间，但是张祯所在的那个排当时没有排长，作为副排长的张祯只能一个人领着全排人连轴转。为了按期完成施工任务，他和战友们没日没夜地摸爬滚打在工地上——

　　寒风萧萧迎客至，雪花飘飘舞战旗；
　　晴时一身土，阴时一身泥；
　　革命加拼命，无往而不胜；
　　……

　　这样的日子他过了整整四年，张祯也由一名普通战士成长为一名副排长，离成为一名青年军官的距离越来越近了。他忘我的工作态度与精神，深深感动了每一位战士，也感动了连队领导。1984年10月，连队特别给了他一次探亲假，让他回了一趟老家，去看看分别多年的父母。

　　家还是那个家，但张祯已不是当年那个张祯了。走的时候他只是个20岁的农村愣头小伙子，回来的时候已经是个24岁的军人，相貌堂堂，沉着稳重，一身英气。四年未见儿子一面的父母，当他风尘仆仆地进到家门之后，几乎认不出他们那个脾气倔强、"不听老人言"的儿子了。老人在欣喜之余，马上安排他的婚姻大事，24的"老"小伙了，这时候不解决终身大事什么时候解决。他早就知道，父母已托人给他介绍了一门亲事，姑娘是邻村凉州双城子的，名字叫王春香，他只在照片上见过她，很朴实也很羞涩的样子。尽管他回来的时候心里已经有所准备，但却没有想到，父母会这么着急地安排他一辈子的大事。他当时就反对父母急匆匆的安排，因为他有自己的想法，一方面，部队的施工已经到了关键时刻，工期十分紧张，结婚是一件大事，势必要耽误时间，那样要误事情的；另一方面，他毕竟还未与那个叫王春香的姑娘见过一面，都什么时代了，还有这样拉郎配的?!最少，也得让他们见见面，彼此沟通沟通再说。但他没有把这最后一种想法告诉父母，那样会伤父母心的，父母很不容易，他知道。他是一个孝子，他可不愿以这种方式伤害父母。因此他只是以部队任务重来推托，向父母提出推迟婚期的要求。但他又是一个没有想到，父母坚决不答应，而且提出的理由让他无论如何都无法反驳。一是他年龄大了，还不结婚等什么？你等得，人家姑娘还等不得呢！二是他的两个弟弟年龄也大了，都已经到了结婚成家的年龄，他总不能因为自己而耽误了两个弟弟吧！在农村，还很少见哥哥还没成家，弟弟就先成家的。那是在庄户人面前打老人的脸呢！再说了，部队那么大的，难道就缺你一个不成！没办法，他只好屈从于父母的安排，匆匆举行了婚礼，数小时后即告别了新婚宴尔的妻子，踏上了西去的列车……

这一次他听从了父母的安排。在婚姻大事上，他没有做自主选择。

不管是在做报告的时候，还是在你采访他的时候，他都流露出了一种若有所思的神色。一方面，他觉得当时确实有些对不起他的妻子，有谁见过结婚仅数小时，新郎就匆匆离开，而让新娘子独守空房的？别说蜜年，就是蜜月也还有三十天呢，而他们却只有匆匆的数小时！俗话说的，连热被窝子都还没有钻，就已经起身子走人了！再说了，他的新婚妻子也是个不错的女子，通过短时间的接触与了解，是个能过日子的人，性情温厚可人，不张扬，善持家，自他匆匆忙忙走了之后，很快就融入他那个大家庭中去了；另一方面，自从他懂事以来，他自己的事几乎事事都是他自己做主，唯有婚姻这件人生中的大事是由父母做的主，这让他总有一种拂之不去的惆怅与失落。但是尽管如此，他也不后悔，经过风风雨雨二十年的共同生活，他们夫妻也算是风雨同舟，互相理解，互相支撑，把日子总算是奔过来了，而且怎么着都算是进入了小康。

回到部队之后，张祯轻装上阵，即投入了紧张而有序的工作。他和战友们一起，团结一致，克服了难以想象的困难，攻破了一个又一个难关，圆满完成了上级交给的施工任务，顺利返回了大本营。后来在天山公路祝捷大会上，他们排被授予了集体三等功，张祯自己由于工作出色，也荣立了三等功，同时还入了党，成了一名光荣的中国共产党员。

天山战备公路胜利建成了，张祯所在的那支部队也完成了自己的历史使命，严格执行中央军委的命令，集体退伍。这对于一心想在部队上干出名堂的张祯来说，多少有些残酷，也有些失落。那时候他已是代理排长了，只因为遇上了"百万大裁军"，他才没有把那个代字去掉，进入转业序列。但他是个通情达理的人，又刚刚立了功，入了党，因此，尽管满肚子的委屈，他还是落落大方地接受了现实，光荣退伍，于 1985 年 11 月，怀着对警营生活的无限眷恋，回到了家乡。

其实，这里还有一个细节，以前他对谁也没有说过，即使是在 2004 年末 2005 年初，金昌媒体全部聚焦在他身上的时候他也没有说过。他说他觉得那是一件很小的事情，不值得给记者们说出来。他说，那时候由于自己工作努力，受到上级嘉奖。当时正好有一个专业军士（即我们所说的志愿兵）的名额，争的人很多，但唯他的呼声最高。可是当上级领导找他谈话的时候，他却明确声言放弃了。他说他不是不想当专业军士，那毕竟也是一条走上专业军人的道路，通过努力，也不是没有转干提干的可能，但当他看到有那么多的战友都怀着热切的渴望盯着那个名额的时候，他就退了一步，他毕竟已是代理排长了，而且还是一名共产党员，他觉得不能和其他战友去争去抢。只是他当时没有想到，他会那么快就复员了。但是对于那件事，他不后悔，他说他没有后悔的理由，也没有后悔的习惯，一切都是他发自内心的选择！

对于五年的警营生活，张祯说，他很感谢。因为正是那段不同于一般的生活经历，那不可想象的艰苦环境与条件，才锻炼了他不怕困难的吃苦精神，也使他学到了许许多多做人的道理。他开了眼界，长了知识，也使他有了离开部队后一定要干些事业的想法。此话不虚。我们已从他后来的经历中看到了。

张祯退伍后，由于曾经荣立过三等功，又是共产党员，根据有关规定，他被金昌市民政局分配到金昌市劳动服务公司机动车修配厂工作，干的是翻砂和铸造的工种，这是修配厂里最苦最累的活。张祯说，其实干这些活，对于曾经当过武警交通兵的他不在话下，下点苦倒也没有啥，这和在天山上修公路的活比起来，简直是小菜一碟，小意思。问题不在这里，而在于工资太低，每月只有 60 块钱。那时候在部队上虽然只有很少的津贴，但不用愁衣食住行，一切都由国家保障供给。可是进了城，当了工人，60 块钱就是你一个月的全部收入，所有的一切都要靠这 60 块，你说能不让人捉襟见肘吗？城里又不像农村，吃的是自家地里产的粮食，走的是自家修的路，住的是自家的土坯房，穿着上又没有什么讲究，哪像城里，走几步路都要钱。再加上那个年龄的人，干的又是力气活，就特别能吃，一个月下来，那点薪水早就吃到肚子里去了，有时候还挨不到月底，就衣兜儿朝天了，又哪里能顾上其他事呢，别说是孝敬父母，有时候连自己都混不住。因此后来他想，他虽然进了城，还当上了工人，但只是混了个自己的肚子，当这样的工人还有啥意思呢？有一件事至今想起来都令他难过、难堪和心酸——

那年春节放假回家，他省吃俭用地存了几个钱，原想着给家里的人都买点东西，也孝敬孝敬年迈的父母，可是一算计却发现那几个钱根本不可能办那样多的事，只好简单给家里买了点所谓年货。另外他又给妻子买了一双袜子，但又怕家里人知道了说他是娶了媳妇忘了娘，就先自己穿在脚上，到了晚上睡觉的时候，这才脱下来偷偷给了妻子。一双袜子过大年，这让人不由得想起了红色经典《白毛女》上那根代表着一个时代的"红头绳"！真不知道，在那一刻张祯是什么心情？把日子过成那样，还有什么希望可言？而没有希望的日子，还有什么活人的尊严与体面？他张祯也算是见过世面的人，也算是从大风大浪里闯过来的一条硬铮铮的汉子啊，咋就把日子过得如此的落魄……

他还说，他当时之所以接受了那份有关部门给分配的工作，是他出于对家乡的失望。当兵五年，当他回到家乡的时候，家乡还和过去一样一点变化都没有，依旧是那样的贫穷和落后，乡亲们过的日子似乎更苦了。自己的家还是那样的一贫如洗，一大家子九口人，还照旧挤在破旧的土坯房子里，一年里难得闻一回肉腥味。两个弟弟都已是二十上下的人了，还没有找上对象。父母辛辛苦苦，一年四季风里来雨里往，到头了连件像样的衣服也穿不上。他难道还要和他们一样，要过一辈子贫穷日子吗？于是在家里待了不多日子，他就接受了那份工作，离开了农村，来到了金川城里当了一名工人。

可是干了一年之后，残酷的现实让他再也忍受不下去了。他死打硬拼地干了一年，竟然落了个两手空空。可在别人眼里，他还是个在城里挣大钱的工人呢！有谁能想到他过得还不如别人，一年下来的收成只是无尽的沮丧与失望。眼看着周围的环境越来越活泛了，许多人都在找各种各样的门路做生意，而且似乎都赚了钱，日子过得一天比一天好。而自己却还要为那区区60块钱在那里卖命，为的是个啥，难道只为了个工人的名分吗？于是他经过许多日子的痛苦思考，终于做出了一个大胆的决定，辞去那份在别人眼里求之不得的工作不干了，回家做买卖。他要自己闯出一条路子来，让家里人过上舒心而体面的好日子……

这是张祯在他26岁的生命历程中，做出的最重要的一次人生选择。因为这次在别人眼里有点"愣"劲的选择，后来彻底改变了他的人生轨迹，也改变了他的人生信念，使他走上了一条似乎永远也离不开土地的道路，而且越走越快，越走越欢实，越走路子越宽了！

归去来兮

归去来兮。

走出乡村进入城市的张祯，自己又从城市回到了乡村，这在当时的农村算不算是一条重大新闻？那时可是1987年，多少人都在想方设法往城里挤呢，农转非那都是天上掉的馅饼！可是张祯却硬是脱去了那件让乡村人羡慕不已的城里人的外衣，重新拣起了被他晾了多年的乡村汗褂褂。这在当时，确实有点惊世骇俗的意味。有人说，这张祯当了几年兵，是不是把脑子给当出毛病来了？也有人说，张祯放着好好的城里人不当，硬要回来当农民，真是个穷命相。就连家里人也都多少有些不能理解他的这种似乎不合时宜的选择。在城里即使挣不了几个钱，但那毕竟是城里人啊，至少有皇粮兜底吧，再说了在城里总比在农村要容易发展得多。乡里人是只要城里有个亲戚都能挺直腰杆子的。你现在自己都是城里人了，还要干什么?! 将来发达了，大家都跟着你沾光。可是你却说不干就不干了，说回来就回来了，几年兵是白当了。当然，不能理解归不能理解，但他们还是很平静地接受了张祯的选择，因为那是他自己的选择，他的事情别人从来就是干涉不了的。

但是，人们又怎么能想到，回到乡村的张祯，虽然又成了一个地地道道的农民，但却已不是一个和大家一样的农民了。他的眼界要高远得多，他的脑子要灵活得多。他回到乡村，绝不是为了重新回到那几亩薄地上，靠着下死力气春播秋收去刨食。外面几年的闯荡生活，使他的眼界宽阔了许多。对于乡亲们农忙时肩拉背扛、累死累活、面朝黄土背朝天的劳作，他表示出了深深的同情；而对于他们农闲时只是守着墙角谝闲话，熬日头下山，却不思谋着出去搞点副业挣几个活泛钱的生活方式，心里有一种深深的刺痛。父老乡亲们啊，都什么年代了，怎么还和过去给农业社里干活一样，死守着几亩地过日子呢？幸福是能等来的吗？而想要致富，当然必须依托土地，那是根本，什么时候都不能丢；但又不完全依赖土地，土地就那么大，土地就那么些收成，收完了就收完了。可是我们还有许多时间，还有许多精力，完全可以多走几条挣钱的路子，把日子过得好一些啊……因此，回到家乡的他，人们很少看到他下地去干活，只在农忙季节，才能看到他和妻子一起在田里干活的身影，而平时总是见他来去匆匆，总是在倒腾着怎么做生意挣钱。田地里，只有他的妻子王春香一个在侍弄着那些庄稼。

流泉村很大，全村共有十四个社，而且社与社之间，都有相当远的一段距离。张祯所在的十四社与十三社是流泉村最大的社，而且还在村子的最东边，与民勤与凉州接壤，却与村子中心还有好几公里路。当时社里没有商店，乡亲们买个针头线脑的，都要到村中心的商店里去。张祯很快就看出了蕴藏在其中的商机，于是他凑了些钱，开了个小商店，不仅便利了社里人，同时自己也赚到了些零花钱。其实，当时几乎所有的农村人经商，大多是从经营小商店开始的，张祯也不例外。但张祯与其他人开商店所不同的是，在他的商店里还多了一台冷藏柜，里面冷藏着新鲜的大肉。当时社里人的日子虽然很紧巴，但偶尔改善一下生活，或者来了亲戚朋友，总还是要想方设法买点肉来招待一顿。但他们离村中心还有数公里路，离朱王堡镇就更远了，买肉很不方便。头脑灵活，事事留心的张祯，从中亦发现了商机，于是买来了冷藏柜，自己亲自操刀杀猪卖肉。据说当时他最少每周能卖一头，有时三两天就能卖一头。

小商店办起来了，但利润还是微薄得很，毕竟是乡里乡亲，你又能赚他们多少钱呢？而且由于他心善面软，人们在他的小商店里买东西，从来都是赊欠的多，付现金的少。这与张祯想赚大钱的目标还差得很远。这让他把赚钱的目光不得不从那个小商店的窗子里看出去，看向更广阔的天地。这一看不要紧，但却着实让他大吃一惊，原来商海无边，波涛滚滚，连天接地，一个小商店连海水中的一个泡沫都不是，还能翻起什么大浪来？自己只不过是站在茫茫商海的遥遥岸边，让海水浸湿了脚趾头而已。因此他想，无论如何，他是得走到外面的天地之中去了。但他又非常的清楚，不管他怎么走，他的天地又不会在其他什么地方，而是依旧在农村。因此，即使他把目光拉得很远，但始终盯着的依旧是生他养他的那片热土，因为他是一个农民，他永远离不开土地。更重要的是，他知道农民需要买进什么，也知道农民手里有什么需要卖出去。其实，农村是一个巨大的供需不太均衡的市场，其中的商机处处都是，只是由于贫穷，购买力低下，经商的人往往就忽视了；由于信息不畅，交通不便等种种原因，自己手中多余的产品卖不出去，换不成钱。同时当时人们的经商观念，往往只盯住的是人们的日常消费用品，想的只是如何让农民掏出钱来买自己的货，而没有想到把农民手中的产品以合理的价格收回来，再以合理的价格卖出去，以差价的方式赚钱。

张祯正是看到了这种现实，这才借钱买了一辆三轮车，东奔西跑地开始搞起了贩运。做过贩运生意的人都知道，这种活计不仅非常辛苦，而且信息很重要，弄不好就会鸡飞蛋打，所有的老本都会蚀光！但只要瞅准了，路子走对了，辛苦是辛苦，其中的利润还是相当的可观。张祯说，那时候，他不仅贩过甜菜，贩过化肥，贩过蔬菜，贩过粮食，还曾经贩过猫。反正，什么赚钱他就贩什么，只要是国家政策允许的，他都贩。当然他也曾经失败过，但他最终成功了。他把乡亲手里多余的农副产品贩了出去，又把乡亲们需要的农资贩进来，不仅便利了乡亲，也使自己发家致富的愿望得到了实现。同时，村里的一些人受到他的启发，也搞起了贩运生意，日子一步一步地过得好起来了。但是，提起那一段苦中有乐的贩运经历，张祯至今都唏嘘不已。

往事不堪回首，回首了都是血和泪。当然有付出就有收获，只要你舍得动脑子，只要你舍得自己那一份力气，你总会有欢笑的那一天。

那时候，张祯说，他开着那辆借钱买来的三轮车，上张掖，下武威，跑民勤，不分白天和黑夜，也不分春夏与秋冬，他总是风里来，雨里往，只巴望能早点把买三轮车的钱给人家还掉。他说，他很感激当初帮助了自己的那些人，要不是他们当时的慷慨相助，他得多受多少磨难啊！他发家致富的梦想，还不知得延宕到什么时候才能实现！当然，也正是这种感恩心理，使他在致富之后，"吃水不忘挖井人"，他对于那些需要帮助的人，总是慷慨解囊，毫不犹豫。

那时真的很辛苦，张祯说，天热的时候怎么着都还好说，不过就是多吃点苦，多流点汗罢了。那时候，阳光大地，山川翠绿，人们的心情也比较舒畅，干什么都觉得很有心劲。但天冷的时候，就不仅仅是多吃苦多流汗了。河西的寒冬腊月谁都知道，凌厉的老北风就像铁蹄一般，一场接一场地从西伯利亚起程，沿着毫无遮拦的河西走廊长途奔袭，横扫一切，几乎所有的生命都在其肆虐之下，俯首帖耳，销声匿迹。树秃了，草枯了；月寒了，地冻了；天阴了，雪不落，大地一片荒凉与萧瑟。寒流，让人们噤若寒蝉，但他却不得不为多挣点钱，为了把日子过得好一点，为了心中那个靠着辛劳而过上丰裕日子的梦想，忍受着常人难以想象的刺骨寒冷，没日没夜地东奔西跑。手麻了，搓一搓；脚木了，跺一跺；心酸了，把那苦水浇成冰沱沱，放在怀里！他相信，天道酬勤。那时候，他只要顺顺当当地跑一个来回，最少能挣到千二八百的。因此，当年跑下来，他的生活发生了质的变化，家里的日子好过多了。

有了本钱，他的思路也开阔了许多，他的赚钱门路也多了。即所谓一窍通而百窍皆通。经过一年多的商场磨炼，他的目光变得越来越犀利，他的脑子也越来越活了。在他的眼里，广阔的农村大地，真是处处都有商机，处处都有钱赚，就看你能不能看得到，就看你有没有本事把那钱赚到自己的口袋里来！张祯的经验是，只要你把头伸出去，天上掉乌纱帽的时候，谁能说你就不能中得头彩。只要你动了那份心思，处处留心，你就能"拣"到不少东西。

他瞅准了农村在农闲时办"物资交流会"这个物流最为繁盛的时机，开了个流动饭馆，跟着交流会专卖清汤牛肉。他说那时候，一场交流会的时间大概都是十天。在这十天里，他平均每天能卖一头牛，有一倍甚至两倍的赚头。当然也很辛苦，比任何人都辛苦。因为白天卖清汤牛肉，顾不上田里的活，就只好晚上去干。那一段时间，他们两口子每天下午把买来的牛杀掉收拾好，天基本上就黑了，等着把牛肉煮到锅里，他们再紧赶慢赶地赶到田里去干活，一直干到早晨四、五点钟才能回家。接着他们也顾不上休息，就赶紧收拾好东西，急着去摆摊子做生意。回想起这一段生活，张祯说，真是把人给累得趴倒了。当然身累心不累，有苦也有甜，他毕竟通过这种超负荷的劳动，有了丰厚的收成。

利用开物资交流会的大好时机可以赚不少钱，但农村的物资交流会不是什么时候都举办的，他当然也就不可能天天去卖清汤牛肉，一年里他最多能赶两三场就很不错了。在不卖清汤牛肉的日子里，他把心思又回到了让他在经济上大翻身的贩运这一行当，但是他不可能再去贩甜菜、化肥和蔬菜，因为这时候贩运这些大路货的人太多了，人都往一条道上挤，万人争抢，能有多大的赚头?! 于是他把目光转向了更大的市场——粮食！

那时是 1992 年，国家完全放开了粮食市场，全国粮食大丰收，农民兄弟们的手里有了吃不完的粮食，但国家粮站却收不了那么多，他们遭遇了空前的卖粮难问题。增产不增收，这让农民的心理负担空前地沉重。张祯似乎比任何人都看清楚了这一点。贩粮，当这个念头出现在他脑海中的时候，就像闪电刺破乌云一般，让他也多少有些茫然的心里一下子亮堂了。国家政策非常宽，他为何不能办一个农副产品收购点呢？这样既解决了农民卖粮难的问题，自己也一定能够有所赚。于是，他很快筹措资金，于 1993 年在村里第一个办起了农副产品收购点；1995 年，他又从邻村下汤粮管所借款 10 万元，纯粹搞起了收购和贩运粮食的生意。由于他做生意从一开始就很讲信誉，深得人们的信赖，农民们很放心地把自己多余的粮食都交给了他。当他们如数拿到粮款的时候，无不感激张祯为他们办了大好事。但是他们谁也没有想到，张祯在收粮贩粮的过程中，曾经栽过多少跟头，吃过多少苦！但是张祯并没有把这当回事，他想的是，一个人想干成大事，就得准备吃苦和受累，迎接各种各样的考验与挑战，包括备受各种各样让你意料不到的委屈与劫难。

有一次，那时正是冬天，冰天雪地，寒流肆虐，张祯收了一车大麦运到武威，待到和雇来的人一起卸完之后，时间已经到了深夜。他又冷又饥，当时已经累得连脚都抬不起来了。这是他办事的风格，不管是请别人来帮忙，还是出钱雇人来干活，他总是和干活的人在一起，亲自参加劳动，既是雇主，也是雇工，因此每一次干完活之后，他都是满面尘灰，让别人根本分不清谁是老板，谁是雇员。你去采访他的时候，他那里正在进行二期扩建工程，院子里正打地平。刚从金川风尘仆仆回到家的他，二话没说，就换上了胶鞋和工作服，挥锹和干活的人一起干了起来。你在一旁问他刚给一个干活的人找了一双胶鞋的妻子王春香，这些干活的人是雇来的，还是请来帮忙的。王春香说，这些人都是工程上的，厂里所有的活都承包了。你有些吃惊，既然所有的活都包给别人了，老张又何必亲自出马干呢？在一旁说说也就是了。王春香说，他就是那么个人，看着别人在那里干，他就闲不住。晚上你把疑问向张祯提了出来，他笑了笑说，没事的，反正是自家的活，能帮一把是一把，把工程进度赶上来了，谁也不吃亏。再说了，将心比心，他们都很不容易。

将心比心，这是不是正是张祯为人处世的又一秘诀?！

那一次当他卸完大麦之后，又累又困，再加上他怀揣卖粮的"巨款"，行夜路很不安全，于是就想找一个旅馆好好睡一觉第二天再走。可是在一家旅馆里，却遇上了让他一辈子都忘不了的难堪之事。那个满脸霜雪的服务员以貌取人，看他灰头土脸的不像个正经人，就以为遇上了个流浪汉，好说歹说就是不让他住进去。他仰天长叹，又气又急，但是却又没办法可想，只好蜷缩在车里将就了一夜。这一夜，让他真正体会了什么是世态炎凉，也让他对穷人的生存困境有了更进一步的理解。他想，人穷志短，马瘦毛长，人生一世，谁没有个落难的时候？可有的人就是想不到这一点。张祯很动感情地说，他从来就见不得落难的人和受苦的可怜人，见到那些子人，他心里就很难受，因此只要遇上了那些人，哪怕他只有一碗饭，他也要给分上半碗去。可是让他没有想到的是，那一次仅仅因为自己衣冠不整，就被人看成了流浪汉，掏钱都住不成店！

张祯很生气也很难过！当然，他最后决定不再搞贩运粮食的生意，却是因为另外一件事，那件事让他元气大伤。

还是一个冬天，只不过是初冬。他收了一车粮食，雇人送到武威黄羊镇后，谁知在返回的途中就出了事，那个卡车司机是个新手，再加上老天下了一阵子小雨，就发生了翻车事故，车子撞到树上彻底报废了，人也受了重伤。张祯说，多亏车头扎到土里去了，不然谁的命也保不住。司机的腿撞坏了，他自己也伤势不轻，方向盘顶在了左胸口上，无法脱身。后来还是过路的司机把他送到了医院，这才脱了险。后来有一月多时间他不能动，胸口疼得动不了。出了这样的事也就够让人糟心的了，可偏偏祸不单行，有一个收他粮食加工面粉的老头一夜之间仿佛就从人间蒸发了似的，再也找不见踪影，他一颗粮食的钱都没有要上。有人说那个毫无信誉可言的老头，是拐带上自己的侄媳妇跑掉的。像这样连猪狗都不如的人，你还有什么办法？这一次，别说挣上几个钱，他净赔了好几万，几乎折腾尽了家底，还差点把命搭上！这也是他贩运史上遭遇的最严重的一次"滑铁卢"！

人不能在一条道上走到黑，也不能在同一个地方犯同样的错误。当然，也不能因噎废食。可是当你感觉到那条路已不适合你走的时候，就一定要及时刹车，调转方向，另觅他途，万万不可意气用事，误了前程；在同一个地方犯同样的错误，那是世界上最愚蠢的人才干的事情，犯的错误也是最低级的错误，他张祯不干也不犯！当然，张祯后来之所以借此不再搞贩运粮食的生意，还有一个重要原因，那就是和他一样贩运粮食的人越来越多，人多手稠，能赚钱的空间也越来越小了。

贩运粮食的生意从此熄灯，但这不等于他什么买卖都不做了。不做买卖他干什么去？不做买卖，他凭什么在经济上打翻身仗？我们在前面说过，张祯的脑子够用，张祯的手底下有活，张祯的眼睛里有一部"生意经"。当他不再贩运粮食的时候，另一个机会已经悄然来到了他的家门口，就等着他打开大门伸出双手迎接了。

冬去春来

冬去春来，又一个播种的季节开始了。

河西的冬天很漫长，河西的春天很短暂，往往让人们还没有太怎么感觉到春天的气息，夏天就已经悄然到来了，花红柳绿，草长莺飞，大地一片生机。因此，这里的春播就显得特别的紧张，人们必须紧紧抓住时机，与时间赛跑，才能在有限的春播时间里把种子撒进田里去。也因此，这里的人们，往往是全家大小一齐上阵，人欢马叫，到处都是一派繁忙景象。那是怎样一个宏大而又辛苦劳作的场面啊，没有真正经历过的人想都想不来！

地处腾格里大沙漠南缘的流泉村，当春天刚刚到来的时候，乡亲们就都全部出动了，甚至老人、上学的娃娃们都挎着筐子，顶着料峭春寒，涌到了田间地头，起早晚睡，把一把把化肥撒进犁沟里去。干这种活很累人，每个人肩膀上都挎着一个筐子，一手扶住，一手一把一把地抓起肥料，跟在扶犁人的后面，身子一拧一扭，往犁沟里撒。一天下来，肩膀木了，腰疼了，腿也酸了，手被化肥蜇得惨不忍睹，而且气味特别难闻，回到家里几乎连吃饭的力气也没有了。

张祯也和流泉村的老少爷们一样，在这样的时候，即使生意再怎么紧张，也得放下手来，去到自家的大田里，和家里人一道施肥。有时候遇上大风，沙尘飞扬，呛得人张不开嘴，吹得人睁不开眼睛。流泉村自古以来就是这样，一年四季很少有不刮风的时候，尤其是春天，一场大风往往一刮数月而不停歇，而这段时间又恰好是春播最佳时机。流泉村人很伤心，也很无奈。谁让老祖先把个家安在那个大风口呢？你受着也得受着，不受着也得受着。张祯和村里人一样，在一把一把往地里撒化肥，但是撒在地里的少，被风吹走的多。可是大家只能眼睁睁地看着用血汗钱买来的化肥被风吹走，而毫无办法，心都有些麻木了。一些年轻人不时地发一些牢骚和叹息，都什么年月了啊，人家都早就实现机械化了，而咱们种地还是几千年来一成不变的"二牛抬杠"，把人累得腰酸腿疼的连吃饭都不香，还把化肥都撒到大风里去了，撒到腾格里大沙漠里去了……

有一位老人看到张祯也和大家一样，在那里糟蹋化肥的时候，他很是不可思议，张祯这个村里的大能人咋也和自己一样，糟蹋化肥呢？他心里一动，想起张祯办成的许多大事来，也许张祯有办法解决这个事儿？于是就对张祯说，张祯啊，你是咱村的大能人，走过的地方多了，走南闯北的，见识也多，你能不能给我们买上个像播种机一样的施肥料的机机子，把化肥一次埋进土里去，也好让我们轻省轻省，也少糟蹋些钱？众人听到了老人的话，就都一齐热切地望着张祯，而张祯自己一听这话当时就怔住了。是啊，若是有个和播种机一样的施肥机，不就解决所有的问题了吗？既腾出来了人力，还不糟蹋肥料！同时，他心里翻起了一股热浪，老人话语虽少，可却是代表大家的心声，他们给自己寄予了多大的希望啊。群众现在有困难了，直接问到你跟前来了，你不想办法谁想办法?! 共同致富是老百姓共同的心愿，他当然更知道那句古话所昭示的真理："一花独放不是春，万紫千红才是春。"只有大家都富裕了，大家才能够安居乐业，这个社会才是一个更加和谐的社会。听着老人的话，再看着乡亲们企盼的眼神，他感觉到肩上的担子一下子沉重起来，于是就毫不犹豫地答应了。

但是张祯怎么都没有想到，这一答应便有万钧之力，多少乡亲父老都热切地盼望着他的诺言能够及时兑现，因为他是一个父老乡亲眼里的能人和守信者！他确实是走南闯北，他的见识也确实比一般老百姓要多，他想的也是那么复杂的播种机都能够被造出来，还没有人能够制造出与其同出一辙的施肥机吗？但是他想错了，他不仅自己跑遍了金昌、武威、张掖、内蒙古等周边地区的农机部门，而且还让道上的朋友们四处打听，但得到的消息都很让人沮丧，因为在人们已有的概念和市场调查里，听都没听说过有那样的机器！

张祯很失望，也很迷惘。在很长一段时间里，他食不甘味，夜不成眠，他咋想都想不明白，那么个简单的机器怎么就没有人制造呢？然而就是在这样的困惑里，他萌生了一个大胆的设想，他为什么就不能模仿播种机自己制造一台播肥机呢？播肥机应该有与播种机一样的原理！播种机无非是把种子埋到土里去，播肥机也一样要把肥料埋到土里去！

张祯决定了，他要闯一闯了，他要凭着自己在部队里学到的那一些粗浅的机械知识，也当一回机械"制造师""设计师"，试着制造一台播肥机！他要让父老乡亲不能在他张祯这里失望！路是人走出来的，他不信他就走不出一条阳光大道来！他也想到了生意上的事，如果"播肥机"能够成功地制造出来，那他今后的事业就是它了。

打一枪换一个地方，什么时候都充满了冒险，也充满了成功的概率，但其毕竟只能是小打小闹，几乎干不成什么大事。而这一次事业上的选择与定位，就像瞄准了一个点，在张祯的人生之路上显得特别的重要，也显得特别的智慧。长期的生活积累，以及那位老人无意当中提出来的一个问题，就像从智者脑中一闪而过的灵感被他紧紧抓住，这就找到了打开成功之门的钥匙。正如一位哲人说的那样，人生千万步，但最重要的往往只有几步，这几步走对了，那就意味着人生最大的成功。因此，就目前来看，张祯的这一步几乎是决定性的。

确定了最终目标

确定了最终目标，便锲而不舍，这是张祯的又一人生信条。

1998年初，张祯拿出了前几年搞贩运积攒下来的7000块钱，买来了制造播肥机必备的电焊机和切割机，也买来了钢材等原料，开始了把他的想法变成现实的第一步：创业。这时候，他已经是个名副其实的小老板了，因为他有了两个雇员，他们是被村上人称为"有脑子"的冉佰德和张生银两位。这两个人前者年龄稍长，现在是他的"勤奋机械厂"生产副厂长，几乎把所有的精力都放在了厂子里，主抓生产，在厂子里你很容易找见他；后者年龄稍小，高中毕业后即回乡务农，种了几年庄稼。他还曾经跟着别人的工程队干过，没挣上什么钱，苦死苦活的挣着三百块工资，往往还拿不到手里来。后来张祯看上了他的吃苦精神和为人，也看上了他的智力，就邀请去一同创业。工资除了数月学徒期，一直拿得比较高。现在是张祯的技术骨干。这两人都与张祯既不沾亲又不带故，但是三人的关系却非同一般，按现代人的术语，就是关系铁！因为正是他们当初的通力合作，共同琢磨，才在一个乡村小得不能再小的农具修理小作坊里，或者说铁匠部里，制造出了第一台播肥机，才打下了张祯事业发展的基础！

创业当然是艰难的。

张祯那时候首先遇到的困难是资金严重短缺。因贩粮遭遇车祸，几乎赔光了老本。因此那些启动资金，除了把自家的存粮全部卖掉，向亲戚朋友告借了一部分之外，主要的来源是他以自家的房子为抵押，向银行贷的款。其次是白手起家，没有一个技术人员，就他们三个满手老茧、握惯了锨把子的土包子，也没有图纸，只有冉佰德家的一台旧播种机做样品。但是张祯不可能被这些困难吓倒，再说毕竟他在部队里多少学了一些机械常识，因此他照着那台播种机，依葫芦画瓢，大胆操作，一面画图一面设计，同时进行加工生产。当然，这样制造出来的产品在实际应运中肯定问题不少，就只能边试验边改造。比如播下的肥料太浅了，他就把播肥嘴加长一些；播肥嘴子被土块容易堵塞，他就在播肥嘴的前面焊个挡板……这样，经过十多次地反复试验与修改，终于把乡亲们特别需要的播肥机制造出来了。当时在给这台播肥机起牌名的时候，还颇费了些踌躇，起什么名字好呢？几个人商量了好长时间，起了好多不同的名字，但都因为不理想而难以定下来。后来，当张祯想到几个人用了那么长的时间，起鸡叫睡半夜地设计和制造机器的艰辛与劳苦过程，感慨不已，没有一定的勤奋精神是支持不下来的；又想到这台机器将代替人力播肥，不仅让乡亲们节约不少劳动力，而且能够将肥料全部埋进土里而不被大风吹走一颗一粒。这台机器不正像一位节俭有方、勤勤恳恳的庄稼人吗？想到这些，他的脑子里豁然开朗，"勤奋"不就是一个现成的好名字吗？播肥机因人的勤奋而制造出来，劳动力因播肥机的代替而得到了解放！"勤奋"二字就这样被冠在了他们制造出来的机器上！

1998年的春天来了，春播也就开始了。当张祯的"勤奋"牌播肥机正式投入使用，在自家田里开始播肥的时候，吸引了许多人的眼球，几乎全村的老少爷们都来看稀罕。他们虽然早就听说或知道张祯他们捣鼓制造什么播肥机的事，但具体是什么样子还没有见过，也不知道它的本事究竟有多大。它就真的像人们传说的那么神奇吗？现在，当他们亲眼看到张祯用它播肥而肥料全部被埋进田里，没有损失一颗一粒之后，他们终于相信那个叫播肥机的家伙了，于是就出现了众人争抢购买或定购的场面。现在，光是一个流泉村里，使用"勤奋"牌播肥机的农户已达到了 85% 以上。乡亲们都很喜欢它，因为它为他们解除了长期困扰他们，也让他们头痛不已的心病。他们说，"勤奋"牌播肥机的作用很大，是他们种田的好帮手，以前五、六天紧紧张张也播不完的肥，现在只用三、两天就轻轻松松地播完了。而且，由于没有损失，每亩田最少可以省下三四十斤的肥料。这么有用的东西，你能说它不好吗？！

什么是品质，老百姓的口碑就是最好的品质！

什么是品牌，老百姓欢迎，经济实惠就是最好的品牌！

事实上，张祯所制造的播肥机，无意当中暗合了当今国际农业生产的新潮流，肥料深施所达到的效果，已为不知多少科学家所研究所证实。

事实证明，张祯的这条路子走对了。他再也不用"打一枪换一个地方"式的东奔西跑了，再也不用为每年选择干什么而发愁了。这一次的人生选择，不管对于他个人的事业来讲，还是对于当地的农业生产和父老乡亲来讲，都具有了划时代的意义。他自行设计并制造的"勤奋"牌播肥机已经通过了甘肃省质检局的检验，并被评为合格产品，取得了省有关部门颁发的推广证书。

张祯的付出得到了丰厚的回报。由于产销对路，播肥机非常适合当地农业生产的自然条件，解决了乡亲们的生产所需，产品供不应求，资金回笼得也比较快。只是当年，他的那个作坊式的小厂子就盈利 2 万多元，这让张祯信心倍增，干事业的劲头越来越足了。但就在这时候，另一个问题也越来越困扰他了。当时，他的小厂子设在他们的十四社，具体来说，就是设在他的家里。我们可以想象，一个建在自己家里的机械制造工厂能有多大的规模，能有多大的发展前途？！几乎没有啥发展空间。同时，我们在前面已经说过，流泉十四社是流泉村最东边最偏远的一个社，离村中心村委会驻地还有六、七里路程。而且，那一段路是典型的乡村土路，坑坑洼洼，凹凸不平，平日里的塘土足有半尺多厚。人走过去，晴天一身土，雨天两脚泥，极是难行。周围去张祯家买农具的农民很不方便，颇有微词。

其实，张祯从一开始就已经注意到这个问题了，只是创业之初，厂子很小，只是一个小作坊，干一些诸如拖拉机拖斗之类的粗加工农机具的零星活，当然也对事业的发展前景估计不足，也就没有太过放在心上。现在，他们制造的播肥机已是名声在外，产品供不应求，扩大规模生产已迫在眉睫。但是要在他家大院里扩大规模却是极不现实的，也是不可能的。

张祯为此颇为烦恼与着急。后来，他考虑再三，终于决定将厂子搬迁到人流相对集中，交通也比较便利的村委会驻地去。这样一来，一方面乡亲们买农具近便多了，另一方面也有利于厂子今后的发展。但是做决定容易，实施起来难。这里有两个因素不能不考虑，也不能不解决。一个是家里人的工作不好做。他知道，家里人肯定是不会同意他的，因为新建一个厂子不像盖一间屋子那么简单，毕竟要花很多钱。可是他现有的钱肯定不够，那就得贷款，而且还是一个大数目。家里人怎么肯让他冒那么大的风险呢？另一个是村委会的工作也比较麻烦。当他把他的想法和村委会的刘吉中主任说了之后，刘很支持，但是当和其他几位领导说了之后，就有个别主要领导出于各种顾虑，不太同意，其他人倒都非常赞同他的想法。当然，这两个问题的最终解决说难也难，说容易也就容易。家里人先不要告诉，把保密工作做好就行，等到把厂子建起来了之后，反对也就没有意义了。毕竟，生米已经煮成了熟饭，还有什么好反对的呢？村委会的工作，当然只要发扬民主，以集中制原则办事，也没有什么可说的。毕竟，意见是大家拿出来的，决定是大家统一做出来的，同时厂子建在了村委会驻地，还可以带动小镇的繁荣和发展，何乐而不为？后来的事实证明，他的这两个解决办法都不错。

1999年9月，张祯的"勤奋机械厂"背着家里的所有人在村委会驻地破土动工了。真是奇迹，在建厂的一个月时间里，家里人竟然没有得到一点消息，没有察觉到任何的蛛丝马迹。

当时，他所选择的厂址是两米多深的沙坑，周围没有任何农田，取土垫坑打地基很不方便。没办法，他只好掏钱向乡亲们买土，每车土五块钱，共花了一万多块钱才将沙坑垫平打好了地基。为了节省开支，把每一分钱都花在地方上，张祯就像一架机器一样运转在工地上，即当工程设计师、总指挥，还当现场调度员、记录员，还要和工人们一起执锨填土当劳动者。等到一天的工作完成，就到了深更半夜，张祯常常累得腰酸腿疼，趴在工地上就睡着了。工人们很感动，他们说，张厂长与我们同甘共苦，太难得了，也太辛苦了，哪里像个大老板啊，没有一点派头，没有一点架子！坑垫平了，修墙没有土块，他自己就亲自开着车在村子里挨家挨户地去收购，就像他当初搞贩运的时候一样。在拉电线的时候，为了节省昂贵的电杆费，他就采取挖地沟的方法，把电线埋到了地底下，从地沟里拉了过来……就这样，经过整整一个月紧张的施工，新厂子终于建成了。

张祯说，在他建厂的过程中，得到了许多人的帮助与支持，这让他一直很感动，并把这感动记在心上。特别是原村主任、现任村支部书记的刘吉中，是他张祯搬迁厂址最为积极的支持者。自他开工建设以来，刘书记就一直密切关注着厂房建设进度；当他手中再也没有周转资金了的时候，刘书记毫不犹豫地给他借了两万斤小麦，使他的厂房建设没有受到什么大的影响。当然还有市上和县上的有关部门，以及朱王堡镇的大力支持。你想，他后来之所以热爱社会公益事业，扶危济困，捐资助学，在很大程度上可能都与他在生活中得到的别人的关爱是分不开的。因此，从张祯的经历中，我们深深感到，人活到世上不容易，不管什么时候都要学会关心别人，帮助他人，要知道感恩，知道回报。

新厂子建成之后

新厂子建成之后，张祯这才有机会堂堂正正、满怀喜悦、不用说谎地回到家里。当他向家里人宣布要搬迁厂子的时候，家里人大吃一惊，都以为他在说梦话，还开玩笑说他是不是得了神经病。这么多天了，他动不动五、六天不回一趟家，问起来都说的是外出联系业务去了，谁能想到他把家里的人全给骗了。在不知不觉中，大家都还蒙在鼓里呢，他竟然就把一个颇具规模的新厂子给建起来了，那得花多少钱啊！这时候，大家除了帮着他搬厂子运设备，也埋怨他事先不跟家里人商量商量。

厂子正式投产的开初几天，张祯总是睡不好觉，因为他太兴奋了。他时不时地去各个车间转一转，看一看宽敞的厂房，听一听轰鸣的机器声，看看工人们劳碌的身影，他的心里就像吃了蜜糖一般甜透了。厂子确实比在家里时上规模多了，光是职工人数就是过去的许多倍，由当初的几个人，发展到今天的二十多人，他能不激动吗？而且这二十多名职工，基本上都是本村本社的子弟，而且大多数都是从最贫困的家庭里招来的。他们大多有出外打工的经历，他们知道找工作挣钱的艰难。因此，他们每一个人都很勤劳，都很尽心，就像厂子的名字——"勤奋"一样。他们都会因有了他在自己家门口提供的这份不错的工作，把日子过得好起来，他的心里就特别暖和……看着厂子欣欣向荣的情景，他那颗想要干大事业的信心就更足了。

当然，最初的激动很快就过去了，因为现在毕竟才刚有了一个良好的开始，要把事业真正做大做强，做出特色，站稳脚跟，占领更大的市场，重要的还要看今后市场的发展趋势和新产品的继续开发。现代社会是一个发展太快，竞争异常激烈的社会，尤其是在农机生产行业，随着现代化农业的飞速发展，各种适应其发展速度的先进农机具纷纷亮相，就周边地区，比他的"勤奋"大得多、先进得多、品种齐全得多的农业机械制造企业多的是，他稍有懈怠，就有可能在他还沾沾自喜，陶醉于最初成功的时候，很快就被淘汰出局。因此，静下心来的张祯，又很快进入角色，研发他的新产品了。

他的文章当然还是一个"农"字，顾客还是自己身边的父老乡亲。这是一篇很现实也很需要智慧的文章，因此他处处留心，时时在意，把目光不仅投入到人们耕作的大田里去，也投入到了人们的日常生活当中去，看他们需要什么，看什么样的机械最适合当地的农业生产，提高劳动生产效率，解放生产力，他就想方设法，自行设计制造出什么机械来。比如当他看到人力铡草不仅吃力费时，还出不了多少活，草的质量也得不到保证时，他就设计制造出了一种多功能的铡草粉碎机，不仅减轻了劳动强度，而且提高了草的质量；当他看到老式固定犁铧犁地时存在许多缺陷，一块地犁完了，两边和中间总要留下一道深沟，需要人们花费大量的时间去填平时，他就设计制造了一种四轮翻转犁，使用极其便捷；当他看到人们从外地购买回来的播种机不仅价格高，而且往往还不适应当地自然条件和生产习惯的时候，他就根据当地具体环境，设计制造出了一种适应当地自然条件和生产习惯的播种机；当他看到随着农村家庭养殖业的发展，家家户户饲养的猪、牛、羊越来越多，需要大量的洋芋、甜菜等下脚料来做饲料，而这些东西如果囫囵去喂，很容易噎死牲畜，因此几乎每家每户的大人孩子只要一有空闲的时间，就蹲在那里，在一块木墩子上执刀来将之切成薄片。但干这种活很劳累，稍微干一会儿，腰就酸得受不了了，腿脚也麻得站不起来了，胳膊肘子也抬不起来了。于是他便琢磨着设计制造了一种"切片机"，只要将要切片的东西稍微淘洗一下，就可以连续不断地送进入口去，即省工，又轻松，喂牲畜很安全；还有小麦综合脱扬机、旋耕机、四拖挂车、多功能节煤烤箱炉等，这些农机具很受乡亲们的欢迎，乡亲们都很亲切地称他为"农机专家"，因为他生产的这些产品不仅很适应当地的生产条件，而且价格往往比外面的要低许多。

也正是有着这样那样的先决条件和优势，他所生产制造的多种农机具，不仅很快覆盖了当地市场，而且还远销到了武威、张掖、临夏、酒泉，甚至新疆等地，尤其是到了农忙季节，产品往往供不应求。从销售地反馈回来的信息来看，他的产品销路相当不错。就在你采访他的那几天时间里，他正和你聊着天，还时不时地接到各地经销商的电话，要他赶忙送货过去；也接到不少咨询电话，都是问产品的，也有想代销的。

（当然，不是说每一个经销商想要多少，他就送多少；也不是谁想代销，他就可以让其代销的。在这一点上，张祯做得非常谨慎。关于销售策略，这里暂不多说，后面当专门叙述。）

根据当时产品的生产和销售情况，张祯的"勤奋机械厂"也算是一个实现了经济效益与社会效益"双赢"的民营成功企业。在许多人看来，即使张祯保守经营，不想再扩大什么规模，只要保持现有水平，经济效益也是相当不错的。就他一家人来说，他们的生活水平，已经远远地超出了村里的其他人家，而完全达到了小康水平，甚至"中产阶级"水平，已经够羡煞人的了。

　　但是，张祯却不这么想，并没有到此停下步来的意思。因为，吃老本不是他张祯的人生追求，他不能抱住一棵树不放，他还要继续把摊子往大里铺，他要乘着好政策好时机，甩开膀子大干一场。当时几乎全家人，以及亲戚朋友们，听说他还不满足，还想扩大规模，就都替他捏了一把汗，并约好了似的一齐来劝说他，就像当年阻拦他不要承包治理流泉荒滩一样，让他不要再折腾了，就现有的产业过日子已经绰绰有余，还挣扎个啥？不要吃着碗里的，还看着锅里的。求大求全，不是咱庄稼人的本色，也不是咱庄户人的强项。稍有不慎，弄巧成拙，最后连已经挣下的这点家底都撒花光了。弄不好，别说到手的鹌鹑飞走了，就连煮熟的鸭子也都丢掉了。放着好好的日子不过，却偏要去寻找什么理想！再说了，有几句古话，树大招风，枪打出头鸟！铺摆得太大了太显眼了，难免不会引来什么是非！那时候，张祯就有些苦恼，说心里话，他们说的这些不是没有任何道理，在他创业的道路上不是没有遇到过他所担忧的事情发生。但是那些不都过去了吗？他的事业不是一步一步地在克服所有困难的基础上，发展壮大起来了吗？为什么还要抱着保守的传统习惯和思维不放呢？当然，有的人是失败了，而且失败得一塌糊涂，但那不能全怪社会，最主要的是他们没有很好地把握自己，把握机遇，或经营不善，或投资不准，或过于看重经济效益而忽略了社会效益，或者其他，但基本上都是自己把自己的事业给葬送了。他张祯不是那样的人！但是这一切他都给他们说不明白。庄稼人爱认死理，这他知道，但是让他想不明白的是，怎么连自己的亲人和朋友都不能理解他呢?！

　　其实，这时候的张祯，随着事业的成功，他的思想境界已经发生了巨大的变化，他早已不是当初那个只想着搞点贩运，把自己的小日子过得富裕一些的张祯了。他的思想是深深地扎根于大地之中的，他的境界已经因吸足了大地给予他的丰富养料，已经因对社会的广阔认识而升华到了一定的高度。钱当然要赚，要是不赚钱，那他的企业不就失去意义了吗？但赚钱却不是全部。要是光想着赚钱，那还有许多比办企业更赚钱的行当，他也不是干不来。但那样的话，他还是他现在的这个张祯吗？他想得更多的是，他办的这个企业，不仅使自己的日子过得富裕起来了，而且显而易见，他的企业更多的是带动了当地部分父老乡亲，与他一起走上了共同富裕的路子，这既是自己生活的需要，更是家乡父老和社会的需要。因此，这一次张祯又没有听从家人和亲戚朋友的劝告，依然决然地走上了他自己选择的道路。

当张祯毅然决定要继续扩大经营规模之后，他就认真地实地考察了武威等周边地区农机具发展的现状。他吃惊地发现，在这些地区，农机具的发展速度要比他想象的快得多，而且规模经营也比他想象的大得多，这让他出了一身冷汗。假如他听从了家人和亲戚朋友的劝阻，抱守残缺吃老本，那么，用不了多少时间，不用他自己退出市场，而快速发展的市场就已经把他淘汰出局了！当然，他也有他的优势，他的产品由于以当地土壤特质、气候条件和生产习惯为根基，同时价位也低于其同类产品，因此在某种程度上，已占领了当地市场。但这种优势却不是绝对的，不是一成不变的。你能想到的，别人就想不到吗？你能做到的，别人就做不到吗？轻视对手的人，终将被对手打倒。因此，在这种情况下，就必须紧抓机遇，乘势而上，不错过任何可利用机会，加快发展，做大做强，才能永葆企业的活力，而不被市场所淘汰。

说干就干，张祯马不停蹄地开始动作起来。

好机会总是等着善于思考勤于思考，努力把思考化为行动的人，而张祯恰恰就是这样一个被机会格外垂青、好运当头的人。当时，他想扩大规模经营，首先要做的是进一套新设备，而一套新设备的价格却让他望而却步，因为他承受不起，他也筹措不来。正当他为购置这套新设备需要投入大量资金而发愁的时候，朋友提供的一条信息让他一下子振奋起来。2002年，永昌县离合器厂由于种种原因而宣布破产，其所有的冲床、车床和铣床等十多台设备被公开拍卖，而这些设备正是张祯扩大规模经营不可缺少的设备。因此，他通过多方紧急筹措资金，在政府的大力支持下，最后以比较理想的价格全部买了回来。

设备买回来了，当然得有工人来操作，而现有职工只有二十来人，已经远远不能满足设备运转需要，于是他依旧和过去一样，通过调查，既看本人情况，比如身体状况、文化程度、为人处世等等，又看家庭经济条件和成员结构，最后从村里及村外一些最困难的家庭里招收了数十名新工人，使全厂职工总人数达到比较合理的50多人。在这一点上，张祯的出发点非常明确，从困难家庭里招工，一方面是名副其实的雪中送炭，为困难家庭解除经济困苦，让他们过上比较富裕的日子，这是他最纯朴最善良的愿望，也是他招工的初衷；另一方面，从困难家庭招来的工人，他们大都能吃苦耐劳，但先前却不得不过着艰难困苦的日子，因此会特别珍惜来之不易的比较理想且收入有保障的工作机会，他们会尽心尽力，他们也会像爱自己的家一样，爱着工厂。张祯自己当然也爱护着他的职工们，不仅付他们尽可能高的工资，关心他们的生活，提高他们的技术水平，还特别出钱为他们购买了人身保险，让他们在他的工厂里工作不仅感觉到很有盼头，也很有尊严。

有了一套理想的设备，又有了一支吃苦能干爱厂如家的职工队伍，这就使张祯的企业生产一下子迈上了一个前所未有的大台阶。

说起这些，张祯很激动，但也很清醒。他知道，事业虽然是他经过千辛万苦自己干出来的，但各级党委和政府对他不管是政策上的、资金上的，还是精神上的有力支持却是很重要的因素，而且在某种程度上，还是起决定作用的因素。现在想起事业的最初起步，以及后来扩大经营规模的艰难历程，假如没有他们的大力支持，几乎是不可想象的，或者即使成功了，也不知要走多少弯路，要多费多少时间，要多流多少汗，要多流多少血呢！2003 年，在他的申请之下，通过有关正规渠道，甘肃省农机局和质检局对张祯"勤奋机械厂"生产的"勤奋"牌播种机、铡草机、脱扬机等产品进行了严格的检验和技术鉴定，最后得出的结论是全部合格，并颁发了推广应用的证书。也还是这一年，他的"勤奋机械厂"被金昌市科学技术局命名为"科技明星企业"。

张祯非常幸运，2003 年甘肃省农机局和甘肃省质检局颁发的合格证与推广证，以及金昌市科技局命名的"科技明星企业"称号，其含金量非常高，是真正的"金字招牌"。也许正因为如此，当你问到他为自己的产品做没做过什么宣传促销活动的时候，他说很少做，做也是小范围的，比如 2004 年他组织了一个流泉村物资交流会，挂的另一条横幅就是"勤奋机械厂产品展销会"，他把许多产品都摆在了街道两边，既方便了群众购买，也向来参加交流会的群众宣传了产品。其实对于他们生产的农机具，搞不搞宣传活动，都是次要的，关键是产品要对路子，质量要有保证，信誉要良好。即所谓的"桃李不言，下自成蹊"。你的产品被老百姓认可了，口碑相传，就是最好的宣传。再说了，过去产品品种单一，产量也少，连本地需求都满足不了，还有什么必要搞大规模的宣传活动呢？而现在，企业发展了，产品品种也多了，但由于他的努力，还是真正做出了些成绩，2005年金昌市委授予他金昌市"优秀共产党员"的称号，号召全市人民向他学习；金昌市人民政府与金昌军分区授予他二等功，各级新闻媒体做了大量的宣传报道，再加上2003年的几块"金字招牌"，这不是最好的宣传吗？倒也是，张祯已经成为一个公众人物了，关注他的人自然很多。有一次你乘公交车去河西堡办事，车上几个人在闲聊，一个问另一个："最近在忙什么呢，连个人影子都找不见？"那人说："学张祯呢。"满车人发出了轻轻的笑声。但让你没想到的是，这时坐在最后一排位子上的一个打扮不太像农民的人说："笑啥呢，张祯就是我们村里人，那可是个货真价实有本事的大能人。"忽然的，你就有些莫名的亲切感。通过这几位陌生人几句简短而随意的对话，你觉得自己这次选择的主人公是不会令你失望的。

你笑着问过张祯，现在企业向着更大的规模发展，也还是不做广告宣传吗？他若有所思，然后很认真地说，那说不上。就看企业将来究竟能发展到什么程度。比如说，他们请有关专家在对河西及周边地区农机具市场进行了科学的调查与论证之后，现在正在通过有关部门，向政府递交了"甘肃省永昌县朱王堡镇勤奋修造厂年产3200万元农机产品二期扩建项目可行性研究报告"，如果能得以实现，那宣传活动是非搞不可的。因为到了那时候，他们的产品不再只是以占领本地市场为主要目标，而且本地也没有那么大的需求量，必须打出本土去，拓宽销售渠道，走向更大的市场。而你不做公开宣传，别人怎么能知道你的产品呢？民间宣传，毕竟范围还是很有限。

从这一点上看，张祯作为一个农民子弟，他那智慧的经营之道，确实非同一般，难怪他的事业会蒸蒸日上，做到今天这一步！

营销之道

营销之道，即经营与销售。

现在我们得来看看张祯的营销之道了。

按朱王堡镇党委副书记杨延勇的话说，张祯从一个小小的乡村铁匠铺或者说是从一个小小的农机修理铺起步，用了短短的数年时间，经过奋力拼搏，艰苦创业，就发展成了一个拥有固定资产 160 余万，职工 50 多人，占地面积数千平方米，朱王堡镇纳税大户之一的"勤奋机械厂"，可以称得上是创造了乡村奇迹，一个立足乡村创大业的成功范例。这是一个值得我们每一个乡镇工作者研究、分析和关注的对象。通过认真分析研究，我们也许能够从他的经营之道上，寻找到一条让更多的农民如何才能致富的路子来。

是的，确实值得研究，尤其是他的经营之道。

如何用人，用什么样的人，即是经营之道之一。有人开玩笑说，现代社会你要想把一件事情办好，就得把人"挖抓"明白。所谓"挖抓"人，就是研究人，琢磨人。经营企业，犹如搞政治，其实最重要的是经营"人事"，人用好了用对了，企业就能增添许多活力，产生更大的效益；人要是用得不好也用得不对，那这个企业就基本上没有什么前途可言。在当今中国，几乎所有的私营企业，其管理模式基本上都是家族式的，总裁一般都是一家之主，各部门、各科室等关键部门除了自己的直系亲属，肯定是亲戚朋友。这样的人员结构和管理模式，有利也有弊，而且往往弊多利少。因为都是跟自己有特殊关系的人，这就给企业管理带来了一定的难度。假如这些亲属或亲戚朋友在企业里和普通员工一样工作，拿着一样的待遇，而且在工作中都能独当一面，还很会团结其他员工，与企业休戚与共，那就好办多了！但是如果他们在企业里因为和老板有着特殊的关系，就把自己与普通员工区别开来，泾渭分明，不是更加严格要求自己，而是更加放纵自己的行为，并且什么时候都似乎有着一种特别的优越感，总是自视高人一等，这就不好办了。再如果他们什么本事都没有，什么活都干不好，却还要拿高工资，要好待遇，动不动颐指气使，派头十足，把工人当奴才，这就必然引起其他员工的反感与不满，那这个企业也就走到了尽头。

这样的例子不胜枚举。有一位关系很不错的朋友，十几年前趁着全民办三产的机会，挂靠到一政府部门，办了个集体性质的小企业，刚开始效益很不错，用的员工几乎都是通过各种手段，从其他同类企业挖来的技术尖子。但随着企业的发展，各种社会关系就都找上门来了。朋友的心肠软面情薄，明知人多无用而是非还多，但还是不好拒绝，照单接收，再加上一些非理性管理因素，使企业人数急剧膨胀，吃闲饭的多了，混日子的多了，而效益却没有水涨船高，反而一路下滑。更为严重的是，这些通过各种门子进来的人，大多数不懂业务，又不好好钻研学习，还要待在好岗位，还要比别人多得实惠，这就引得其他员工怨声载道，最后纷纷跳槽，另谋出路去了。这一去可就伤了企业的元气，他失去的不仅仅是企业生产的中坚力量，而且还失去了技术，失去了人气。更要紧的是，这些跳槽的技术力量纷纷办起了与之相同的小厂子，还带去了他的许多客户。也就是说，他无意当中培养了许多竞争对手，原本属于自己的地盘，却让他们你一块我一块地瓜分了。最后一脚踹得最狠的也是最疼的，恰恰是他最信赖的一个主管了数年核心部门的亲戚，因为正是这位亲戚，在他不知不觉的情况下，悄悄也办了个同类的小厂子，使他的客户资源与人力资源丧失殆尽。他走投无路了，最后不得不宣布破产，被拍卖的设备还资不抵债，现在两口子开着一个小商店艰难度日。谈起这些，他总是唏嘘不已，失去的不仅仅是一个企业，甚至连亲情都几乎丧失殆尽，但后悔为时已晚，他已年近花甲，再也没有东山再起的希望了。另外一位朋友却要比他幸运得多，因为当他最初发现问题的时候，马上采取了果断措施，狠下杀手，坚决辞退。他说，你没有饭吃，我尽可能地给你一碗吃；你创业需要帮忙，我可以资助钱物，但就是不能赖在企业。经过大刀阔斧地一番整顿，企业起死回生，走上了正常发展的轨道，现在把个生意弄得红红火火，蒸蒸日上。

从张祯的经营来看，他是深谙此道的，因此在他的厂子里，基本上不存在家族式经营这一说。在这次采访的过程中，你曾经特意问过张祯，在厂里工作的职工都是一个一个从村里的最贫穷家庭里招来的吗？他说基本上都是，当然也有个别不是的。不用家里人和亲戚朋友是他用工的规矩，但也不是一成不变的，也不是无条件地教条化地那样去执行。古人还有所谓"举贤不避亲"的美谈呢，更何况是现代社会。

你请他举个例子说一说。

他说，比如销售这一块，负责的是一位亲戚，具体说来，就是他的内弟，名字叫王兴成。为什么要招一个亲戚来负责这一块呢？这里面没有什么特殊的原因，就是他的内弟在来"勤奋"搞销售工作之前，一直在做收购废旧钢铁的生意，还会一些电焊手艺，常年走村串户，熟悉很多地方也了解农机上的行情，见多识广，比较会来事，也算是个见过世面的人。由他来做销售，有着别人所没有的先天优势。同时，他的这个内弟虽然是岳父家中唯一的一个男孩子，也是最小的一个孩子，但却没有染上我们所常看到的那种在家中具有特殊身份的孩子极容易染上的毛病，比如娇生惯养、好吃懒做，性格怪异等等，他身上都没有，而且人品还相当不错，为人很本分，脑子活泛。自来到"勤奋"后，更是尽心尽力，兢兢业业，先做电焊，后搞销售，把销售工作做得相当出色。交给他办的事，很让人放心。但是，他拿着和其他员工一样的待遇，除了基本工资，再就是销售提成了。这和其他员工拿计件工资一样，没有什么特殊之处。

再比如他的"勤奋钢材公司"的经理白兆贵，原来也是做贩运钢材收购废旧钢铁生意的，因为业务上的关系，他成了对方最大的也是最讲信誉的客户，并把关系发展成了很铁的合作伙伴与好朋友。最后由于两人比较投缘，张祯看中了白兆贵的经营能力，也看中了他在生意场上的高信誉度（白的为人也是很坦荡的）；白也特别佩服张的为人、处世方式与敬业精神，就应张祯之邀，来流泉与张祯合作办了一个比较有些规模的钢材公司，隶属"勤奋机械总厂"。其钢材除了保证供应自己的厂子需要之外，还和周边一些新老客户做生意，向外销售。是张祯事业蓬勃发展的强力支持者之一。

在这一点上，我们不能不佩服张祯用人的高明之术。白也是一个久在江湖的人，在做钢材生意这个行当里，也算是个人物。据白兆贵自己说，他在武威双城那边的时候，是和叔叔一块做的，摊子也比较大，当然没有现在这样大。后来他到张祯这边来办钢材公司，叔叔很伤感，但他还是来了。树挪死，人挪活，想干大事不闯怎么行呢？到流泉来，他当然很有开拓市场的愿望。流泉虽然在金昌的边缘，但却是一个三县听鸡鸣的三角地带，这里人口密集，只是一个小小流泉村，就有三千多口子人，近万亩土地，如果再算上唇齿相依的周边村社，那就更大了，是一片发展农机具的广阔天地，很有市场前景。随着"勤奋"事业的不断发展与壮大，钢材的需求量也持续增长，有了自己的钢材公司，在降低成本方面，很有潜力可挖。同时，"勤奋"的名声在外，到流泉来的外地客商也就多了起来，钢材生意会更好，现在的年营业额大约在100万左右。这些当然是吸引他来流泉开公司做生意的重要原因，但更重要的是，还是张祯这个人的人格魅力以及他的"勤奋机械厂"的发展前景。

通过几年交往，白兆贵觉得，张祯这个人不仅是个干大事的人，有眼光，有思想，有魄力，有能耐，勤劳俭朴，为人正直，诚实守信，而且还是个热肠子人。白兆贵说，在生意场上厮混久了，许多人不管是成功了还是失败了，都往往容易改变自己的本性，一些成功者财大气粗，挥金如土，目中无人，唯我独尊，而且自私自利，贪婪无度，一切都被金钱腐蚀了，寻找不到一点当初的影子了；一些失败者则往往一蹶不整，放任自流，失去了往日创业时的锐气进取之心等等。但是张祯他没有改变，他的事业说大也不是很大，说小也不是很小。他虽然涉足商场二十年了，事业也越来越发达，但他依旧保持着那份磊落坦荡的做人原则与豁达的生活态度。与这样的人交往，你会觉得很放心很踏实，你也会在潜移默化中受到影响。再者，"勤奋"虽然是个新厂子，起步也比较晚，但是发展却很快，远远快于周边同类企业。这一方面有广阔市场的原因，另一方面还是有一个会经营的人。不管干什么事情，其实人的因素是最重要的。他到"勤奋"来创业，和张祯之间的关系很融洽，他们的关系是合作关系，是互利互惠的关系，也是一种股份关系。尽管二人所投资金一样，但张祯基本上不干预他的经营，因为他们互相信任，有钱大家赚。即所谓疑人不用，用人不疑。

除过王兴成、白兆贵这样的两个亲戚与朋友，厂子里还有一个位置和身份都比较特殊的人，那就是他的妻子王春香。她是2003年厂子搬过来后才过来的。过去她基本上不参与厂子里的事，她种着家里的几十亩地，照管着两个孩子的生活与学习，他经营着他的厂子，只在农忙时间帮一把。前两年，她患了一场重病，再也干不动大田里的活了，就把地分给了他的几个兄弟去种了，再加上两个孩子也都长大了，大的一个在金川公司技校学习，小的去年参军入伍，在兰州当了一名武警。家里再也没有什么事需要她干了，便来到了厂子里，多少照顾一些丈夫的生活，也帮着职工灶上干一些采购柴米油盐之类的零碎活，或者干脆去帮厨。她是个闲不住的人，她总是帮着别人干一些力所能及的活计，没有一点老板娘的派头，倒更像是一个不领工资的编外"职工"，尽职尽责地看护着丈夫的"勤奋"！

在关于用人上，你忽然想起另一件事来。

那天张祯领着你去参观他的"流泉村民兵林"的时候，遇上了他的五弟，精精干干的一个小伙子，正在那里带着家人栽树浇水整地。你问张祯，咋不让他到厂子里去干活，打虎还靠亲兄弟呢，自家兄弟总是个好帮手。他说，不能让他去，他也去不了。再说，他想让人家去，人家还不一定去呢。

你问为什么。他说，一方面，家里有许多地要种，现在种地虽说都是机械化，但总得有人进行田间管理；年事已高的老娘要有人照顾，他是老小，老娘就在他跟前。另一方面，人家还嫌在厂子里干活累得慌，又不自在。另外，虽说亲兄弟明算账，但真正操作起来是有一定难度的。你给他给得少了，你心里过不去不说，他自己也不高兴；你给他给得多了，你又承受不住。

你又问，那他的日子过得怎么样。张祯说，日子过得比他自己滋润，至少没有他辛苦，没有他繁忙，没有像他那样一年四季东奔西跑。除了自己家的几十亩地，他又把自己的地给了十亩，这一次荒滩地除了那十九户村民包去了190亩，剩下没人包的五十亩就全给他了，近百亩地你算算他一年有多大的收成？现在的地可值钱了，农业税不上了，还有退耕还林的好政策！按去年每亩平均纯收入计，光他给的六十亩地就能收入几万块钱！也就是说，张祯虽然没有让自家兄弟到厂子里来上班，但是却给提供了让他自己净挣几万块钱的生产资料！到底还是亲兄弟啊。

你随意问他弟弟，那么多的地，一个人能种得过来吗？他弟弟笑笑说，种是能种过来，就是有些吃力，今年把二十亩又让给别人种去了，没有去年多了，人也就轻松了许多。你又问他，听你哥说，你也开着一个电焊铺铺子，是真的吗？他说，他那是小打小闹，修犁打铧的农闲了，挣俩零花钱。

就像他们的二哥，虽然也在家里种着地，但还经营着一台联合收割机（康拜因），麦收季节弟兄几个走南闯北也能挣几个。

此话不虚。今年六月份当你又一次去流泉补充采访张祯的时候，他的那几个兄弟已经开着他们的康拜英下了陕西赶麦场去了，家里只剩下三个媳妇子，一边照顾着年迈的老母亲，一边侍弄着庄稼。

好大的气派，好一个兴旺而有理性的大家庭。

其实，张祯从一开始创业时，他就没有让自己亲兄弟参与过，也没有让亲戚们参与，这是他给自己定的规矩。我们在前面已经说过了，他招收员工有两个因素必须考虑，一个是家庭确实困难，要么是家庭人口多，又没有来钱的路，只能守着几亩庄田过日子的人；要么是家庭人口少，不能长期在外打工挣钱而家庭经济状况也比较差的人，这两类人他必须照顾到，他要让他们把日子过得好起来，与自己一同致富，这是他的心愿。另一个因素是，所招工人必须有一定的文化，人品好，踏实肯干，要热爱自己的工作。同时还要有理想，爱学习，努力在工作实践中提高自己的技术水平等等。这两个因素考虑到了，才能有一支素质较好的职工队伍。

当然，随着企业的进一步发展，产品技术含量的进一步提高，将来若是需要继续招工，他就不可能只那样单纯地考虑了，还要考虑一些城市国有企业体制改革之后的有技术的下岗职工，一方面为他们解决生计，尽自己的绵薄之力减轻一些社会负担，另一方面要为自己的企业发展注入新的活力，充分发挥他们的技术优势，提高产品质量，树立企业新形象！

说到销售问题，你曾经问过他，每次他给每个销售点送多少货，他说各种产品基本上保持在十台左右，售完再送。这让你有些不明白，既然各销售点上销得这么好，咋不多送呢？张祯说，那些销售点都是些小商店小门面，不能多送，送多了会出问题的，这是最起码的经营之道。比方说，农机具的销售季节性很强，送多了，他那里极容易造成积压，货款不能如期回收，会造成周转资金的紧张。"勤奋"是小厂子，小本经营，产品积压不起。这当然不是最重要的，但若是出现信誉比较差的经销商，事情就难办了。再说了，咱们也没有那么多的货可送，就目前的生产规模与生产能力，根本无货可压。想想也对，害人之心不可有，防人之心不可无，其实这也是他过去搞贩运生意时得出的经验教训。尽管他对人是诚恳的，守信的，但未必所有跟他打交道的人就都和他一样。

然后，你又问到另外一个问题，每次送货数量有限，不就增加了运输成本吗？他笑着告诉你，那倒不会，因为几个代销点的销售数量大都差不多，因此每次送货收款，他基本上按大致需要数量，一路过去，给每个代销点或多或少地都送上了。原来如此，不在行当之内，就想不到这一点，问了一个贻笑大方的问题。

既然还有那么多的人想代销，咋不多设销售点？现在外面一共设了多少代销点了？你想到电话中有人想设代销点的事，就问他。他说，现在一共有四十多个代销点。但是代销点设多了，并非全是好事，因为除了本地，外地的市场还没有完全打开，或者打开了也就那么大，大家都来吃同一碗饭，谁都就吃不饱了。再说了，设代销点是个很严肃的事，他必须去做实地考察，不仅要考察当地的农机市场，而且还要考察代销商的信誉度。若随意答应人，又恰好遇上了个人品不怎么样的人，那不就糟了?! 一方面，你的货款极有可能永远也收不回来；另外一方面，也会使企业的信誉受到损害，个人的名誉也会受到影响。别人就会用另一种眼光看你，看看他都交了些什么样的人。这岂不是得不偿失的事。

这是真话。那天临近中午的时候，来了一个开着小型农用车贩原材料的外乡人，一面卸着货，一边讲价钱，还一个劲儿地夸"勤奋"生产的翻转犁多么多么好，他那里的人都很喜欢等等等等。但张祯却打着哈哈只说价钱上的事，不谈其他。后来结账的时候，外乡人提出要带些翻转犁过去代卖，但张祯不答应。他对那外乡人说，抵账可以，代销不行。外乡人有些不高兴，但张祯不答应，他也没有办法，最后只是带着抵账的几张犁嘟嘟嚷嚷地开着农用车离开了。那几张翻转犁的价钱比出厂价还低许多，张祯说自己最多保个本，但那家伙把那几张犁一出手就可以赚几百块。你问为什么不让他代销呢，挺好的事儿？

张祯说，这个人不地道，和这种人打交道，你不能不防着点。原来他们因为业务上的关系，早就熟悉了。对方也早就提出想代销产品的事儿了，但他去考察了一番，就没有答应。

像这种情况还有不少，但张祯没有答应一个，这是他的经营原则，也是他为人处世的原则，由此，我们也就看到了张祯丰富而清洁的精神世界。至于产品在本地的销售，当然不存在任何问题，乡亲们基本上都是直接到厂子里来拉。有钱没钱，把东西先拉回去用着再说。他的抽屉里有许多白条子，全是乡亲们购买产品时没有付账的欠条，目前已达40余万元。

你说，要是欠得太多了，不就影响资金周转了吗？

他说，欠的时间一般不会太长，乡亲们只是暂时手头有些紧，只要稍微宽裕些，也就很快还回来了。即使有的人时间拖得长些，也没有什么大不了的，乡里乡亲的，一家一户能欠多少。你说欠账时间的长短大致是什么情况，他说有几个月的，也有两三年的，最长的已经四年多了。这句话他说得平平静静的，但却听得你直咂舌。40万，经年累月地欠，他也真能沉得住气！

最后你问到产品的售后服务问题，这也是销售环节上的重要一链。张祯说，由于"勤奋"产品质量基本上能得到保证，维修不多。当然不多不等于没有，这世上还没有十全十美的东西。但是，只要是自己出售的产品，他都实行免费跟踪保修，以诚信、优质服务吸引客户，解决了客户的后顾之忧。你问他，维修经费每年大致能支出多少？他说，大概也就是两三万吧。两三万？说得多轻巧！那可是厂子里两三名高级工一年的工资啊。也就是说，张祯每年要白白支付两三名高级工的工资。他的这种做法当然引来了许多职工的埋怨，他们不理解他们的张厂长这种明明白白"吃亏""赔钱"的做法，有时候也不免发几句牢骚，有这样做生意的吗？又不全是质量上的问题，凭什么让大家无偿维修？几万块钱能办多少事呢，即使拿出来给大家搞福利也每人能得几百块呢。

张祯当然理解职工们的情绪，客户送回来维修的产品，确实往往并非质量上的问题，而大部分是使用不当或者是自然因素造成的。按理，这样的维修收一定的成本费用还是可以的，客户也不一定就不认可，但张祯自有张祯的考虑，有些事情合理却不一定合情，他特别清楚乡亲们的钱是怎么一分一厘从土里抠出来的了，为了买一台机子，一家人也许一年都见不着一点肉渣子，一年都没有一件像样的衣服穿。将心比心，他也是从苦日子里挣扎过来的，乡亲们太难了！再说了，机子是从你的厂子里出去的，你不维修谁维修？

有一个小故事。这个故事你没有亲自从当事人那里听到，是听别人转述的。有一天，从民勤来了一位老乡，拉着数年前买去的一台农具来找张祯，说是哪里出了毛病，请张厂长给修一下。张祯二话不说，先检查农具的毛病，然后叫来了负责生产的副厂长陆水清，让他赶忙给修理一下，老乡生产上等着急用呢。陆水清叫来了几个人，三下五除二，该换的零件换上，不该换的零件也给换上，很快就修好了。老乡问张祯得多少钱，张祯笑着告诉他，不要钱。老乡有些不相信，还以为是自己听错了，待着张祯向他解释说"勤奋"牌农具是免费维修的之后，很是感动，连声道着谢，满意地拉着修理好的农具走了。

站在一旁的陆水清有些不高兴，他们这次活又白干了。想到张厂长经常这样做，已经引起其他许多职工的不满，于是鼓足勇气对张祯说，张厂长，咱们经常这样做太不合算了，大家私下里都算过一笔账，光这样的维修咱们厂一年要赔两万多，咱赔得起吗？张祯笑了，他当然知道这样的维修自己得赔多少钱，但这是应该的，是不能不这样做的，不管是出于什么样的理由。他对陆水清说，小陆啊，再赔也得干。第一，乡亲们手头紧，日子过得都不宽裕，大家都知道，他们挣俩钱不容易，比咱们要难得多，让些微利给他们，就等于咱们大伙帮了他们一把；第二，咱们免费维修，搞好售后服务，这是工厂商家靠诚信占领市场的必要手段。想过没有，咱们这样做，不等于是用了很少的钱，却做了个大广告活广告吗？这位老乡肯定会告诉其他更多的老乡，买"勤奋"农具，用着实在，用得放心。因为咱替他们解除了后顾之忧。这样一传十，十传百，如果吸引来更多的农民用咱们的产品，咱们的产品销量不就上去了吗？销量上去了，还愁挣不来那一点维修费?！现在是亏了些，可将来有大赚头，这个道理你还不明白？一席话说得陆水清直点头，心里亮堂了许多。

到底是厂长，想的就是比大家伙儿多，看得也比大家伙儿远。跟着这样的厂长干活，何愁没出息！最后张祯让他把这些道理顺便给其他职工讲一讲，他张祯就是这样的人，就是这样干事业的。同时，他还要陆水清明白告诉大家，他张祯不会因为免费维修而损害大家的利益，大家该得多少还是得多少。只要大家把活干好了，有他张祯赚的，就有大家挣的。只要他张祯的锅里有，就不能让大家的碗里没！

流泉村里有一位年过花甲的老人，名字叫赵登泰，是个有名的乡村艺术家，快板王，别看他年龄大，又没有多少文化，可是脑子特别好使，还好玩，只要遇着了让他动心的事，他能随口便来，编出那么一段子快板，和乡亲们说一说，和大家伙儿乐一乐。对于张祯办厂，把个寂静的乡村弄得热热闹闹，俨然一个小镇子似的繁华起来，他和村里的许多老人都一样，几乎高兴得无法形容。流泉村什么时候还有过那样的气势！他说，在一个小小的流泉村里，张祯能办起那么大的厂子，有那么多的年轻人成了工人，在那里拿工资，挣大钱，他都活了六十多岁了，还从来没见过。他编了一段快板，向大伙儿这样叙说："说说勤奋厂的'双培双带'共产党员张经理，他的厂子规模大，塑料大棚钢屋架；各种机器都造下，群众要啥就有啥；物美价廉人人夸，他是民营企业家……"对于张祯的治理荒滩，他唱道："还有件事儿说一下，流泉自古风沙大，张祯同志有办法，沙窝推平树栽活，保护庄稼不受沙，人民群众都夸他……"这不仅仅是赵登泰老人的心声，更是流泉村所有人的心声。现在，老人已不怎么下地干活了，每天和几个老弟兄坐在一起，在张祯支持下成立的"流泉村老人自娱班"里，聊天，编快板，其乐陶陶，滋润得很，也快乐得很。

这就是张祯的经营之道，也是他的成功之路。在瞄准了市场，确定了生产方向和产品定位之后，如何用工如何用人，如何提高产品质量，如何把产品推向市场并拓宽销售渠道，如何把售后服务做好，如何回报社会，这在张祯的经营当中，都是环环相扣的。如果我们所有的民营企业家都和张祯一样去思去想并去做，怎么能做不成事情?！如果我们所有的民营企业都和"勤奋"一样，分析市场，准确定位，牢牢地把握机遇，并尽可能地利用各种社会力量，把企业做大做强，事业何愁不成！

改建 "勤奋机械厂"

改建 "勤奋机械厂"，这是你听一位从朱王堡来的朋友无意之间说起的。

2005 年 4 月 17 日，当你乘金昌发往朱王堡的客车去流泉采访张祯的时候，他筹资 130 万元的 "勤奋机械厂" 扩改建工程正在热火朝天地展开。在陪着你到施工现场参观的时候，他一边和工地上的人打着招呼，随意地问一些事情并指点一二，一边向你介绍工程概况。

张祯说，这还不能算是二期扩建工程，只算是一期的后续建设吧，或者说仅仅是改建。因为当时是背着家人仓促修建的，时间上拖不起，怕的是夜长梦多。再加上受资金等因素的制约，同时也没有想到企业能发展到这一步，厂子修建得比较匆忙也比较简陋，车间只是在钢架结构上铺盖了一层玻璃瓦。那东西遮遮风雨还行，但是夏天抵挡不住太阳的强烈照射，又不透风，因此工棚下面就像蒸笼似的，热得要命；冬天挡不住寒，冻得要死。工人们在下面干活虽然比出外打工强得多，但也很辛苦。他常常不得不在最难熬最难过的那段时间里为工人们放假，停工待时。而且还存在着安全隐患，比如说，夏天工人们热得受不了，就不管你的再三叮嘱，不穿劳保服，光着膀子在那里挥汗如雨；冬天工人们冻得受不了，也不管你的什么操作规程，戴着手套就上了机床操作起来，这些都是很不合规范，也是很危险的。但你看到当时那种酷热难耐和酷寒难当的实际情况，批评他们的话怎么着你也就说不出口了。因为，细究起来，其实责任在你而不在他们。你是企业法人代表，是企业主；你是一厂之长，你是管理者，你没有很好地解决这些问题，你能怪谁?!

还有一点，工棚式的车间不能隔音，只要一台机器转动起来，全厂子的人管你愿不愿意，就都得听那巨大的轰鸣声。职工宿舍和食堂，都因陋就简，能用而已。假如所有的职工都要吃住在厂里，就不可能容得下。另外，成品库面积太小，根本就存不了多少东西，许多未来得及运走的成品都搁置在外面。现在企业逐渐走上正轨，规模也越来越大，改建厂房势在必行。因此，他说，他又向村里以每年 6000 元的租金，无限期租用了十亩土地，就在原总厂的后面，进行全面修建，再过数月，就将所有的车间及职工宿舍与食堂都搬到里面去，实现标准化管理。而过去的车间进行维修与改建之后，成为钢材公司的新厂址。这样下来，新厂房加上老厂房，光厂子的面积就比过去翻了数番，已达 1 万多平，很有些规模了，他笑笑说，至少，它像个正规工厂了，给客户的印象要比过去好得多吧。为了强调，他还对你说，等过上数月，你再来的时候，就完全变样了。

你相信这样的设想。因为你已经看到了美好的前景，五个标准化占地面积 6000 平方米的马鞍形大厂房修建在厂址的东面和南面，其主体工程已经建起来了，从外观看上去很气派。职工宿舍区即生活区建在厂区的西面，占地面积 1000 多平方米，是一排砖石结构带檐廊的平房，地基已经打好了，墙体也已经起来了。张祯告诉你说，他自己设计的职工生活区，实际上是一个集职工宿舍、活动中心、会议室、阅览室、食堂、浴室、洗手间等为一体的多功能建筑，他要让他的职工们享受到和大工厂工人一样的福利待遇，他要让他们在一个很文明很优美的环境中，愉快地工作、生活与学习。

当然，他这样设计的目的，还在于方便对全体职工的正规化、科学化管理。张祯说，他的职工队伍构成毕竟都是农民，文化程度都普遍偏低，大多是初中毕业，当然也有少数几个高中毕业，还有一个自费大学生。他们先前都是握锨把子种地的，即使现在，在农忙季节他们依旧还是要回到大田里去，继续干庄稼活。如何让他们完成由耕田种地的农民向机械制造的工人角色转换，这是他最近一直在思考的问题。他发现，由于他的工厂建在乡村而不是城镇，他的工人们在家门口上班而不是在城镇上班，因此他们几乎每一个人都还自认为是趁农闲搞副业，是为他张祯张老板打工，还没有认识到他们早已不同于一般的农民，而是一家与自己根本利益密切相关企业的员工。他尽管给他们发了统一的工作服，但他们在上班的时候，大部分人的着装还是五花八门，就像那些在城市里东奔西跑四处打零工的民工。他说他曾经多次给职工们讲，大家要明白自己在这个小地方的身份，要注意自己的一言一行，要注意自己的仪表仪容，因为进了工厂的大门，你是企业一员，要尽职尽责；走出工厂大门，你依旧是这家企业的一员，你要有这个企业蓬勃向上的精神风貌，因为你的形象代表着企业的形象。当然这个工作不是一天两天就能做到家的，得慢慢来，循循善诱，循序渐进。教育、培养和造就一支合格的具有高素质的职工队伍，是一个非常艰难的过程，也是一个系统工程。他之所以花大力气改善职工生活环境，就是从这个目的出发，他要以人性化的管理方式，把这个工作干成功。他是军人出身，因此他想的是以半军事化的方式管理自己的职工队伍。

他一定能够成功的，因为他有干大事业的理想，也有干大事业的决心、信心与韧性。不说其他，就单从他那什么时候都显得若有所思的神情上，我们也能看得出来。即使在跟你说话的时候，他那和善的表情后面，也隐隐透露出了一种正在思考什么的不为其他人所知的内容。有人说，这样的人是一个有性格，棱角分明，也有思想的人。这话说得不错，放在张祯身上也确无不妥之处，但考察他走过的创业之路及他那丰富多彩的心路历程，我们发现张祯更是一个即有思想又有行动的人。他总是在做着化思想为行动的实践与努力。还有人说，红脸堂的人，是一个血气方刚的人，一个忠厚善良的人，更是一个大智若愚的人。这一切特征张祯都有，在天山高寒区，修筑了五年公路的经历，强烈的紫外线让他的脸孔充满了健康的紫红色；回到故乡的大田里劳作，一年四季风雨无阻的搞贩运做生意，使他的性格得到了进一步的磨砺，对社会的认识丰富了许多；贫穷的生活，创业的艰辛，使他对人生的冷暖更有了彻骨的体味……对于一个这样的人，你能说他的事业干不成吗?!

在参观完他的新厂房施工现场和机器轰鸣的车间之后，回到办公室里，他给你简单说了说新厂房建成之后所要做的主要工作，其实也就是企业今后进一步发展的规划。

前景规划

前景规划，首先当然是产品质量的进一步提高和新产品的研究开发。

农机市场的竞争说穿了，竞争的其实就是产品的质量和一种适合于农业现代化生产的新产品的研究与开发。张祯的企业是在一没有技术二没有资金的基础上，白手起家，摸着石头过河，完全靠自己琢磨着干起来的，这就注定了其技术的先天性不足。为着提高产品质量，他常常忧愁得吃不好饭，睡不好觉。提高产品质量，也就是提高产品的技术含量；要提高产品的技术含量，就得有这方面的技术人才。我们在前面已经说过了，在张祯创建"勤奋机械厂"的时候，所有的一切产品都是张祯自己琢磨着设计并生产出来的，而他只有在部队上学到的一些粗浅的机械知识，在某种程度上，是根本不能适应现代企业发展的。

为了弥补这一不足，他从一开始就到处寻找和挖掘技术人才，在周边许多农机具企业边考察边寻找。但是在好长一段时间里，都没有找到自己需要的人才。但是，他不灰心，他相信"精诚所至，金石为开"的老话，后来终于经朋友介绍和推荐，认识了时在甘肃省机械总公司武威汽车配件厂任技术员的张主德，并很快成了志同道合的朋友。张主德当然不能纯粹撂掉他所从事的技术质量管理和农机产品研制开发的工作，而到他的"勤奋机械厂"里来上班，因此当他力邀其来加盟的时候，张主德没有满口应承，但答应来做技术指导，而且很快办理了一年的停薪留职手续，用2003年整整一年的时间常驻"勤奋机械厂"，从事质量技术管理工作。

2003年，是张祯的"勤奋机械厂"技术质量均得到腾飞的一年。在他和张主德的共同努力下，攻克了一个个技术难关，对职工进行了一些基本的技术培训，多少改变了过去那种粗放式管理、凭经验干活、无法创新、生产上不了规模的被动局面，使产品质量有了大幅度的提高。一年的时间很快就过去了，张主德不得不回到他的原单位去。由于张祯自张主德走后，一直没有寻找到合适的可以顶替的人，最后不得不和他定了个合约，那就是每周张主德来一趟，张祯负责车接车送。

你去采访的那一天，张主德正好来厂里，因此有机会和他交谈了一会儿。张主德说，张厂长很尊重他请来的技术人才，他和全厂职工一样，一直都叫他为张工。他是1995年毕业于华北工学院的，学的专业是模具设计与制造，已经工作十年了，有一定的实践经验。因此，当张祯邀请他来当技术指导之后，他毫不犹豫地就答应了，因为那是他的专业与强项。同时，他经过对张祯的了解，他觉得这个人是个很能干也很会干事业的人，智商不低，在老百姓当中的口碑也不错，很值得一交。他来到厂里之后，很快地就发现了在企业管理当中存在的许多问题与漏洞，同时他也发现张祯本人对这些问题早就有着清醒的认识，因此，如何改进，两人很容易想到一起去，解决起来也就方便得多了。

谈到张祯这个人，张主德说，这人没啥说的，是个人物。他之所以答应张祯到"勤奋"来，本来就是冲着张祯的为人和干事业的精神来的。这个人文化程度不是很高，但是办事有板有眼。他尊重科学，尊重知识，能吃苦，爱钻研，脑子里装的东西并不比科班出身的人少。他还很有主见，对自己认准的事，有一股锲而不舍的精神。同时，这个人很善良很忠厚，待人很真诚，很关心职工的生活。什么时候都把职工的事放在心上，就像对待自己的事一样。比如说他来的时候，带来了一个叫张君昌的朋友在厂子里干活，有技术有能力，人不错，活干得也不错，张祯很欣赏。但是张君昌身体稍有残疾，说话有点结巴，虽无什么大碍，可是终身问题却由之一直解决不了，因此思想压力很大，心事很重，对生活热情不高，一度还想离开厂子回家去。张祯知道这件事后，很替他着急。一方面好言好语安慰他，给他做思想工作，另一方面积极为他物色合适的对象，着手解决实际问题。据说光为给张君昌说媒，张祯就花去了好几千块钱，不仅亲自跑了许多地方，还托了不少其他人，最后终于把事情给圆满地解决了。听说最近他回家去了，都要准备结婚了。你想想，遇上这样的热心人，别人怎能不深深地感激他。

在说到开发新产品的时候，张主德说，留意生活，感受生活，这大概就是创新的意思了吧。张厂长是一个很有心计的人，其实他早已胸有成竹，自从他创业以来，他把眼睛一直盯在庄稼地里寻找活路，看农民生产最需要什么样的机械，才能减轻劳动负担，尽可能地解放劳动生产力。这两年，经过他仔细认真地调查与研究，他发现当地农民种洋芋、挖洋芋很费力费时，他就琢磨着要设计制造洋芋种植机和洋芋挖掘机，以减轻劳动负担与强度。据说样品已经制造出来了，正在田头试验；当他看到农民们收完玉米后，收割玉米秆子还要重新用手工来割，收回来再铡成秸子，做青贮饲料。（这是当地农民一种很科学也很实用的贮草方法，就是把玉米秆子趁绿铡好，贮藏在地窖里，主要是用来喂羊喂牛。现在的羊们很幸福，基本上不用出圈到戈壁滩上去觅食，却一年四季吃的是青草，此所谓圈养。）这个活的完成过程很费力也很费时，于是他就想着要是能开发一种玉米联合铡草机，待玉米成熟收完棒子后，再将这种机子开进地里去，一趟过去，连割带铡，全收拾得干净利落，既省时又省力。据说这种机子的样品也已经制造出来了，也正在大田里试用。当然还有其他一些新设想，都在他脑子里酝酿着。

后来，你把这个话题问张祯，他说他一直就是这么干着的，要是不琢磨着开发新产品，企业就根本没有竞争能力，也没有发展前途。他说，为了开发新的农业机械，他准备与兰州理工大学、甘肃农业大学和兰州大学谋求建立一种校企合作关系，共同开发很有前途的农业机械；还想与甘肃省农业机械鉴定站、甘肃省农业技术推广中心联合开发新产品，以尽可能地适应飞速发展的农业现代化大生产。

其次是职工综合素质的培养与提高。

张祯说，他之所以投资兴建多功能职工宿舍，就是为了引进现代企业管理理念，以人为本，加强企业文化建设，实现定置管理，普遍提高职工综合素质。这里面包括的内容比较多，比如说活动中心的成立，目的是让职工在业余时间有个活动场所，打打乒乓球，下下象棋，玩玩扑克等等，丰富职工们的业余文化生活，提升大家生活的品位与质量。当然最重要的是，这将是一间教室，他要在这里请有关农机专家和农业技术人员给自己的职工授课，分期分批培训他们，让他们具有一定的专业技术能力，彻底改变过去凭经验干活而不是凭技术干活的大老粗式的工作方式。比如阅览室的设立，所读书刊报纸不仅仅限于专业方面的工具书，还有其他方面的诸如文学艺术等等，让职工们在阅读中吸取知识的营养，了解外面的世界，丰富自己的人生，从精神方面彻底改变那种"一张犁铧二亩地，搂着老婆炕头睡"，或者"两亩薄田一头牛，老婆孩子热炕头"的传统的生活习惯。比如标准化食堂、宿舍、浴室、洗手间等等，都是为了给职工提供一个更为干净、卫生、明亮、整洁的优美生活环境，让他们在紧张的工作之余，有一个怡神养性的生活空间，同时也是为了培养他们良好的生活习惯与方式，彻底改变过去那种"进厂一身尘土，出厂一身油渍"的邋里邋遢的形象。再比如定置管理。所谓定置管理，是现代企业管理的一种正在尝试中的新模式，在他的感觉里，这种模式似乎和军人生活有点像，是不是从那里移植过来的，也未可知。但他喜欢那样的生活方式，他就是在那样的生活环境里，磨炼了坚强的意志，学会了做人的方式，打下了闯世界的基础，比如被子要叠得有棱有角，床铺始终保持干净整洁，喝水杯子、刷牙缸子和毛巾都要放在一定的位置上等等。他有进行这种管理的条件，他的职工大部分是流泉村的民兵，甚至基干民兵几乎全在他的厂子里。所以，他以军人的方式来管理职工队伍建设职工队伍，是件一举两得的事。

最后他告诉你，等厂房建起来之后，院子全部用混凝土打出来，就是现成的运动场了，而且还有一个灯光球场。他们现在几乎所有的文娱活动主要是借用村小学的操场来搞，不太方便。今年"五一"厂里要举办一场全员性的运动会，他准备自己拿出 5000 块钱，用于购置运动服和对优胜者进行奖励。运动会的项目分为篮球、乒乓球、象棋、扑克等等。

他说，他想以这种方式，一方面丰富职工文化生活，让职工过好"五一"节，让职工切身感受到在"勤奋"工作，不仅尊严，而且快乐；另一方面，他想借此机会，让大家在充分发挥自己个人水平的同时，还要形成群体意识，只有大家拧成一股绳，力往一处使，才有可能取得最后的胜利，摘得丰硕的成果。假如都各自为政，各行其是，或者中间有谁偷了懒、耍了滑，都有可能影响大家的成绩，让整个团体失利。让他们能够明白，他们虽然都是一个一个的个体，但又是集体中的一分子；他们的个人力量虽然有限，但若是大家团结起来了，就会产生无穷的力量；只有把大家的力量凝聚起来了，才有可能取得骄人的成绩。当然，说到比赛结果，其实最后的输赢都是无关紧要的，紧要的是让大家都参与了，而且也努力了，人心凝聚到一起了。举一反三，他要让职工们在这类文娱活动中深刻体会到，在企业的生产活动中，也需要这样的团队精神，需要大家团结协作，才能使企业一步一步发展壮大起来。企业发展了，产品卖出去了，最好的效益也产生了，何愁不能发家致富，把日子过到人前头去？他张祯不是那种为富不仁的人，他在什么情况下，都会考虑大家的利益。他说，他宁可自己少赚点，也要让工人们多得到些实惠，与他自己一起发家致富。这是他做人的原则，也是他办企业的目的！

在这里需要说明的是，张祯本人就是一个体育爱好者，从小就爱好各类体育运动，尤其是乒乓球、篮球，都能来几下。据他自己说，还有一定的水准，只是随着年龄的增长，工作的繁忙，现在不怎么玩了。乒乓球水平究竟怎么样，你没有亲眼看到，但是篮球水平却看到过一回。就是你刚到流泉的那一天。那天下午快下班的时候，他召集了全厂职工开了个简短的动员会，布置了"五一"运动会的事，接着就带头到了流泉小学的操场，开始分组训练。他所率领的一组首先上场，意在以身作则吧？当你看到他在一群年轻人中间，即当教练，又当运动员，拖着沉重的身体，左冲右突，奋勇当先，毫不怯场的样子，心里忽然产生了许多感动。他毕竟是一个身体明显发福的中年人了，他在那群只有二三十岁的年轻人中间，显得有些鹤立鸡群，也有点孤独，有点力不从心。但是他坚持在运动场上，坚持与职工们在一起，与大家同甘共苦，同舟共济，这不正是他所倡导的团队精神在他自己身上的具体体现吗？有了这样的带头人，"勤奋"的事业何愁不成？！

用文体活动的形式，团结凝聚全体职工的战斗力，也是张祯管理企业的一种有效手段，其实这也正是企业文化的真正内涵之一。记得以前在为一家企业所写的一篇反映企业文化建设的报告文学当中，有一段借他人之口对企业文化建设的理解，在这里照录下来："所谓企业文化建设，说到底了，就是企业在发展过程中形成的群体意识与价值观念，就是企业精神的培育，就是一切为了发展生产，要想法设法建立真正的人性化工厂，以维护广大职工的切身利益为重，努力增强职工的主人翁意识，凝聚广大职工敬职、爱岗和无私奉献的精神，以确保生产的顺利进行。"你想到，张祯虽然没有把企业文化建设上升到理论高度，但是他却理解其精髓所在。他的所作所为，正是对企业文化建设的最好实践。由此，我们有理由相信，张祯事业的明天将更加美好与灿烂。

2005 年 6 月 29 日，经过紧紧张张三个月的施工，张祯占地面积一万多平方米的新厂房终于胜利竣工并投产了。这一天，流泉街上彩旗飘飘，车水马龙，整个一个过大年闹社火的景象。"勤奋机械厂"扩建竣工剪彩暨揭牌仪式，很隆重地开幕，市、县、乡三级党委和政府有关单位前去祝贺的领导及客人就有上百人。

你注意到这些来客的结构很有特点，除了市政协副主席谢杰同先生、县人大主任吴自升先生和县委一位副书记，还有永昌新闻媒体的记者、朱王堡镇党政主要领导之外，其他人就主要是农口单位上的领导与客人了，也就是说，这些人既是来祝贺的，也是来"检查验收"的，张祯"勤奋"的上级管理，能归到许多有关的部门去，当然最主要的是市农牧局，具体来说就是市农机监理所。

你和其中的几位比较熟悉，和他们闲聊，从中了解到，这几年来市农牧局根据市委和政府有关指示精神，加大了对"勤奋"政策、技术和资金上的扶持力度。比如说，作为市农牧局"农业机械化应用技术研发示范点"，有三个项目就在"勤奋"进行，一是"化肥深施机"项目，就是要让农民彻底告别手工撒肥的传统方式，解放生产力，同时充分发挥化肥效力。对于张祯来讲，就是在技术上给予支持，进一步改进播肥机，使其具有更高的技术含量；二是铡草机项目。这是一个旨在发展畜牧业，大力推广"舍饲养殖业"的项目，张祯的"多功能铡草机"经济实用，深受农民的欢迎，因此作为支农项目，他们首期订购 1000 台；三是研发玉米秸秆青贮机。这个项目还是为了发展畜牧业，也是张祯早已琢磨开发的新产品，现在农牧局主要是资金和技术上的支持……他们说，其实他们做的工作和张祯做的工作性质基本上是一致的，那就是一切为农民服务！

你想，有了这么多的社会关心与支持，"勤奋"的腾飞，指日可待！

下篇

造福桑梓，
用真情回报社会

典型张祯

典型张祯。张祯俨然成了一个新时代的典型。

你虽然是一个容易被真实事件感动的人，但不是一个太容易相信传媒的人。在那一段时间里，本地报纸、电视、电台等媒体上，不间断地出现了有关张祯的消息和新闻报道，他的出镜率很高，几乎和某些领导干部的出镜率差不多了。但你当时并没有当一回事儿。这年头，出于这样那样的需要和目的，造几个"英雄"和"典型"太容易了。再加上当时正在全体党员当中进行"保持共产党员先进性"教育活动，这样大张旗鼓的宣传一个退伍回乡的民营企业家，让人总觉得其中藏有什么猫儿腻。

当时你问过许多人，张祯是干什么的，他们说好像是个退伍军人，问其他便就不知道了，甚至连他是什么地方人都不知道，有说是双湾的，有说是宁远堡的，也有说是永昌的等等，唯独没有人说是朱王堡的，是流泉村的。还有一点很让人起疑，既然这个人有那么多的感人事迹，可为什么以前从没有见过对他的宣传与报道？一个优秀人物的成长，绝不是一朝一夕就可以成长起来的，这是谁都知道的常识。而现在这个优秀人物却好像是忽然从天上掉下来的一块宝石一般，在金昌大地上闪闪发光；是一夜之间从流泉滩那个沙窝窝里冒出来了一棵参天大树似的，遮挡着风沙！说给谁谁信？！

可见，对于似乎是为适应某种形势的需要而树起来的典型，有许多人的态度是很暧昧的。但后来那次"张祯事迹报告会"却让你对这个被媒体炒作得热火朝天的人物有了浓厚的兴趣，原因是这次报告会虽然是市委组织的，但做报告的人都是张祯本乡本土来的，一个是朱王堡镇党委副书记杨延勇，即是张祯的朋友，也是张祯事业的支持者；一个是受张祯资助在流泉村办春苗幼儿园的民办教师滕辉霞，还有一个就是张祯自己。尽管他们朴素的发言和浓郁的乡音，让你当时没有听清多少内容，但又正是这些触动了你的某根神经，尤其是那个"一双袜子过大年"的细节，以及投资 21 万元治理荒滩黄沙的大动作，让你感动不已。一个过去给老婆过年只能偷偷买得起一双袜子的人，现在竟然能一次性投资 21 万元治理荒沙，投资 40 万元搞公益事业，还有一个拥有固定资产 160 余万元的私营企业，这中间的反差实在是太大了，大得好像是神话，好像是一个以行乞为生的贫民儿突然变成了富可天下的王子！

这个张祯是一个什么样的人，究竟是怎么发达起来的，他走的是一条什么样的道路？你喜欢对自己感兴趣的事来个寻根究底，也喜欢自己去寻找事物的真相，以证实自己的某些观点，更喜欢用文字的形式，向更多的人揭示寻找到的某些真相的细枝末节。于是当时间到了 2005 年 4 月中旬的时候，就带着诸多疑问走近流泉，走近张祯，以零距离的方式寻找想寻找到的答案。

天气确实不错

天气确实不错，那一天。

你记得那天是 2005 年 4 月 17 日。

那天早晨，太阳还没有升起来，心中有事，就早早起来了，天空难得的晴朗，空气难得的清爽，心情难得的舒畅。这对于你即将开始的采访来说，是不是一个好兆头？但是坐在从金昌发往朱王堡的晃晃悠悠的客车上，却有些焦急，也有些心神不定。尽管客车为了多拉几位乘客而走得很悠然很从容，为你提供了欣赏窗外戈壁风光的充足时间，但你却没有多少心思去欣赏。

你不知道你的采访能不能顺利进行，张祯这个人究竟能不能成为你理想的采访对象，媒体所宣传的有关他的事迹究竟在多大程度上是真实的，有多少的含金量等等，这些都是未知数。另外，对于朱王堡镇，总是有一些莫明其妙的想法。朱王堡镇，虽然已有十多年没有去过了，但其名字却时时可以听到，图像时时可以看到。她就像是一位萍水相逢的朋友，见了一面之后，就天各一方，但她却总是把影子投射到你的视域之内，让你看到了她不可思议的日益丰满的姿容。因为在你的朋友当中，有许多朱王堡人，每一次回家，他们总是能带来朱王堡的最新消息，同时朱王堡镇是省、市、县命名的"明星镇""文明镇"，更是"全国村镇建设先进镇"，还有许多听起来让人咋舌的全国性的荣誉称号，比如中共中央组织部授予的"全国先进基层党组织"、中共中央组织部、宣传部和人事部命名的"人民满意的公务员集体"，还有共和国农业部、国家体育总局和中国农民体育协会联合授予的"亿万农民健身活动先进乡镇"等等，甘肃省授予的各种荣誉称号则更多，其含金量都极高。面对这些灿烂辉煌的金字招牌，让你不得不产生许多联想，金昌大地近万平方公里，为什么最美丽的花朵都绽放在了那片土地上？那片土地上又有什么样的营养，是谁给了她风调雨顺的年成，才使奇花异草在那里争相竞放，万紫千红？

你想起了十几年前随着市文明办的几位朋友去朱王堡镇的事。那是去看望一对年轻夫妇赡养的一位与他们自己毫无血缘关系的老人。他们说，那一对年轻夫妇，真是了不起，那位鳏寡孤独的老人真是有福了，他没有想到孤独一生，到晚年了还会遇上那么好的一对年轻人，让他衣食无缺，老有所养。后来听说，在朱王堡镇那样的情况很多。而现在又出了个张祯，此人不仅无缘无故地认下了许许多多的穷亲戚，而且还创办下了偌大的一家私营企业，让贫穷家庭里的五十多个年轻人在他的企业里上班挣钱，带动着许多人与自己一起勤劳致富。是什么促使他那样做的？他有着一种什么样的精神境界与人生追求？他对普通老百姓的亲情是怎样产生的……这样胡思乱想着，客车终于晃晃悠悠地用了两个小时将我撂到了朱王堡镇上。

朱王堡镇的变化当然很大，大得让人多少有些辨清不了方向，过去记忆中的朱王堡镇早已是荡然无存，展现在眼前的完全是一座小型的现代"都市"，繁华而井然有序。接站的朋友是一位朱王堡镇中学的老师，喜欢在业余时间搞点文学创作。他说他已在那里待了十多年了，对于朱王堡镇的变化历程当然了如指掌，他很有发言权。他说他的妻子为了跟他到朱王堡镇，连在陕西老家的工作都不要了，现在经营着一家服装店，一年的收入远远高于在故乡上班所挣的工资。他是不是想以此说明朱王堡镇的魅力？你没有问，他也没有说。时间已近中午了，他带你到市场一家稍具规模的两层楼的川味酒家去吃饭。他告诉你说，那个大市场是当地一个房地产商投资修建起来的，资本很大。你问有多少，他说听人传的，可能上千万或近千万吧。你暗暗吃惊，朱王堡镇真是个藏龙卧虎之地啊。你又问，朱王堡镇像这位房地产商一样的富人多不多？他说不是很多，但也不少。接着，他举了不少例子来说明，但没有几个让你记住。而这样说的结果，话题自然就转到了坐落在流泉村的"勤奋机械厂"和它的创始人张祯，你此行的采访对象。

朋友说，像张祯那样有钱的人在朱王堡更是俯拾即是，多得海了。你说那怎么都没有听说过？他说，张祯和其他有钱人不一样，不然他怎么有那么大的名气?! 你问有什么不一样？他说，张祯是一个很精明的生意人，他不像有些过去没钱而现在有钱了的人，不把穷乡亲放在眼里，看不起老百姓，自视甚高，而是更关心普通百姓的生活与疾苦，因此他是一个很平民化的企业家，他走的路子和别人不一样。你说咋个不一样法？他沉默了一会儿然后说，张祯确实和别人不一样，他虽然是一个名副其实的民营企业家，但总是把自己定位在农民这一社会角色之上，但又与普通农民不一样，他看得要比普通农民远得多。他的原始积累看起来很简单，就是靠给农民修农具，适应农民生产的需要，为农民制造生产工具而积累起来的。干这样的活，其实利润是很低的，但若是干多了，积少成多，积铢累寸，薄利多销，正像俗话说的，"馍馍渣子攒成了大锅盔"！这就是他的原始积累过程。想一想，农村是个多么大的市场啊，尤其是农机具市场。有许多人也盯着农村市场，但他们往往盯住的是农民的纯生活消费市场，而没有想到农民的钱来得不容易，除了生活所必需，每花一分钱都会前思后想，看花得值不值得。尤其是对生产资料的购置，可能要比生活资料的花销更看重。因为生产资料的购置，为的是地里有个更好的收成。张祯是个聪明人，他正是看到了别人没有看到或者是不愿看到的巨大的土地上的潜在市场，同时他又尽可能地让利于农民，为农民着想，他生产的农机具可能包装比不上外地产品那样的精细，但却结实耐用，价格便宜，受到了广大农民的欢迎，才一举成功了。当然，他成功的另一因素是，他赚了农民的钱，他也知道回报，除了尽可能地让利于农民，同时他也做了不少的社会公益事业，修路、助学、治沙、扶危、救困等等，从而赢得了民心。

你说，看来你了解得不少也思考得不少啊。他有些不好意思地说，其实，他早就想写一写张祯了，这边的人对张祯都比较熟悉，也算是一个明星级的人物了。他是一个喜欢舞文弄墨的人，对各种各样的社会新闻和公众人物还是比较敏感的，他早就从当地民众的口中和一些零碎的宣传里，感觉到了张祯的写作价值，几次产生了写一写张祯的冲动，但是当他去考察了几次之后却不得不决定放弃了，因为对于张祯这个人以及围绕着张祯所发生的事，不管对于谁来讲，都是个大题材，也是个好题材，但是以他目前的功底，确实有些把握不住。写作者谁都清楚，对于一个大题材一个好题材，要是没有一定的成功把握，千万不能急着动手或者是硬动手，不管是急着动手还是硬动手，肯定会最终伤害了这个题材也伤害了自己。

听了朋友的一番解释，你一时竟然无话可说，只是满满地喝了几大杯子啤酒。那么，你能把握得住吗？这不正暗合了从起程到一路之行时的种种疑虑？也许是他感觉到了什么，他笑着说，你这一次下来真是好得很，张祯这个题材若是没人去写就太可惜了。只是不知道你是代表官方立场还是民间立场？你说，你只代表你自己。其实不管是官方立场还是民间立场，对于张祯这个人都是一样的，他是一个让官方和民间都认可了的人物。同时，他的事迹确实感动了你，你想你可以从更人性化的角度去理解他，也就是"以人为本"，走进他的内心世界，写出一个真实的张祯。他说，那就没问题，张祯这个人丰富得很。你笑了笑，说尽力而为吧。只要目前所宣传的张祯事迹都是真实的，就问题不太大。

直奔流泉

直奔流泉。吃完饭后，想到张祯可能已经上班了，朋友叫了一辆面的，你们直奔流泉。

朱王堡镇离流泉村大约十几公里路程，全是黝黑的柏油路面，车行其上平平稳稳。你无意当中赞叹了一句，流泉的这条路还是修得不错啊，却没有想到那司机接上了话茬说，这路铺上柏油没有几年，大概是前几年才铺上的吧。记得是一九九九年先修的沙石路，一九九九年之前全是土路，难走得很。别说十块钱，就是二十块钱，也怕没有人来。你开玩笑说，有那么邪乎吗？看你的年龄，一九九九年你是不是还在上初中啊？司机说，那时候我还小，但我经常走这条路知道。真的。你没有走过那样的路你不知道，车子根本颠得走不成。

朋友接口说，差不多，过去我来过，是骑着自行车来的，一个来回，满身尘土。这路也就是四、五年前才硬化铺上柏油的，是完全靠流泉人自己的力量修起来的。那时候还是老支书滕光明当政，张祯是民兵连长，党支部委员，是修建朱（王堡）流（泉村）公路的积极支持者和参与者。那时候他的厂子还没有从十四社搬到村中心来，铺柏油的时候他好像才刚搬过来。那司机回头看了一眼你说，师傅是去采访张祯啊？张祯没有买上车之前，经常坐出租车，朱王堡镇上的出租车，没有哪一辆他没坐过，你问他就知道了。他现在的司机毛忠全过去就是开出租车的，张祯经常雇他的车四处跑，俩人熟悉了，就把他叫过去挣固定工资去了。你笑了笑，没有搭腔。看来这司机对你的玩笑话认真了，就搬出张祯来强调。看来张祯的诚信为人，已经成了大众品牌！

当然，这个大众品牌也是张祯自己创出来的，是他以自己独特的人格魅力和为人处世的原则铸就的。就拿眼前这条路来说，里面就倾注了他不少的心血。人们正是通过修这条路，认识了一个真正的张祯。

据有关资料记载，这条路是过去流泉村通向朱王堡镇、通向外界的唯一道路，在未用柏油铺面之前，确实是坑坑洼洼糟糕得很。想一想，流泉村三千多口子人，走的是这同一条道；流泉村大大小小的车辆，也挤在这条道上！小小的一条土路，承载着多大的负荷啊？尤其是遇上刮风下雨的天气，就更是尘土飞扬，泥泞不堪。老百姓叫苦连天，怨气很大。就连上面来检查工作的领导干部，也为要走这段路而头疼不已，谁也不愿到流泉来，怕到流泉来，流泉因之而就更成了一个边缘村。

在你后来采访村支书刘吉中的时候，他笑着说了一段故事，说近几年来，张祯出名了，流泉也出名了，不管镇上、县上，还是市里，来流泉视察工作的领导干部特别的多，市上四大班子的领导，军分区的司令政委都来过了。有位现在已在家抱孙子的老村干部抹着泪对他说，他当了一辈子村干部，还从来没见过县委书记长的啥样子，而现在连市委书记、市长都亲自到咱流泉村来了！还是你们年轻人能干啊，张祯是个大能人哩！刘吉中还说，过去镇上考核成绩的时候，流泉永远是倒数拔尖，而现在连续四年都排在顺数第一名，2004年还被市上命名为"文明村"。这不能不说是大家共同努力的结果，也是张祯带动的结果。

二十世纪末，流泉村新一届村委会上任后，首先想到的是为群众解决修路这个老大难问题。他们每位的心里都非常清楚，这一届村委会要是还不能把群众的这块心病给治好，那村委会就没有脸面再见全村三千多口子父老乡亲，就失去了全村老百姓的信任，也就失去了做好任何工作的基础。在老支书滕光明的主持下，全体村委会成员开了动员会，大家纷纷表态，积极支持，一定起到带头人的作用。但是当请来的工程技术人员把工程预算给大家通报之后，大家一下子惊呆了，全部工程预算竟然达到120多万元！120多万，对于刚刚摆脱贫困，基本解决了温饱问题的流泉村，无疑是一个巨大的天文数字。咋会有这么多？众人纷纷提出疑问。工程技术人员细细给大家算了一笔账，光是铺垫路基就需要沙石料5万多方，按全村3000多口人平均算，每人要摊到13方左右，而且还要到30多公里以外的沙滩上去拉运！每个人平均13方，每户又是多少，大家心里一本账，光是到沙滩上去拉沙石料，每家的拖拉机要来回往返几十趟啊。再算一算劳力帐，按紧紧张张两个月工期预算，那又是一个什么数字?! 大家听到这里，稍微地松了一口气，原来是把拉沙垫土、劳动力都算上了。这些都可以自行解决，咱们农村人算账啥时候还把自己的劳动力也算在内的? 只要让他们少掏腰包，干多少活都好说。

虽说大家松了一口气，毕竟现钱要不了那么多了，农户也不用为凑不出那笔钱而担忧了，但心里却并不轻松。他们细细地把将要遇到的难题列了一遍——

一、如果一些农户以各种理由为借口顶着、拖着不干怎么办? 其实这是一个很现实的问题，在任何地方，都有那么一些难缠的人，干什么事情都能无理搅三分;

二、几千号人、几百辆车为了拉运沙石料，颠簸在一条道上，安全问题又怎么办? 农民的私家车，五花八门，光拖拉机就有许多种，农用车的种类就更不用说，大大小小不下十数种，这些都可能造成安全隐患;

三、沙石料的质量谁来保证? 不是所有的沙石料都能用来铺路垫基，铺路有铺路的特殊要求;

四、施工技术人员的吃住怎么办，由谁来承担?

五、最后的资金不到位怎么办?

……

条分缕析，这一切的一切，那一项都不是那么容易解决的。张祯作为支部一员，当然有他的责任与任务。但和书记、村长比起来，就轻松多了。其实，细论起来，他还确实可以袖手旁观，拿事的是你书记、村长，做主的也是你书记、村长，修与不修，与他张祯又有何干? 工程一旦开工，他那个电焊修理部，就有干不完的活，就有挣不完的钱，何必操那门子闲心! 然而这只是普通人的想法，张祯却不是一个普通的人。当然，我们说他的不普通，只是就他的共产党员身份，只是就他的思想境界和前瞻眼光，只是就他的人格人品来说的。其实，修路这件事情，从一开始，他就是一个坚定的支持者;从一开始，他就把它看成自己的分内之事。从立项、规划到实施，他就一直紧紧地跟在书记、村长的后面，哪里有困难，他就到了那里。

俗话说，万事开头难。就在村里好多人还在观望的时候，张祯第一个开着拖拉机上了工地，拉来了第一车沙石料。不仅如此，他还积极动员自己的兄弟们、亲戚们和朋友们响应村上的号召，很快进入劳动现场，并在极短的时间里，率先完成了村里分摊给他们的任务，为工程的顺利进行打响了第一炮。一些不愿修路的群众，在背后嘀咕，张祯这个二愣子傻大胆，就是爱出风头，关自己什么事儿那么积极的，放着好好的钱不挣；自己要出风头，还把别人拉来给自己垫脚；那路过去没有人修，祖祖辈辈也走过来了……不一而足，但是张祯没有把这些当回事，他依旧按照自己做事的方式，做着自己的工作。因为，绝大多数群众还是理解他的，在他的带动下，他们纷纷出动，投入到了热火朝天的修路工地。

张祯是一个细心人，也是一个很较真的人。除了干好属于他的那一份，还经常和村委会的其他人一起，认真检查其他工程情况。有一次，在他和村委会的其他人一道检查路基的时候，发现有一户人家沙石料虽然拉来了，却没有摊平，影响整个施工质量，就上前督促改正。但是没想到那人却大发脾气，说他是狗拿耗子多管闲事，说他是偏心眼，故意当着村领导的面整他。张祯没有生气，而是耐着性子地做工作，希望他能从长远出发从保证质量出发，把沙石料摊平。不想那人不但不听，反而还怒气冲冲地操起手扶机摇把子要打他，说要给他点颜色看看。当然，最后在众人的劝解和批评之下，那人放下了手中的摇把子，乖乖地摊平了那车沙石料。事后有人问张祯，为什么当时他不生气？张祯平淡地笑笑，生什么气？也许他那天正好为其他什么事儿气闷着呢，又偏偏遇上没干好这个活而受到当众批评，心里自然不好受。你要是再发火，那不是火上浇油吗？等他气消了，也就没事儿了。

还有一个小故事，也很能说明张祯做群众工作的智慧与耐心。有一户人家从一开始，就顶着不干。张祯和村委会的人多次上门催促，但那人就是不理，最后却和他们玩起了捉迷藏的游戏，他们从前门还没有进去，他已经听到声音就从后门里溜出来走了；他们进了院子，那人走不掉了，就把自己反锁在屋子里，假装不在。最后终于费了好大的劲儿，才把他挤在了屋子里，软磨硬拉地做通了工作，并帮着他把拖拉机发动着，这才上工地拉沙石料去了。这种软磨硬拉的工作，当然只是针对那些有能力干却不愿干或有意跟你对着干的人，而对于那些真正有困难的农户，张祯就用另一种办法来解决了。村里有两户比较特殊的人家，一家是妻子残疾，男人确实无力去拉沙石料；另一家是家贫，没有运输工具，没法去备料。张祯知道之后，什么话都没有说，就把自己家的四轮机和厂子里的农用车无偿地开了出来，并亲自帮着拉石料，替他们完成了任务。他说，像那样的人家，你不帮谁帮？原本就已经很可怜了。

一九九八年是张祯"勤奋"事业的初创期，他刚刚试制出了很适合当地农村应运的"播肥机"，很受乡亲们欢迎。可是正当他准备大批量进行生产的时候，修路工程开始了。作为党支部委员，为了全力支持村委会的修路工作，他不得不白天跑在工地上，晚上回来再安排厂子里的事。而且他的电焊修理铺，在那一段时间之内，虽然干了许多活，把几个工人忙得团团转，比如张家的拖拉机坏了，李家的修路工具坏了，工程上的推土机、压路机、刮土机坏了，都到他那里去修，而他为了给乡亲们省钱，只收成本，不计其他，因此基本上没有什么钱可赚。从外乡来的工程技术人员没处吃饭，他实在看不过眼去，就常常请他们到他的电焊修理铺里去和工人们一起吃，分文不取……这一切的一切，在老百姓眼里面，张祯这个大傻帽，实在是傻得有些过分了，是真正的吃了大亏，可是张祯并没有当回子事。他说，造桥修路是造福子孙后代的大事，个人小小的得失又算得了什么呢？咱现在还没有力量办什么大事，那就先从小事干起吧。再说了，他在流泉村怎么着，都能算得上是日子过在大伙前面的人，也算是一个小小的有钱人，那点亏他还能吃得起！

让流泉人伤心了多年的"朱流公路"终于在大伙儿的共同努力下修成了。老百姓看到村委会这次确实为大伙儿办了好事实事，心里也就转变了对村委会的成见，对村干部的信任感也就逐渐加强了。尤其是民兵连长张祯那种不计私利，一心为公的作风，深得大伙的敬重。那些过去对张祯有所误解的群众，也打心眼儿里对他起了敬佩之意。他们说，假如我们的村干部都能像张祯一样，那咱们何愁奔不到小康去！

到流泉了

到流泉了，一道高悬的彩门迎接了你。

据说，这道彩门是张祯为了优化厂区环境，也为了树立流泉村的形象，自己出资 5 万块钱修建的，这也从门两边立柱上的标语就可以看出来："立足特色塑勤奋形象，坚持创新兴流泉经济"，门楣上面"流泉村"下边是"实践三个代表，争创一流业绩"十二个红色大字。进了彩门，不仅听到了机器的轰鸣声，还看到了路两边全是商铺店面，柏树成行，还有高高矗立的路灯，不远处一栋全部用瓷砖贴面的小白楼静静地蹲在那里（后来知道，这是永昌县第一栋村委会办公楼，是流泉人最值得骄傲的建筑，也是流泉人艰苦创业，发展乡村经济的象征），还有高高的自来水塔……这哪里是一个小村子的布局啊，明明是一个商贸集镇嘛！朋友说，这一切离不开张祯，那铺面是张祯因为村里没有其他人响应村委会号召"谁建设，谁所有；谁使用，谁受益"，自己出资近 20 万元修建起来，又以低廉的租金租给农户经商圆了老板梦的；那路灯是张祯架起来的，那柏树也是张祯为美化村委会驻地而栽植的风景树……这一切张祯花了两万多元。

好大的气派啊！试问，在还比较贫穷落后的乡村，还有谁能做到？

出租车在"勤奋机械总厂"门口停下，朋友还要回去办事，就让出租车稍等一会儿，然后和你一起走进了"勤奋机械总厂"的大门。院子里有点乱，一进门的地方正在改造一间房子，泥巴遍地，给人的印象不是太好，但后来却知道是因为厂房扩建刚开始，那一片完全属于扩建范围。在你一个月之后再去时已经拆除了的那个大办公室里，当你们的双手握在一起的时候，就算是和张祯真正地接触上了，你走近了张祯。

记得当时你告诉他，由于疏忽没有带介绍信和有关证件，他摇了摇头说，没事儿，张部长已经打电话说了，还要那些干什么。再说了，你带去的那几本自己的书和所办的近几期杂志，就是最好的证件了，还要什么?!

这是一个红脸堂的汉子，浓眉大脸，个头中上，标准的西北汉子。他的外貌和他做报告时稍微有些出入，记得他当时在台上显得比较矮胖，甚至有些臃肿，再加上他的方言土语，看不出他与其他人有什么不一样来，但至少没有大众印象当中的那种生意人的精明。一场报告下来，不知道擦了多少回汗。但现在出现在你面前的他，是有些中年人的发福，却不是那种让人难堪的暴发户的肥胖和不堪，而是一种成功人士常有的气派。当后来说起那天做报告的事，他稍微有些难为情地说，那天早晨去金川之前，天气有些凉，他就穿了一件毛衣，上场前不仅没有脱下来，反而还又挂了一条绶带，再加上那种氛围，聚光灯照在脸上，实在是热得受不了，却没有想到给你留下了那样的印象。

当朋友告辞要走的时候，他才知道你是坐出租车来的，便有些埋怨的意思，既然到了朱王堡，咋不给他打电话，他去车接。你当然告诉了他你的理由。由于时间紧，寒暄到此打住，话题转入正事。我直截了当地问起他关于投资美化流泉村委会驻地的事。他稍微思索了一下，就给你讲了那个过程，和后来你采访流泉村党支部书记刘吉中的时候刘吉中讲述的差不多。

那还就是年前的事

那还就是年前的事。

流泉村到达朱王堡镇的朱流公路已经修好投入运营好几年了，老百姓再也没有像过去那样，上一趟朱王堡就要背回一身土来；流泉村的小学经过大家的努力，已彻底改变了过去破烂的面貌，焕然一新，书声琅琅；流泉滩上的大风口经过张祯个人投入巨额资金，已经彻底治住了，绿树成荫，麦苗青青；村村通自来水，除十三社十四社条件所限之外，其他十二个社经过千辛万苦也全部架通了，老百姓再也不用为用又咸又苦的水待客而为难了。可以这样说，制约流泉村经济快速发展的几个重大问题基本上都解决了。

但村委会的一班人并没有在已经取得的成绩面前停下步来，他们谋求大发展的思路比过去活跃多了，也开阔多了。他们想，要想带领流泉人走上富裕之路，就必须改善流泉村发展经济的环境。而需要改善的环境首当其冲的就是村委会办公条件。当时村委会还在几间破烂寒酸的土房子里办公。可以这么说，村委会的土房子是村子里最破烂的房子，条件非常简陋，冬天透风，夏天漏雨，比过去的牛棚还牛棚。简单点说，这大概就像你要去和别人洽谈生意，别人都穿戴得整整齐齐，文质彬彬，而你自己却蓬头垢面，衣衫不整。也许你连跟对方握手的机会都没有，人家早就从心里拒绝你了，早就失去了和你谈下去的信心，早就打个哈哈转身走人了。也就像张祯那年在武威因衣着问题，而被旅馆服务员拒之门外一样。也许，办公条件的好坏还不仅仅是脸面问题，更可能是对你精神生活的一种强烈质疑。面对这种严重阻碍经济发展的现状，村委会一班人马决心改变现状，并很快制定出了切实可行的方案。在充分发挥集体智慧的前提下，各显神通，上金昌、跑永昌，拖熟人，找关系，求情下话，四处化缘，终于筹集资金，修建了全县第一栋村委会办公大楼。

大楼修起来了，成了流泉村最为吸引人的亮点和村人活动的中心。然而，大楼周围的环境还是没有什么改变，就连一家像模像样的商店都没有，只有几个小卖部，货架上摆着针头线脑。花好还要绿叶扶呢，而新建的大楼却像一位独立寒秋的盛装美女，孤独地伫立在瑟瑟的秋风之中，只有从张祯的"勤奋机械厂"里传出的隆隆机声陪伴着她。为了改善周围环境，村委会一班人群策群力，很快拿出了改善村委会驻地环境的方案，他们号召和鼓励有条件的农民群众沿街修建商铺与店面，营造繁华氛围，发展商贸经济。然而，他们这一有利于大家致富的规划，在当时却并没有得到人民群众的理解与支持，他们认为，在流泉这片把掌大的地方，修那么多的商铺与店面卖谁去，挣谁的钱去？流泉村就那么几千口子人，有多少购买力谁不清楚？其实他们想的说的在当时并没有什么错，只是没有用前瞻的眼光看到发展的将来。因此，他们谁也不愿意把钱投到他们当时还看不到将来的黑窟窿里去。

眼看村委会的好规划就要流产了，一如当年挺身而出治理流泉大风口一样，作为村委会班子成员之一的张祯又一次站了出来，把自己推到了风口浪尖上。

他说，既然别人现在还不理解，还不认识，还看不到发展趋势，不愿意修建，那还是由我来干吧。村委会当然很支持张祯又一次在关键时候做出的关键决定，当即与他签了协议。2002 年，张祯直接投资 14 万元，沿小街建起了 28 间高标准门店；又于 2004 年垫资 6 万元，在流泉村文化活动中心建起了 13 间门店，低价出租给愿意经商的农民，鼓励他们积极发展商品经济，勤劳致富。为了进一步营造发展流泉村商贸经济的氛围，他又无偿出资 2 万多元，在村委会驻地架设了 8 盏路灯，栽种了风景树。这一下，一个颇具商贸集镇的雏形就出现在了古老的流泉村里。

新事物刚出现的时候，总是很容易引起人们的关注。那一阵子，流泉村很热闹，人们有事没事都要到那条旧貌换新颜的小街上走一走，转一转，白天从这家店铺里走出来，转进了那一家店铺；晚上又坐到刚刚亮起来的街灯下面，听着头顶之上夜风和树叶的悄声细语，喧慌聊天儿，大摆龙门阵。说不完的古今，喧不完的风流，让流泉人恍若一下子走进了另一种生活。然而，喜新厌旧终归是人类的天性，这样的情景并没有持续多久，再怎么新鲜的景儿看得次数多了，也就没有了新意。同时流泉村毕竟太小了，所处的地理位置又比较偏僻，流动人口太少，总是一些老面孔，发展商品经济的氛围还很淡薄，离一个真正的商贸集镇还有很大的距离，人们的情绪很快就从新鲜感里走出来了。村委会一班人当时也很着急，想了许多办法来刺激人们的情绪，但收效甚微。后来就在大家都有些疲惫了的时候，张祯的脑海里忽然就冒出了一个新点子——举办一次流泉村物资交流大会。

流泉村物资交流大会

流泉村物资交流会。

这个新点子的冒出，得感谢他追着"交流会"卖清汤牛肉的经历。

农村人毕竟是农村人，他们的重要活动几乎都是在土地上进行的。春种、夏长、秋收、冬藏，是他们最重要的生活程序与环节。所谓娱乐活动，所谓买卖的进行，除了传统的节假日，就只有在农闲的时候才能出现了。而由二十世纪七十年代末重新开始，只在农闲才举办，进行了几十年的农村物资交流会，就是这一活动的最佳表现形式。因为正是这种独特的经济形式与文化活动，给广大农村人提供了难得的聚会、经商、娱乐、消遣的机会，是农村人名副其实的经济活动大餐和文化活动大餐。但是这种活动并不是在农村进行的，其组织者往往选择在物流相对集中、经济相对繁华和人口相对稠密的县城或乡镇进行，很少有在某一个小村子里进行的。张祯追逐着这种交流会卖清汤牛肉，使他看到了这种经济、文化形式的真正意义。其中所蕴含的巨大商机，曾让和他一样紧抓机遇的人获取了不少利润，同时也带动了地方经济的飞速发展，极大地丰富了举办地人们的文化生活。

正是对举办物资交流大会有着这样清醒的认识，张祯当时就想，流泉村虽然在本市本县本镇人的眼里，是一个几乎被边缘化了的小村子，但实际上并不小，在朱王堡镇的所有行政村里是最大的，土地面积也可能是最广的。而且地处偏僻，一道炊烟三县看，也只具有行政上的含义。假如从经济角度去思考，这种行政区域上的偏僻，往往又有它经济上的特殊意义。世界上有许多这样的地带，对这样的地带，人们的态度往往很暧昧，褒贬不一，因为人们往往喜欢去这样的地带淘金冒险。但只要合理开发，加强管理，正确引导，这样的地方经济就很容易腾飞起来。既然我们的流泉村处在三县交界地带，四邻八乡人非常多，有发展经济得天独厚的条件，为什么不能举办一次乡村物资交流会呢？如果举办成功，意义至少有四：一是对外宣传了流泉，扩大了流泉村在外面的影响；二是带动地方经济的繁荣与发展；三是丰富农村人民的文化生活；四是探索一种发展乡村经济的模式。

其实，当张祯有了这样的想法，村委会的其他人也已经有了类似的想法，因此，他们一碰头，即达成共识，决定气气派派地举办一次流泉村物资交流会。当然，对举办这样的交流会，张祯要比别人经验丰富得多，这是一次实实在在的"经济搭台文化唱戏"，"搭"的是钱，"唱"的也是钱。办交流会没有钱不行，唱戏没有舞台不行。可是流泉的戏台在哪儿呢，钱又在哪儿呢？还有演戏的人在哪儿呢？村里的一些老人说，自从流泉村多年前在现在的广场（即流泉小学的操场，比两个篮球场还大，是张祯投资了两万块钱建起来的）北面修起那个舞台之后，就从来没有唱过一台像样子的戏。在举办交流会之前，由于年久失修，已经成了危房了。既然要开交流会，肯定要唱戏；既然要唱戏，就必须把舞台翻修一下，不然出了问题谁负责得起？可是翻修舞台需要钱，而村里几乎没有一点底子，现在又不能向农民乱伸手，也不好伸手！当然，平心而论，如果为了翻修舞台向各社各家各户收一点钱，也无可厚非，但现在谁家都困难。近些年来，村里为了修朱流公路、人饮工程等社会公益事业已经向农民收了不少钱了，再收实在张不开那个口。另外，八天时间的交流会，这戏怎么唱，由谁来唱？这可不是春节时候闹社火扭秧歌，是实实在在的八台戏啊。八台戏的钱又由谁来出？我们不能总是念叨"羊毛出在羊身上"，依旧向农民伸手！

真的是计划好做事难办啊。

当然，这一切困难都最后圆满地解决了，而且解决得很彻底！因为"勤奋"的张祯早把这一切都考虑到了，甚至比大家考虑得更周到更全面更细致。他知道伸手向农民收钱的困难，他也不愿意为这些事去为难自己的乡亲，因此，他就一揽子全解决了，也算是报答多年来乡亲们对他"勤奋"事业的支持与关照——

舞台当然要翻修，他已经出资请来了工匠；

开交流会的那几天，正是暑期六月天，不管是经商的小贩，还是看戏的老百姓，都肯定受不住骄阳的炙烤，他想了个办法，就提前买来了400平方米的遮阳网，就把整个广场全罩起来了，像剧院一样；

八天时间里，小商小贩的货物肯定很多，出于安全的考虑，就不得不早晨拉来，晚上再把剩下的拉回去。为了给他们减轻劳动负担，提供便利，他出钱雇来了十个民兵，昼夜值班；

八天大戏，远不是乡村剧社和戏班子能承担得起的，他就找他的老朋友，最早支持他搞"勤奋"的市委宣传部常务副部长张继生先生联系，用近三万块钱请来了市艺术团，为乡亲们演出；

有一个好的开始，就得有一个好的结束。为了把流泉村历史上第一个交流会办得圆圆满满，办出成效办出特色，他准备了盛大的焰火晚会；

……

事实证明，这次交流会办得非常成功。那几天里，来流泉村逛会、看戏、做买卖的人，每天都有数千上万，把个流泉村的小街道塞了个满满当当。自己村里的人自不必说，几乎是倾家而至。据事后粗略统计，八天时间里，销售额至少超过 15 万元，既火了流泉村的经济，又搞活了相对落后的农村文化。流泉的父老乡亲们说，咱流泉什么时候这么热闹过？"看大戏还可以坐在凉棚下，吃饭都不用再回家；满街的饭馆酿皮子摊，你想吃啥就有啥。你想赶集不用急，小商小贩就在你眼皮子下……"咱流泉村里第一次唱大戏，请来的就是人家市艺术团，连人家张部长都在台上亲自为咱老百姓吹笛子拉二胡，面子够大的，气派够大的！而且一唱就是八天，把一辈子的"戏荒"都给解决了。

尤其是那盛大的焰火晚会，更是把交流会推向了一个高潮，把十里八乡的乡亲们惊呆了，把那些一辈子都没走出过流泉村的老年人惊呆了，那焰火是啥东西，咋那么神？那么大的花，那么多的花，是咋开在天上的，咋一下子不见了又一下子回来了！流泉人祖祖辈辈，谁见过这么大的世面！

"这一切都多亏了张祯哩！"乡亲们口拙心诚，就用这么一句纯朴简单而内容十分丰富的话，表达着他们对张祯的感激。就在你去流泉采访的那几天，不断听到有人询问张祯，张厂长，今年还办不办交流会了，还唱不唱大戏，放不放焰火？张祯笑而不答，交流会毕竟不是他想办就能办的，也不是一个人想办就能办起来的。而那些外村外乡赶会的老乡和小商小贩们，无不叹息，"现在的世道，还有张祯这样的大好人。咱村咋就出不了一个这样的人？"

在开交流会的那几天里，慕名到"勤奋"参观的人非常多，什么样的人都有，什么样的目的都有。有个知识分子模样的人问张祯，在部队上你是一个好兵，立过功；在土地上你是一个好农民，立了业；搞企业，你又是一个好厂长；入了党，你又是一个好党员。可以这么说，经过这么多年风风雨雨的闯荡，你终于成功了，而且还干了那么多的公益事业，乡亲们都很感激你，肯定有很多想法和体会吧。

想法和体会肯定很多，这没有错儿。但要把那些想法和体会一下子说清楚讲明白，却又不是那么件太容易的事。因为，张祯所做的事确实很平凡，都是一些谁都能看着、谁都能做到而有的人却不愿看着、即使看着了也不愿去做的小事。

比如说他当初辛辛苦苦搞贩运做买卖，只不过就是想把自己的小日子过得好一些，可有些人嫌那样干太累人还有风险；他开商店开铁匠铺，还是出于同样的目的，可有些人却看不上干那些又脏又累的活儿。后来开工厂，造机械，还是出于同样的目的，这没有什么可讳言的，可有些人就是没有那样的气魄。当然，在这个过程当中，他还做了些除挣钱之外的更根本的事，也就是人的事。以人为本，他不仅仅只是说在嘴上，而更多的是做在实际中。他为乡亲们做事，所表现出来的那份亲情和道义，不是每一个人都能做得来的。他的想法很纯朴，但有时候又很伟大。

比如说，为乡亲们看戏搭遮阳棚，这是一件很不起眼的小事，但蕴藏在其中的那份对人的关怀就很伟大，所表现出来的那种博大胸襟，让许多人都望尘莫及！有时候，他也讲到身份问题，他对身份的理解也很简单，既然你和普通人不一样，那么你干的任何一件事，就不能去和普通人相比较；你对生活方式的选择，就必然与普通人不一样等等。另外，人要有良心，人要知道自己的出处，知道自己的血管里流淌的是什么，人要知道回报和感恩……这样，你才是一个真正的人，一个活得健康的人，一个把生活过得有质量的人！

其实，人生来并非是专门进行某项社会活动的，并不是为了建功立业而来到这个世界上的。你的最初到来，就根本没有任何权利自己进行选择。但是已经来了，就要选择一种自己想要过的生活方式去生活，而这种方式并非一定要含有什么重大使命和社会意义。问题是，如果你是一个普通人倒也罢了，你完全可以选择一种即合乎大众道德又合乎生活逻辑的方式，进行你的生命历程。但是如果你具有了某一特殊身份，那么你就和普通劳动者不一样了，你的一切行为和你所选择的生活方式，就必须为这个身份负责。

张祯是一名共产党员，他说，是党组织教育了他培养了他，是部队锻炼了他生活磨砺了他，他的致富之路即有党的好政策的鼓励，又有广大农民群众对他的支持与信任，因此只有把实惠真正让给群众，把心交给群众，群众才会更加支持你的事业，你的事业才会由成功走向更大的成功。

去林场的路

去林场的路。

和张祯聊完了改造美化村委会驻地和流泉村办交流会的事之后，很受感动与启发，这真不是一件普通人能干得来的大事，或者说只有胸怀天下与苍生的人才能干得来。但你还是想，更能感动你的，还不应该只是这件事，而是他投资 21 万元治理风口流沙荒滩的事。

想起早晨从金昌出发，过河西堡，沿河清（河西堡镇到清河地区即朱王堡镇）公路一路走来，伴了一路的戈壁荒滩和在滩上旋转扶摇的大大小小的龙卷风，想起路过喇叭泉林场时所看到的荒败景象，真想立即就看到张祯投资建起来的防风固沙林是什么样子。近在咫尺，为什么经过数代人营造的喇叭泉林场，仕国家全面实行退耕还林政策，全面推进三北防护林四期建设的今天，却成了那样一个让无数老百姓伤心的地方，风沙重起，林木干枯，看着真让人心疼；而在流泉，张祯却凭着自己的信念与力量，将流泉滩几代人几十年都没有治住的风口和沙荒硬是给治住了，绿锁黄龙，营造了又一片绿洲，保护了数千亩耕地？这其中的差别究竟出在了哪里？当然还想到了许多，于是就提出去看看让他真正扬名的流泉村民兵连"防风固沙林"。张祯很痛快地答应了，并当时就打电话给钢材公司经理白兆贵，让他把那辆小客货开过来，上一趟林子。张祯的"勤奋"现在有大小三辆车，一辆桑塔纳2000小轿，基本上是他的坐骑，有时接送一下客人；一辆小客货，主要供钢材公司联系业务用；另一辆是中型康明斯，是主要的运输工具。从这几辆车上，你就能多少能感觉来张祯事业的发展。到他的防风固沙林那里去，基本上用的是小客货。因为，从十四社到林子那里的一截路，基本上是田间小道，一般车走不过去。

坐到白经理驾驶的小货车里，向东驶出不足一箭之地，车就向南一拐，拐上了通往流泉十三社和十四社的那条窄窄的凹凸不平的小土路，车颠得很厉害。这条小土路，是真正意义上的乡村小道，浮土很厚，车过后卷起了一条黄龙，尘土向两边的农宅和庄稼地肆无忌惮地飞扬，车内也腾起呛人的尘埃。我们完全可以想象来，下雨天这条路将会变成什么样子。

你问张祯，他投资修建的那条路在什么地方？他说还在前面，从十三社分道而行到十四社的那个岔路口开始，直达社里，长一公里半。你又问他，这条路咋没人修？他说，不是没人修，而是修起来难度太大了。一方面，这条路主要是十三社和十四社的人走，但却有大半截子在二社的地界里，除了耕地，就是院子，要想修路，势必要占用二社的一部分耕地，还要进行一部分宅院的搬迁，群众工作实在不好做；另一方面，路比较长，光靠群众根本投资不起，他自己目前也没有那个力量，只能看将来的发展了。现在清河地区公路基本上实现了柏油铺面的"村村通"，将来能不能实现"社社通"还说不上呢。从他说话的口气里，你听出了他的些许无奈。这时，很少说话，专心开车的白兆贵插了一句，光十四社那段路就已经让张厂长费尽了心血，哪还有精力修这条路啊。

这话倒是不假。你转身问张祯，正好要问张厂长呢，听人说，当时你的家和厂子都已经搬到村委会驻地来了，那条路其实你已经很少走了，还要何必花钱和人淘气修那条路呢？张祯若有所思地说，他是走得少了，可十四社近百户庄稼人还要走，而且还要一直走下去。再说了，那里还有他的几个兄弟，他的老母亲，他们也还要走呢。张家是社里的大户，大部分人不是他的叔伯兄弟，就是子侄亲戚，村里面我家串你家，你家串他家，串来串去就都成"一家人"了。给"家里人"修路还有啥好说的？老年人说，修桥补路是积德行善的事儿。美国现任国家商务部长古铁雷斯说过他成功的秘诀："一个人的命运，并不一定只取决于某一次大的行动；我认为，更多的时候，取决于他在日常生活中的一些小小的善举。"是的，"凡真心助人者，最后没有不帮到自己的。"

其实，话虽是这样说，但真正让他下决心冲破阻力投资修这条路的原因，并非仅仅如此。从内心深处来讲，张祯是个容易记事的人，当然不是我们通常说的"小心眼"，非但不是，恰恰相反还是个"大心眼"。只要有什么不顺畅的事让他碰上了，他便什么时候都会放在心里。如果这件事最终化解不了，他心里的疙瘩也就一直凝结着，像一块石头压在那里。那条路留给他的记忆是很深的，似乎永远是泥泞和尘土，永远是坑坑洼洼。深深的车辙，干硬的土壳郎将自行车别倒了，将行人的脚脖子崴了走不成路；雨天遍地泥泞，自行车被黏软的泥巴塞住了，你就不得不让它骑着你，一直到家门口。他还在村里办厂的那一阵，没少受那条路的欺侮，没少吃那条路给的苦头。更为糟糕的是，那条路过去虽然不平，但还宽畅，可后来包产到户了，有些眼窝子浅的人，就东啃一犁西挖一锨，长年累月的，那路就变得一处宽一处窄，有些路就纯粹变成了耕地，别说来往车辆非常不便，就是行人也很难行走。

流泉村春苗幼儿园的园长滕辉霞，对这段路更有着刻骨铭心的记忆。

七年前，完成自考学业的滕辉霞，被分配到专为十三社和十四社的孩子而设立的月牙小学去当民办教师。那时她刚去月牙小学，对学校旁边的路径并不熟悉，又是一个雨天，车子在泥泞不堪的土路上实在难行，根本不能骑，只能推着走。可是推着推着泥巴就塞住了车轮子，她不得不一次又一次地停下来挖掉泥团再走。雨越下越大，天也越来越黑了，她的心里也越来越着急了。望着眼前雨雾中的泥泞小路似乎没有尽头似的向前延伸着，她的泪水和着雨水就一齐流了下来。如果那是一条好路，即使不是柏油马路，就是一条沙石路，她也早就到学校了，何至于会处在那么一个难堪的境地！最后她不得不另选一条路，绕道去学校。由于人生地不熟，天又完全黑透了，很快她就迷了路。就在她几乎绝望的时候，她看到附近路边有一家院子里亮着灯，于是就上前去求助。当她敲开那家院门的时候，迎头遇见的是一张和善的面孔，当问明了她的来意，知道她是新分配到月牙小学的老师之后，就很热情地将她送到了去学校的路口。但是到了学校后的她，境况并不比在雨地里好多少，她的衣服被冷雨浇透了，潮湿的宿舍，冻得她瑟瑟发抖。在那一刻，不只是对生活，更是对人生，她充满了一种深深的绝望。正当她在那里孤独无助忧虑不堪的时候，有人却敲响了她的房门，她的心猛然一抖。天这么晚了，天又下着雨，有谁会来敲她的门呢？荒雨野天，一阵不期而至的敲门声，足以让一个孤身在外的姑娘，想到人生的种种不测来……但是当她小心翼翼地打开了门，却惊奇地发现，原来是刚才她问路并将她送了一程的那家的女主人，她说她是她家老张让她给她来送衣服的！她家老张说，一个孤身在外的小姑娘子家，咋受得了那样的苦，去看一看吧，给送件衣服换一换。在那一刻，她那颗脆弱的心就真正地被感动了，人间自有真情在，这话一点不假，她确信她是遇到了一个好人，遇到了一个心地善良的人！其实，在那样的情况下，别说是送衣服来，就是送上一句温暖的话，一句关切的问候，也能让她全身暖和起来。

当然，事后滕辉霞也很感谢那个雨天，感谢那一段泥泞小路，正是那个雨天，正是那段泥泞小路，让她认识了一个热心人，认识了一个使她命运发生重大改变的人。

那路必须要修了，张祯想，不管今后自己走的多还是走的少，那路必须要修。过去自己没有力量修，现在他有这个力量了，要是还不修，就对不起支持着自己事业的乡亲们，就对不起自己的良心，对不起自己当初就想修路的梦想，更对不起自己是共产党员的特殊身份！可是当他开始发动全社人来修路的时候，有些人却不理解，他们不明白张祯已经很少走这条路了，却还为啥来修它呢？尤其是一些承包地在路边，这次修路肯定要让出地来的人，他们认为张祯修自己已经很少走的路，是不是有所图谋，是不是图的是什么别人不知道的好处？种种无稽猜测，铺天盖地向他袭来。但是这一切却动摇不了他修路的决心，自从他创业以来，受到一些群众的误解太多了，他已经不把那些无稽之谈当回事儿了，因为他相信自己，相信自己为老百姓办实事、办好事没有错。他也允许大家对他的种种误解出现，但最终大家会明白过来的，因为事实胜于雄辩。为了修路，他一家一户去说服去解释，希望大家能理解修路的长远意义。人心都是肉长的，人家张祯把心窝子都掏出来给你看了，你还要咋的？最终大家在张祯苦口婆心地说服下，终于想通了。

群众的思想做通了，修路工程开始了，全村按户出力，都上了修路工地，一场热火朝天的大会战在十四社打响。说来可能没有人相信，流泉十四社在最靠近腾格里沙漠的边缘，但却没有合适的铺路沙石料。为了解决这个问题，张祯亲自跑到民勤蔡旗乡的沙滩村去购买，一车沙石 5 块钱，然后他又雇佣本社群众的车拉回来，每车付运费 30 块，共花了 10000 多块。其实我们的群众都是很纯朴的，只是过去的一些没名堂的事把他们给坑苦了，使他们对几乎所有的事都持有一种怀疑态度，但只要你解开了他们心里的疙瘩，他们也会报你以热心肠。眼看着张祯不计个人私怨，而且还无私地掏腰包给大家修路，自己也每天和大家一起，坚持在工地上，汗流浃背地拉石料、撒石料，大家的心里都热乎乎的。人家张祯能掏那么多钱为大伙儿修路，我们还有什么坎过不去！大家齐心协力，仅用了短短的一个多月时间就把路给修好了。

望着眼前平展展一直通到庄子里的沙石路，即使不走，心里也舒坦得很。不管是张祯，还是十四社里的人，看着自己经过一个多月修筑起来的沙石路，个个露出了难得的笑容。也许，只有走过那种乡间泥泞小道的人，才能体会来那种喜悦吧。

张祯，土地的儿子，是土地养育了他，成就了他。因此，他永远也离不开土地。现在他长大了，他是一个知道感恩的人，知道回报的人。因此，他热恋土地，给土地捧出了一颗赤诚的心！

有人说，应该把那条路称为"张祯路"，你以为没有什么不妥。不管是谁，只要他心底无私，为了众人的利益付出了真情与心血，我们都应该以不同的方式铭记，并以之来感召更多的人！

张祯路

张祯路，我们权且就这样叫吧。

车子经过一路颠簸，终于驶上了"张祯路"。

放眼望去，这是一条确实不怎么起眼的沙石小路，就像张祯本人，在众多成功企业家当中，他可能是最不起眼的一个。但是，他却比许多成功的企业家耀人眼目，令人刮目相看，为什么？就像这条沙石小路，为什么它偏偏就让人们给记住了？

其实，只要你明白你是在偏僻的乡村，你刚刚走过了那一眼望不到尽头的泥泞小路，你刚刚经历过骨头都差点被颠散架的过程，你刚刚吃了一路的尘土，而且当你现在平稳地走过这一段沙石小路之后，还要继续接受那种考验的时候；当你知道流泉十四社农民年平均收入是多少，而张祯却一次性全额投资 10000 多元采买沙石料来修这条自己已不怎么走的小路，当你知道其他村社的农民兄弟如何羡慕十四社群众的时候，你就会明白这段沙石小路的价值！就像张祯，当你知道了他二十年奋斗不息的创业经历，知道了他回报社会的一点一滴，知道了他对父老乡亲的那份亲情，知道了他创办的企业虽然与许多企业还不能相提并论，但是却在创造了一定经济效益的基础上，同时又创造了无可估量的社会效益的时候，你也就知道了为什么他是如此耀眼，如此地令人刮目相看！

防风固沙林

"防风固沙林"的石碑，是以"流泉民兵连"的名义立在那里的。

车子驶过了那段平缓的沙石小路，就直接进入田间地头的小道，并到达了张祯的防护林。

在那里有条一年四季清流潺潺的小水渠，是防护林与原有耕地的分界线。也就是说，在张祯的防护林还没有建起来的时候，西边是良田，东边是荒滩与流沙。也就是说，在 2001 年之前，那些良田一直处在风沙的威胁之下。假如不是张祯的防护林，也许其中的一部分已经与荒滩为伍了。那些沟渠两畔的杨树，因有得天独厚的深井水缓缓流过，长得比其他任何地方同年栽植的树木都要健康茁壮，微风过处，发出沙沙的轻唱。

以"流泉村民兵连"的名义立着的那块"防风固沙林"碑，就是立在这林子的入口处。记载的是防护林的建设情况，在这里有必要把碑文全部照录下来，因为在读了之后，你觉得里面有许多让人"生疑"的信息："流泉村民兵连'防风固沙林'，位于朱王堡镇东 15 公里处，东与蔡旗乡官沟村相邻；南、西与本村十四社半围；北靠本村三社。民兵连'防风固沙林'建造于二〇〇一年二月，造林面积 460 亩，投资 21 万元，栽种杨树、沙生、毛条、山杏 30 万株，堵住了金昌市'八大'风口之一，有效的保护了两千多亩耕地，得到了蔡旗乡和本村群众的赞誉。二〇〇二年二月五日立"。

在这里，你不知道张祯为什么要以"流泉村民兵连"的名义立这样一块碑，是为了纪念流泉村民兵在那场与风沙的恶战中所起的重要作用呢还是具有其他什么意义？但里面所表述的一些重要信息，已与现在我们所得知的实际有了出入，比如"防风固沙林"的所有者按碑文所述，应该是流泉村民兵连的，但实际上完全属于张祯个人所有；比如造林面积碑文上是 460 亩，而据流泉村现任支书刘吉中及张祯个人所说，实际上是 600 亩；比如当年植树

30万株，但实际上早就超过了40万株等等，两相比较，不知道是一开始就缩水了，还是后来注水了。

曾就这些疑问讨教张祯。他说，以"流泉村民兵连"的名义立碑，是朱王堡镇武装部提出来的，其真实用义是为了便于林子的建设与管护，如果以自己的名义刻碑，就太张扬了，村里人也不爱见；同时对于那林子，虽然是他自己栽植的，但那荒滩归村子所有，他只是一个承包者，最终它还是属于村子所有；关于造林面积，刚开始治理的时候，丈量面积是不含那些巨大沙丘的，等着推平沙丘之后，面积自然就大了；而所植树木的数量，当年是40万株，但没有全部成活，第二年立碑的时候，还没有补栽，就按实际成活的数字刻碑了。现在经过几年的补栽，其实远远不止40万株。

你舒了一口长气，然后又问他，以"流泉村民兵连"武装团体的名义刻碑，不怕将来引起一些不必要的纠纷吗？比如说他现在是流泉村的民兵连长，什么都好说。假如有一天他不再当民兵连长了，换了别人来干，而别人又以此为据，提出一些不利于他的要求怎么办？他说，没关系。当年投资治理荒滩，原本就是想着为村里办件好事，要的是社会效益，没想着在那里产生多少经济效益。现在产生经济效益了，是一件大好事，但这些效益他基本上都让给包地种的农户了，别人还能说什么？再说了，承包治理荒滩，他与村里签了8年的合同，那是具有法律效力的文件，一般人不会以一块碑石与之开玩笑的。

你多少明白了那块碑，也明白了张祯。尽管那上面没有留下张祯的一点痕迹和个人信息，但是村子里的人都会指着那片绿油油的林子告诉你："这里是张祯的防风固沙林"。你想起印度大诗人泰戈尔那句非常有名的诗："天空不留下鸟的痕迹，但鸟已经飞过。"那痕迹没有留在人的眼里，但却留在了鸟的生命里。你又想起中国的一句谚语："雁过留声，人过留名。"人生非常短促，但只要认真活过，就是无憾。

张祯，已经具有了人生的一种大境界与大坦然！

看着没有一丝杂质的井水潺潺流过，翻卷着微微的白色浪花，忍不住伸出手去掬了一捧，吮进嘴里，一股清凉，一种甘甜，瞬息之间，就让干渴的肺腑滋润了许多。张祯在一边笑着说，这是深井水，干净得很，也甘甜得很，比什么矿泉水都好，也比什么纯净水都净。你不禁暗自叹息，流泉人因张祯而有福了，就连这里的一草一木都因了张祯，也比其他地方的有福得多。想起在自己生活的城市里，因为缺水，一些好不容易种植成活了的树木，前几年不得不用城市生活污水来浇灌。最后的结果是树不是被烧死了，就是生虫生病枯死了，连带着周围的环境也就被破坏了。假如有这么一股清冽甘甜的活水，潺潺流过城市的大街小巷，那人们的人居环境还会是那样的不尽人意吗？当然，现在毕竟改善多了，2003年"引硫济金"工程的建成引水，在一定程度上缓解了金昌的水荒；2005年立项建设的"东景花园"污水净化工程，将把源源不断的中水，送入城市绿化系统，树木将不再干枯，也不再受到污水的伤害……

忽然想起张祯"勤奋"院子里自家用的自来水，好像和这水一样的甘甜和清凉。于是问他，那自来水是不是也是深井水？他说是深井水。过去流泉人吃水很困难，吃的水一直是苦水咸水，第一次到流泉来的人吃不习惯，吃了就拉肚子。别人都还以为是换水土呢，其实是水质的问题。后来村里想了办法，打了一眼深水井，才不吃咸水苦水了。你又问他，听说前年弄自来水工程的时候，他吃了不少苦，也出了不少力，是真的吗？他有些平淡地说，那都是大伙儿说的，其实没有那么邪乎。就那么个事儿，让大家一摆乎，就传神得了不得了。但后来听村支部书记刘吉中说起这事儿，远不是张祯所说的这样简单，你这才知道张祯给你这么说，是谦虚，是本分。

刘吉中在他的办公室里对你说，为了人饮工程（即自来水工程）的事，村委会没和村民少淘气，几乎每一个村干部都受过个别村民的气，尤其是张祯，受的气就更多了。你问是咋回事儿，刘吉中看着窗外，似乎是理清某些思绪似的，然后才慢慢给你叙说了事情的经过：

流泉人吃咸水苦水有好多年的历史了。那水没吃过的人，实在是难以下咽的。可流泉人祖祖辈辈就那样过来了，再苦再咸也得吃。后来村委会多方筹措资金，也算是为村民办实事吧，当然也是为了对外树立流泉的形象，对内提高人民的生活水平，打开了一眼深水井，这才彻底解决了村民吃苦水咸水的问题。刚开始，村里一直实行的是定时开闸供水的办法。也就是说，全体村民不管忙闲，也不论远近，都得按开闸供水的时间，去井边拉水，过了那个时间，你就只能干渴着了。噢，你没有见过那个拉水的阵势，人跟忙着搬家的蚂蚁似的，黑压压的一片。在那一段特定的时间里，人们匆匆忙忙就像赶庙会，齐刷刷地往井台边赶，抬的抬、挑的挑，毛驴车、拖拉机，人们将能利用的家什全用上了，恨不得把那井弄到自己家里去。

那时候，在流泉村里，几乎每一家都弄了个三百公斤的大油桶专门用来贮水。但是，随着时间的推移，这种供水办法的缺陷也越来越明显。也就是说，那时候流泉人虽然不再吃苦水咸水了，但吃水还是不方便得很。特别是遇上农忙时间，或者是雨天雪地，拉水就成了大伙儿的头疼事。庄稼种不到地里不行，成熟了不收割不行，可是人不吃水更不行；阴雨连绵，泥多路滑，或者天寒地冻，雪紧风狂，谁也不愿出门，可是你不能不吃水。正在村委会绞尽脑汁想办法解决这个问题的时候，2003年国家在西部地区实行"人饮工程"政策，即国家补贴大部分，地方筹集小部分，建水窖修水池，以解决人的吃水问题。

村委会一干人喜出望外，立即决定抓住这个大好机会，彻底解决村人们的吃水难问题。他们迅速组织召开了社员动员大会，动员全体村民依靠国家人饮工程政策，集资修建自己村里的人饮工程。刚开始听到要给各家各户架自来水，大家都很兴奋，还有那么好的事儿？那不跟城里人一样了吗？可是当听到还需要大伙掏一部分钱的时候，人群轰的一声爆炸了，怎么又要收钱了？村上是不是又在变着法子坑我们大伙儿？村干部们默默地听着，等着让大伙儿把牢骚发完。因为他们很清楚，村上的工作最麻烦最淘气的事就是这种向大伙儿收钱的事了，不管合理不合理，你总会遇上那些永远的"难缠户"，不管你跑多少趟，即使你踏平了他家的门槛，磨破了你的嘴皮子，他总是借口这托词那，就是顶着不交，动不动还跟你真的较上劲，骂你、推你、搡你，什么难听的话都能骂得出来，什么野蛮的动作都能做出来，根本不顾忌什么乡里乡亲，更不顾忌你是村干部，你是在为大伙儿办事。那时候村干部就只能是人家的"出气筒"了。像集资修建人饮工程这样的事儿，尽管完全是为了大伙自身的利益，村委会得不到任何好处，也不可能得到什么好处，但他们还是早就预料到会有不同的声音，因此他们以静制动，等待着大家发泄完了，再继续讲道理，做工作，以期解开大伙心里的疙瘩。我们的乡亲还是很纯朴很通情达理的，只要你把工作做到位了，把道理给大伙讲清楚了，他们还是很支持你的工作的。

每一位村干部都分户承包收钱，张祯除接受了村委会安排的以外，还主动承包了一些多年的"难缠户"和"钉子户"。别人都说张祯傻，张祯是自讨没趣，别人躲都躲不及的人，他还要自己硬往上蹭。有好心人劝张祯，不要招惹那些招惹不起的人。可是张祯在谢过之后，还是义无反顾地走向那些所谓的"难缠户"和"钉子户"，人心都是肉长的，要是脑子没有进水，你就能明白，村里收钱，是为了给你办好事办大事，你还有啥讲的？如果就你一户不交，影响了大伙儿的事，你自己向大伙去讲去解释；要是别人都交了，别人家都吃上了自来水，你就千万别眼馋别后悔。而且一旦架通了自来水，定时开闸放水也就不存在了，谁还专门去为你一人放水，水都已经到了各家的院子里锅台上。你还能到什么地方去吃甜水，你总不能再去吃苦水咸水吧?! 后来，在收钱的过程中，张祯在那些户人家，当然受到了许多不公正的待遇，或被人家推出大门，或被人家破口辱骂……有好多次，他都被气得差点跳起来骂娘，但最终他还是忍了，钱也收上来了。

由于工期非常紧张，当流泉村自来水工程地下主管网和入户管网全部铺通的时候，已是2003年年底。那时候，正是天寒地冻的时候，作为地面主工程的水塔根本无法施工建设，群众也当然就暂时吃不上自来水。了解的人当然也不说什么，但不了解的人就坐不住了，尤其是那些当初就不想交钱架自来水的人，他们到处传说，大伙儿看看吧，这又是村委会干的一件骗咱老百姓的坑人事，我们的钱算是喂狼了，又白白地打了水漂等等。村委会的人听了又急又气，你还又没办法说，不管怎样，自来水管架通了，群众仍然没有吃上梦想中的自来水，这是事实。但是寒冬腊月的，不能修水塔也是事实。面对如此糟糕的现实，村委会的人实在无计可施了。就在大家万分为难的时候，张祯又一次站了出来，他主动把自己厂子里一个5吨的储水罐拉出来代替水塔，加上压力，把水送到了各家各户，让全村的老百姓过上了有史以来第一个不出门就吃上水的冬天，也为村委会解了围。但是张祯却是整整地忙活了一个冬天。储水罐毕竟不是水塔，承受能力有限。由于压力过大，水罐时常破裂，他二话不说，拿上焊枪立即修补。等到第二年春天水塔修起来投入使用的时候，他那个水罐身上补满了补丁，到处是口子，基本上算是报废了。村委会实在是过意不去，就提出要给他一定的补偿，可是被他拒绝了。

张祯觉得，一个储水罐值什么钱，只要乡亲们心里顺畅了，只要乡亲们能理解，能顺顺当当地不出门就能吃上水就行了。再说，他也是村委会的一员，村委会就是为乡亲们服务的，自己为乡亲们服务了，还要什么补偿？当然，更重要的一点是，他想通过这样的事，沟通村委会与乡亲们的关系，树立村委会的威望，表达一个共产党人为人民群众服务的殷殷情怀。同时希望群众通过这件事，加强对村委会的信任与理解，加强对村委会工作的支持和帮助。至于他自己，倒在其次，他是一名共产党员，干这些与人民群众有益的工作，不正是党对他这个党员的基本要求吗？！

自来水进了流泉村的每一户人家，但还有 260 个水井盖需要加工。为了让老百姓少花钱，村委会决定把这些井盖以每个 45 元的价格承包给村上的一个电焊铺。他们之所以没有直接找张祯加工，是因为这时候张祯的"勤奋"已经不接这样的零碎活儿了，厂子里主要生产农民更急需的主打产品，诸如播肥机、播种机、洋芋切片机、多功能铡草机等等。再说村委会麻烦张祯的地方太多了，不能再给他增添过多的负担。可是让他们没有想到的是，最后还是找到了张祯，因为那个电焊铺的师傅左算右算，45 块钱一个井盖加工不出来，明明是个亏本的生意，所以怎么着都不愿干。村支书刘吉中最后找到张祯来商量，张祯什么话都没有说，就以 40 元的价格很快把 260 个井盖加工好了。这一次，即使以 45 元都亏本的价格算计，张祯一下子就净亏了 2300 块！虽然按金昌市公务员工资算计，也就比当时一位地级干部的一个月工资稍多一些，和一位老副高职的月工资差不多。但我们要想到，张祯是一个农民，当时的流泉村农民平均年收入才达到多少？！而在"勤奋"，它差不多就是四个工人一个月工资的总和。

刘吉中说到这里，深深地叹了一口气，张祯真把人给活下了。俗话说的，天地之间有杆秤，那秤砣是老百姓。咱流泉人心知肚明，谁为他们办了好事，他们心中都有一本账。现在，流泉人只要提起自来水工程的事，大家都说这是村委会继修通"朱流公路"之后，为老百姓又办的一件大好事，张祯也把好人做到底了。

后来，村里的快板王赵登泰在他的《夸流泉》里这样说唱："'三个代表'威力大，流泉建了个摩天塔（即流泉村最高建筑自来水塔）。这件实事办得大，家家户户把水管压。龙头一拧水哗哗，甜甜的清水流万家。这件实事办得真，即省劳力又卫生。好水吃上甜如蜜，群众工作真难为。如今群众能体谅，喜在心里笑脸上。凉水代茶胜龙井，给你们说来不相信。娃娃们兴得蹦蹦跳，青年人笑得弯了腰。老汉子笑得合不上嘴，老婆子笑得掉了牙。流泉人民乐开了怀，从此再不肩挑车拉把水抬……"

喝了一捧清凉甘甜的井水

喝了一捧清凉甘甜的井水，就随着张祯走进了他的防风固沙林。中间一条不足两米宽的小道，是厚厚的细软的沙质烂土，几欲埋住脚脖子。晚上回来，鞋子里全是那沙土。张祯边走边说，在治理以前，这里基本上就是脚底下这样子，稍微有些风，就扬得人睁不开眼睛了。在这片，他指着我们的右边说，过去全是数米高的沙丘和大片大片的荒滩。沙丘比房子高多了，一座就可以用大型推土机推整整一天，荒滩上几乎就寸草不生，白花花的，刺得人眼睛生疼。

能想来，那 21 万多的投资，除了打井之外，就基本上扔在这里了。而现在这里是一行又一行的白杨树，将平展展的沙土地隔成了整齐有序的长条格子田。那时是午后三点钟左右，有几家人正在那里顺着树行挑渠准备给树浇水，顺便又在缺树的地方补栽上白杨苗子。那些人看到你们，就停下来和张祯打招呼，脸上露出憨厚的笑容。张祯一边答应着他们，一边问一些简单的有关植树与种庄稼的事。

你问张祯，这树行与树行之间的距离是你定的还是林业部门规划的？张祯说，是规划好了的，说是只有这样，才能起到防风固沙护田的作用。你又问他，这树苗子补栽年年都进行吗？他说，年年进行。现在培育树苗子的人起苗不认真，有些苗子基本上没有什么根须，秃秃的，咋能成活呢？光今年就是几万株，现在正在进行大规模的补栽，等夏天你再来的时候，这里就全是树了。这补栽的树苗子是你自个儿买的吗？你又问他。他说，一部分是自个买的，每株八毛钱；一部分是县林业局支援的。现在政策好，正赶上了国家的退耕还林政策，还有国家"三北"防护林建设。包括那两眼机井，也是沾了政策的光才打开的。

张祯真是一个红运当头的人，什么好机遇都有他的份。"祯"是什么意思？在《现代汉语词典》里，"祯"就是吉祥啊，你只能叹息一声。当然再好的机遇，也得你伸出手去抓。就像那句老话说的，"就是天上掉馅饼，你也得伸出嘴去。"虽然，张祯当初伸出嘴去，并没有想到要去吃天上掉下来的馅饼，可偏偏那馅饼就掉下来了！当初办农机具加工厂的时候，他只是看准了农机具的市场潜力，却没有想到国家后来那么重视农业，还那么重视民营经济；当初他承包治理荒滩沙漠的时候，他只是觉得他有那个义务与责任，他觉得他有那个能力治好父辈们用了几十年时间都没治理好的荒滩，他能让那几千亩良田受到有效的保护，可没有想到时隔一年，国家就有了退耕还林的重大举措，"三北"防护林建设也能与之连在一起！这是不是冥冥当中，上苍给他的回报呢？！

好运总是青睐勤奋的人、早起的人、心存善念的人。

看着那平展展的沙地，你问张祯，像这样的沙地，最适合种什么作物？他说，籽瓜、玉米、小麦、大麦等等，还可以套种花生、黄豆等，其实大部分农作物都适宜种的，只是看怎样种上收益最好。后来当你第三次去流泉采访，请了朋友鲁聪先生一起去专门拍照片的时候，又到林子里去看了一回，果然主要是那些农作物，绿油油的，煞是惹人眼目。鲁聪不相信，咱们这里还能种出花生来？还没听说过。张祯说，能种，但没有啥产量，很少有大面积种植的，只是田埂地畔上随意点一些，一亩也就拣上两三麻袋。黄豆也一样，啤酒花也一样，是种主粮之后的额外收入。现在农民兄弟们都很聪明，土地值钱了，只要你舍得下力气，只要你科学利用，尽可能地不浪费一分一厘，种出什么来都能变成钱。

走过了两边是沙地的小道，就到了防护林的最东面。在这里，几乎栽满了密密的沙枣、梭梭、毛条和杨树，由于季节未到，只有杨树泛出了新绿，其他几种树都还是光秃秃的。张祯说，这里的沙土其实也很不错，完全适宜耕种，只是由于已靠近了民勤的地界儿，就全栽上了树，就权且当作分界线了。他指着东边不远处的稀稀疏疏的沙枣林说，那是民勤人早几年栽的，由于疏于管理，又浇不上水，没有几棵成活的。

还是后来和鲁聪去的那一次，果然就看到了两种截然不同的景况，在张祯的防护林这边，片片绿色，一团一团的，充满了生机，而不远处属于民勤的那片子地势稍高一些的沙枣林，只有极少数几棵活着的，让人看了心里很不是滋味。张祯说，其实过去这里全是好地，都是后来沙进人退，变成了荒滩与沙漠的。他指着南面远远的一排高大的白杨树说，过去那里就住着许多人家，后来沙漠逼上来了，不得已全搬走了。到现在，那里还有许多当初搬走时留下来的断墙残壁。也就是说，张祯的这片防风固沙林最西边的界线就在那里。鲁聪一听，表现出了极大的兴趣，他问张祯，能不能过去拍几张片子？张祯说，那看起来很近，其实还远着呢，得从十四社那边绕一个大圈子，车还走不到跟前去。于是只好作罢，但他又对那一小片未治理的荒滩产生了兴趣。

那小片荒滩包在林子中间，其间有几座坟冢。张祯说，这都是村里人家的老坟，不能动，就在治理的过程中给人家留下了，好在对整个林子影响不大。鲁聪过去拍了几张照片，而你在心里却想，假如人真的有灵魂的话，不知道"住"在这里的这几位会不会做今昔对比？过去听惯了狂风沙暴的叫嚣，现在突然只听得到树叶的沙沙声、流水的潺潺声、悠长的鸟鸣声和庄稼的拔节声，还习惯不习惯？看惯了黄沙漫漫和漠天野地，现在眼前却只有葱郁的林木和庄稼，是不是也有种不适的感觉？但是你无论如何都相信，"他们"却不会再感到寂寞。在与亲人渐行渐远的今天，却又听到了亲人们的声音，是不是会"悲欣交集"？"他们"肯定都曾经为沙尘暴的侵袭而伤心，为一次又一次向沙漠低头不得不离开自己的家园而悲怆，也曾经为良田变成荒漠而流泪，但是现在却都"住"在了团团的绿色之中，早"听"鸟鸣，晚"数"星星，"看"风在林梢流逸，虫虫们在草下呢喃……

哦，在人生的彼岸，在一个幽冥世界，也有了一个"风和日丽"的天地，张祯功莫大焉！

太阳很烈，你们回头。你说的当然是第一次去林子里的时候。当你们回头又一次到了那块碑石跟前的时候，张祯的小兄弟刚栽完了树等在那里，他随便问了些栽树的情况，他的兄弟很认真地回答着。看得出来，他的这个小兄弟，对他这个当兄长的，满怀着敬重之情。

告别了张祯的小兄弟，返程。在车上，看着窗外充满生机、充满希望、充满着农家幸福生活的原野，你思谋了半天，还是忍不住问了一个久久回旋在脑海中，却始终都没有得到答案的问题——

既然防风林已经建起来了，而且很有规模，还有几百亩上好的土地，又有着得天独厚的田园风光，充足的绿色资源，咋不思谋着办一个综合性开发的园艺场？比如现在的城里人流行的是假日休闲，如果在中心位置建一座上品位的避暑山庄，集休闲娱乐为一体，给客人提供吃、住、玩一条龙的高档次服务，又有着充足的高质量的水资源和电力专线，还可以建起有规模的游泳池、钓鱼池，再加上他的名人效应，只要管理跟上去，不愁没有客源。别说永昌，就是金昌也肯定有许多客人。你知道，金昌是个工业城市，人的生活很有规律，休闲时间很多，业余生活喜欢追求时尚。还因为"金武"公路开通了，从金昌到朱王堡只有40分钟的路程，眨眼之间就过来了。再说了，防护林不一定就只能栽植白杨、梭梭、毛条、沙枣之类，还可以栽植更有价值的经济林木，在果木成熟的时候，就可以搞一些更有意思的外地早已搞起来了的"摘果子"之类的农家乐等等休闲项目，即推销了果子，还满足了客人尝新吃鲜的心理。这可是现在不少人都喜欢琢磨的大事业啊，听说在流泉北滩，已经有人干起来了。也或者，什么也别做，只是那几百亩地，自己把它经营起来，种粮食也好，种经济作物也好，或者干脆种草，一年最少也能收它个二十来万吧，怎么就拱手让给了他人呢？

张祯半天没有吭声，思谋了一阵子才说，不是没有想过，但现在还不行，至少在第一轮承包期内不行。一方面现在没有精力，厂子正在发展上台阶的关键时刻，哪还有精力再搞其他呢？同时也没有那么大的资本投入能力，不用细算，光一个基础设施建设最少得上百万。现在哪有那么多的钱？再说了，这里毕竟太偏僻了，搞园艺场，开发旅游项目有自身无法克服的缺陷和障碍，投资回收时间拉得太长，也就没有啥意义了，弄不好还会赔个精光；另一方面，那些土地从一开始，也就是说在还没有治理的时候就承包给了社里人。在治理的过程当中，在最困难的时候，他们又给了很大的支持，哪怕只是精神上的，也难能可贵。现在治理成功了，能产生经济效益了，他们还指望着靠那些土地奔小康，过上好日子。他又怎么能把他们的希望随随便便地收回来呢？不管是从道义上，还是从其他方面着想，也都是不可能的。治理荒滩沙害，原本就是为了让更多的老百姓过上好日子啊。大家富了那才真叫富呢。他们把日子过好了，他张祯的心里也就舒坦了。不管是对自己，还是对别人，这都是一种责任！

你明白了。不管是在搞经营上，还是在做人处世上，张祯的思维都很缜密，他考虑得很全面也很长远，非你辈书生所能及。许多人在许多事情上，只会坐而论道，而且往往只从眼前利益和个人利益出发，对现实缺乏细致的调查研究与思考。在某种程度上，还缺乏一种真正的人文关怀与人的终极情怀，缺乏一种更为宽阔的胸怀与崇高的精神境界，至少对"以人为本"还缺乏真正的认识。而张祯做所有事情的出发点，是真正的从内心出发，从道义出发，从人出发，诚信予人，不管是对流泉的乡亲百姓，还是对"勤奋"的员工，不仅考虑到了经济效益，而且还考虑到了社会效益；不仅考虑到了自身的利益，还考虑到了大多数人的利益。而在他这样做了之后，人们所看到的结果是，在取得了一定社会效益的同时，还促进了经济效益的增长：他的防护林在承包户的管理下，郁郁葱葱，已很有气象；他的"勤奋"在员工们的共同努力下，像滚雪球一般地发展壮大！在大多数人获得了利益的时候，张祯个人的利益不仅没有受到伤害，反而还获得了更大的利益。正如一位社会学家所说的那样："当你心中只有你自己的时候，你把麻烦其实也留给了自己；当你心中想着他人的时候，其实他人也在不知不觉中方便了你……"张祯也许没有读多少经典著作，但是他对人的理解却很透彻！

你为自己先前所谓的理性思考而羞愧！

民以食为天

"民以食为天"，这是孔圣人在两千多年前说的。

在准备集中精力采访张祯之前，就已经做好了准备，如果流泉街上没有饭馆，就与"勤奋"的工人们一起吃"大锅饭"；如果流泉街上没有招待所，就和"勤奋"的工人们住在一起。因为据说张祯自己就是与工人同吃同住的。当然，由于后来他已经把家搬到了厂子里，就不大可能再与工人们住在一起了，但也依旧与工人们为邻。而早、中、晚三餐却一直是在职工食堂里，只要他在厂里，只要没有客人需要作陪，工人吃啥他吃啥，不开小灶，不搞特殊。你问过他，既然家已经搬到厂子里了，媳妇子又没啥事儿，咋不自己做着吃，毕竟自己做的可口一些。他说，麻烦得很，再说家里的饭和食堂里的一样，多费那道功夫干什么。有那些时间，还不如干点其他活，帮帮厨，打扫打扫卫生。

后来，你又问过他妻子王春香，是不是老张不放心工人们的伙食才与工人们在一起吃饭的，还是她做的不好吃？王春香说，那不是。他们雇用的厨师是专门从村里找来的，人品不错，人也很勤快。在农村里，她的家常饭做得好吃得很，经常给村里人家办大事时掌大勺。再说，老张在吃饭上不怎么讲究，遇上啥吃啥，只要能吃上就行。只是有时候饭做得火候不到了，说几句，让工人们一定要吃好吃饱，他们干的活都很累，吃不好吃不饱咋干活。

后来，你还随意问过一个工人，厂里的伙食咋样，伙食费又是咋个算法？那个年轻小伙子说，伙食就是农村里的家常饭，吃饱为止。以面食为主，隔段时间改善一下，比家里要强。伙食费很低，每天只算一块钱，其余的张厂长全补贴上了。逢年过节的时候，张厂长杀上一头猪，全厂工人在一块聚餐，也算一块钱，从不多算。他说，你肯定已经看到了在厂子后面养着七、八头猪，那都是用来给大伙改善生活的。一块钱？在城里只够买一碗稀饭！你有些不相信，就去问张祯。张祯很平静地说，工人们干活很累，挣俩钱很不容易，咋能够以实际收呢，他们没有那个承受能力的。

再后来，你又问了一个下班就急急忙忙骑着摩托车回家的工人。他说，谁都心里明白，张厂长在伙食上为大家补贴不少，差一点就等于白吃白住了，一块钱也就是个象征。其实他也很想在厂里吃住，伙食费那么便宜，还比家里吃得好。吃完饭后还可以有一些其他活动，看看电视，下下象棋，打打篮球，和大家在一起玩一玩。可是没办法，家里活太多，家里人忙不过来，他下班之后，还要下地去干活。一半子是工人，一半子是农民。当然这也有好处，挣钱种地两不误。不像那些在厂子里吃住的兄弟们，他们家里不是没有活，只是想回去却回不去，路比较远。他说从内心深处，他还是想住到厂里来，不是图那两顿便宜饭，也不是图清闲，而是那样可以从大田里脱出来，一心一意跟着张厂长干。你问为什么？他说，跟着张厂长干，能长出息……

但你后来想，这一切只是一种表面的物质现象，应该还有一种更深层次上的精神意义。一个厂长，放着家里的灶不开火，却长年累月地和妻子一道，与工人一起吃食堂，在某种程度上其实已经超出了吃饭的本意。至少他向自己的工人们表明了，他和大家是平等的，大家吃的是什么，他张祯吃的也是什么，没有一点特殊。而对于工人们来说，其意义也许更大。厂长毕竟是一厂之长，他无论如何都应该比大家吃得要好一些，可是他还和他们一样，和他们打成一片，和他们同甘共苦。同时，厂长虽然和他们在一起吃饭，但厂长的伙食标准却是最高的，因为每天除了大家交的那一块钱，其余的都由厂长来买单！厂长着实是为大家着想呢。对于这样的厂长，他们怎么能不敬重，他们又怎么能不好好工作呢。

你第一天到达流泉的晚上，就将自己的想法给张祯说了，但是他却执意用一只清水煮鸡来招待你。他说，清河一带的清水煮鸡是很有特色的，就像武威的爆炒鸡，都是地方特色。他说你是第一次到流泉来，一定要你尝尝地方风味。客随主便，就接受了他的安排。

果然味道鲜美无比。一只没有加任何调料清水煮熟的整鸡，一小碟子盐，一盘从食堂里端来的馒头，就你们两个人。你开玩笑地问他，是不是来了客人都是这种招待法。他说差不多，不过来的人多了，就只能到门口的饭馆里去吃了。你说，那你这地方一年来那么多客人，你不把村里的鸡给人家吃完了？他笑着说，没有啊。这是他让人专门代养的。你不明白。他说，流泉村里没有专门养鸡的专业户，他就自己每年掏上几百块钱从集上抓上几百只小鸡娃子，找了附近一户信得过的村民代养着，来了客人需要几只就送几只过来，全是收拾好的。我说那怎么算账呢？他说，论个不论斤，集上一只多少钱他就付多少钱，三十就三十，四十就四十，不少一分。你说，那你不就吃亏了吗？他说，吃不了多少亏，与人方便与己方便。只投入了几百块钱，就给他找了一份在家里能搞，收入也很稳定的副业，还不耽误种庄稼，既给他增加了收入，又给我提供了方便，一举两得的好事情。你随意算了一笔账，那户人家光是张祯养鸡，一年的收入至少在五千元以上吧，近十亩地的收入。鸡仔儿不花钱，张祯无偿提供；成鸡不愁销路，张祯全包销了。还有数量不少的鸡蛋。只投入了一定的饲料和剩余劳动力，就得了不少的收入。

你不禁唏嘘！张祯真是心细如丝，他似乎在寻找着一切机会，哪怕是很小的机会，他都要充分地把它利用起来，以实现自己的良心对社会的那份承诺，以表达自己那份对乡亲们的无微不至的关爱与亲情。朱王堡镇的党委副书记杨延勇和你聊天的时候说，张祯的事迹，除了那些大家都知道的大事情之外，其实最能表现其本质的，往往是那些很细很碎的小事，但别人又做不来或者干脆不愿做。做那些事，已经成了他的生活习惯，遇上了他不做好像不由他自己似的。习惯得就像有些人晚上睡觉前，非翻上几页书是不能入睡似的；就像有些人吃完饭后，非吸一支烟就不能解乏似的。但是，在他随意所做的在他自己没有什么感觉的小事碎事，在受益的人那里，却被看得无比的珍贵。咱们的老百姓，尽管有这样那样的缺点，但是很纯朴，受人滴水之恩，都能牢牢记住一辈子。因此，在人与人之间的关系越来越淡漠越来越疏远的今天，张祯那些一点一滴的很不起眼的作为，就显出了特别的价值。小爱积成大爱，小溪积成大海，水滴石穿，绳锯木断，这些词都很能说明问题之所在。数一数，光是一个流泉村里有多少人都曾经得到过他的帮助？这样的人，人们怎么能忘记他呢，口碑能不好吗？

杨延勇还给你讲过一件"张祯活下人着哩"的小事，说是张祯这一次扩建厂房需要租赁流泉二社有效耕地 10 亩的时候，只是跟村委会打了个招呼，就自己和原承包地的村民谈妥了，根本不需要村委会出面协调。并不是张祯出的钱多，每亩每年600元，10亩一年6000块，长期使用。按现在流泉村土地的年产出，这个数字不算太大但也不算小，适中而已，但却是旱涝保收。你听人家村民是怎么说的，是你张厂长用？用去，用多少年都行。要是别人，说啥也不给他。听听，这就是人们对张祯的态度。杨延勇说，现在的土地越来越值钱了，以土地为生的农民把土地看得比命还重。可是张祯就那样很容易地租用到了，这除了张祯守信诚恳，不就是因为他平时的作为，已在村里人的心中种下了善良的菩提一样的种子吗？要是其他人，没有村委会的出面协调，几乎是不可能的。甚至，即使村委会出面，磨破了嘴皮子，也谈不成。除非政府征地，你根本没有办法。张祯自己也说，你对老百姓咋样，老百姓就对你咋样。

敬人者人恒敬之，爱人者人恒爱之，这是万古不废的真理。

你想起另一件事，是亲身经历过的。那天，你要返回金川，张祯送你到朱王堡，并顺便采访杨延勇。正当你们闲聊的时候，来了一个年轻人，穿着西装，夹着个小皮包，很精干的样子。他手里拿着一张按满红手印的纸，一进门就口口声声要杨书记协调解决。他急急忙忙地说着，杨延勇不时地插几句，但你却是听得云里雾里，不知所以然。后来，杨延勇批评了几句，就发着牢骚直接去找镇长了。杨延勇这才给你大致说了一下，说这个年轻人是某村的主任还是书记，代表村里的一些人说话来了。有一个办企业的，在他们村里征用了一些地，按协议人家把厂子已经修起来了，村里人却用皮尺重新量了一遍，然后便说人家多占了一亩三分地，这时候要人家退出来，人家当然不干。因为那多出来的面积，并非当初签协议时的耕地，而是一些无用的沟沟坎坎被垫平了，自然就多出来了。

杨延勇说，其实村里面人的目的并不是那多出来的面积，而是想要人家打在旁边的一眼机井。可是他们又不明说，只是口口声声人家多占了，要人家退出来。假如那人聪明，服个"输"，把那眼机井痛痛快快地送给了村里，村里人自然什么话也就不说了。但是那人装糊涂，就是不说那话，一眼机井五、六万呢，换了谁白送人都不会那么痛快的。于是，就闹将起来了，还说要打官司。说实话，这个人做事也不算大气，村里人也太有点那个了，明知不可能退出来的，可他们还要那样绕着弯子做，这也是咱们农村人有时不太招人敬的原因，耍小聪明误大事，只顾了眼前针鼻眼大的小利益，捡了芝麻丢了西瓜；同时也是严重制约农村经济发展的因素。要是你明明白白说出来，也许事情就好办多了。假如那人一气之下，撤出资金去，你不是鸡飞蛋打，什么也得不到吗？这件事要是遇上张厂长，可能早就解决了，或者就不可能出这样的事……听了杨延勇的话，你只能默然。你无意评说这件事谁是谁非，但你相信他说的最后那句话，要是张祯，也许就不会发生那样的事。张祯在治理流泉荒滩的时候打了两眼机井，治完荒滩后，任谁都没有说也不可能说的情况下，就将一眼机井无偿地送了村里人，让村里人受益，这是做人何等的一种大气啊！

信然！

是夜

是夜，住在张祯家里，他的妻子让他打发到别处去了。

张祯的家，和他的厂子比起来，很简陋；和你后来到十四社去所看到的他的几个兄弟的家和他自己的那个旧家比起来，也不可同日而语。那个当初和兄弟们分家时，花 2000 块钱买的牛棚，早已在十几年前就翻修一新了，但是现在却就那样闲放着。而现在的这个家，也就是三间大的屋子，一间隔出来住人，另两间是客厅。住人的屋子里就两张床，再无其他时新家具，能表现现代气息的就是那部固定电话了；客厅里摆着几张沙发和两个茶几，一台 25 英寸的旧彩电，两张小写字台。让人无论如何都无法与满身光环的主人联系起来。但这就是张祯的家，毫无疑问，那部不时响起来的手机也确确实实地证实了这一点。

乡村的夜晚宁静而安详，几乎听不到一丝声响，连乡村特有的狗叫都听不着几声。和张祯随意聊了回儿天，就听得他的话语粘了起来，于是不再说话。一会儿，他就打起了轻轻的鼾声。后来说起，他说他睡得早起得也早，除了当兵那回儿在天山上修公路和治理荒滩风沙那一阵子，基本上是十点钟就上床睡觉了，很有规律，这都是在部队上养成的习惯。但是你却没有这个习惯，长期的文字生涯，十二点钟之前很少睡觉养成的陋习，再加上在陌生之地很难成眠的不适，与爱人从金川打电话告知第二天有沙尘暴的消息，使你更是无法成眠。

来到流泉虽然只有一天时间，但是所见所闻却让心灵受到了强烈的冲击。听着张祯平稳的鼾声，知道此人是一个定力极好的人。因为在自己的生活经验里，一个当初只有一身力气的人，只有一股子闯劲而几乎身无分文的人，从农村进入城市，又从城市回到农村，经过二十年的打拼，始终盯着那片生他养他的厚土做文章，终于成就了今天辉煌的事业，而且受到了社会广泛的关注，成了一位备受众人注目的成功人士。盛名之下，各种各样的事情蜂拥而来：向全社会报告自己的成功经验，接受上级有关单位的考察与调研，以及各种新闻媒体的采访，接待各种各样的参观团和学习者，还不能耽误生产等等。应该说，这时候不管是肉体上还是精神上，他的压力都是很大的。但是他还能够如此平静与坦然，其实难得！要是没有一定的心理定力，是很难做到这一点的。

翻来覆去，总是睡不着。透过窗纱，看着半片子有些昏暗的新月，渐渐西沉；夜风已起，敲打着无边的暗夜，有一种互相追逐的声音穿空而过，想着沙尘暴是不是提前到来了……

终于不知道在什么时候睡着了，还有许多莫名其妙逻辑混乱的生活场景来到了梦里。后来回味，原来是日有所思，夜有所梦，都与白天的经历有关：乌牛、绿洲、大风、阳光、林木、道路、荒漠、沙滩、泥泞、乡村、城市、人群……醒来的时候，已是黎明。看旁边床上，张祯已经起床了，正在打扫院子。再看时间，刚刚六点钟。后来和张祯的朋友杨延勇说起这事，感叹张祯是一个勤快的人，也是一个精力充沛的人。白天工作了一天，傍晚的时候还打了一场体力高消耗的篮球，晚上又和你聊了数小时的天，第二天还能够早起。杨延勇说，那是张祯从部队上带来的生活习惯，不睡懒觉，也改不了。

小故事，大世界

小故事，大世界。

杨延勇是张祯事迹报告团的报告人之一，那个"报告"很接地气。在和你聊天的时候，他时不时地好像很顺口似的就讲出一个张祯生活中的小故事来——

1985 年冬天，张祯刚从部队上转业回来，还保持着早睡早起的习惯，但生活场景毕竟与部队上不一样了，再也不用严格遵守出操纪律了。因此从第一天起，他早早起来之后无事可干，就和在部队上一样，开始打扫自家的卫生，从院子里扫起，一直扫到街门上，里里外外，一趟子过去，打扫得干干净净。刚开始，邻居们很不以为然，以为张祯是自恃当了两天兵就要和别人不一样，穷讲究，是故意在他们面前做姿态，即现在很时髦的说法"做秀"。还说他，自家的院子当然要打扫，可是一条土门街有什么可打扫的？闲着没事干，天天刮风，扫也是白扫，那沙子是你能扫得完的吗？然而张祯并不理会人们的各种说头，每天照扫不误。

不久，人们的态度就变了，因为大家很快就发现，每当张祯打扫完自家门前的街道，邻居们没有打扫的街道就显得特别的脏乱，看着让人心里很不是滋味，也很不好意思，同样长着一双手，人家的门前干干净净的，自家的门前咋就那样不堪入目？这不正好证明了人家就是跟你不一样吗？从街门上就可以看出，人家过的是干干净净的日子，是勤快的日子；而你过的却是乱七八糟的日子，是懒散的日子！于是离张祯家最近的一户也开始打扫自家街门前的卫生了。要是遇上张祯，心照不宣地互相笑笑。下一家也开始了，下下一家也开始动起手来……慢慢地，全街道上的人都早早起来打扫自家的门街，而且还形成了习惯。

从此，一条土街道，经常保持着干净整洁的面貌，和过去相比，看着都让人舒心。要是谁家的门街有一天没有打扫，肯定会受到大家的奚落和嘲笑。这种现象叫什么？大概就叫潜移默化吧。套用一句老话就叫"榜样的力量是无穷的"。如果把其所彰显的意义提升一下，大概就是张祯一个小小的生活好习惯，却大大地改善了大家的人居环境，提高了人们的环境生活质量和精神生活质量。不怕没有人干，就怕没人带头干。人们普遍都有一种"从众"心理，这种"从众"心理对个人行为有一种很强的推动力：别人都去干了，你还坐着干什么，就不怕别人笑话？也可称为约束力：别人都在干着，你就不能不干，你不能破坏了大家的规矩。一个人的好的生活习惯一旦成为一种大众生活习惯，就成了好传统。而谁要破坏好传统，是要付出代价的。

说到"榜样"二字，杨延勇又讲了一个更令人深深思索的事，与当前在全党所进行的"保持共产党员先进性"教育活动有关。据说，前些年，在许多地方，有些共产党员先锋模范作用没有发挥出来，或者说根本就没有发挥，而且还不如普通老百姓，从而导致干群关系很不融洽。这种情况在流泉也一样存在。张祯曾经动员过一些有发展前途的优秀青年积极向党组织靠拢，但是很多人不愿意，也很不屑，甚至还有人说出了一些虽然很偏颇但也不无道理的话来，入党干什么？你看看，咱村的一些党员说的话和做的事，哪一件能比老百姓强？与其成为这样的党员，还不如老老实实地当咱的老百姓活得踏实和自在！这些话说得让张祯心情非常地黯然。他很痛心，发誓要用自己的实际行动挽回党员的声誉，当然更要挽回自己作为一名党员的尊严。

从那以后，他对自己的要求更加严格。干，与职工一起干；吃，与职工一起吃；组织职工进行义务劳动，他总是走在最前面；为乡亲们办好事，他从不计较个人得失。治风沙、修公路，助教育、建广场，尤其是流泉村举办第一届物资交流大会的时候，他出钱为人们买遮阳网、出钱请市艺术团为大家唱大戏不说，还花钱雇了十名基干民兵，白天带着他们建戏台、搭看台、维护市场秩序，晚上又带着他们彻夜巡逻，看护市场上的农副产品。交流会8天，参加人数8万余人次，但是却没有发生一起案件，更没有丢失过一件物品！

张祯以自己的人格、人品及精神，赢得了广大人民群众的信任与爱戴，更赢得了流泉村年轻人的尊敬，尤其是赢得了厂里面青年人的崇拜。他们在亲眼看见了张祯热心帮助乡亲，并带领他们走上勤劳致富道路的事迹之后，他们的心动了，他们的心活了，他们的思想发生了深刻的变化，原来真正的共产党员是这样子啊！而这样子的共产党员竟然就在自己的身边！他们还是一些涉世不深的年轻人，他们对生活还抱有积极向上的理想，对那种属于良知的光芒，他们绝对地向往。只要有清清泉水的滋润，他们依旧朝气蓬勃！

张祯无疑就是这样的"清清泉水"。他们为张祯而感动，他们以张祯为楷模，他们纷纷写了申请书，要求加入中国共产党。仅2003年，"勤奋"就有10名基干民兵向流泉村党支部递交了入党申请书，后经严格审查，最后确定张生银等五人为培养对象，并委托张祯为培养人。现在他们已光荣加入了中国共产党，成了中国先进分子的一员。一个小小的只有50多名员工的"勤奋"修造厂，现在已有党员6人，这在全市同类民营企业中并不多见。张祯说，他们每一个人都是一颗希望的种子，也是流泉将来发展的骨干力量，更是流泉的未来与希望！

后来，顺着这个话题，杨延勇又讲了另一个有关张祯的"小"故事，也就是他在"张祯事迹报告会"上所讲的第一个故事，也是张祯从部队上转业回来之后所干的第一件让社里人对他刮目相看的事——

由于流泉村十三社和十四社离村委会驻地比较远，大概有五六公里的距离。因此，朱王堡学区在那里专门设立了一个小学校叫"月牙泉小学"，也就是过去的"村学"，是全镇最偏远的小学，承担着十三、十四两个社9岁以下孩子的义务教育任务。过去，这个小学校只有一栋房子，两名老师，三四十个学生，教学条件比较差，校园连围墙都没有，敞着口，学生一下课，就像放了羊一样，喊都喊不回来。每到多风的春冬季节，尤其是刮起沙尘暴的时候，教室门口的沙子能埋住脚脖子，教室里是从门缝窗缝里挤进来的更细更土的沙子，扫都扫不净。沙尘暴过后，老师就放下了教鞭，学生就放下了书本，全员行动，操起铁簸箕和铁锨、扫把等等，开始清理沙尘。这样的"功课"，月牙泉小学每年都要搞许多次，谁让月牙泉小学办在大风口呢。日复一日，年复一年，月牙泉小学就那样苦苦地支撑着。张祯就是在这样的学校里度过了他的童年。由于办学条件太差，许多老师都不愿到那里去教学，他们经常互相开玩笑说，好好干吧，谁要是不认真，就发配他到月牙泉小学去。

1986年春天，月牙泉小学注定要发生一件大事。

那一天，每年不请自到的沙尘暴又一次侵袭了流泉，当然也就侵袭了孤立无援的月牙泉小学。大风过后，教师和学生照例停课，开始清扫沙尘。张祯正好有事路过那里，看到了那再也熟悉不过的一幕。他的心里猛然一阵狂跳，一阵发疼，十几年过去了，咱们的月牙泉小学咋还是老样子啊，一点变化都没有？他想起在外面所看到的世界，与之相较，简直有着天壤之别。两个社里的人连一道围墙都修不起来吗？张祯边看边想，要是有一道围墙，至少也能多少挡住些风沙吧？这个从小就喜欢琢磨事儿的年轻人，就在那会儿里，心里决定了一件重大的事，他要发动两个社里的群众，为这个多年来没有围墙的小学校修一道围墙！他想，社里人穷，他也和社里的人一样穷，没有钱大事谁都做不来，但是大家都有一身力气吧？众人拾柴火焰高，他就不信两个社里的人修不起一道围墙来。既然想到了，就要付诸实施，他马上挨门挨户，去动员两个社的群众伸出手来，帮学校一把。

然而事情之难，却远远超出了自己当初的预料，那些有孩子在学校上学的家长，都表示积极支持。他们说，这是一件大好事，早就该修围墙了，就是个鸡啊狗啊还有个圈呢，更何况是上学的娃们?! 他们早就盼着能有个承头的人来领着大家修呢，有了围墙，大人们也就放心了。但是那些没有孩子在学校的人家，就没有那么好的态度了，有的打着哈哈应付他，也算是给了他个面子；有的则干脆拒绝了他，不愿修，甚至连个好脸色都不给他，还说什么，谁爱修修去，反正我家没有孩子上学了。有的人等着张祯走了，便互相嚼舌头，这人发烧了是不是？他以为他是镇长啊还是谁？一个小小的民兵连长，连个村长都不是，还想翻起大浪来！当过兵的人回来，总是要发一阵子烧，这谁都知道。等着吧，等他这一阵子烧过了，就和我们一模一样了，看他还日能不日能，还爱不爱出风头。

听着这些烂舌头的话，张祯当时真正是气炸了，二十五六的小伙子，正是血气方刚的年龄，他真的恨不得立马找到那些个嚼舌头的人好好打一架，出一出那口恶气。然而，打一架就能解决问题吗，学校的围墙就能修起来了吗？他终于平静下来了，在部队上当过代理排长的他，毕竟已经修炼得差不多了。但是他发誓，他一定要想方设法把那围墙修起来，让那些眼窝子浅的人看一看，他张祯是不是在发烧！

　　张祯又一次走家串户，他希望每家出一个劳动力，或者集一点资也行，但是大部分群众还是不愿意，尤其是集资，更像是捅了马蜂窝似的。于是他改变了策略，经过反复核算，每家只要凑出二十块土坯就行，其他的由他来负责。经过反复做工作，这一次总算弄成了。土坯凑齐了，他又拿出自己在部队上积攒的 2000 块钱，雇了十几个民兵，连夜苦战，只用了短短数天时间，就把围墙修起来了。看着那像模像样的学校，社里的人看张祯的眼光也就变了。有人说，张祯办的这件是太值了，解决了学校多年的老难题；也有人说，张祯花自己的钱办这件事太不值了。究竟值不值，张祯心里自然很明白，因为自从围墙修起来后，他就成了学校的贴心人，老师们见了他总是热情地邀请他有空了去学校坐坐，孩子们见了他，总是要用那稚气的声音问候他，"张叔叔，你到哪去呢。"简单的问候，如果是出自乡亲们的口里，那是客套，是寒暄，但是出自老师和小学生的嘴里，其深层含义就不一样了，那里面绝对有一种常人无法理解的尊重与敬爱。有一年，学校里调来了一个外地老师，因为学校没有灶，张祯就将他请到自己家里去吃饭，整整一个月时间，直到那位老师自己起了灶为止。

　　张祯所做的这一切，看起来事情虽小，但却折射出了他作为一个人的真正的修养与人道精神，一个共产党人对老百姓真正的关爱与亲情。他那种要人生充满清新和健康气息的不懈追求，让周围多少人为之而感动。正如有位对张祯真正理解的人所说的那样，在张祯的心里，流泉永远是他的家，也是他终身用心血回报的地方。正因为如此，张祯投资公益事业从不说二话，帮助乡邻从不计较个人得与失；也正因为如此，厂里的工人以敬业来回报他，流泉的乡亲用信任来敬重他。记得有一首歌里这样唱道："树无根则枯，水无源则涸；走过千山万水，故乡永远在心中……"张祯，以一颗赤子之心，去温暖着生活的清贫；又以一种向善的心情，去照亮着生活的黯淡。

新的一天开始了

新的一天开始了，你想以时间为顺序，记录下张祯这一天的全部生活，还一个生活中的张祯，也记录下自己的所见所闻。

太阳已经升起很高，但是没有多少光泽，倒像是一轮悬挂在灰暗天空之上的满月似的，浮肿苍白，没有一点热度。沙尘暴的前锋已给它提前打了招呼，浑浑浊浊的，显得营养不良的样子，但它还在拼力地挣扎着。马路两旁高高大大的白杨树，风过枝斜，伸出双手托举着它，也有些有气无力的样子。空气里，弥漫着一种强烈的土腥气，让人明显地感到了一种沙暴欲来的不安气氛。

早饭前在马路上随便走了走，和一位老人闲聊了几句。说起即将到来的沙尘暴，老人一脸的平静，来了就来了，刮一刮也就走了，老天爷的事，谁也管不了。年年世世就是这厺样子，说来就来，三四月最多，三天两头地刮，等过了四月就少了。你问像今天这样子天气，不知厉害不厉害？老人说，看天爷的脸，黄乎乎的，这一次大着哩，不像一般的刮大风。这大概是老人的经验之谈吧。你说，张祯在风口上弄的那个防风林能起多大的作用？老人看看树梢，可能是看风向吧，然后对你说，那片子防风林作用大得很，从建起来后，风明显小了，沙也刮不起来了。今天是西北风，那林子要去给凉州人办好事了。哦，无怪乎自张祯的防护林起来之后，民勤蔡旗人和凉州双城子人都说张祯是个大好人呢！

跟老人话还没有说完，张祯在那里叫着吃早饭了。"勤奋"的职工食堂在修造厂院子的一个角上，面积很小，只有间半大，也很简陋，只有十几个工人上灶，里面摆着五六张长条桌子。那天的早饭是稠稠的洋芋拌汤、馒头就咸菜，还有先一天专门从村外掐来的寸把长的苜蓿芽芽子，拌了盘子凉菜。张祯两口子，以及所有吃住在厂里的工人们静静地坐在那里，吃得很专注。

　　张祯说，咱农村人的饭简单，早晨就是这洋芋拌汤和馒头，中午和下午基本上是面条或者馒头烩菜，全是家常饭。家常饭就家常饭，家常饭实在，家常饭养人。哪个人不是家常饭养大的！

　　就在快吃完饭的时候，司机毛忠全进来了，说着早晨出车拉木料的事。张祯一边听他说，一边就从兜儿里掏出了厚厚一沓子钱来，数了一些，交给了他，然后叮咛了几句。你很惊讶，也有些不解，等毛忠全走出去之后，就问了问张祯，身上装那么多现金干什么，给小毛那么多钱咋连个条子都不打？

　　张祯说，这两天盖厂房，哪个地方都要花钱，装在身上顺手一些。小毛是拉树滚子去，那都是和人家说好了的，一手交钱一手交货，两撇清，谁也不欠谁。

　　你说，你自己不记账吗？

　　他说，大账就记着呢，小账没处记去，也麻烦得很，就没记。

　　你说，那你一年下来，咋算盈亏呢？比如说，支出是多少，支出的又是什么项目；收入是多少，又是哪些产品的收入。收入和支出两项相平，又是多少？

　　张祯笑了笑，这简单得很，看还剩多少钱，再把欠条加一加，算一算，就出来了。

　　也就是只看结果了？你说。

　　张祯笑了，说了一句方言，"刚就么"（这是河西武威一带的方言，与永昌地区的"该就么"一个意思，都是"就是"之意，只因清河地区靠近武威，有些村镇的说法与武威一样。所谓十里不同音，百里不同俗也）。在后来的几天里，你总是看见他的这种交易方式，不管是他买别人的原材料，还是别人买他的产品，都是一手交钱一手交货，或者是写欠条，就是没有做任何的账目。对此，你提出了一些自己不同的看法，但是他说，厂子完全是自己办的，不牵扯别人。因此，不管是支出还是收入，都是自己家的事，与别人没有啥关系，记账也就没有啥意思了。你说，那税额又是怎么确定的呢？他说，他一直交的是定额税，去年交了三万五千块，成了朱王堡镇的纳税大户，还挣了一块铜牌。但是与实际销售额却没有关系，他基本上都是超额完成任务。

关于这一点，你虽然有自己的一些不同看法，但也只是说说而已，毕竟那是张祯自己的事。但有一点是非常明确的，随着企业的不断发展与壮大，建立健全一套完整的财务制度，都是非常有必要的。不管是哪一种性质的企业，在财务上，都不能是一笔糊涂账。因为财务管理，不仅仅反映的是收支情况，更重要的是财务在某种程度上，还是分析企业生产与产品营销的最重要的依据。后来你和另一个民营企业老板的朋友说起这事，他说其实现在大部分私营企业在财务管理上都和张祯差不多，属于一种粗放型的管理。这在某种程度上，虽然减少了许多开支，也减少了不少管理上的麻烦，但很不利于资金的有效管理，也不利于企业的长期发展。建立健全财务管理制度，可能是大部分民营企业，尤其是正在发展壮大的民营企业需要研究的一个重要课题。

早饭吃完了，工人们也都陆续到岗，各就各位，机床也陆续开动起来了，厂区里又恢复了作业时的机声喧嚣。你们在办公室里坐了坐之后，他就说，主管生产的两个副厂长有事都不在，他得到车间去看着，要你根据自己的需要，在厂子里随意看一看，他已经给工人们都打了招呼，要好好配合你的采访。你说行，你正好要将昨天晚上你们聊的一些东西记一下，完了再到各处转一转。张祯笑了笑，又给你拿出一包烟放在桌子上说，他不抽烟，让你自己抽。

张祯刚走出去，他的妻子王春香就进来打扫卫生了。

你问她，老张以前抽不抽烟？

她说，她从来没有见抽过，只听说以前在天山上干活，抽不成烟。

后来，你用这话问过张祯，他说他一直就没有抽过烟，与在天山上干活没有多大关系。不过，在天山上干活抽烟，看起来确实挺难受的。因此，他不觉得抽烟有什么好处，但他也不怎么反对别人抽，那都是一个人的生活习惯。但不抽烟，肯定是好习惯。你又问王春香，那老张喝不喝酒？你以前见过的像他这样的老板，很少有既不抽烟又不喝酒的。她说，以前喝酒凶得很，拳也猜得好。在金川上了一年班，挣的那俩工资连喝酒都不够。这几年不喝了，喝酒误事不说，还把胃喝坏了。

这你信。先一天下午，你就看到他吃了几次胃药，每次好多片。就在刚刚吃完早饭回到办公室时，又吃了一把白色药片儿，这才到车间去了。你采访的几个工人都说，张厂长要求工人很严，不到节假日，不准任何人酗酒，也不准赌博。你说下班之后也不行吗？他们说下班之后也不行。不管是喝酒还是赌博，一旦玩起来了，就往往刹不住车了，酒喝高了喝醉了和玩赌熬夜，都肯定影响第二天的正常上班。由此你推想，他之所以不喝酒了，一方面与他的胃病确实有关，但更重要的，可能与他的"勤奋"厂规、厂纪有关，是他要以身作则，要求工人做到的，他自己首先要做到，这才能树起管理的权威，给大家带个好头。

张祯在这方面也确实称得上是一个好榜样。你在随意采访工人的过程中，给工人们发烟，他们几乎没有一个接手的，即使接手了，也是拿在手里半天不抽。他们说得最多的一句话是，连他们张厂长都不抽烟，他们抽的是哪门子的烟？他们最后总是强调说，张厂长是没钱抽烟吗，他什么样的好烟抽不起？但是他就是不抽，而且还经常劝他们也不要抽，抽烟对身体没有什么好处，是烧钱呢！哦，原来榜样就在身边啊。

其实，这种以身作则的一切由自身开始的管理，在"勤奋"处处可见，也在张祯身上表现得非常明显。张祯不喝酒了，职工们也很少喝酒。你问一个工人，平时喝不喝酒？他告诉你，其实他原先是很喜欢喝酒的，而且还很有酒量，但自从来到"勤奋"以后，都几乎戒掉了，一是张厂长不允许职工随便喝，大家也自觉遵守这个纪律，二来主要还是因为工作环境和性质都不允许。他们不是开的机床，就是提着油漆，有时候还要抡大锤砸钢筋，什么活都来不得半点马虎与粗心大意，一旦操作失误，后果就不堪设想。废料废品都还是小事，安全事故却是无论如何出不起的。现在只在逢年过节的时候少量喝一些，图个高兴。

说起赌博之事，一个工人对你说，张厂长见不得人耍赌，他总是告诫他们说，不要学那些没事就坐在一起耍赌的人，挣俩钱容易吗？有钱了去买件新衣服穿，去买些好吃的吃，或者给家里人买些礼物也还算是个人情。有闲时间没事干了，看看书，学习学习，或者是下下象棋，打打乒乓球，看看电视都行。这些都是让你长进的事儿学本事的事儿，而赌博有什么好？你见过有几个人因为赌博而发了大财的？输了钱不说，还熬上了时间，搭上了人情，而且还让人看不起，弄不好还会触犯法律。因为赌博而被公安机关拘留罚款的例子不少，因为赌博而走上犯罪道路的例子不少，因为赌博而弄得家破人亡的例子更是不在少数。

其实，从好多人的嘴里面，你都了解到，张祯为了提高"勤奋"职工的素质，为了"勤奋"的荣誉，为了真正让"勤奋"的职工与其他人区别开来，他制定了许多厂规厂纪，他带头执行，而且还采取了许多行之有效的措施。

比如说，他非常清楚，在农村冬闲时期，由于有许多人无事可干，便三个一伙，五个一帮，经常聚在一起喝酒耍赌，这已经成了许多农村冬闲时的一种传统生活与习惯。但是这很容易出事情。他就要求"勤奋"的职工，不仅不能参与其中，而且还要勇敢地出面制止那种陋习，至少要帮助家里人改变那种不良的生活习俗。

再比如说，他总是要求职工要有"勤奋"的身份感与名誉感，要有"勤奋"的主人翁意识。要时时从别人身上，不管是他的长处还是短处，都要看到自己的缺点和不足，这样才能不断地进步。他要求职工回到社里，对于社里的公益事业，义务劳动等等，要积极去做，要主动去做。对于属于自己的责任要带头做好，对于属于自己的义务，要带头尽到，比如水费、电费的缴纳，你就不能落在后头。

有个工人对你说，去年根据政府要求与号召，村上大张旗鼓地搞农村合作医疗保险，有很多人一开始不理解这是关乎自身利益的大好事，硬是顶着不交钱，也不积极参加。张厂长知道后，就积极动员自己厂子里的工人，带头参加了医疗保险，这为整个村里合作医疗保险工作的顺利进行，打下了良好的基础，也为其他群众带了个好头。而且厂子里有几个工人家里实在一时拿不出钱来，张厂长就自己掏钱替那几个工人垫交了，把那几个工人感动得不知如何是好了。他们认为只有在"勤奋"勤奋地工作，才能对得起张厂长对大伙的关心与帮助。

那个工人对你还说，其实，这几年来，张厂长的为人做事和他的言传身教，已经影响了许多人。他们是农村人，对外界对社会都了解不多，过去只知道是共产党的天下（执政），对共产党员并没有多少了解，但是自从到"勤奋"后，亲自见识并亲身感受到了张祯这个共产党员身上所表现出来的人格与品质，他们这才真正了解了什么是真正的共产党员，这才感受到了党组织的温暖，也感受到了作为一名真正共产党员的光荣与责任。他们中有许多人都交了入党申请书，有的已光荣加入了中国共产党，他们都表示要以一个真正的共产党人的标准严格要求自己，向他们的厂长那样，做普通百姓的带头人，做勤劳致富的带头人……

新的一天，总有新的事情。正当你和张祯的爱人王春香说着张祯的时候，又进来了一个女孩子，看打扮就是从农村来的，穿着一套宽大的运动服，因此显得不是那么利落，也不怎么出俏。她进门之后直到出门去倒垃圾，都没有说一句话。她只是帮着王春香擦桌子扫地，用眼睛和王春香交流，又给你倒了一杯水，你说谢谢，她浅浅地笑了笑，却没有说话。你有些疑惑，但又不能当着面问她，等着她出去之后，你问王春香那个女孩子是谁，怎么不说话？王春香说，是某某某（你没有记住这个工人的名字）的媳妇子，刚结婚，话少得很，可能是正害羞，不敢跟你打招呼。你说她是哪儿人？她说，是凉州人。你说她在厂里面算是干什么的？王春香说，车间里没有适合她干的活，呆了一阵子，老张看着她闲着没事干，又不回去，就让她打打杂，帮帮厨，干点零碎子活。他们春节刚结婚，上班了就跟着对象来了。你说，那他们住在哪儿？王春香从窗户指着门口的一间平房说，老张给他们想办法腾了一间小屋子暂时住着，两个人刚结婚，粘得很，还分不开呢。

你叹了口气。心想，虽然这是一件小事，可也能看出张祯发自内心的那份对自己职工的关怀与照顾。

李天仁的故事

李天仁的故事，感动了许多人。

你问王春香，李天仁究竟是咋回子事，听说老张和他八竿子都打不着个关系，怎么就跟他"粘"上了？王春香摇了摇头，说那人孽障得很，媳妇子不清醒，还生了两个娃娃，日子过得人不人鬼不鬼的。老张是个软心肠人，听说了他的事，就帮了他一把。你要她详细给你说一说，于是就听到了下面这个真实感人的故事，这个张祯将向乡亲们伸出来的亲情之手伸出"勤奋"，伸出流泉，伸向远乡近邻的故事——

那一年的秋天，流泉似乎特别多雨，大大小小的一场接着一场，只要天上有云飘过，就能淅淅沥沥一阵子，让人觉得似乎天天在下雨，好在村里人的庄稼都赶得紧，都基本上颗粒归仓了。但是有一天，天刚放晴，邻村董家堡的一个叫李天仁的人，却来到"勤奋"找张祯，说是想买一台脱粒机。这让张祯很吃惊，这都是啥时候了，咋才来买脱粒机？"勤奋"生产农机具是很有季节性的，像脱粒机肯定在庄稼收割之际，就已经生产充足，并全部投放市场，后半年里根本不可能再生产。他有些纳闷，就问唯唯诺诺的李天仁，咋现在才买机机子，你的粮食还没有进仓吗？厂里早就不生产脱粒机了。李天仁几乎不敢看张祯，愁眉苦脸地说，唉，张厂长你不知道我过的是什么样的日子啊！张祯问他，过的是什么样的日子？但李天仁这个几乎被生活压垮了的大男人，却又前言不搭后语，说不明白。于是张祯就打发他先回去了，说是给他想办法。

李天仁走了，张祯的一颗心却再也平静不下来了，看这人家境，肯定糟糕得不同寻常。他马上去向熟悉董家堡村的人打听李天仁的情况，得到的消息让他吃惊不已，而且糟糕的程度几乎不可想象。这个李天仁，已经近五十岁了，是董家堡村出了名的特困户。由于家贫，兄弟姐妹多，年龄大了，才娶了个神志不清的媳妇子，却又生了两个孩子，都还年幼，正在上学。今年夏天，别人家的粮食都收进仓了，但他家的麦捆子还躺在地上，正好一场大雨倾天而降，就把他家的麦捆子给泡在了水里。真是孽障人遇上的是孽障事，喝凉水都噎人。泡在水里的麦穗子很快就长出了白生生的芽子。往年打下的粮食，就那样堆放在院子里的白杨树下，任凭风吹日晒和雨淋。村里人形容李天仁的日子是"住的像牛圈，睡的是半截土炕，吃的是露天粮。"有人还说，其实那李天仁自己倒是个明白人，只是叫那个家把人给拖垮了。张祯有些不相信现在还有这样困难的人，于是就萌生了亲自去看看的想法。

是夜，张祯打电话叫来了几个生产骨干，连夜为李天仁特别赶制了一台脱粒机。第二天一早，他就亲自驾车把刚造出来的机器送到了李天仁家。走进破败不堪的院子，看到眼前令人无法相信的惨境，他禁不住潸然泪下。他说，他从创业到现在，尝过的酸甜苦辣车载斗量，说都说不过来了，可是他却没想到在自己身边还有这样过日子的人，要不是亲眼看到，说什么他都不会相信：院子里几间土坯房房子，顶上都已经开洞了，巴掌大的一块天就从那洞里映了下来，而且看起来一场大风都会将其刮倒；两个十多岁的孩子，还穿着开窟窿的衣服，踏着没有后跟的鞋；李天仁的媳妇子手折着阳光，傻呆呆地站在丈夫的身后，来上个人也不知道招应；一家四口人住的茅草房里，脏乱不堪；光土炕上，只有一床破烂成串的被子蜷在那里；油渍麻花的土锅台上，连一副像样子的碗筷都没有……张祯想，他们是怎么过来的，这还是人过的日子吗？他擦了把泪，默默地和同去的人一起将脱粒机卸下来，又掏出了身上的三百块钱，塞到了李天仁手里，临走时才对李天仁说，脱粒机让他先用着，快去收地里的粮食吧。那点钱不多，就留给娃娃交学费吧。以后有什么过不去的事了再到厂里去找他张祯。临出门时，他又叮嘱李天仁，天下没有过不去的坎，但是自己要首先振作起来，要自信些，你不能总是过一种没有希望的生活。

从此以后，张祯就认下了这门穷"亲戚"，无论是酷夏还是严冬，在李天仁最是困难的时候，张祯总是能送去一份关爱与支持。而李天仁只要有人问起此事，总是重复着他已经给人说了无数遍的话，都说人穷亲戚难上门，可张厂长与自己无亲无故的，却比自己的哪门亲戚都来得勤。要不是张厂长，自己连活下去的念头都没有了，还说啥希望？！

故事讲完了。王春香说，家（这是一个西北地区许多人惯用的方言代词，意思就是"他""人家"等等，指的是说话者所要言说的主体对象，一般放在一句话的最前面。为了叙述方便，这里只用一次，其他地方都以其他相应的词代替）这几年像帮助李天仁一样零零碎碎帮助的人不少，为这她一开始没少和他淘气，咱农村人挣钱不容易，为挣钱他吃的苦还少吗，咋就那样随意送人呢？但是每一次她都说不过他，他总是给她大道理小道理地讲，既然她讲不过，后来也就索性不讲了，由着他去。时间长了，她也就习惯了，也觉得他应该那样做，而且她还帮着他去做了不少。

你问她，他给她讲的是啥大道理小道理？王春香说，说的就多了，都是些零敲碎打的话。说她自己的时候，就问她，她看见那些可怜人，心里就不动一动吗？如果是她在困难的时候遇上一个肯帮她的人，她的心里会是怎样一种感受？在说到他为什么要那么做时，他总是说他见不得那些比自己可怜的人，他不帮他们一把他心里过不去，就像一个人摔倒在泥坑里，自个在那里挣扎着，就是站不起来，你正好路过了，随便伸手拉了那人一把，助了那人一臂之力，那人也就站起来了。你是站在干岸上的人，你拉那人一把能损失你什么？但是那人却因为你的帮助而站起来了，摆脱了困境。这时候那人肯定会对你充满了感激，会说许多非常真诚地感谢你的话。这时候，在你的心里暖洋洋的同时，你是否还感受到心里也很舒坦和满足？即使那人不说谢谢，但你又能损失什么呢，你依旧会因为看到那个人站了起来而心坦然；他还说他是党里面的人，又是村干部，他有责任帮助那些生活还不如自己的人，还没有在好政策下找到致富门路的人。他过去穷，连自己的日子都混不住，当然就谈不上怎么帮别人了，反而是自己得到了别人的许多帮助；而现在他有帮助别人的能力了，怎么能不去帮呢？乌鸦还有反哺之举呢！人要有良心，要时刻想着自己过去所过的穷日子。为富不仁，那不是他张祯的为人。他还说他的身份比一般老百姓特殊，他的心里要时刻装着老百姓，才能对得起自己的特殊身份等等。

其实，在张祯内心，有一个更深的情结。他认为，流泉人都是自己的乡亲，像李天仁这样的人，又都是自己的乡邻，如果他们在他的带领下都能在好时光里，至少和自己一样过上好日子，那不是天大的好事！有一些很有"理论水平"的人说，张祯这样做当然是好事，但那只是救急不救穷的做法，"给人以鱼，不如给人以渔"。若是碰上那些连"渔"都不会也不愿的人，你那"鱼"也不过是让他吃了一顿饱饭而已，解决不了根本问题。但张祯却又有自己的看法，给人以"渔"，当然是根本，但是要是那人已经无力去"渔"，又不会去"渔"的时候，你还不如先给他以"鱼"，让他恢复体力，然后再教他"渔"，这不是更根本一些吗?!

由此可见，张祯在生活中，不仅是一个最为清醒的现实主义者，更是一个朴素的理想主义者，他不是什么大英雄，他也没有什么高深的理论来阐释自己人生的意义，但是他总是踏实做事，不仅为自己做事，而且还为了让他人的生活过得更好，让整个社会更加和谐而做事……

你们正说着话，那个新媳妇来叫她说是有人找她，她笑了笑就走了。

风大了起来

风大了起来，土腥味越来越浓。你也到街上去，满街上没有几个人，只是一些驮着农具的满身尘土的摩托车匆匆驶过，猜想可能是看到沙尘暴马上到了，就忙忙下地的农民。你又到各车间走了走，和工人们随意聊了聊，问一些生产上的事，也问一些他们厂长的事，但却没问出什么来，他们都正忙着手里的活，东一句西一句的，说不上个什么眉目。风越刮越大，你从分厂过马路回到了总厂里，满院子人正在紧张地预做防沙尘暴的工作，洒水的洒水，压东西的压东西，他们要保护好那车细沙不被即将到来的沙尘暴污染。那是从兰州刚买回来的铸造用沙，被洗得干干净净，要是被污染了，就全报废了。

自己无事可干，还不如避风去，于是就回到了张祯的办公室里。隔着窗子，看到张祯一边亲自动手，一边指挥着其他人有条不紊地干这干那。在刚干完的时候，就看到一道巨大的黄尘沙障从西北方向速速地压了过来，从身后的房顶掠过，从狂舞的树梢掠过，飓风骤起，一下子就遮住了整个天地，世界一下子跌进晦暗的境地。这时，张祯和另外两三个人也已回到了办公室里，院子里一下子看不到一个人了。他一边用毛巾擦着身上的尘土，一边说，这中央电视台的天气预报就是准啊，说来就来了，大得很。你说，你经历过十年前那场黑沙暴，这次好像没有那次厉害，但也小不到哪儿去。那一次都伸手不见五指了，这一次你看也数米之内看不清东西了，不知道有多少地方又要遭殃了。

话题自然又转到了他的那片防风林上，他说那里现在没事了，几十万棵树长在那里呢，还有已经出齐了苗子的庄稼，刚灌过水的沙地，锁不住风沙还就怪了。关于这一段对话内容，你已在前面的有关章节中叙述过了，这里不再赘述。正当大家聊着他那片防风林的时候，那沙尘暴似乎刮得更猛更烈了，他那钢架玻璃棚车间，在狂风中被掀得如乱鼓齐鸣。他忽然说，他还得到车间去看一看，工人们都已经停工了，不知场地收拾好着没有。这么大的风，安全上可不是闹着玩的，他要你和其他几个人聊着，自己就一头冲进狂风里去了……

这场沙尘暴来得快，去得也快，就像传说中那些来去在迅忽之间的江洋大盗，肆无忌惮地劫掠一番，便呼啸而去。从九点多钟刮起来，大概到十一点刚过的时候，风头已经过去了，只留一缕微风在盘旋，尘埃还未落定，天地依旧一片昏黄。王春香来叫你去吃饭，是在门口的一家小牛肉面馆里，张祯已和另外两个人等在那里了。一个是他的搭档白兆贵，另一个是生意上的朋友，也是白兆贵的一位什么亲戚。张祯说，正好白经理的亲戚也来了，就坐在一起吃一点吧，吃完了再去办公室。天气不好，你们几位就在一起喝一点酒，今天你们可是遇上对手了。大家都很谦虚地笑了笑。

在吃饭的过程中，你随意问他，这个饭馆也是租你的房子吧？他说，就是他当初修的。你问租金咋样？他说和其他门面的租金差不多，都低得很，也就是个象征性的。算一算一年的全部租金，连当初投资的利息都收不回来。也就是给流泉营造一些活跃商贸的氛围罢了。流泉这地方小，又很偏僻，流动人口很少，要是按常规收，他们的营业额可能连本都保不住。

你问他租房子的人是哪里的？他说是凉州的小两口，雇了一个四川厨师掌勺。你说，流泉人自己开不起来吗？他说，不是开不起来，是不好开。还是那话，这里流动人口少，主要是流泉自己人，其他买卖都好说，这吃的生意咋做？转来转去，不是亲戚就是朋友。你做谁的生意去？大家的面皮都很软，吃的人咋好意思白吃，而卖的人又咋好意思收钱？大家都不好意思了，还有什么生意可做？这时白兆贵插了一句，其实，他们的生意主要靠的还是"勤奋"，客人大部分都是张厂长的客户，或者是客人。张祯笑了笑，这倒也是，他给他们提供了客源，可他们也给他提供了方便的服务啊。不管是他花钱请客，还是客户吃饭，都是花钱，而这钱又花在了流泉，不是大好事吗？随着流泉经济的发展，将来来的外面人多了，客商也多起来，人们的生活也好过了，消费水平自然就提上去了，他们何愁没有生意做？

其实，谁的心里都明白，拉动流泉经济发展的重要杠杆，还是张祯不断发展壮大的"勤奋"机械厂。正像流泉老百姓说的那样，"勤奋"是流泉的"人气"，如果没有这份"人气"，流泉除了自己知道自己，还能有谁知道她？也正如一位朋友说的那样，"勤奋"其实就像一面迎风招展的旗帜，在那里已经树起来了，它的感召力不可预测。现在讲究"筑巢引凤"，"勤奋"在那里的发展，正好说明了那里具有得天独厚的发展经济的条件。一些精明的商家和投资者，不可能看不出这一点。

吃完饭后，大家就都回到了张祯的办公室。张祯拿出一瓶酒来，和朋们坐在一起，准备开喝了。但是大家都知道他已经不喝酒了，可是他却说，他今天得喝几杯，因为和你是第一次见面，也是第一次在一起喝酒，他不能不喝。后来你从别人那里听到，张祯开始一起创业的几个人中，有的就是在酒场上认识并相交甚深的朋友，他们在事业上互相支持，肝胆相照，才打下了企业发展壮大的基础。其实这也是现代社会人际交往中的一个重要特征。想一想，在现代人的生活中，还有什么能比酒更能营造氛围，表达出一种人与人之间平等互信的关系呢？曾经深爱美酒的张祯，是深谙酒中之道的。张祯为你破了酒戒，你想这也是他为人忠厚的一种表现方式吧。

然而，他毕竟荒酒多时，身体也不宜再饮，只是几杯下肚，就表现出了不适。白兆贵说，张厂长的心意到了就行了，我们几个玩吧，让张厂长休息去。张祯也便不再参与，但他依旧坐在那里，看着其他人互相碰杯。时间不长，又进来两个人，张祯把他们中年长的一位叫三叔，是已经退休的流泉村委会老主任；把另一位比他还小的叫"爸爸"，也就是和他父亲一辈的本家子，是现任流泉村十四社的社长。张祯给大家互相介绍，也算是认识了。相互喝了几杯酒之后，瞅了空子，你把那位社长请到了办公室隔壁张祯的家里。你想，他们年龄相当，他一定比别人更了解张祯。这时候不抓住机会了解一些情况，更待何时？

果然，他给你讲了许多故事，虽然有点零碎，但不无价值。他说他和张祯年岁差不多，从小一块长大，但张祯比他有出息得多，张祯所干的事业他一辈子都干不来。他一再强调，人家是流泉有名的"能人"，是一个在村里很有威信的人。

穷人的孩子早当家

穷人的孩子早当家，用在张祯身上不无贴切。

张祯为什么能有今天的事业，为什么喜欢社会公益事业，为什么能够助人为乐，这与他少年时的苦难生活不无关系，也与他父亲的谆谆教诲不无关系。张祯家孩子多，这和那个时代几乎所有的家庭一样，兄妹一共7人，他排行老三。在他大概五六岁的时候，十年"文革"开始了。那是一个没有理性的年代。那时他的父亲是陈仓公社的党委书记，很快就受到了冲击与批斗，家里也被那些失去理智的红卫兵抄了个精光。

那年冬天，是张祯生命中最为黑暗、严酷与寒冷的一个冬天，也是他最忘不掉的一个冬天，憔悴而疲惫的母亲带着他们瑟瑟发抖的七个兄妹，只有一床被子和一条羊毛毡。他们为陷入困境，欲哭无泪。然而就在一家人几乎绝望了的时候，乡邻们出现了，你一升粮食，他一件衣服，我一把晒干的野菜，尽管他们的日子也并不好过，但是他们还是尽可能地为这一家落难之人提供了这些足以熬过一个冬天的衣食。这让年幼的张祯一下子长大了，因为这一切让他感受到了另一种需要他报答一生的亲情！这是一段艰苦而充满温情的日子，是好心的乡邻们帮助了他们，为他们母子不仅送来了过冬的衣物与粮食，还给他们送来了那时候难得的关照与问候，也给他们送来了活下去的勇气与力量。为他们解除了生活上的困厄。从那时候开始，在还是一个孩子的张祯心里，那种乡邻无私的给予，就种下了善良的种子，感恩的种子，让他萌生了长大报答乡邻的永远也抹不去的念头，而这个念头就一直陪伴着他走到了今天。

生活是艰辛的。用"少年老成"来形容一个孩子，未必就是什么好事；用"懂事"来赞赏一个孩子的时候，也未必是一个孩子正常成长的过程。但是一个特殊的年代，往往就造就了这样的孩子。尽管张祯该受学校教育的十年，正是动乱的十年，他没有接受到更多的本该接受到的文化教育。生活的磨难，社会的动荡，让他在他的整个学生时代，就用稚嫩的双肩去分担生活压在母亲和兄长们肩头的重但。"穷人的孩子早当家"，张祯在这样一种特殊的历史环境与生活条件下过早地长大了成熟了。十六岁那年，在他还对真正的学校教育没有什么了解的情况下，就从初中毕业了。然后又上了几天高中，在觉得没有啥意思也没有啥出路的情况下，他回到了家里。

这是他人生的一大转折，因为他从此真正走上了社会！他和与他一起初中毕业的几个小伙子，背起了背篼，加入了那时候流行的为生产队拣大粪、拾牛羊粪换工分的队伍，穿着一双破胶鞋，走遍了金昌大地。逛清河，走永昌，下金川，到处都留下了他一个少年为生计而奔波的影子。他还学会了许多农活、翻地、施肥、收田，净麦子的"扬场"等等，只要是农村生活躲不掉的活计，他无一不是一个好把式。也正是这一切，铸就了他勤劳、朴实、善良的品格，也成就了他勇敢走向社会，走向人生而永远不服输的大境界的秉性。

他的父亲也许早就从他桀骜不驯的性格里，看出了他的老三不是一个普通的人物，因此他时时叮嘱儿子："娃子，不管什么时候，亏是人吃的，亏能吃，吃亏是福，但是便宜不能占。因为那不是你的，即使你暂时得到了，也终将失去，弄不好还会毁了你自己。"这个教诲，从一开始，就深深地植根在了张祯的心里。

那个张祯叫"爸爸"的流泉村十四社社长说，那时候，尽管生活很苦，张祯的老爹又受到了冲击，但张祯却是个孩子头，不知是咋回事，反正他很有权威。不管是小时候和他一起玩，还是长大了一起拣大粪的时候，都是他说了算，他啥时候似乎都很有谋略，都在琢磨事儿。尽管他的家庭很贫寒，尽管他穿的衣服是孩子们当中最破烂的，可是他总是能服住人，说了算。后来他偷着家里人去当兵这件事，更是让他们在一起干活一起玩的小伙子们望尘莫及。他的胆子太大了，连当兵那么大的事也不给他爹妈说一声，就偷偷地走了。这在当时的流泉是绝无仅有的，比任何同龄人都显得有主见。但张祯又是一个很实在的人，不虚浮，不拿大话唬人，他说的话总是很有道理。他从来都是说一不二的，只要是他说的话，他从来都没有反悔过；他想做的事，谁也拦不住。而且他做事，都是很讲原则的。

当兵回来之后，他也算是见过世面的人了，而且还在部队上入了党，当了一阵子军官，回来就在金川城里分配了工作。可是谁也没有想到他干了一年后就重又回到了村里，放着城里人不当了，又当了个谁也看不起的农民。这在当时给谁说谁都不相信，可张祯就那么轻轻松松地把事情办了。现在看来，他从那时候起，就已经想好要干一番大事业了，他的脑子比谁都转得快。回村之后，他就凭实实在在的本事，当上了村里的民兵连长，成了一名村干部，可是他不骄傲，不浮躁，依旧踏踏实实地做自己的事。对村里的人，尤其是本家子的尊卑长幼，都一视同仁，很有涵养，因此他在村里的威信是数一数二的。

那年给学校修围墙，两个社里没有几户人支持他，还损他挖苦他，"嘴上没毛，办事不牢，当了几天兵的人回来都发烧"，可是他认准那是一件好事，是一件对大伙都有益的事，就坚持把那件事做到底，最后终于像化缘一样，从每家每户化来了二十块土坯，又自己拿出了当兵时攒的两千块钱，雇上民兵修起来了。你服不服，那围墙还就是把人们给镇住了。后来他开始开商店、搞贩运、做生意，卖清汤牛肉、开铁匠铺，就有了钱，社里人就都认为他是一个能人，一个会过日子的人；接着又和几个人窝在一起造机器，因为那是被人用话激起来的，就有人等着看笑话，看热闹，你一个泥腿子，一个握镢头把的人，没上几天学，还想造机器？可是后来笑话没看上，却看到了真正实在耐用的机器。这时候，你还有什么说的？他就是这么一个有本事的人。

那年治理烂沙滩，那真是放了胆的一件大事，村里人谁都认为是不可能的，家里面谁都反对，就连曾经领着大伙治理过荒滩的老父亲都极力反对，因为全村人治理了几十年了都没有治理住。先前还曾经有一家农科所看中了那里的潜力，要搞农业开发，但经过反反复复地论证，最后还是不得不撤出去了。这更是让村里人失去了治理的信心，就让那沙窝窝在那里躺着吧，就让那沙堆堆长大去吧，就让那沙疙瘩把人们往远处赶吧，有啥办法呢？可是唯独他相信能治住，而且还硬是干成了！

机井打好了，林子起来了，几百亩好地让社里人种上了，生活水平明显提高了，你说你不服人家能成吗？你说你不相信人家的运气好能成吗？后来修社里的那段烂泥路，连社里的人自个都想不通，张祯图着个啥？他一个月也走不了一次的路，他硬要自个掏腰包修，他不觉得亏吗？发神经啊？可是他依旧坚持要修，最后修成了。社里人再不用在雨天扛着自行车走那烂泥路了，也不用穿着雨衣等在那里，为自己上学的孩子扛自行车了。这一下让社里人全服了，社里人对张祯的认识也提高了。

从此以后，张祯要干什么事，社里已很少有人说二话了。就像他平白无故地帮助外村的李天仁、苏建福，帮村里修广场、造彩门、安街灯，办交流会、请大戏、放烟花这些事，社里人只说帮得对，应该帮。要是在过去，要是没有人说他是发神经发烧就怪了，可是现在就是没有人再这么说了，最多也只是说，现在张祯有钱了，张祯那样做自然有他那样做的道理……总起来说，好事是张祯一件一件做下的。成为金昌市的优秀共产党员，他是当之无愧的。

采访完了张祯的那位年轻长辈，你还想采访他的三叔，可是这位当年的老主任，几杯酒下肚，已经语无伦次了。对于他的侄子张祯所取得的成就与辉煌，他没有夸奖也没有批评，没有骄傲之色，也没有谦谦之词。社长说，其实你没有必要采访他们俩，他们毕竟是一家人。要多采访群众，看群众是怎么说的，看群众是怎样评价张祯的。你说，采访家人和采访群众都是一样重要的。尤其是老主任，还是一位老党员，退休时间不长，他应该更了解张祯。然而，你还是没有采访成，因为他已经有些醉态了……6月7日，当你第三次去流泉补充采访张祯，同时请了朋友鲁聪先生去拍照片的时候，在流泉十四社街上正好遇上了老人，他正和老伴带着孙子，在街上和其他人喧天，看起来很悠闲。可惜时间太紧了，没有与他能多聊几句，只是互相问候了一声，就告辞了。

春苗幼儿园

春苗幼儿园，是你这次采访的一个重头戏。

下午，沙尘暴已完全退出了流泉，但天色却始终没有晴朗起来，反而浓云越来越重，微风吹过，身上很是有些凉意。只是当时没有想到，这凉意原来是老天爷送给勤劳流泉人的一份厚礼。晚饭后，给张祯打了一声招呼，他就让他的爱人王春香带你去"春苗幼儿园"，找受他无偿帮助建起幼儿园的园长、"张祯先进事迹报告团"成员之一的滕辉霞。

"春苗幼儿园"在流泉小学院内一侧，是由学校一栋两间闲置教室改造而成的，由一个有月亮门的铁栏栅将其与学校分隔开来，几近一个独立的小世界。院子里有一些几乎所有幼儿园都有的孩子们的室外玩具。滕辉霞指着放置玩具的地方说，那里过去就是一个500多平方米的大土坑，里面全是烂草和垃圾，光填那大坑就花了不少钱。然后带着你们去每一间教室看了看，其中的设施与布置与市内的一般幼儿园差不多，有孩子们上课用的小桌小凳，中午休息的小床，还有数量不太多的室内小玩具，以及孩子们的小画廊。然后你们就来到了她的办公室。由于前一天已经见过一面，因此只是稍微寒暄了几句，就进入了采访主题，从她的演讲稿谈起，滕辉霞一面说着，一面就给你拿来了她自己写的演讲稿初稿。这份初稿与演讲稿稍有不同，有些她亲身经历的事情写得比较详细，而对一些她知道但却没有亲身经历的事就简单得多了，你知道这是服从演讲大局的需要，对谁也都是无可厚非的。

滕辉霞是老支书滕光明的侄女，高中毕业没有能如愿进入大学校门，但是她是一个上进的姑娘，也是一个不甘认输的姑娘。高中毕业后，她回到家里，一边帮家里做事，一边坚持自学，最终拿到了汉语言文学的专科毕业证，而且被教育部门分配到流泉村月牙泉小学当了一名民办教师。她知道张祯并得到张祯的帮助正是她刚到月牙泉小学的时候。那一次她迷了路，是张祯让她顺利地走出了困境，然后又是张祯让他的爱人王春香冒雨给她送去了衣服，使她终生难忘。后来她通过别人知道，张祯是全村有名的热心人，不管是谁遇上困难了，只要让张祯知道，他总要帮上一把的。滕辉霞说，这样的人，永远让她充满敬意。

2004年，已与那次难忘的经历时隔七年了。

和全国所有的农村一样，流泉村的适龄儿童一年比一年在减少，当时适应形势在所有村子里创办的小学，这时候生源严重不足，致使许多教育资源白白浪费，一些教师无课可代，一些教育设施只能闲置下来。流泉小学也一样，一改过去师资力量不足的局面，而有了剩余的师资；过去不够用的教室，现在也有一部分闲置不用了。但是随着社会的进步，农村经济的发展，农民生活水平的提高，又一个矛盾出现了，未纳入国民义务教育的学龄前教育在农村相对滞后，学龄前儿童无处可去，得不到应该有的早期教育。在一些发达地区，创办农村幼儿园早已不是什么新鲜事儿了，但是在相对落后的西北农村还不多。因此，一些有识之士，早已开始呼吁全社会来关注西北农村幼儿早期教育事业了。滕辉霞正是在这种背景下，萌生了利用本村小学闲置教室创办流泉村第一个幼儿园的想法。

然而，虽然要想干成功一件事情没有一个好想法不行，但想法毕竟只是想法，要让想法变为现实，中间还有相当长的一段距离，还隔着许多难以逾越的障碍。滕辉霞有了那个美丽的想法之后，就开始了全方位的调查，结果她发现，生源倒是不成问题，村里当时3—6岁适合上幼儿园的孩子大约有120多名，其中大部分的幼儿家长都表示非常愿意将自己的孩子送到幼儿园去，一方面让孩子早一点接受教育，另一方面也为他们减轻了劳动负担，为他们腾出了大量的时间可以放在生产上。但是办学用的场地、基础设施投入资金和有关办学的手续审批，就没有那样好的前景了，而且都是非常困难的。

滕辉霞当时就有些气馁了，她觉得要单凭自个的力量把所有的一切都办成，几乎比登天还难。她一时不知道如何是好，陷入了失望和茫然之中。是啊，当你在什么想法也没有的时候，日子虽然过得浑浑噩噩，坐看日升月落，风过雨至，不知今夕是何夕，但也平平静静，精神上没有多少压力。但是当你一旦有了想法的时候，你的平静生活也就结束了。你会什么时候都在想你的想法，想你的想法如何才能不再只是想法而是现实。产生一个好想法，原本就不容易。可是好想法产生了，却又因种种原因无法得以实现，这才是最让人绝望的事情。因为那时候，你想往回退往往已经来不及了。而且，一个好想法就像一盆火，你只想着如何将它旺旺地烧起来，而不可能想着如何将其浇灭，是不是?!

但是，机会还是来了。5月，流泉村第一届物资交流会的举行，为滕辉霞送来了一个难得的机遇，送来了一个能帮助她解决一切问题的热心人。那一天，她和家里人去逛交流会，在街上遇到了曾经帮助过她的张祯。她当然还记得过去他帮助她的那件事，因此他们有闲聊的话题。聊着聊着，她无意当中说出了她不想当民办教师了想办幼儿园的事，没想到张祯一听非常高兴，并连连称赞是个好想法。她当然更没想到，在流泉村办一所幼儿园也是张祯早已有了的一大心愿! 张祯是村里见过世面的人，他知道外面的生活是咋回事。每当他进城看到城里的娃娃穿得干干净净，在幼儿园里，在老师的带领下跳舞、唱歌，玩着农村娃少见的玩具和游戏，在接受着早期教育的时候，他的心里就一片黯然，一样是孩子，那些同龄的农村娃娃，却还在自家的大树底下，一身尘土，玩着泥巴，捉着蚂蚁，上墙掏麻雀，下地挖蚯蚓，长大了咋会像人家城里娃一样有出息呢! 于是自然而然就想到，怎么样才能让农村的孩子与城里的孩子一样，过上快乐而健康的童年生活呢?

可惜，他也只能是想一想了，他是心有余而力不足啊。现在好了，终于有一个人和自己想到一起去了，而且还是一位具有一定专长和教育经验的小学年轻老师，她自身的条件正适合去办幼儿园了! 他知道她，他也了解她，他相信她能把流泉村的第一所幼儿园办起来。他当时就对滕辉霞说，她的那个想法是个好想法，流泉村是个大村子，人口多，生活条件比过去要好多了，应该为村民们创造条件，让流泉村的娃娃们享受到城里娃一样的教育。并不失时机地鼓励她，年轻人就应该有一股子闯劲，找对了路子，就要勇敢地走下去，总有一天会成功的。还说她辛辛苦苦读了十几年书，也得到了许多文化和知识，要是不闯一闯，那书不就白读了吗? 她能想到办幼儿园，就证明她是一个有闯劲的人，这是一个很好的开头。同时，他还以自己的奋斗历程来说明，所有成功的事业，都是闯出来的，都是苦出来的，都是干出来的，没有天上掉馅饼的好事。他要她好好干，有困难了去找他。她办的是好事，是为了流泉村娃娃们的将来，他相信大家会帮她的。

听君一席话，胜读十年书。张祯的一番鼓励，像暗夜里突然出现在前方的一盏灯火，一下子照亮了滕辉霞原本灰暗下去的美丽想法，让她又看到了光明的前景，坚定了把事业办成功的信心。因为她知道，这个热心肠人，一旦想要帮你的时候，就一定要帮成功而且也能帮成功的。

滕辉霞行动起来了，迈出了创办幼儿园的第一步。

然而事情的难度还是超出了她的想象，一个多月的时候跑下来了，她却连办幼儿园的手续都没有办下来。她想不来，在别人看起来那么简单的事情，她办起来咋就那么难。张祯当然很快就知道了她遇到的困难，他曾经承诺过要帮助这个有闯劲的姑娘。他安排好了厂子里的生产之后，就带着滕辉霞亲自跑那些必须要跑的每一个部门，盖那些必须要盖的每一枚印章。他几乎在每一个卡脖子的部门，都要重复一遍在流泉村创办幼儿园的意义，创办幼儿园对一个有志气的年轻人的意义，并以之打动那些审批者的心，最后终于把手续办好了。

张祯带着滕辉霞办好了手续之后，又与村上其他领导一道，和流泉小学协商解决了场地和教室问题。

滕辉霞踌躇满志，迈出了创办幼儿园的第二步。

俗话说，万事开头难。其实这话只说对了一半，开头难的事情，往往以后更难。因为开弓没有回头箭，而你正好已经开弓了。幼儿园的场地和教室就是流泉小学东边那片闲地方，包括五百多平方米当时还杂草丛生的大土坑和两间年久失修的危房。滕辉霞说，她没想到那危房会危到那种程度，两间教室以前的横梁全断了，房顶也开始下滑，根本不敢用。要想用，就必须重新架设钢梁，也就是说要毁了原来的屋顶重新修建房顶。但不这样干，又怎么办呢？她咬着牙，买来了钢梁把危房修好了。最后，连同填那个大坑，她一共花了一万多块钱。

在这个过程当中，张祯始终在帮助她做着许多工作，连刷墙那样的活他都亲自出马，认认真真，一丝不苟，好像就是给自己家干活一样；他还安排厂里的工人为她维修校舍。最让她感动的是，张祯知道她手头已经没有多少钱了，但是幼儿园正常所需的教学设备及各类生活设施却连一样也没有，而没有这些必备的设施，你还有什么资格办幼儿园呢，谁愿意把孩子送到一个一无所有的幼儿园里来？于是他在上兰州拉货的时候，不仅无偿给她买了4000多元的玩具，还垫资15000元为她订购来了一套儿童游乐设施，并在自己的厂子里，为她加工了课桌、娃娃们睡觉的小床、办公用的柜子等等。

按说，事情到了这一步，就只等着开园招生了。然而，好事就真的多磨，事情又来了。原来出于种种考虑，滕辉霞想着把自己的幼儿园与流泉小学完全分隔开来，与学校形成两个完全独立的单元，以便于管理，在西面另开一道大门，但是学校却不同意。学校说，小学和幼儿园原本就是"一家人"，怎么能分开"单过"呢？那样显得生分了不是，让人笑话！于情于理，学校考虑的不无道理，依托学校办幼儿园，就有了教育的性质，在老百姓心目中就有了权威品牌；而幼儿园出来的孩子要上小学，小学有了这样一个幼儿园就更显出了自己的实力，生源也得到了一定的保证，同时有了这样一个幼儿园的基础教育，生源质量也得到了一定的加强，是双赢的事情。于是她改变了原来的设计，依旧走学校的大门，但是在里面需要隔一道围墙，形成院中之院，还是为了便于管理。很快，一道近40米长的围墙就修起来了。但是事情又来了，学校提出那道围墙可以修，但实体墙实在难看，严重影响了学校整体布局的美观，必须拆掉用金属材料重新修建。而这时候，已经离开学时间还有七八天了，眼看村里的有些孩子要到别处去报名了，她心急如焚。许多娃娃的家长都来问她，她的幼儿园已经修了一个多月了，啥时候才能修好，还能不能修好？问她还能不能按时开学，要是按时开不了学，他们就将娃娃送到其他地方去了，他们可等不起。对于一个幼儿园来说，失去生源，就等于失去了一切。

当时，滕辉霞确实有些六神无主了。她欲哭无泪。连先前抢着揽活的工头和民工们也失去了挣钱的信心，他们留下满地狼藉，一个个走人了。滕辉霞很生气，他们怎么能这样不讲信誉呢，先前他们抢着揽活的时候，是多么热情啊！然而生气归生气，她还得去求他们，希望他们能继续施工。她说，那时候她是一家一家去敲门的，然而得到的答复却是一样的。他们也似乎很生气，并把气撒在了她的性别上。丫头子办事就是不行！头发长见识短，能成什么气候？说她让他们今天修明天拆，后天又修，什么时候才是个完？简直就是瞎折腾。再说了，已经干了一个多月了，谁知道还能不能从她那里拿到工钱。有一位好心的民工劝她别干了，干也干不成，属于他的工钱他也不要了。

那时候，村里说风凉话的人越来越多，说没有金刚钻，就不要揽瓷器活，一个丫头片子还想成大事，比别人多念了几天书，就心比天高，做梦去吧。有一个她家的邻居甚至还怪怨她的父母，那么大的姑娘了，不去思谋着找对象好好过日子，任着性子胡来，大人也跟着瞎胡闹。她的父母听着别人的指责，竟然也无言以对。是啊，他们说的不是没一点道理。二十好几的大姑娘了，要是换了别人，早已是一两个娃的母亲了，可自己的姑娘还连个对象都没有处上，还一心要干她想干的事。在农村，有谁见过这等事？女大不中留，别人说闲话你根本挡不住。可是自己的姑娘自己也晓得，从小就那么个脾气，他们也没有啥办法。她就是想以自己的作为证明自己不比别人差，她就是要用自己所学的知识改变自己的命运……

滕辉霞说，那时候她的情绪糟糕透了。看着为自己操劳过度的父母，再看看陪着她风里来雨里往的小弟弟，心里就突然涌出了许多内疚之情。她觉得自己实在对不起自己那些为了她而吃尽了苦的亲人们！再想到当时那种举步维艰的困难处境，她不禁悲从中来，她这是何苦呢？还不如算了，吃的苦，花的钱，受的委屈，就当是打了水漂，交了学费。这幼儿园不办还不行吗？看谁有能耐谁办去！就在她情绪异常低落的时候，张祯找到她了，并很严肃地直截了当地问她，是不是怕苦了？她说她从来就没有怕过苦。他说，那是怎么了？别以为能吃苦就是比别人多流一点汗那么简单。现在她的摊子既然已经铺开了，怎么能前功尽弃呢？开弓没有回头箭，一个人要想办成一件大事，不经历一些挫折和磨难是不可能的。她现在所吃的苦和他当年创业时吃的苦相比，能算得了什么呢？困难毕竟是暂时的。再说了，不是还有大家还有他吗？不要以为办幼儿园只是她一个人的事，而是大家的事，是他张祯的事。他曾经答应帮助她，那他就不可能坐视不管！关于围墙的事，他告诉她，他马上派厂里的工人来干，等她什么时候有钱了，再还他就行了。

张祯说到做到。第二天早晨，当滕辉霞来到校园里的时候，"勤奋"的工人们正在那里紧紧张张地焊接围墙，而张祯自己正拿着锯子锯园内的一棵枯树。见她来了，就一边锯着枯树一边对她说，娃娃们都还太小，出不得一点差错，只有保证孩子们的安全，家长才能放心地把孩子交给幼儿园。滕辉霞说，她从小就不爱流泪，可是在那一刻，她却哭了，她没法不感动，没法不流泪。她感动的不仅仅是张祯对她的无私帮助,对她雪中送炭般的支持,更是为了张祯那颗绵密细致的对他人对自己的关爱之心。她说,说心里话,在她创办幼儿园的整个过程中,张祯对她点点滴滴的帮助在张祯自己看来是很微不足道的,是小事一桩,可正是这些微不足道的点点滴滴,却成了她坚持下来的理由。

在张祯的及时救援下,滕辉霞的"春苗幼儿园"终于按时建成了,并于九月一日正式开园。那一天,她迎来了80多张稚嫩的小脸,也引来了无数看稀罕看热闹的乡亲,他们把个小小的幼儿园挤了个水泄不通。在开园典礼上,她很动情地向所有人说,"春苗幼儿园"创办得很不容易,要不是张祯张厂长的无私帮助,根本就不会有她的今天,也不会有今天这样像模像样的幼儿园。张祯是她创办幼儿园的积极支持者和顶梁柱。她非常感谢张祯,也感谢父老乡亲对她的信任。她一定不会辜负了大家对她的信任与支持,把"春苗幼儿园"办成让每一个孩子快乐,让每一位家长都放心的幼儿园。

滕辉霞说,现在她的工作做得还不是太好,这里面有许多制约因素,比如从经济方面,有不少家庭因春荒比较困难,到现在还没有把托费交上来,要等到秋后把粮食卖了才能交。没有钱,就无法偿还创办时拉下的债务,就无法进行再投入,无法改善办园条件。比如从教学质量方面,虽然她是小学老师出身,以前也是教小孩子的,但毕竟与教幼儿有所区别,小学生再小,已经是学生了,教他们的是老师,可幼儿再大也还是幼儿,教他们的是阿姨。因此,在教学方式上有很大的区别。她的角色转换还不是很到位。再比如生源问题,据详细调查与统计,流泉全村现有120多个适龄孩子,可是来幼儿园的却只有80多个,其他40多个不是在家里由爷爷奶奶领着,就是到别的幼儿园去了。而且随着社会的不断发展,生源也会越来越少。等等。但是她相信将来,她觉得她的选择没有错,大家的支持,尤其是张祯的支持没有错。为了下一代的健康成长,她会努力做好自己的事,依托流泉小学的客观优势,把"春苗幼儿园"办成流泉最好的幼儿园。

滕辉霞的神色很坚定,王春香坐在一边,微笑着对有些激动的滕辉霞说,好好办吧,人都说你行呢。是的,滕辉霞行,这没说的。因为她创办幼儿园与城里许多办幼儿园者的出发点不是太一致的。尽管过程和结果是一致的,是对孩子的早期教育。但她是把它当成一项事业来办的,她有一种使命感在身上；而城里的许多幼儿园则仅仅是创办者的一种谋生手段。你相信，她在农村创办的幼儿园意义将更为深远。

夜有些深了

夜有些深了，正准备告辞，忽听得外面一阵均匀的"沙沙沙"声由远而近，由疏到密，在门口踏着匀称的步子不肯离去。是风声还是雨声？心里有一种莫名的紧张和激动。拉开门，在那一柱灯光里，在那一缕微风里，细雨斜飞，水泥地面已经湿遍了，而花池里那些被灯光照亮的绿叶上，挂着晶莹的雨珠。真的下雨了！空气稍微有些寒凉，但心里却很舒坦，不由得想起了杜甫那首千古最好的吟雨诗《春夜喜雨》中的句子："好雨知时节，当春乃发生。随风潜入夜，润物细无声。野径云俱黑，江船火独明。晓看红湿处，花重锦官城。"真个是好雨，更是个"知时节"的好雨！不是吗？不要说有了白天的沙尘暴，就是无尘的春日，万物苏萌，有多少稚嫩的生命在苦等着春雨的滋润？而这春雨也就应和着万物的呼唤，踏着轻快的脚步来了，她不是"知时节"的好雨又是什么雨呢？更何况是一场特大沙尘暴劫掠之后，那些备受摧残的小生命，就更是盼望着能有一场细雨来冲洗满身的灰尘了，而且就是在这寂静的夜晚，没有了白日的喧嚣，这雨将会落得更加细密而绵长。想象明日的世界，想象春雨润泽的流泉大地，那将是一个什么样的好景致啊！

"好雨知时节"。一场不期而至的春雨，因为有了一个"好"字的形容，一下子变得灵动起来，有了生命，有了活力，有了亲切的面孔，她原来竟是那样的善解人意。那么，"好"是什么意思？撇开字面意义，撇开初始以男性为中心的审美意义和伦理意义，从更为宽广的社会意义上来讲，她应该是一种向善的最高境界，"上善若水"，是一种恰逢其时的精神援助和物质援助，是人们对一种得到大众认可或嘉许的行为或者情境或者事物的终极评价。一个"好"字，让人能产生多少温暖的想象啊。而你正在所做的事情，不正是走向一个"好"的故事吗？

从"春苗幼儿园"出来，雨声依旧沙沙，雨意朦胧绵绵。空寂的流泉街上，虽然不见一个行人，但却处处显示出一种温馨的静谧之感。商铺门帘低垂，灯火阑珊。人们在做着怎样一个浮想联翩的梦啊！

踏着雨水，回到"勤奋"总厂门口，发现大门已经上锁，正不知如何是好之时，却从对面分厂铁门里面走来一个小伙子打招呼，说是张厂长让他来叫你，先避避雨，看看电视，钥匙马上就送过来了。你随那个小伙子来到了分厂院内的职工宿舍，看到张祯正盘腿坐在一张床上，和几个宿厂职工兴致勃勃地一边说着话，一边看电视。那台彩电比他家里的那台25英寸彩电大多了，但信号不是太好。张祯说，由于村里一些用户好长时间没有交纳费用，有线电视被人家从总线上掐掉了。

这时候，你突然看见一个面相很熟悉的人，坐在对面的床上，咧着嘴一脸笑容，很热情的样子。但是他却又不很认真地看任何一个人，而是一边保持着同一种笑容看看这个，又看看那个，一边又不停手地在床单上扯来扯去。你问张祯，这个人挺面熟的，是谁呀？张祯说，苏建福啊，见了谁都是那个样子。并说你觉得面熟，肯定是在金川城里碰见过。他一年四季就在城里收废铁，等收上个差不多，就雇上个三轮子拉到厂里来了。怪不得呢……

一个流浪汉的前世今生

一个流浪汉的前世今生。

是夜，你和张祯一如前夜。听着窗外沙沙的风雨，张祯给你讲了苏建福的故事，和白天王春香说的及滕辉霞的报告里讲的基本差不多——

流浪汉苏建福，人到中年，是邻村梅南三社的，怎么说都是个苦命人，在村里的地位基本上属于最底层，不管吃了多大的亏，他都是没有办法，只能自认倒霉。他的生活变故，一是因为他妻子的病故，二是他老母亲的非正常死亡。在这两个环节都未发生之前，他一直做着收废铁的小本生意，虽然疏于稼穑，但日子也还算过得去。

苏建福的妻子在村里是一个颇具争议的人物，据说长得很有几份水灵灵的样子。那几年镇上刚开始流行跳交谊舞的时候，她常常乐此不疲，是其中最有影响的爱舞者。农村人观念保守，觉得一个农村女人，不在家好好侍候丈夫、孩子和庄稼，却整天泡在舞厅里，就认为她不守妇道。后来她得了一种妇科绝症，别人就认为是她跳舞跳出来的，很有一种幸灾乐祸的意思。但是苏建福自己却不这样认为，他觉得他的媳妇是天下最好的媳妇，他的媳妇对他最好。因此，当妻子患重病住院治疗的时候，他不惜任何代价，都要想法留住她的命。然而，事与愿违，当他把家当基本折腾光了的时候，媳妇还是在动完手术不久后，留下他和孩子撒手人世。他的日子从此走上了下坡路，一天不如一天。好在那时候，他的老母亲还健在，时时地照顾着她这个苦命的儿子。由于老母亲的照顾，他总还能穿上干净的衣服，一日三餐也基本上能得到保证。后来，苏建福在生活邋里邋遢之后，还不止一次地对他人说，他妈妈做的饭最好吃。

天有不测风云，人有旦夕祸福。那年冬天，他的老母亲在自家草垛上取草的时候，却被别人家赶过来吃草的牛给顶死了，死相很惨。他很悲痛，想去和人家理论，却被人家像老鹰抓小鸡一般，或者更像扔一件破烂家什，从门里给撂了出来，差一点没背过气去。他原本就是一个弱者，一个在别人眼里连自己老婆都看不住的人，还想干什么呢？从此，他就息心了，精神也垮掉了。他再也不问家事和农桑，变得疯疯癫癫，神志也不清楚了，11岁的孩子因无人照顾而寄养在兄弟家里。他不仅再也不走乡串户收废铁思谋着过日子，而且还一把大锁锁了家门，开始了真正走四方的流浪生活，过着天当房子地当床，饿了讨口饭吃，实在讨不上了喝口凉水也充饥，累了随便找个草垛钻进去，或者就在田头地埂，在路边躺倒睡的生不如死的日子。庄稼人见了，都说他是梅南村的"苏疯子"。好好的一个人，就这样给毁了。

深秋的一个黄昏，风扫落叶，云遮四野，天气已经很凉了。张祯开车送货回来，看见了衣衫褴褛，蜷缩着身子睡在路边的苏建福。出于一种善良的本性和深切的人道关怀，他喊醒了这个流浪汉，并给弄到了车上，拉回了厂里。家里人和工人们见他把一个流浪汉给拉来了，都很吃惊也很不理解，这张祯是怎么了，怎么把那样一个又脏又懒又疯癫的流浪汉给拉回来了，别人躲都躲不及？你心地善良，这没有错，大家都服气。可是天底下那样的流浪汉到处都是，你能拉得过来吗？这不是存心给自己找麻烦吗？但张祯凝着脸说，天底下的流浪汉他都拉不回来，这是事实，但苏建福这一个流浪汉他还能拉回来。苏建福不仅是个流浪汉，而且还是大家亲亲的乡邻。他要是不管，这个人非冻死在路上不可。一个乡邻被冻死在自己的家门口，谁的脸上能有光？把他拉回来，给他找个吃住的地方，至少他还能给厂子里看看大门，或者干些零活，让他自食其力也未尝不可！再说了，大家都喊他是疯子，可他是真的疯子吗？以前他怎么不疯呢？有谁不知道他是怎么疯的！可怜可怜他吧，他现在是神志不清，是过度的悲伤和绝望让他迷了心窍，他总有醒过来的一天。等到那一天，他还能是大家的累赘吗？工人们无话可说了，他们很佩服自己的厂长，但对这件事儿他们依旧想不透彻，在心底里保留着自己对这件事的看法，但愿张厂长是正确的。

苏建福成了"勤奋"的一个员工。然而，这个员工是多么地不称职啊。几个月过去了，苏建福怎么也进入不了张祯给他提供的新角色。他改不了自己四方游荡的习惯，他干不好厂里的活，而且还给厂里添了许多不必要的麻烦，做事漫不经心，丢三落四。常常惹得工人们发急。时间久了，工人们不干了，大家齐心协力地要赶走这个流浪汉，而且这个流浪汉也有离开"勤奋"，继续他那流浪生活的意思。但是张祯不同意，他知道苏建福继续流浪的后果。他耐心地说服工人们，也耐心地劝说苏建福，小道理大前途，人不能过一种没有希望的日子，鼓励苏建福要树起重新生活的信心，要重新振作起来，不为别的，就单是为了他那个儿子，也要挣回那份活人的尊严。但是让苏建福继续留在厂里干活显然已不可能，不是被工人们赶走不赶走的问题，而是苏建福确实不适宜于在厂里干活，他已经流浪惯了，他受不了被管束的生活。于是在继续留他在厂子里吃住的前提下，反复劝说苏建福，并给了他600块的本钱，逼着让他重新拣起了收废钢铁的生意。而且还让他把所收的废钢铁全部拉到"勤奋"来，按每公斤高出市场价五毛的价格全部收购。

苏建福高高兴兴地走了。这一年，他挣了几千块，和"勤奋"的普通工人大半年的收入差不多！滕辉霞说，张厂长是个细心人，对苏建福的照顾几乎是无微不至的。有一次，厂子里印了一批宣传广告，由于打印错误，三十多公斤的小册子成了一堆废纸，他们几个人正准备抬出去换饮料，却正好让张祯听着了，就劝住了他们。他要他们把废纸抬到苏建福的宿舍里去。他说，他们换了钱无非是小吃小喝一顿，但是让苏建福卖了，却可以给他儿子多给几个零花钱。那是个无娘娃，够可怜的了。

现在，苏建福基本上能做到生活自理，除了洗衣服和洗澡，因为他从小就没有干过这种活。他也似乎醒过来了，对过去的事，不再耿耿于怀，说起来也平静多了，对生活也逐渐有了正常人应有的信心。他回到梅南三社，社里人也对他有了重新认识，人也活得有个人样子了。只是他的话依旧少，说起来也黏滞不清。走路抬不起步子，给人感觉是往前挪，拖着鞋。这一点，有可能真是天生的。

苏建福很满足，也很感激张祯对他的帮助。

第二天天明，张祯要上金川办事，苏建福就早早起来，等在门口搭顺车，坐上张祯的桑塔纳上金川了。第三天你也坐上张祯的车到朱王堡去，车上有一种异味。张祯说，只要苏建福坐一回车，他得清理好几天。要是苏建福能洗洗澡，把那件穿了不知多少年的毛衣脱下来洗一洗就好了。可是城里的哪个澡堂子会让他进去呢？他在这方面又不听人劝，而且也好像从小就没干过。你想这个想法很快就能实现，因为在他的新厂子职工宿舍里，就安装了太阳能热水器，让苏建福彻底改换一下"门庭"还是没问题的，只是不知道苏建福自己愿不愿意?!

佛家说，"救人一命，胜造七级浮屠。"那么，救人一生，又算是造了多少座"七级浮屠"呢? 浮屠，是佛家用语，即佛陀、佛塔。天下佛塔，唯七最荣，因为它代表的就是佛祖释迦牟尼。七级佛塔，是修持僧人的最高理想，也是对佛祖最虔诚的尊奉。建造佛塔，本身就是一种最为虔心的修持行为。既然救人一命，要胜过建造七级佛塔，可见在佛家眼里，生命也是最重的了。即使修佛，也是以生命为根本的。张祯信不信佛，你不知道。但是他在生活中所表达出来的对生命的敬畏与珍重的情怀，让人心折，让人总想起佛的悲悯与慈善!

雨是什么时候停的

雨是什么时候停的，天知道。反正天明的时候，天已经很晴朗了，看不到一丝云影，而且瓦蓝瓦蓝的，像一块巨大的蓝玉石，或者更像一片一望无际的碧水湖泊。空气很清新，清新得有点发甜;人也很清爽，清爽得有些飘飘然。麦苗青青，杨树梢头片片绿叶在微风里轻轻招手。生命的清洁与安逸，让你想不起昨天沙尘暴的暴虐与劫掠。张祯上金川办事去了，你便独自在流泉街上溜达，随意寻找着采访对象。

你又一次来到了整条街上那家唯一的窗帘店。张祯曾领你来看过他在那里定做的新厂服，一马蓝色，和世界潮流很是接上了轨。但女主人很忙，她要赶在"五一"节前把那些厂服加工出来，工人们要穿着参加厂里面举行的运动会，因此你们没有说上几句话。但有关她和她丈夫的故事在"勤奋"也算是人人皆知。她的丈夫叫王双山，颇有些电焊手艺。2002 年 6 月，经人介绍来到了"勤奋"，成了张祯手下一名拿得起也放得下的电焊工，深得张祯的器重。但是进厂不久，便发现大腿上生出了个小小的肉疙瘩，并且几乎是见风即长，越长越大，而且疼痛难忍，几乎都走不动路了。后来去医院检查，是脂肪瘤，需要马上进行手术治疗。张祯知道后，就亲自开车将他送到了附近的四坝卫生院，并一直守候着他做完了手术，还为他垫付了 2000 多元的医疗费。

出院后，王双山回家休养，张祯又两次带着营养品到他家去看望他，这让王双山大受感动。他毕竟是一个外乡人，是到流泉来打工的，却受到打工老板如此的关怀与照顾，这在他不短的打工历史上，前所未有。出门打工，最怕的是得病。得病了不仅没人管，还有可能被老板借此炒了鱿鱼，一分钱工钱都得不到。可是在"勤奋"，他却不仅没有受到半点委屈，还得到了老板的亲自护理与照顾，给谁谁不感动？！他说，这辈子打工，在流泉算是遇到了个大好人，今后他哪儿也不去了，就跟着张老板干，不信就干不出个名堂来！后来，为了生活上方便一些，他就想着让自己那个多少有些缝纫技能的媳妇子来流泉开个窗帘店，互相能有个照应。当他把这种想法给张祯谈了之后，张祯非常支持，因为这样一来，不仅王双山这个技术尖子能够安心工作，而且也有个亲人在身边好照顾他，也算是帮了他张祯一个大忙。

张祯马上领着王双山沿街选好了房子，并又借给他 2000 块钱做启动资本，购进了原材料。在张祯的帮助下，王双山媳妇子的窗帘店很快开张了，而且红红火火。王双山说，过去打工，媳妇子最多只能当个家属，闲闲地待在家里，还要租房子吃住，打工挣来的钱连个肚子都混不饱。现在好了，不仅自己下班之后能有个去的地方，能有顿热腾腾的现成饭吃，两口子团团圆圆不说，而且窗帘店还能挣几个钱，比他过去打工不知强到哪儿去了。他家里那些街坊邻居和亲戚朋友都知道了这件事，先是惊讶，后是羡慕，如今这世道，还能有那样好的老板？好事咋全让王双山这家伙遇上了！

其实，这件事在张祯看来，不过是小事一桩，算什么大事儿呀？在这个看似热闹的世界上，其实谁都是孤独的，谁都需要互相温暖与承担。因此，在生活里，大家就总是需要互相帮助，今天我帮了你，说不定明天你又要帮我。正如有人说的那样："予人玫瑰，不仅今天手有余香，而且明天还有可能得到别人回赠的一座玫瑰园。"

滕辉霞曾经在她的报告初稿里写到过，其实在"勤奋"机械厂里，几乎每一个职工身上，都发生过与张祯有关的故事。职工王福家里经济比较困难，他有一个哥哥正在上大学，而他却因为父母实在无力供给而中途辍学回乡帮助父母务农。但是哥哥每一年的学费和生活费依旧时时困扰着一家人。张祯让他到"勤奋"工作，给了他挣钱的机会，使他有能力支持哥哥在大学里安心学习，完成学业。职工郭洪毅家境贫寒，眼看到了成家立业的年龄，却因为家庭条件太差，始终连个媳妇都说不上，哪个姑娘都不愿意走进他的家门，后来是张祯招他到"勤奋"工作，几年下来，新房子修起来了，媳妇也娶进家门了。在办事的时候，他因为修房子而手头一时有些紧张，张祯当即给他借了10000块钱，帮他把事情办得妥妥帖帖。现在一家人的日子，过得和和美美，街坊邻居都很热眼。还有许多从困难家庭招来的职工，因每年有了7000多元以上的固定收入，日子过得越来越好，勤劳致富的信心也越来越足了。而反过来，张祯因着这样那样的善举，赢得了全厂职工的信赖与敬重，他们更以百倍的热情和努力投入工作，使得"勤奋"的效益一年比一年好。

出了窗帘店，你继续在流泉街上溜达，努力寻找着一个有着红十字标志的地方，那是一家私人诊所。最后，诊所找着了，绕了一圈，却就在"勤奋"的对面，但是你却没有找着诊所的主人陆再发。但是这并不妨碍你对有关陆再发大夫故事的叙述——

陆再发就是流泉人，本土医生，开着一个小小的私人诊所，同时还种着家里的几亩田地。田里大忙的时候，他就是农民，扛着农具，骑着摩托车下田了；有病人需要看病的时候，他就是拿起了听诊器，穿起了白大褂的大夫。2003年7月底的一个下午，当他当了一天农民，割完了一天的麦子，骑着摩托车，后面捎着媳妇子刚上路的时候，就突然被迎面一辆疾驰而来的摩托车撞出了两米多远，几乎在瞬息之间，满腿的鲜血就顺着裤管流了下来，他疼得在地上一个劲打滚。他是大夫，他知道他的腿子被撞断了，肯定是粉碎性骨折。而这时候他的媳妇子被突然从天而降的灾祸吓傻了，吓得不知所措，只知道大喊救命。

那时候，张祯正在厂里和工人一起干活，听到了噩讯，撂下手里的活，几乎在第一时间就赶到了现场，他一面帮助陆再发止血，一面打了朱王堡镇医院的急救电话，叫来了救护车，在有效时间之内把伤者送到了医院。住院是需要押金的，但下田当农民的陆再发那会儿哪来那么多的钱呢？张祯毫不犹豫地从身上掏出了准备要办事的6000块钱交给了医院；第二天，陆再发需要动手术，可是钱还是不够，张祯就又送去了5000块，而且还送去了让媳妇子熬好的一罐羊肉汤。他知道像陆再发这样的失血病人，是急需要补充营养的，可病人的家人都在医院侍候病人，哪来的时间去做什么吃的呢？他还知道，药补不如食补，还有什么能比肥嫩的羊肉汤有营养呢？流泉的羊羔肉是出了名的，尤其是本地土羊，其营养绝佳……

陆再发被感动得泪水涟涟，哽咽难语。同病房的人有许多认识张祯，但却不知道他和陆再发是什么关系。其实，他们能有什么关系呢？非亲非故，只不过在同一条小街上各干各的事，低头不见抬头见，见了面也就打一声招呼。张祯说，邻帮邻，亲帮亲，好了伤疤别忘疼就行了。把人与人之间的关系搞得那么复杂干什么？要是遇上需要你帮助的人，该出手时就出手，这是做人的本分。说不定哪天，你就需要人家的帮助呢！直到现在，还拖着左腿走路的陆再发，遇到别人问起此事，他总是有些激动，他这辈子最忘不掉的人就是张连长了（村里人习惯用连长这个"官衔"称呼张祯。当过五年兵的张祯，念念不忘那一段军旅生涯，也喜欢别人这样称呼他），要是没有张连长的及时救助，他那条腿早就没有了。

这当然还是一个小故事。陆再发是一位以"救死扶伤，治病救人"为天职的大夫，通过他的手，不知治好了多少人的病，也不知为多少人减去了身体的疼痛。但是这一次，却是别人无私地救助了他，让他真正感受到了得到别人救助的那份情意与温暖。你想，通过这件事，陆再发大夫会更以饱满的热情和精湛的医术，为乡亲们服务的。人敬我一尺，我敬人一丈；受人滴水之恩，当以涌泉相报……这些中华民族的美德与传统，正是以这样的方式才得以传承久远，也在流泉大地上发扬光大。

太阳已经升起很高了

太阳已经升起很高了，流泉街上也渐渐热闹了起来。商铺都开门了，一些老人坐在铺面前下象棋打扑克，扩建工地上的电锯把前一天拉来的树滚子，正一根根地加工成板材，"勤奋"厂里机声隆隆，让人直怀疑那里是一个正在兴建中的工业小镇。根据前一天的约定，张祯的爱人带你去村委会办公楼上找流泉村党支部书记刘吉中。

这是一栋三层高的小白楼，是这一届村委会突破过去的工作思路，在为老百姓服好务办好事的基础上，努力改善村委会工作条件，营造发展流泉经济氛围而建造起来的全县第一座村级办公楼。和那座高高的水塔一样，属于流泉村的标志性建筑，所有的资金全部是通过村委会一班人的努力争取和募集来的，没有向老百姓摊一分钱。办公楼的一楼已经全部出租，因此要上楼，得绕到后院去。后院里有一些平房，可能是过去的村委会办公室吧，现在好像还用着，有几个人蹲在那里拉闲话。只是不知道是村委会自己用着呢还是出租给了别人。

楼上人很多，声音很喧嚷，好像在争论着什么。人们都来来往往的，似乎很忙。你想，一个小小的村委会，在农业税费全部取消之后，还能忙什么？刘吉中说，自从张祯出名之后，流泉也就更是名声在外了。三天两头，总是有上级一些相关部门来检查指导工作、搞农业生产调查和推广农业科技与丰富农村文化生活，或者是别的乡镇和村社来参观学习，还有各种级别的收费和不收费的新闻媒体来不断地采访报道。这些还都不算，现在农民不用交皇粮了，也不用交各种各样的税费了，按说村委会的工作应该是少多了。但事实上，村委会的工作更忙了，一改过去忙收费而现在忙服务。

过去当然也搞服务，但现在服务项目比过去多多了，科技兴农、产业结构调整，发展舍饲养殖业等等，等等，全是忙着如何让农民尽快走上致富之路，把日子过得好起来。不过，现在忙得很踏实，都是为农民办实实在在的好事儿。只是现在不向农民收钱了，村经济往往捉襟见肘，办公经费奇缺。因此还得想方设法兴办村办企业，为村上积累资金，才能更好地为老百姓服务。

王春香在介绍你和刘吉中认识之后就走了，你们很快进入了工作状态。你们来到了村主任的办公室里，因为他那边的办公室里有许多人，熙来攘往的，很不方便。刘吉中坐在桌子对面的床上，一边抽着烟，一边侃侃而谈，不时地接一个电话，很随意地看看窗外的景儿，还要和不时进来请示工作的人说话，但这并没有影响他的主题"发言"——

其实，张祯在当兵之前，就是村里的通讯员，也就是文书吧。那时候人就很勤快，干活干脆利落，掷地有声，大家都看好他，是个好苗子。1985年底转业回来后，在金川当了一年工人，因挣钱少，1987年就不干了，又回来当了农民。这时候的他，经过几年部队上的锻炼和在城里一年的遭遇，人变得稳重而实在，吃苦耐劳，很有经济头脑和闯劲。村上看上了他的能干，就让他当了十四社的副社长、社长，以及村里的民兵连连长。

这时候他就表现出了他的与众不同来。他敢闯也敢干，有头脑有魄力。在当十四社社长的一年时间里，他为十四社办了不少好事，深得社里人的信赖。比如他看到社里的农电线路破损严重，存在很大的安全隐患；渠道渗漏得非常厉害，浪费了不少的水资源，就想方设法多方联系，硬是从上面申请来了专项经费，为社里更新架设了4公里的高标准输电线路，修建了3公里多的U型水渠。比如他看到村学因为没有围墙，学生和老师深受沙尘暴之害，他就发动社里人每户出了二十块土坯，他自己出资2000块，修好了围墙，成了学校的贴心人。等等，等等，还有很多。

但是他的社长只当了短短的一年，他就主动提出辞职不干了。因为这时候他已经开始了经商活动，他觉得那很影响社里的工作。经商是个人的事，而当社长是公家的事，两事不得同时兼顾。其实，那时候人的观念还是很保守的。1980年代中期，经商在许多人看来，尤其是农村人的心目中，虽然比较新鲜，但自己还没有什么意识，而且还有些另眼相看的意思，觉得个人经商与公家大事原本就是水火不相容的。见张祯去意已定，也就同意了他的辞职申请。从此，张祯就一头扎入了商海之中，一心一意地经他的商去了。

　　能当好社长的人，当然也能当一个好商人，至少他的目光里有水。只要你有那份天赋。张祯的能力，在经商过程中，发挥得淋漓尽致。不管是杀猪卖肉、开商店、搞副业、跑贩运，还是开饭馆卖清汤牛肉、设农副产品收购点、收粮贩菜，他都比别人强，别人几乎没办法和他竞争。当然在这个过程中，他也吃了不少苦，受了许多罪，但最后还是他成功了。时间很快就到了1998年，这一年是张祯事业最为关键的一年。这年春天，他应社里人的请求，在自家的铁匠铺铺子里试制成功了第一台播肥机，在社会上引起了很大的轰动。由于他制造的播肥机物美价廉，很适合当地农业生产，极好地解决了肥料浪费问题，减轻了农民的劳动强度，产品一经面世，就出现了供不应求的局面，当年就产生了很好的经济效益。从此，张祯走上了与农机打交道的创业之路。

　　1999年，也就是刘吉中由村委会副主任升任村委会主任的那一年。张祯有意将他的小作坊扩建为一个制造厂，扩大产品生产能力，以满足广大农民对新式的经济实用的农机具的大量需求，并把厂址从十四社他的家里搬到交通相对方便一些的村委会驻地来。作为新上任不久的村主任刘吉中当然非常支持，他正想着在他这一任上，如何彻底改变村里产业经济的落后状况呢。而要实现这个目的，没有一些打硬的产业是不行的。张祯的农机具制造厂虽然是私营企业，但发展势头良好，能为村里产业经济的发展起到很好的带头作用。同时，他也似乎早就预感到张祯农机具制造厂不可限量的发展前景。但是，当他把张祯想把厂子搬到村委会驻地来的事提交给村委会讨论的时候，却遭到了村委会有些重要领导的反对，这让他很不理解，也让张祯很不理解，不明白他们为什么要反对，明明是很好的事儿么！他据理力争，充分发扬民主，最终取得了大家的认可，同意了张祯的搬迁申请。

　　刘吉中说，从个人感情上来讲，他和张祯的关系也确实不错，两人互相信赖，互相支持。一块共事多年，他很了解张祯的为人，觉得张祯是一个有闯劲的人，有出息的人，有思想的人，有抱负的人，有眼光的人，他很欣赏这个人。要是流泉村里能多有几个像张祯这样的人，流泉村不富得流油就怪了。张祯想把厂子办大，那也是他的心愿；张祯想把厂子搬到村上来，他完全支持，因为他觉得那是张祯把事业办大做强的必经之路。从公共利益上来讲，张祯的厂子搬到村里来，基本上不占用有效耕地，只有好处没有坏处，它至少能带动流泉经济市场活跃起来。同时厂子扩大了规模，肯定还要继续招工。按照张祯招工的标准与条件，又能为一些困难家庭解决一些富余劳动力，增加困难家庭的收入，减少村里的困难户，帮村里做了帮扶工作。

更为重要的是：张祯扩大生产规模后，所生产的产品能极大地满足农民们的生产需要，提高劳动生产率，解放生产力，把人力最大限度地从土地上解放出来，进行其他生产经营活动，增加收入，勤劳致富。这样多的好处，村里的有些人为什么就看不到呢？因此，在村委会里有人说他支持张祯是因为得了张祯送的好处才力主给张祯办事，村民当中也风传他与张祯在经济上有不正当交易的时候，他主持召开了村民大会，主动向大伙说明情况，洗清不白，以取得村民们的理解。他说张祯的酒他不是没喝过，张祯的烟他不是没抽过，张祯的饭他不是没吃过，因为张祯为了生产经营上的事要与外面打交道，有许多社交往来，他去了人家要招待他；人家来了，礼尚往来，张祯要招待人家，请他这个村主任作陪，请他协调双方关系，他总不能干坐在那里，只看别人喝酒吃肉，自己不动筷子吧。众人哄然大笑。同时他也把张祯的"勤奋"对本村的社会意义和经济意义详详细细向大伙儿说明，并梳理了许多大伙儿都知道的事例，那真是一长串子呢，单看一件好像就是粒芝麻，但串到一起，就成了西瓜，大伙儿听明白了，也弄清楚了，同时也就理解了。理解了，也就更支持他的工作了。

2000年春，张祯的"勤奋机械厂"正式投产，很快就显出了它突出的社会效益。尤其是张祯对社会公益事业的大力支持，更是让大伙儿心服口服。

社会公益

　　社会公益事业上的大规模的投资，张祯以实际行动回报社会，实际上就是从他搬到村中心之后开始的。2001 年张祯投资 21 万治理东大滩风口（即流泉滩），是流泉历史上破天荒的大事。当时遇到了许多困难，那狂风似乎真的是有意与张祯作对似的，你平它起，你挖它填，反反复复，硬是不让你成功，把人给折腾惨了。

　　从这一点上，大家就能想来为什么过去几十年，流泉投入了那么大的代价都没有治理好，那风沙实在是太厉害了。而这次大家最担心的是依旧治不住。因为这次一旦治理失败，张祯的损失就大了，而且风沙还会更为厉害，土地沙化的速度会大大加快，那他刘吉中作为村书记（老支书滕光明去世后，他就接替为村支部书记了），治理荒滩的倡导者，在某种程度上，他的责任要比张祯大多了。那一段时间他几乎和张祯一样，夙兴夜寐，吃不好，睡不着，与张祯一起找原因，想对策，最后终于想出了"灌水与推沙同时进行"的方法，把风沙给一举治住了。这真正是一项"功在当代，利在千秋"的大事业，被张祯干成了，在他刘吉中的任期内干成了。他比张祯还有成就感！

　　其实，张祯之所以后来被社会广泛关注，最重要的就是治理风沙荒滩，锁住大风口这件事。它的社会意义是非常深远的，让流泉人第一次从沙窝窝收获了生活的希望；同时对流泉村本身来说，其意义也非常巨大，就是从这件事情开始，流泉村终于走进了公众视线，引起了上级部门的高度关注。2003 年到 2004 年，村委会又办了一件最让老百姓满意，也最受老百姓欢迎的大事，那就是借助国家西部人饮工程计划，除了政府补贴部分，发动群众出资兴建了自来水工程，走在了全县各村镇的前列。后来全县的"人饮工程"现场经验交流会在流泉召开，流泉村受到了奖励，同时将流泉经验在全县进行了推广。张祯在村委会办这件事情的过程当中，起了很大的作用，有口皆碑。

2004年，作为流泉村窗口的村委会驻地的面貌发生了巨大变化，而这变化几乎完全是因了张祯，不管是硬化广场、翻修舞台、搭建彩门，还是装路灯、修铺面、唱大戏、举办流泉村历史上第一次物资交流会，全部是由张祯一人投资兴办的。去年春节，他还出资置办了一套闹社会的行头，组织社火队，把快乐送到了每一户农民家里；还发起成立了流泉村老年文化娱乐班，极大地丰富了老年人的晚年文化生活……

2004年，流泉村被金昌市命名为文明村。

刘吉中认为，张祯的回报社会，应该分为两个部分。一部分即是捐资助学、扶危济困、治沙播绿、造福百姓。这部分粗粗算来，这几年张祯总共为公益事业投入资金大概在40多万元左右。这不是个小数字，对于一个农民来说，也许一辈子都挣不来这么多的钱。而对于张祯本人来说，这些钱他能为自己办多少事情呢？他可以把家搬到城里去，过他从小就想过的城里人的生活；他的两个孩子都大了，他可以用这笔钱为他们修两道院子，造两院房子，帮他们成家立业；或者还可以作为创业资本，送给孩子去创自己的事业；还可以送给自己的亲戚朋友，让他们过上更好的日子。但他却没有这样做，而是投入到了村里的公益事业上，奉献给了自己的乡亲们，奉献给了生他养他的这片热土。这对于一个白手起家的农民，需要多大的气魄，需要怎么样的胸襟，谁能估算得来！

去年底，村支部召开全体党员大会，对党员进行民主评议，"勤奋"厂里新加入组织的几名党员都参加了。有一个叫陆水清的年轻人在发言的时候实打实地说，从张厂长的身上，他知道了什么叫作真正的共产党员！他之所以加入党组织，就是从张厂长身上看到了希望，也看到了做人的一种准则与境界。张祯总是以自己的人格魅力，实实在在地影响着他们的生活，用实际行动带动着他们。张祯的心里，永远装着百姓，装着职工！职工想到的，他想到了；职工没想到的，他也想到了；职工想要解决的，他已经伸出了手。其他党员也很真诚地说，做人就要向张祯那样，学党员就要学张祯这样的党员。胸怀天下，应该是每一个共产党员的修养与气魄。俗话说，"天高不为高，地厚不为厚。民心第一高，民心最敦厚。"张祯"情为民所系，利为民所谋"的人生追求，朱王镇党委副书记杨延勇以北宋著名诗人范仲淹的两句诗来形容："先天下之忧而忧，后天下之乐而乐。"

刘吉中所说的张祯回报社会的另一部分就是艰苦创业、开拓进取的时代精神和瞄准土地做文章，因地制宜，发展农机具制造业，完全彻底地为农民服务。

你想刘吉中的意思应该是这样：张祯艰苦创业、开拓进取的时代精神，是一笔非常丰厚的精神财富，谁拥有了这笔财富，谁就有了成功的可能，谁就拥有了敲开致富之门的金钥匙。他就像一面镜子，放置在流泉大地，让流泉人时时比照自己，人家张祯也是这片土地生、这片土地养，吃着这片土地的五谷杂粮而成长，他和大家一样是穷苦人出身，甚至更穷困；他也没有什么三头六臂，但是为什么他就能成功，而我们却不能？我们和张祯相比缺少的是什么，想过没有？就是他那种敢闯敢干、不怕失败、永不放弃的吃苦精神！这种精神在流泉大地上的洒播，不正是一种更为巨大的回报吗？或者说，张祯更像是一面旗帜，在流泉的天空下迎风飘扬，让流泉人看到了勤劳致富的希望。

张祯爱说一句话，"人不能过一种没有希望的生活"，有了希望，你才能挺起腰来，你才不能被艰难困苦所吓倒，有了希望你才有盼头更有奔头！

张祯生产的农机具，为什么深受老百姓的欢迎？那是因为他的目光始终紧盯着故乡的每一寸土地，他知道什么样的机器，才能使这片土地有更好的收成，他也知道什么样的机器，才能真正减轻农民的劳动强度，让他们轻轻松松地劳动，丰丰厚厚地收获。

他生产的农机具，不仅实用耐用，而且还比外地任何地方的价格都便宜。比如他生产的多功能铡草机，每台售价才800元，而外地的售价要达到2200元左右，相差整整1400元！而这个数字是农民风调雨顺的年头3亩好地上的纯收入！为什么会有这么大的差距？最关键的一点是，他生产的多功能铡草机没有装电机，当然即使装上合适的电机也还是相差400元左右。不装电机，张祯自有他不装的理由，他是为农民兄弟着想而不是为他自己着想。他早就考察过了也调查过了，在河西农村，几乎家家户户都有最少一台拖拉机，而用拖拉机作动力，铡草机一样能很好地使用。这不是一举两得的好事吗？一方面农民在购买铡草机时少花许多钱，同时还一"机"多用，提高了拖拉机的利用率，大家何乐而不为?! 这难道不是一种更为有效更为直接的回报吗？其实，我们从张祯的所作所为上不难看出，他对社会的回报对父老乡亲的回报，虽然是一点一滴式的，但却体现在方方面面，一切为农民着想，一切从农民的实际利益出发。

也许有人对他总是说自己是一个共产党员会产生别样的心理，会认为他是在作秀，他是迎合某种政治需要，但若是真正了解了他的内心世界，了解了他时时时刻刻确实是以一个共产党员的标准要求自己，以一个共产党人的情怀为老百姓做事的时候，你还能有什么其他话说？在他那里，共产党员绝对不是一个标签，而是一种身份，一种崇高的人生追求与理想!

刘吉中最后告诉你说，现在他们要利用当前难得的发展机遇，利用流泉在社会上的影响，利用张祯这个知名"品牌"，加大对外宣传，想着把流泉的经济搞上一个新的台阶，让流泉人的生活水平最少能赶上全市较为富裕的村子。就像他们当初修自来水时提出的"吃不上自来水，就不是小康社会"的口号一样，他们又提出了"建设不好沼气池工程，安不上太阳能热水器，就不算进入小康社会"的口号。他说，这些工作都得从小做起，稳扎稳打，就像张祯的事业一样，最后做大做强。

正在你要告辞的时候，刘吉中的手机又响了，是一个来自北京的长途。对方说是中央电视台某栏目组，想给流泉做一档节目，主题好像是农业综合开发和荒漠化治理。刘吉中一开始很高兴，但是当听说需要流泉出制作费用的时候，他就高兴不起来了。他苦着脸说，现在这样的电话很多，真真假假，难辨真伪。一般情况下，像这样一开口就要钱的"宣传"，他们基本上都回绝了。村里的经济还很弱，哪有那么多的钱做"宣传"呢？要真的在中央电视台做宣传，当然是一件好事。可是要钱了，让人心里总是犯嘀咕。最后他很是智慧地耍了个滑头，告诉对方，对外宣传的事要请示镇政府，让对方留了电话，说是等请示好了再回话。当然，他最后还是真的向镇政府有关领导汇报了，但结果是一样的。你当然无权评说此事，但从这件事上，也看到了张祯事迹在外界所产生的冲击波。

流泉的阳光很灿烂

　　流泉的阳光很灿烂。告辞刘吉中先生出来，时间已近中午，你又随意和几个村民聊了几句，他们的语言很纯朴，他们说张祯是个能人也是个好人，但是他们都拙于言辞。吃完午饭后，与"勤奋"的陆水清、张生银、毛忠全等几个职工分别聊了会儿天，他们对他们的厂长都满怀崇敬，他们觉得跟着张祯干活有信心，给张祯干活心里忒踏实。这是从生活经验中得来的结论。因为他们大多都有过在外打工的经历，在外干活辛苦，耽误了家里的庄稼不说，还挣不上钱，有时挣上了，也拿不到手里。要是遇上没良心的老板，一年下来连回家的路费都没有。而现在，不仅在家门口上班，家里的活生耽误不了，每年最少还能挣上个七八千，手头上再快一点的话，怎么着都超过一万了。要在过去，是连想都不敢想的事。

　　另外，张祯是一个很讲人情的厂长，也就是说张祯很有人情味。过去在外面干活，老板就是天王老子，打工的就是劳动机器，哪管其他！而张祯却完全不同，他把职工当成是自己的兄弟朋友，每年保证每人两套工作服，只要是逢年过节，就要给大家改善生活。除了工作上手把手地教他们技术，帮他们进步；生活上还处处关心他们，谁家有事情，只要让他知道了，他马上就伸出援助之手。有一个职工的母亲去世了，兄弟几个为花钱起了纠纷，而且闹得很厉害，张祯知道后主动出面帮着调解，事情很快就平息了，弟兄几个和好如初。为什么？是因为张祯做事很公平，有威信，人们都服他。职工买农具，基本上都是赊账的，他知道职工家里的经济情况，因此农具先拉回去用着，账慢慢挣着还，其实这也是一种雪中送炭。张生银说，这几年上面号召农民发展舍饲养殖业，张厂长就鼓励他修圈养羊，可是他当时没有本钱，张厂长就借了他 2000 块，帮着从城里买来了材料，把羊圈修起来了，并买来了几只小尾寒羊给他。现在，他家的日子过得比过去强多了。诸如此类的故事还有很多，基本上都指向张祯的悲悯情怀，指向他浓浓的人情味。

张生银是张祯创业时最早跟着干的年轻人之一，因此对张祯的事业比较了解，对张祯做事的方式也比较熟悉。他说，当时的"勤奋"还是个小作坊，设备少，技术不成熟，因此张祯总是要求厂里的每一个职工，多长一双眼睛，多用一份心，谁能提出一条合理化建议，就给予一定的奖励，以之激励职工们的进取心、发明创造心和敬职爱岗心。由此工人们也把"勤奋"当成是自己的事业，努力去做，精心去做，这才有了今天的发展。由于张生银、陆水清他们正在生产岗位上，不能太耽误他们的时间，你和他们只聊了一会儿，他们就都去上班了。

下午张祯从金昌回来，从车上取下一个体积较大的"一帆风顺"的电子工艺品，金灿灿的颜色。张祯说，是一个朋友送的，他觉得很有意思，就带回来了。

你心一动，对于张祯的事业来说，这真是一个好兆头！

杨延勇说

杨延勇说，张祯的成功，更是一种精神的成功。

对朱王堡镇党委副书记杨延勇的数次采访都很零碎，他总是很忙。但就是在这些零碎的叙述里，你感觉到杨延勇对张祯的认识不可谓不深刻，不可谓不到位。这在情理当中，因为他原本就是一个富有经验的党务工作者，来朱王堡之前，在县委政策研究室里待过多年。每一次采访虽然都很短暂，但他总能说出一些很有分量的内容来。对每一件事，他都能从现象看到本质，挖掘出其中所蕴含的深层意义。

比如说，现在不管是国营还是民营，一般情况下，企业招工的时候都要收取一定的押金，甚至于还要连身份证、毕业证等都要押下，为的是筹措资金，或者防的是你中途退场或出什么其他意外，其实质就是对你的不信任，对你人品的疑虑。但是张祯却没有这样做，他知道他所招收的工人都来自贫困家庭，原本就没有什么经济基础，收他们的押金，不是雪上加霜吗？那不明摆着是把穷人拒之门外吗？另外他还考虑的是，他所招收的都是青年人，而现在的许多青年人，因为各种各样的原因，下不了力气，也吃不了苦，如果在他的厂子里实在不想干了，你即使把什么都押下，也只能是留得人留不了心，还招惹许多不必要的是非。不如什么都不押，来去自由，不勉强他们。有的人一开始是来学手艺的，手艺学到了，就想跳槽，就想单干，就想自己去发展。对于这种情况，张祯也不计较，相反，他觉得此人能有更好的出路，不是件好事吗？

杨延勇说，这不是以人为本又是什么呢？他不仅不收押金，也不押有关证件，而且还制定了一个奖励政策：对具有五年以上连续工龄的职工，每年一次性奖励 800 元作为年终奖。也就是说，五年以上工龄的职工，一年将挣十三个月的工资！这不正是他对人的劳动的一种尊重吗？他知道，没有人的劳动，就不可能有他的成功，不管是五年还是十年，这样的职工已经为他创造了一定的剩余价值，他的企业发展靠的就是这些工人为他创造的剩余价值！像这样的职工，像这样数年如一日，为了企业的发展奉献着劳动价值的职工，他当然要给予他们丰厚的回报！

比如说，张祯对老百姓的那种感情，杨延勇认为，那就是真正的以人为本，是切实站在"人"的高度上，设身处地地把人当人看，尊重人，尊重生命，真正的视老百姓为自己的衣食父母。反过来，帮助人的人最终肯定要帮到自己，张祯在老百姓当中也树起了别人无法相比的威信，老百姓就爱用他生产的农机具，因为他们相信张祯生产的农机具和张祯的为人一样实在。老百姓有什么事了也总要找张祯讨主意，会向张祯掏出心窝子里的话，也才会请他帮忙，因为他们信任他，知道他会帮助他们，知道他会真心地看待他们。

前几年，朱王堡镇进行小城镇建设，镇党委和镇政府看中了张祯"勤奋机械厂"的发展前景，决定为他无偿划拨 15 亩土地，并提供 10 万元启动资金，请他将厂子搬到镇郊去。搬不搬，张祯还没做决定，知道消息的流泉人却急了，不管是村干部，工厂里的工人，还是普通老百姓，他们纷纷来到张祯的家里，都尽力劝说，以种种理由，希望他不要搬迁。村支书刘吉中说得更直白更透彻，因为他知道张祯的"勤奋"对于流泉经济发展的意义，同时他也知道张祯的"软肋"所在！他说，如果张祯你走了，乡亲们啥时候才能过上好日子，他们就看着你张祯这个带头人呢！面对乡亲们的真情挽留，张祯最终选择了留下。当然，这同时他也就选择了他在流泉这片黄土地上继续为民造福的一个又一个梦想。试想，如果张祯没有把人活下，如果张祯不以人为本，还会出现这样动人的情景吗？也许你不想搬，别人早就把你给赶出来了。

杨延勇说，张祯从一点一滴上帮助老百姓照顾老百姓，那更是一种天然的亲情。像张祯一样致富的人很多，但却很少有像张祯那样对老百姓怀有慈善心肠的人。像张祯一样有钱的人多得海了，但是能不能拿出哪怕是极少的一部分，去帮助穷人就是另一回事儿了；像李天仁那样的可怜人看见的人也多了，包括许多大老板，但又有谁去帮他一把呢？没有。可是张祯看见了，他就不忍心了。看着人家实在过不去了，他随手就会给上几个，不论多少，总是个心意，虽然解决不了什么大事，但总能解燃眉之急。他做这样的事情，并不是刻意去做给别人看的，而是一种自觉自愿的行为，是一种很自然的习惯。

比如说，这几年流泉的舍饲养殖业发展较为快速，而养羊户则大多是过去的贫困户，是张祯主动认下的穷"亲戚"。流泉土地广，有种草发展养殖业的条件，张祯想到农民不能光靠种粮食发家致富，他看到了发展养殖业是一条改变贫穷的路子，就积极鼓励那些贫困户养羊，可是他们没本钱怎么办？张祯就掏钱从外面买来了20只小尾寒羊，无偿分给他们各家各户去圈养。经过两年多的发展，流泉的十几户贫困农户每家都至少达到了20只以上。只是这一项，这些贫困户人均年收入就达到了2000元。现在流泉村里，在张祯的带动下，养羊户越来越多了，生活条件明显得到了改善。杨延勇说，张祯就是这么个人，他似乎总是琢磨着穷人的事儿。他对穷人的那份感情几乎是与生俱来的。在这个社会上，看到穷人的人多了，可是有谁能像张祯那样向穷人发出深切的同情呢？

再比如，张祯有许多宣传口号："如果您满意，请告诉你的朋友；如果您不满意，请告诉每一个'勤奋'人"，还有"今天工作不努力，明天努力找工作"等等，这些口号尽管大部分都是从别人的广告词中脱胎而来的，但确实说明了张祯的原则和人生信条，以及对他人的尊重。他的产品畅销当地，并销往周边地区，靠的就是过硬的质量与信誉，如果您用着满意，那么就拜托您告诉您的朋友，"勤奋"的产品是信得过的产品，"勤奋"的人是最讲信誉的人；如果您不满意，那么就请您告诉给我们每一个"勤奋"的员工，我们每一个"勤奋"人都有责任，我们能接受任何善意的批评，我们会想方设法在提高产品质量上下功夫，直到让您满意！

一个企业如果没有这种谦虚的态度，如果没有接受批评的勇气，那是不会有前途的。"今天工作不努力，明天努力找工作"，是张祯用来警醒自己的，也是用来告诫职工的。他让自己时刻记住创业的不易，在这个竞争非常激烈的时代里，企业的发展诚如"逆水行舟，不进则退"！成在一生里，败在一瞬间！因此必须不断地开拓进取，艰苦奋斗，才能取得更好的成绩。他也让职工记住，一定要珍惜来之不易的工作机会，努力创造，"工作时努力工作，数钱时就有钱数"！如果一旦失去，明天你就得重新上路，那又是怎样一个艰辛的过程？人生苦短，如果你一直走在寻找的路上，一直都在重新开始，到头来你会一无所有。

杨延勇说，张祯的企业在同类企业中，并不显眼，它和许多名厂、大厂和老字号都还不能相提并论，但它却非常耀眼，非常具有活力与发展前景。它就像一泓清泉，叮叮当当流过的地方，小草就会茂盛地长起来。碧绿的小草与参天大树一样，将我们的世界装扮得五彩缤纷。

张祯的成功，更是一种精神的成功！

2005 年 7 月 17 日初稿
2022 年 7 月 6 日修订

下卷

后十五年

厚德载物
——2020 张祯事略

又是一个十五年

又是一个十五年，人间多少事，往来都匆促。五千多个日子的光阴，有人晃晃悠悠，有人匆匆忙忙；有人躺平日月，有人苦斗生死；有人说娃子大了，有人说自己老了；有人说什么都没有改变，有人说一切都沧海桑田；有的人聚了，有的人散了，有的人来了，有的人走了……人间万象，日月轮回，都各有各说得出的理由和说不出的隐忧。

自 2005 年采写完成《天眷流泉——2005 张祯纪事》以来，已经过去了十五年时间。要说十五年的时间，在时间长河里并不算什么，也许连一朵浪花都算不上，至多算是一粒尘埃，在空茫浩渺里随波逐流。然而对于在人间俗世行走的一个个人，却都是讲不完的故事，抚不平的皱纹和伤痕。你就像是一个行走在岸上的人，自己的风雨少不了，还时不时地看一眼颠簸在风口浪尖上的人。

张祯的这个十五年，可以说一如既往，荆棘鲜花，也可以说踏坎成道，历久弥新。

时代的车轮滚滚风烟，大浪淘沙。尘埃随起随落，波涛前浪后浪。正当他的农机制造业蒸蒸日上的时候，忽然风起云涌，遭遇两大瓶颈：随着农业产业结构调整，市场经济潮起潮落，他所生产制造的主打产品——农机具在市场已失去竞争优势。起初，他也想为了适应土地大生产（土地流转）而进行产业改造升级，经过了一圈调研却发现，他缺少的不仅仅是技术力量和巨量资金的支持。做大做强，首先要看自己的体量与实力，他的农机制造的起点本身就不是很高。面对产业困境，在土地上刨食的人，离不开土地这个命根子，只能在土地上谋出路想办法。他审时度势，改变思路，因地制宜，从土地上来，还回到土地上去，农机制造厂迅速转产，及时止损，在土地生产结构变革的大前提下，适应变革，充分利用现有资源，建起了新兴农业生产合作社，成立了农业科技发展有限公司，做起了冷链物流，继续服务于农业，从农业上挖光阴出效益。

　　紧跟时代步伐，厘清政策，依托地方优势，发扬创新精神，一直是张祯事业有成的基石。一个规模有限的农业科技产业，根本满足不了他干事创业的内在雄心。一个小小的流泉，如何养得了一条冲击风浪的大鱼？随着城镇化建设的浪涛一浪高过一浪，他把目光瞄向了小城镇房地产的开发与建设，最终取得了朱王堡镇农民住宅小区"绿洲苑"的建设和管理项目。随着项目的完成，他又一次审时度势，透彻分析三农，也分析小城镇的日常生活架构，看准方向，依托"绿洲苑"项目，顺应时代要求，创建了"金昌市农民工返乡创业示范基地（省级农民工返乡创业示范基地）"和"绿洲苑幼儿园"，及集医养为一体的"清河敬老院"。

　　综观张祯的创业人生，我们如果要按时间来寻迹，就我们看得见的已经实现了的可以大致划分为三个十年：1990—2000为初创期，开饭馆、搞贩运、修农机，小本经营小积累；2001—2010为起步期，治沙植树、农机制造；2011—2020为转型上升期，房地产业、创业基地、育小养老（幼儿园与敬老院）。这三个十年，各具主业和副业，尽管都经历了许多坎坷与挑战，甚至极暗时刻，但最终都取得了令人刮目相看的成就。

　　至于2020之后，按说以他花甲的年岁和事业的峰值，持盈守成是最好的选择，但张祯却又有了新的规划，加快了实施规划的步伐。这是一个永远也停止不了前行脚步的人，一个不知道走困了走累了停下来歇歇脚喝口水的人，他永远行走在路上，也是一个永远也停止不了思考的人，永远都在思考。一方面，他的双脚永远实实在在地踏在生他养他的那片土地之上，"咬定青山不放松"，一方面，他的目光永远看向更远的前方。

吃透政策，把握大势，寻找商机，守正创新。

振兴乡村，新时期的乡村建设，从大口径上说，就是不断提升农村基础设施和基本公共服务水平，深入实施农村人居环境整治提升等等，在许多人的眼里面，也许就是诸如整饬村容村貌，理顺产业结构，提升文化精神生活等等，但在他的眼里面，却有更为丰富的物质与精神的内涵，隐含着巨大的商业机会。别人看到的可能是一户一田的家园，他看到的可能就是一个红红火火的大场面。

按他自己的说法，他这辈子准备就干三个十年三十年，现在前面"农机十年"和"房地产十年"已经干完了，最后再干一个"农业十年"，就到古稀之年了。到了那时，就真正地退休养老，再也不折腾了。听他这么一说，却原来并没有算上初创期的那十年，这是他自己的认识，不知道是不是觉得"三十"这个数字很好听很气派，就像"三十功名尘与土，八千里路云和月"，大男人的疆场，"三"是气数，也是天数。但你想，如若没有那十年的奋斗，那十年打下的基础，是断难有后来两个十年辉煌的。再说，他干事创业其实正应和着古人"三十而立"，大丈夫行将创世立业之时。即如他所规划的第三个十年"农业十年"：2021—2030，回归田园再创业，也是离不开前面积累的。

你权且把规划进行中的这个"农业十年"就称为张祯的第四个十年吧。

你曾问他有没有比较成熟的规划方案，他说没有，弄那干啥，弄也弄不利整，都在脑子里装着呢。你又问他和别人说过自己的想法没有，他说他的规划已经实施开工了，他只跟干活的人说要怎么干，干活的人就怎么干，一切都照着脑子里的想法（规划）有序推进，和说给别人听没有关系。再说，别人和你的事儿又有啥关系呢？即不是股东可以融资，也不是高参专家可以出谋划策。也许不说更好，有许多人根本就不想知道过程，只想看到结果；有许多人即便知道了，也没有什么用，最多表示吃惊或者留给一个疑惑。有一些人你就纯粹不能说，说了反倒不好，帮不上忙不说，还有可能给你添乱，让你的事情出现很多变数。

一切都装在心里，一切都落在实处，用最终的结果来作证，这是张祯的行事风格。因此，现在对他的这个十年规划，知道的人很少，即使知道了，也只当是林场产业的升级版。当然，雁过留声，雪泥鸿爪，只要你开始行动了，总会给人留下蛛丝马迹，只是不用心的人是不会探究最终走向的，即使你用心了，也未必能清晰地看出他的思维轨迹。你从二月二龙抬头的那天开始，从走进他的治沙林场，就已实质性地接触到了他的这个至少在两三年前就已经动作起来了的十年规划，但你只是心存疑虑，只是以为是对林场生态的升级改造和产业结构调整，没有从更深层次的角度来思考或者考究他看似随意地指着现场说出来的话，都与这个十年规划有关。现在他终于向你活盘托出，他说他知道这个对你很重要，是必须给你说明白的。等你听完他存贮在脑子里整个规划，参观了已初具雏形的"农业十年"，心里也不能不惊叹他的商业眼光和干事气派。

又起沙尘暴

又起沙尘暴，黄沙弥漫，天地混沌，能见度不超过 50 米，最严重时不超过 20 米。这让你想起 15 年前初次采访张祯时遇到的那场沙尘暴，你在后来的文字中是这样叙述的——

2005 年 4 月 18 日，就是我到达流泉村的第二天，河西地区本年较早的，也可能是最大的一次沙尘天气不期而至。有关媒体也报道说，这是继二十世纪九十年代中期那场巨大的沙尘暴（1993 年"5·5"黑风暴）之后，最为强劲的一场沙尘暴。整个天空在一瞬间就被滚滚沙暴倾覆，天地一片昏黑。风声凄厉，狂沙叫嚣，肆意地抽打着一切。村庄从人们的视线里消失了，刚刚泛绿的麦田也消失了，树木被狂风扭曲得面目狰狞恐怖。在张祯的勤奋机械厂大棚下工作的工人也不得不暂停了手里的工作，以避那狂风的欺凌。那时候，不知有多少饱受风沙之苦的人都蜷缩在屋子里，目光里透出了无尽的惶恐与绝望……

现在是 2021 年 3 月 15 日，这场席卷了大半个中国的沙尘暴，到达小城的时间是昨天晚上。据有关权威媒体报道，是近十年来发生的最大最强的沙尘暴，起自蒙古（国）高原，给蒙古国造成了巨大的经济损失和人员伤亡，然后一路向东向南，杀气腾腾，进入我国，横扫全国十二个省（市、区）。

而昨天是 3 月 14 日，农历"二月二，龙抬头"的日子。

按照计划，你准备好了第二天出门去永昌朱王堡镇采访全国劳模张祯的一切工作，行囊里装满了这次出门的一应所需：笔记本电脑、充电宝、纸质笔记本、碳素笔、牙具牙膏、茶叶茶杯等等。准备在那里待上十天半月的，就像十五年前（2005）第一次采访时一样，真正地把自己融入他的事业及生活之中，同吃一锅饭，同眠一间屋，漫漫长夜，时常聊天至天明，慢慢地走进他的精神世界。

十五年前（2005）就已经把防风治沙、农机制造和慈善公益事业做得风生水起的张祯，挣得了金昌市人民政府和金昌军分区联合颁发的"二等功荣立者"、金昌市第五届乡镇企业家荣誉称号，翻年又挣得金昌市劳模的荣誉称号；十五年后（2020）又把治沙造林、返乡农民工创业和城乡敬老和医养事业做得繁花似锦的张祯，不仅挣得了甘肃省劳模，还挣得了全国劳模的荣誉称号。由此，你相信在无上的荣誉背后，在张祯身上一定隐藏着更多的感人故事和精神原体。

然后，你就去了东区汽车站，打听第二天去往朱王堡的发车行情。原本有朋友知道你要去朱王堡，就想开车送去，但是被你委婉地拒绝了，一是不想打扰朋友的有序生活，更是想着一如十五年前一样，重走那条采访路，从市区坐公交到河西堡，再转乘河西堡到朱王堡的大巴，那一路的乡村乡路的景致，曾经是那样的敲打过你的心境。当然，现在是十五年之后，虽然这十五年当中你从来都没有再走过这条路，但你相信乡村乡路都已与那时不可同日而语，就像张祯的人生，十五年前和十五年后一样，已经有了质的变化与提升，也许正是有了这样的不同，也许冥冥之中有种什么神秘的东西牵扯着你，让你做出了"重走"的决定。

在了解了情况之后，心里一片晴朗与宁静。

春和景明，你想于你即将的出行来说，是一个好兆头。

然而，现实是残酷的，计划永远不知道变化在什么地方、什么时候等着伺机而动。人们都说阳春三月是孩子的脸，喜怒无常，说变就变。这个善变的季节，只隔了十几个时辰，就给你来了个当头棒喝，将一切都打回了原形。今早一起来，待着收拾完毕，背上行囊准备出门的时候，无意间抬头看了一眼窗外的天色，心里不由得一紧，天色咋有些朦胧，感觉里好像拉雾了似的，你很吃惊，昨天二月二，天气晴朗，还去了一趟东湖，形容是春和景明，回来还写了一个连自己都感到比较满意的文字《绕了一圈金水湖》。难道夜来有潜客，春雨润无声？在这个戈壁小城里，能拉云起雾的日子，只可能发生在雨后，或者发生在阴雨连绵突然天开云散的日子里。连忙近窗去看，原来是满天浮尘，且逐渐变黄变厚，但没有风。难怪咱没有半夜惊魂，那个楼头外面铁梯没有被抽打得撕心裂肺。

这是什么征兆，为什么又是沙尘暴？这次出行比 15 年前的那次出行早了整整一个月，可还是和沙尘暴兜头相遇。你要去寻找的人还是那个人，这不假，但你要探究的事儿却已不仅仅是那些事儿，应该说是一些更为宏大的叙事。是不是老天爷要以这种天象，给自己这次的出行助力，或者指引，提醒些什么，抑或暗示些什么？

看了半天，也愣了半天，门是肯定出不成了，在这样的天气里，城乡客运还能会正常发车吗？从背上取下行囊，有些沮丧，也有些心神不定，这是毛病。一旦决定要去做一件事，中间要是无意受阻，心情必然狼狈不堪，一时调整不过来，结果整整一天时间，什么事也没干成，心思一直在沙尘暴里和沙尘一起奔跑。

你想若是昨天出发，这会儿是不是和十五年前遇到沙尘暴时一样，和张祯坐在他的办公室闲聊。那时你曾问他，像那样的沙尘暴，对他正在创建的治沙林场会不会造成重大危害？张祯当时摇了摇头，有些气定神闲地说，危害是有，但不会太大，沙丘子荒滩也只剩东南角子那一块了，大风也刮不过去，兴不起啥大沙来，可以忽略不计。你问为什么？他说，几百亩大的林子，最先栽成的树都已长大了，它们都是速生杨，水跟得上，生长快得很，都长过三四层楼那么高了，大多都有半环抱大，超过一环抱也已不少，它们根本不怕沙尘暴，是沙尘暴的克星。后来，沙尘暴过去了，你们就去了林场，结果正如他所说，林子还是那样的葳葳蕤蕤，纵横排列，沙场点兵，波澜壮阔。清澈的井水喷涌而出，雪白的浪花，进入树下埝渠，欢快奔流。张祯说，这水一路下去，除了分流浇树，最后就都到了正在平整的那块沙滩上了。边整边栽边浇，用不了多长时间，那块荒滩沙丘也就侍弄好了。

残风溜达，那些高扬翻白的叶子，正在抖落最后的风尘。

而今天你还会不会发出那样的疑问，因为根据有关资料，这几年他的林场正在换血，调整经营结构，除了保留一定规模的养殖场和麦田菜地，还有沙柳洋槐、梭梭和沙枣之外，要把纯粹的防风林，也就是那些在防风固沙中立下汗马功劳的速生杨砍去，置换为既能防风固沙，更能发挥优质高效的经济林：桃子山楂、苹果杏子、梨子大枣，还有吊死鬼山桐子等等，这样的产业结构设计和期望前景，如果变为现实当然很好。但是，这些经济林木，尤其是才刚刚开始种植，树小苗弱，能不能最大可能的发挥防风固沙的效能，更尤其是像今天这样的强沙尘暴能不能防得住，你心存疑虑，在心里打了一个大大的问号。你不知道，假如你这样问了，这时的张祯会怎样回答，会给出怎样的答案……

风依旧不是很大，而天色却越来越昏黄而厚重。有人后来解释说，这次沙尘暴有些邪门，风在高处啸叫，沙尘当中弥漫。龙头已到江南，蝎尾塞北不散，不落你家落谁家。不知道这样的解释有没有道理，却忽然想起了一首有名的边塞古诗："黄河远上白云间，一片孤城万仞山。羌笛何须怨杨柳，春风不度玉门关。"据说原诗首句是"黄沙直上白云间"，不知是谁后来改成了"黄河远上白云间"，虽然对两者的辩驳千年以来从没有止息，但改动后的句子却一直流传至今，原句少有人提起。两个字的改动，意义深远，就将边塞河西常态化的沙尘暴给远远地挡在了人们的阅读期待之外。以今天的现实观察来看，原句似乎更接地气，也更接近诗的内蕴，毕竟黄河与玉门关要不是河西走廊的千里勾连，几乎就不搭界。但无论如何，人们对沙尘暴的恐惧和厌恶，面对河西恶劣的自然生态环境的悲壮应对，却是千古一脉。

是夜几乎无眠，数次夜起近窗探察，天地依旧昏蒙。借着不远处穿过楼栋缝隙的街灯，昏黄的光芒里，树影斑驳，那黄似乎比白天是淡了一些……这时候，倒是暗暗地祈盼那楼头的铁梯能够刺耳地响起来，窗外能鬼哭狼嚎地叫起来，那狂猛的西北风一定能快快地吹散那几近胶凝了黄沙土尘……

风，终究不大

风，终究不大。

出发，无论如何也得出发。多少事，从来急，人能不能等得不好说，那是人的命，也是人的运，但时间却是等不起的，时间就是日月，就是嬗递，就是轮回，一切的一切都被时间所主宰。在时间的概念里没有等待这一说，没有迁就的余地，但反过来，正因为如此，时间却又将一切都交给了你，成与不成，都是你自己的造化。按以往经验，沙尘暴一般都是匆匆过客，来势凶猛，飞沙走石，去得无声，基本上也就维持一天一夜，甚至时间更短，有时半夜突起，你在睡梦里听得它在窗外万马奔腾，黑沙走石，但早晨起来，却已过得干干净净。而这次隔了一夜，早起看窗外似乎比昨天淡了些，但依旧愁眉苦脸黄澄澄的有些发红，看起来一时半会儿散不开过不去，让人心里极为不爽，而且着急且徊惶。想着好不容易决定了的事情，就因天气的原因而要一拖再拖地才去做，不仅沮丧，而且觉得很是窝囊。做事总是这么瞻前顾后犹犹豫豫的，曾经耽误了多少事儿？权衡再三，还是下定决心背起了行囊，只是在行囊里多塞了几只口罩。

待坐上了发往朱王堡的小面包车，虽然为车况的糟糕感到有些窝心，都什么时候了，跑乡下的长途车还这样的破旧。怎么着，小城也是有多个国家荣誉的城市，朱王堡镇也是有国家荣誉的示范镇，在社会上是有头有脸的，可公共交通硬件设施还这样落伍，让人心里很不是滋味。但毕竟出发了，车再怎么不好，它总能将你拉到你想要到达的地方，心里也便不再抱怨，反而踏实了，并安慰自己，去一趟乡下，在这样恶劣的天气里，能够到达就好，还要怎的。后来，当你十天之后返回来的时候，乘的却是辆崭新的依维柯，走的是高速。这让你当初的抱怨就显得有些随性且偏颇了。

你问师傅怎么走，师傅说走金武。原来是从金武公路直达朱王堡的，并不绕道河西堡，最多一个小时，心里虽然有那么一瞬间的失落，但也很快欣喜而安然。金武公路也是很不错的，即使不走高速，那老路虽然限速，也能很快到达。但出乎你预料的是，车出市区刚上金武公路不久，就猛的一个左拐，径直驶向垂直方向的双湾古城村。一开始你想，是去绕着拉人吧，毕竟满车包括司机才只四个人，一趟下来能赚几许碎银？若是一路再拾不上人，大概率是要赔本的吧。等又一次绕上金武公路，才明白过来是修路，才不得不绕了那么大一个圈子的便道，包括那么大的一个山包。其实那也不是什么山包，是龙口山的余脉。

心在某事，总会将一路上的所有遇见与之联系起来，这是人性的弱点与幽微，你不能免俗，你就像捉摸眼前的这场沙尘暴和15年前的那场沙尘暴是不是有什么深层意义上的勾连一样，你禁不住对这次采访产生了深深的疑虑，是不是中间会有什么变数，但最终还是能够圆满？既来之则安之，但变数总让人心生不安。及至到了地方，张祯却正好冒着沙尘天气去永昌办事了，而他那一片地儿也正停电检修，连正门都不好进，得拐到医养中心那边去……看起来，真有点出师不利的意象，好在你已经有了一定的心理准备，也便素心而对了。

一路昏黄，混混沌沌，迷迷茫茫，沿途的村庄都被沙尘笼得看不清眉眼。待着出了赵家沟村，就一头扎进了你从来都不曾到达过的地方，四面看去，昏黄一色，一切物事都彰显得影影绰绰，极像一些影视剧里的魅影，和车子奔竞，互相追逐，让人兀生穿越至不分天地日月的洪荒时代，眼看就要与挥舞巨斧开天辟地的盘古相遇的感觉。你忽然想起，走在金武公路上曾经有意无意地注视过这片大到看不见边的荒滩野丘，当时还和朋友闲聊过，这地儿若是有水，肯定又是一片富得流油的绿洲。这时你忽发奇想，假若这块地儿，遇上几个像流泉村张祯一样的主儿，又会是一种什么景致？流泉村的张祯，在30年前硬是承包了村里几代人用了数十年时光，都不曾征服得了的500亩荒滩沙丘，用了十数年时光，打造成了远近闻名的防风园林，另一处近3000亩的荒滩种植上了苜蓿等各种草木，让清河绿洲的疆域扩了又扩，直接和间接的社会效益和经济效益让人刮目相看。

也许你想多了。

这人间的事儿，大约有的人干得，有的人干不得。

这世间的活生，有的人干得了，有的人干不了罢。

到林场去

到林场去，张祯打电话给你，有没有时间，方便不。

有时间，怎么能没时间？方便，怎么会不方便？你是干什么来的，你只担忧他没有时间，他总是不方便，而你总是跟不上他匆匆的脚步，也摸不准他的行踪。这会儿，你正想着如何到林场去看看，因为那是流泉的传奇，是张祯事业的根本和基石，也是他的人生从一个乡土汉子能够华丽转身为一个知名农民企业家，身上绕满了多彩光环的标识与旗帜。你还想着，如果他实在抽不出时间和你一起去，你就自个儿徒步过去。你发现，你对那片荒滩沙丘上几乎是"凭空飞来"的林子，似乎也充满了某种期待与情感，尤其是遇上这种沙尘暴中的强沙尘暴，就更是有了许多的牵念与担忧。

你知道张祯很忙，忙的有些左腿跑不过右腿，前脚赶不过后脚。

十五年前你第一次采访他的时候，还是在流泉村委会那里，由于他的家离村委会还有一大截子路程，尽管他已捐资数万元，用自家的好地换别家的边角地，修整了那条通往自己庄社的泥泞土路为平整的沙石村道，极大地方便了村里人的出行，但为了工作方便，他们两口子在厂里安了一个简易的家，吃住都在厂里的简易平房。他有一间稍大的办公室，墙上挂满了各种各样的名誉奖状，也挂着厂里的各种规章和制度，当然还有各种社会组织架构的图表。但是你和他真正能够在这间办公室坐下来，就像面对记者的镜头采访一样说话的机会是极少的，除了同在一个屋檐下的时候，除了恰好遇上沙尘暴，或者雨天出不了门的时候，他总是处在一种高强度的行走当中。就像一个闲不住的庄稼人，就是天下大雨，也要披一身雨布、扛一把铁锨，踩着泥泞到田间地头去看看，去把路上流淌的雨水引到路边的树槽子里去。当然，他原本就是一个农民，只是在农民这个群体里，显得有些鹤立鸡群。

那时，他也好像明白了作家和记者的写作性质是不一样的，他摸透了你的采访习惯，知道了你的采访形式和传媒记者的采访形式不太一样，你似乎更愿意到达现场，更愿意和其他人"聊闲"，不管那个人与他的事业有无关联；而记者是直奔主题，报道的是呈现在面上的"真实"，就像看一个人，就是那一张脸面，而作家则更重于隐藏在表面背后的真实，要挖出这背面真实的精神内涵。因此，也就不刻意地安排专门的时间来和你"闲聊"，他要干啥去还是干啥去，一会儿在铸造车间里巡察点拨指导，一会儿又在固沙林场里指点江山，和工人们一起挥镐扬锨；这会儿还在村委会里和村干部商量事儿，过会儿已经在赶往朱王堡的路上了……而现在，随着事业的不断铺排和壮大，原初起身的治沙林场和农机制造厂（现冷链物流）已成为其事业的一个分支，随着把事业的总部搬到了朱王堡镇，他也就更忙了，忙的有点儿脚不点地。用一个被人用得滥俗但却不无深刻的句子来叙述，就叫"永远在路上……"

这不，前一天一早就冒着沙尘暴去永昌办事儿了。当你到了朱王堡的时候，打电话和他联系，他说正在永昌，下午才能回来。他还说镇上刚好停电检修，正门打不开，他让赵院长（赵登庆，原流泉村委书记，退休后被他请来帮助他打理敬老院）来接你，一切都由赵院长来安排。在从敬老院一侧医养中心通道进门之后，你问老赵啥事儿还非得他个老总还和过去一样，这时候亲自去永昌，这大沙尘天的。老赵说，还不是经费的事儿，大家伙儿已经几个月都没发工资了，政府答应给拨付的一部分经费还没有到位。你说那叫办公室或财务上的专人去办不就得了，用得着他亲自跑吗？老赵说，那不成，这经费上的事儿，也就只有他亲自去办才行，一个小小的民营企业和政府部门打交道，哪有老总自己不出面的。

想想也是，毕竟民营企业和政府打交道，与政府部门之间的办事是不一样的。政府部门之间办事，走的是公文程序，走的是上传下达，做的是规定动作，而民营企业办事则充满了很大的变数，有些明明已经沟通好了的事情，却由于一些不确定因素而搁浅，在这当中时机的作用很重要，时间和机会的把控都要做到刚刚好。张祯的企业，从一个小小的铁匠铺子到一家农机制造厂，从一片荒滩沙丘到一片郁郁林木，再到下辖数个实体的绿洲实业有限公司，摸爬滚打三十多年的创业之路，不是所遇都是惊涛骇浪，但也充满了激流与险滩。在这个挫折与胜出并行的过程中，也是积累了一定的经验与教训，而凡事都要亲力亲为，大概是最重要的一条经验了罢。

说到经费的事儿，老赵说，这实在是被困急了，其他事情可以暂时缓一缓，但敬老院的事情缓不得。去年的情况你知道，新冠疫情让许多商铺关了门，租金租金收不上来，房款房款收不上来，林场那边又正赶上产业结构调整，养殖规模缩小，羊啊猪啊、鸡啊鸭啊、蔬菜小麦等等产出，基本上勉强供应了两个食堂。也就是老张了，几千万的房贷背上，租金水电费还能少的少，能免的免，老张的心太软，见不得人可怜，尤其是乡里乡亲的，他忍不下那颗心，大多数的房款每年所收还不如直接出租收的多。现在几十号员工数月发不下来工资，以前从来就没出现过这种情况，要不是老张心善人好，还能够留下来的就没有几个。现在你看，没有一个离岗的，而且都还兢兢业业，大家都相信老张，也相信困难是暂时的。凭老张的本事和能耐，想着是一定能走出困境来的。

你有些担心，有些茫然，也有些感动，一个人要有如何强大的内心，才能做到如此。

下午老张从永昌回来，就过来和你说话，没说去永昌办事的结果，说的却还是目前敬老院经营上的困境，说的和老赵差不多，但说得更多的是他对几十名员工的内疚，和对一百多老弱病残吃喝拉撒的担忧，如果因经费的短缺真的经营不下去了，他该怎么办，尤其是那一百多号已经住进来的老弱病残怎么办？这话题并不轻松，但他的脸上却始终自带光华，就从这一点，你也相信他绝对不会认输的，困难都是暂时的。只是偶尔说到关节处，眼神里才会有一丝忧伤闪过，一如那满面的愁云也是一瞬即逝。他的目光时不时地离开你，看向别处，你感觉到了他内心的深远与沉重。

一路上的好风景

一路上的好风景，都被细碎的沙尘遮掩着了，变成了隐隐约约的宋人山水，只是没有看到山水里的高人或者神道，更看不出其隐藏着如宋人那样多的心事。四野荒莽，和早晨没有什么本质的区别，只是更昏黄了，好像已真是到了黄昏似的。人都好说乡下的黄昏来得有些早，其实不是那么回事儿，它和城里也没有什么区别，只是在城里待久了人回到乡下时的一种视觉乡愁。乡下没有城里的喧嚣，也没有城市的拥挤，更没有城市的流光溢彩和车水马龙让你觉得时间的慌张，只有天大地大，四野空廓，大得让你无处安放肉身，只能一直行走在路上，空得让你无处安放心灵，哪里才是星辰大海。

即使阡陌之上到处都有一簇一簇的高大白杨，随处看得见垒在上面的鹊窝，却没看见暮归的鸟鹊，也显得孤独与寂寥，即使田边地埂上都是树，但是没有人，也显得暮色沉沉。这时候，车子正缓缓地行走在一条树的长廊里，当然不是张祯流泉治沙林场里的树，而是从朱王堡镇到流泉村的道路两边的树。张祯爱种树，流泉人爱种树，整个清河大地上的人都爱种树，只要有人的地方，就有树的一席之地。有人说，清河绿洲的绿，树的功劳至少三分之一。只是作为个体的人将树种在了自家的房前屋后和田间地埂，作为群体的人把树种在了大大小小的道路两边和公共场地，而张祯却是付出了大价钱，把树种在了一片荒漠之中，种在了沙窝子里，种在了受国家卫星监控的国土绿地面积里，种出了一种宏大的气派，种成了一种风景，种成了一片防风林，种成了一土保护周围数千亩良田免遭黄沙吞噬的铜墙铁壁，种成了一片子林场。而林而场，也就比一般的林木和场地多了许多的内蕴和传奇。

张祯话少，他不善于总结自己，也不善于总结自己所做的那些事儿，这你早就领教过了。

从15年前他第一次以优秀共产党员的身份，登上市里最高也最庄严的讲台，向全市党员干部介绍自己创业事迹的时候，从你15年前来到流泉采访他的时候，你就感受到了，他的话似乎真的很少，一个两千来不到三千字的讲稿，讲得他满头大汗，讲得他面红耳赤，讲得他有些磕磕巴巴，就像许许多多和他一样把根深深扎入泥土，凭着一股子韧劲，干出了一番大事业的人走上讲台一样，看着那么多好奇、探寻、期待、仰慕，甚至迷茫、不解的眼睛，有些手足无措，连自己做过的那么有光芒的事儿都说不顺畅，好像在讲一个不熟悉的他人故事。他说，有许多事儿，在自己的心里实在算不得啥，为但是个人，只要稍微多想一想，稍微努力一些就能做到，但是在别人的眼里咋就变得那么重要起来，而且还有那么多意义？

就在前几天，你听了一位和张祯一样获得2020年全国劳模荣誉称号的人做的演讲彩排，也是讲自己的故事，当然那是一个和张祯的事迹完全不同的工业创造发明的故事，那个讲稿一听就是别人给写的，他念得很是吃力，再加上他那浓浓的地方口音，让听的人也很吃力，几乎都要认定那些事儿就未必真是他做的。当然，你是相信的，因为你早已听过了张祯的演讲，也采访证实了那种演讲稿内容的真实性。

想想，这也难怪。他们都是一些脚踏实地的人，一些埋头苦干的人，一些真正生活在骨头里的人。他们并没有想到要以此出人头地，要以此把自己包装成社会的自己，要以此为自己争得这样那样的荣誉和地位。所谓的出人头地，对于他们来说，就是把自己的事情做好，做得比别人好，做好，做好，做得更好。他们从来就没有想过，因为自己做了自己喜欢做的事儿，做好了自己的事儿，别人就要来采访他们，就要宣传他们，就要让全社会的人知道他们所做的好事，告诉他们所做的事儿，是利国利民也利己的大事儿，政府还要给予他们那么高的荣誉和奖励。更要命的是，还要请他们上台亲自讲述自己的故事，讲说自己的初心，讲说自己的心得体会，并以之传道授经，感动人们，激励人们，让人们向他们学习，学习他们不忘初心、锲而不舍的无畏于生活的精神。

这不是赶着鸭子上架吗？他们什么时候在那么多人面前说过话，他们只是在自己的一亩三分田里劳作，顺应着天时地利与人和，就像老子说的，"人法地，地法天，天法道，道法自然。"也许他们是比别人看得更远一些，他们的心胸要比一般人更阔大一些，但他们从来都没有想过他们所做的事儿具有那么大的社会意义。就像张祯当初自己捐资修那条村社路的时候，他只是觉得那路太烂太窄太难走了，几十年如一日，晴天一脚土，雨天一腿泥，要是把它给修好了，走起来不就方便了吗，不仅自家人方便了，而且整个社里的人就都方便了。这不正是中华优秀传统文化"与人方便，与己方便"的儒家理念在他身上的实践与传承吗，但是他并不知道，他知道的只是去做，是应该那样去做。

理想有了，可是社里人大多都穷，都没那么多闲钱，村集体也没钱，上面又要不上，怎么办？既然已经动了心念，那就一定要修，自己就是那么个性子，那就自己出资修吧，自己不是拼死拼活多少挣了几个钱吗？那就拿出来，钱是人挣的，钱也是人花的，花钱买个路宽，出钱修个路长，何乐而不为？于是一条路就在他的捐资和号召下修起来了，家里人高兴，社里人很高兴，当然他更高兴。却原来，做人就是这么简单，发自内心，出乎人性，好像是人就该那么去做。出了些钱，当然也不少，三十年前的数万块钱，现在怎么着也值数十万吧？但是这对他来说，没有什么，钱花在了正事上，心里也舒坦。钱花在了让大家伙儿高兴的事情，那心里的舒坦就更不能说了。但这样的想法，要是就这样原汁原味地出现在演讲当中，就可能不是那么个味儿了，按某种要求，就俗了，就烦琐了，品位就不足了。

怎么办？于是就有人来替他们写，以他们的名义来写，结果演讲稿出来了，看起来挺好，基本事实几无出入，都是他们真正干出来的，这没有错，他们也是那么想的，他们绝对能够保证，可是一读起来咋就变味了呢？这哪是哪儿啊，虽然事情是自己做的，但那语言不是他们的语言，他们的语言没有那么多的弯弯绕，没有那么多的高大上，他们做事的时候从来都是直来直去，那样的语言他们能读、能看、能听、能懂，自己即使是那样想了，但却总是说不出口。因此，表现在我们眼前的张祯们普遍话少，这大约就跟你问的话高大上有关，与你那有点居高临下的采访方式有关，与你的预设结果有关。也因此，这不是真相，只是场面上的那种语言少了，因为他们的生活是那么的丰富，他们在生活中创造的奇迹是那么的动人心魄，在私底下，你随随便便拽出一件来，他都能够给你讲得头头是道明明白白，讲得十五的月亮十六圆，为什么那么圆？它就是那么圆。

当然，事情总有转圜的时候。当前一阵子市总组织的那场劳模事迹巡回演讲结束后，人们普遍说张祯的演讲有水平，他的演讲人都爱听，电视台融媒体给各位演讲者做的视频号，张祯的点击率最高。你在后来继续采访他的时候问过他这件事，他笑着说，他容易吗？半夜三更地他在那里背讲稿，他也着实把那个讲稿给背下来了，主要的是他也想通了，以讲稿为主线，他做的是啥就讲啥，他当初是怎么做的怎么想的，他就实话实说，结果大家都喜欢听，都认为他讲得实在可信，当然就感人了。

这下子你就明白了，张祯他不是话少，他的话其实很多，只是他的许多许多的真话都在具体的劳作当中，可以说他所做的一切就是他的"话"，你若想听到这些话，你就得和他交心，就得深入到他的生活当中去，看他在做什么，在怎么做；听他说些什么，在怎么说，哪怕是零零星星的一句半点，也可能埋设着一个深远的故事。

绿洲西苑幼儿园

绿洲西苑幼儿园一闪而过，我们一直向前，窗外的天光依旧是那么昏暗。

你忽然想起赵登庆老赵说过，幼儿园也是张祯这会儿的一个难肠事儿。从一开始，按照现有政策，经费就严重不足，但为了整个事业的发展，也就一直坚持着努力办下来了，这大约主要是因为公司的其他项目有收入，用其他项目的收入来补贴，但去年疫情让整个收入锐减，连正常开销都严重不足，幼儿园的经费紧张就一下子暴露出来了，真是捉襟见肘。也许是看到车已经过来了，你还回过头去看了一眼，张祯也回了一下头，只是深深地唉了一声，这幼儿园就把人赔垮了，一年 20 多万，开园这几年已经赔进去了近百万，先期投入就不说了，这后续还得投入不少。

都把你快赔垮了，还要办下去吗？如果继续办下去，那就是个无底洞，哪不垮得更快？一个商人从一开始就做的是不赚钱的买卖，还要坚持去做，谁信呢，你图的是啥？商人不赚钱，还叫什么商人，不是笑话吗？不赚钱，怎么养家糊口，怎么做慈善，还用啥来做公益事业，还用什么来创新图发展？这些问题你当然不会这会儿提出来，也许永远都不会提出来，再说在有关的资料里，已经有了经过官方认同的答案。还有，你曾经问过他的得力住手，和他一块创业几十年的办公室主任张生银，说是这个幼儿园在绿洲苑农民住宅小区最初的设计图纸里是没有的，后来在办理审批手续的时候，作为具有3000人入住小区的配套设施硬行加上去的，不加就不给审批，最后就又多花了不少钱请人修改了图纸，硬是砍掉了一栋住宅楼，又花了二百多万才建起来的。不过，张生银告诉你说，建幼儿园也是在张总建设农民住宅小区规划当中的应有之项，也是他的心愿，只是当初没有这样的捆绑设计罢了。

这话你信。张祯力主并投资兴办幼儿园，已经有些年成了。

他办的第一个幼儿园是流泉村史上的第一个幼儿园。在前面的文字中，你已经详细叙述过了。大约在二十年前，他刚把他的农机制造厂从自家社里搬迁到村委会驻地，村委会那里一下子热闹了起来，人也多了起来，村委会在流泉社会生活中的中心地位有了显著的提升。就在这时，他遇上了曾经做过几年时间小学老师的一个年轻人，正待业在家。当了解到她喜欢老师这个职业，也特别喜欢孩子的时候，灵机一动，当场就说为何不在村委会那儿办个幼儿园？既解决了她的职业困扰，也解决了村里娃儿就近入托难的问题。年轻人当然很高兴，但是她又很担忧，办幼儿园对自己是个不错的也难得的出路，也有非常好的前景，但是钱呢，场地呢，还有许许多多的现实问题，哪一个都是一座山，实实在在地挡在前面。张祯就告诉她，这一切担忧都不是问题，只要她下了决心，其他一切他来解决。就这样，由他协调了方方面面，并垫付了前期数万的运行资金，一所体体面面的幼儿园就办起来了，村里人都说，张祯又为村里的娃儿办了件大事。一个又字，包含了多少乡亲们的感激之情，又涵盖了多少张祯作为的意义，还用多想吗？

你看他想问题就这么简单随性，做事情就这么干脆利索，目的也非常单纯。

然而，若是把这件事情纳入整个社会现实里来看，它在那时候的意义就彰显得很突出。张祯在无意当中的灵机一动，很难说与这整个的社会思考没有着深层的关联。毕竟，他早年参军入伍，在新疆天山修筑公路，锻炼了他坚韧耐劳的性格，同时他还立了功入了党，在组织队伍里，立直了世界观、价值观和人生观，正所谓站在昆仑看世界，开拓了他的视野，使他的为人处世有了更为积极向上的品性和更为宽阔的胸怀。做事从小，看事在远，格局要大，这是千古不废的成事大法。因此，我们可以说，张祯的民生情怀，既来自于党和人民的教育与培养，也来自于大社会的熏陶和民族血性的滋养，更来自于与身俱带的善美本性。

事业的进步，仰赖社会的发展，社会的发展，更是以事业的进步为基石。一种事业，注定了要在生存中谋发展，在发展中求进步，在进步中谋创新，在创新中图发展，这是宿命。如若小有就满，小饱即足，小富即安，固步自封，不思进取，把目光只是紧紧盯住自己那刚刚取得的一点小成就上，当时代的大潮风如浪狂飙，必将沦陷，被彻底湮没。

流泉流泉，既是流，又是泉，泉水来自于祁连冰雪，又要流出滋润大地。但流泉毕竟太小了，你再怎么扑腾，也只是一个小小的村庄。一汪小小的清泉，养不了一条不断成长的鱼，也浮不起一条涨满风帆的大船，张祯在风起云涌的农村经营产业结构调整即将到来的时候，已经深深地感觉到了某种迫近的危机，他的目光必须要从流泉看出去，看到更为宽广的世界，才有发展的前途。

张祯最终把目光锁定在了离他最近的朱王堡镇。你可千万不要小瞧了这个镇，在整个河西这样的镇还不是很多，你只看看这些带国字头的名片你就明白了：全国发展改革试点镇、全国优秀基层党组织、全国人民满意的公务员集体、国家级重点镇、国家级农业产业强镇、全国文明镇等等，也是甘肃省规划建设金昌发展的重要节点镇。

张祯把他事业的小船——流泉养殖专业合作社、金昌市银鑫农业发展有限公司（原永昌县勤奋农机制造厂）——留在了流泉，而大船驶到了朱王堡镇，并停泊在了这个具有"节点"意义上的码头，上岸驻扎，投资兴建"绿洲西苑"农民住宅小区、朱王堡镇农民创业园（现省级农民工返乡创业示范基地、金昌市农民工返乡创业示范基地）、永昌县清河敬老院、永昌县医养康复中心，当然还有绿洲西苑幼儿园。

你想起幼儿园园长藤会霞说过，创办这个崭新气派的幼儿园，真的是费了张总的不少心血。她说，2014年2月开园试运行，当时只招了80名幼儿，因为是新园，有些家长还有些犹豫，处在观望当中。她们只知道是新园，却不知道我们的师资力量究竟有多强。我们从兰州、凉州、永昌等地招聘了16名幼教老师，她们的幼教学历都不低，有本科、专科，最低也是幼师毕业，既有刚走出校门的大学生，也有已从事数年幼教经历的"老"教师，因此师资力量还是很强的，结果一学期下来，教学效果非常好。当时因为是试运行，因此80名幼儿全部免费，16名老师除了工资，包吃包住。光这一学期，就投进去了不少钱。等正式开园，入园幼儿一下子就增加了不少，年年攀升，截至目前，基本上保持在180名以上。每年正常经费开支实打实在35万元以上，但按政策规定符合条件的孩子，年总收费（含政府补贴拨付）10万刚过，因此，张总每年至少要倒贴20万元以上。你倒吸了一口凉气，心里不住地暗暗嘀咕，这是种什么道道？

车子缓缓前行，窗外依旧昏黄，没有遇见一个活物。

张祯说，幼儿园近200个孩子，最少得8个以上保育教师，2个勤杂公，按政府政策规定，每个孩子720元的学费，由政府补助500元，幼儿个人承担220元的学费，除了收取合理的伙食费，不得收取其他费用。这对于公办幼儿园，也许没有什么问题，至少员工工资有政府保障，但对于私立幼儿园，这个费用从何而来？上面拨付至多够三两个人一年的工资……开办几年，已填进去近百万了……

这和藤会霞所说一样的，你听得有些懵，这是什么经营？你单位有几位正在育儿的同事，她们的孩子上的是不同的幼儿园，有公立也有私立，但学杂费至少都在两三千元以上，这乡下的幼儿园经营咋就这样呢？据说现在要开办幼儿园要办理许多的相关手续，对基础设施等等硬件都有严格的规定，就是说要刚性"达标"，若是有一项不达标都不允许开办。既然绿洲幼儿园允许开办，证明一切都达标了，政府又按政策拨付了标准学费，那杂费又从何而来？尽管政府给了私立幼儿园每个幼儿最高1400元（含政府补贴500元及正常收缴220元）的自由量裁权，但对于乡镇上的人来说，和公立幼儿园相比，谁愿意多交那680元钱呢？宁可往公立挤，也不愿上私立，即使幼儿园各要素条件有很大的差异，但大多数人的选择却只看到眼前，看不到将来。为了保住幼儿园，私立就只好和公立看齐，这如果在城市当然是不可能的，但这是乡镇，生源原本就很有限。

张祯说，这两天正和人（朱王堡镇公办幼儿园）协商着呢，看怎么办……

冷链物流

冷链物流，张生银给你说了个很流行的词儿。他说，原来的那个农机制造厂，已经改制转行了，现在做的是"冷链物流"。

你对这个词语的认识还来自去年疫情期间，小城里大大小小的饭店酒庄，火锅宴席，在那一段时间就都很少见了冷冻的鱼虾，做的不敢做，吃的不敢吃。后来，你专门查阅了有关资料，原来冷链物流是一个泛指冷藏冷冻类食品在生产、贮藏运输、销售，到消费前的各个环节中始终处于规定的低温环境下，以保证食品质量，减少食品损耗的一项系统工程。它是随着科学技术的进步、制冷技术的发展而建立起来的，是以冷冻工艺学为基础、以制冷技术为手段的低温物流过程。它有一个适用范围，包括初级农产品：蔬菜、水果；肉、禽、蛋；水产品、花卉产品。加工食品：速冻食品、禽、肉、水产等包装熟食、冰激凌和奶制品；快餐原料等等。

以此对照，张祯的这个"冷链物流"，做的是什么物呢？想想流泉，想想朱王堡，想想整个清河这一片儿，有什么产出需要进入冷链才能走出去，而最终又能走多远。根据冷链物流的适用范围，你约略算计了一下，大约除了初级农产品当中的蔬菜、水果和肉，就再没有什么了，其他要么不是这块地儿的东西，要么都不成规模，用不着进入冷链，就可以就地消化，要么不是长项，根本就没有销路。

张生银笑着说，就是蔬菜，其他都没有。水果和肉虽然有，但不成规模，也没有品牌。只有蔬菜，比如娃娃菜、西兰花、白菜花、甘蓝、莴笋子等等。由于土地流转，外地客商大面积的种植、收购、加工后南运，就必然要有中转站，这个出租恒温库就应运而生了。

时隔15年，你又一次走进了张祯的原永昌县勤奋机械厂现银鑫农业科技发展有限公司的大院。大院还是那个大院，又不是那个大院，过去简陋的平房和棚式车间早已不见了踪迹，代之而起的是两栋钢结构14间大型气调果蔬保险恒温库及配套设施，有关资料显示有21000平方米，水泥地面，平整而干净。你走进了一间开着门的仓库，在这春暮夏初，里面还空空如也，干净冷寂，墙体上方巨大的制冷装置，静静地注视着整个库容，无形中有一种冷飕飕的感觉，给人一种无形的压力。出了仓库，在左手宽敞的蔬菜加工平台上，码着整整齐齐的袋装肥料，和你在一起的公司财务出纳老谢说，那是种菜老板准备好的。台子下面有一个绿皮机械，就是人家的播肥机，还有几辆卡车。而在左手的恒温库平台下，摆着几格盒式的蔬菜苗子，绿油油的，是那么幼小和柔弱，看起来是有老板已经来了。

老谢说，这个恒温库建设的原初设想，是"公司＋合作社＋基地＋农户"模式，可以为当地特色果蔬提供较长时间的保险冷藏服务，避免农产品上市时间过于集中引起的"卖难"问题，为当地农民增收、农业增效提供强有力的保障。但根据现实形势发展情况来看，现在最主要的是职能出租，主要搭建时令鲜蔬贮存平台，为外地客商服务。

老谢谢怀智，是张祯公司的专职财务出纳，是流泉村里的人，和张祯一个社。在被张祯力邀来公司任会计之前，是朱王堡镇邻居水源镇供销社的营业员，也是个让劳务庄稼的人高看一眼的人物，后来供销社改制，他和许多普通职工一样，买断了工龄，下岗自谋生路。他当初由一个少年从流泉出来，当了一个在村人眼里吃公家饭的干部（那时候，农村人把能吃上公家饭挣上公家钱的人都尊称干部），让多少人眼红心慕，没想到人到中年，却失去了那个看似铁打的饭碗，又要回到村里当起农民来，心里也是窝着一团子草。假如是在城里，四十的人，为了生活，怎么都得想办法再就业再闯荡咔，可这是在农村，尤其是在具有甘肃商品粮基地的清河，土地肥沃，民风淳厚，好好地侍弄庄稼也不是没有出息。然而，毕竟离开土地久了，那心里的滋味可想而知……正在这个时候，和他一起玩大的张祯上门找到了他，邀请他加入他的勤奋农机修造团队，掌管财务。

对于张祯这个在社里村里、镇上县上，甚至在市上在更上面，都拔了人梢子的人，老谢自然是熟悉不过了解不过，他真是打心眼里佩服得胆战心惊，那胆子真是够大，那肚量也真是够大，那抗造能力也非常人能比。流泉村在那时候，在外面干大事的人多了，挣大钱的人也不少，但独有张祯能拿出自己辛辛苦苦挣巴来的钱给社里人修路、治理沙丘荒漠。那路就不说了，那地儿他是太熟悉了，打小就在那里玩耍打柴拣梭梭，巨大的沙丘高得怕人，而且一座连着一座共九座，春上沙尘暴频繁的时候，谁都不敢过去，社里人治沙不知有多少年了，硬是没有给治下来，可是他一出手，就给治得服服帖帖的了。

那天他陪你到防护林的北面子去，那里是张祯林场的边际线，一条长长的白杨、沙枣、梭梭、旱柳、杨槐等杂树密密实实就像一堵墙或者是一条堤坝一样，把两边隔成了不一样的世界，你们站在一个堆积起来的土墩上，从树缝里看过去，荒滩连片，堆沙成山，地平明显比这边高许多，老谢说，看那个沙丘，当时这边的比那还大还高，就像山一样，硬是叫老张给整成了平地，种上了杨树。当时他已在供销社上班了，没有赶上和老张一起干，但对治沙的艰难他却知道得很，光那投资，对于个人来说，别人不知道咋样想，他是想都不敢想。而现在，又为了防风林的"江山永固"，也为了经济效益，大规模地进行林木置换，最少得三五年的时间才能有所收成，其投入也是很大的，不会比当初治沙时的投入少多少。可人家就能下定决心去干，而且是冒着巨大的风险……有句话说看事儿，只有能前看30年后瞻30年的人才能赢，大约就是我们常说的"三十年河东三十年河西"吧，但从老张身上，从他这三十年来的闯荡经历上，却是似是而非。你真看不出来，他究竟看到了多少年以远。

老谢说，他来的那会儿，张祯的农机修造厂经营已经有了一定的规模，也可以说达到鼎盛时期，财务这一块显得越来越重要，再也不能像过去一样小打小闹，弄一个记账本，一个人管控掌握记清楚收支就行，必须建章立制，必须有专人负责了。正好他这个具有一定经营经验的人被改制下岗了，而老张又到处物色一个懂行通道的人，两个人的目光在那么一个特定的时间一碰，成了。接下来的事，不管是逆风还是顺水，两人配合得非常默契。后来随着张祯事业的滩子越铺越大，进军房地产，创办敬老院（含养老），财会上的事务越来越多，也越来越复杂。为了工作方便，且合规合矩，他又力推，让张总聘请了一位专职会计，彻底完善了一个企业所必须具备的合理的财会制度。

你忽然想起一个细节来。那天你和张祯在林场里看他已经栽植就绪的苹果、大枣等林田，你听他说得头头是道，当初是怎么想的，现在又是怎么做的，这么想的前因是什么，这样做的结果又会怎样，现状、前景等等，但当你向他提出能不能看看相关规划材料的时候，他好像怔了一下，然后就说没有，你很吃惊，这么大的项目怎么会没有相应的材料呢，比如已经具备的基本条件说明、计划、论证、实施纲要等等，白纸黑字落在纸上才能明明白白，没有这些怎么好开展工作呢？你没想到他却相当轻松自信地说，一切都在他心里，腹有诗书。也就是说，做什么，怎么做，他心里都有一本账，蓝图就在他胸中，干活的人，你只要听他要你怎么干，你就怎么干得了。你在佩服张祯干事儿"胸有成竹""说了算"的同时，也有些隐隐的担忧。毕竟，一个人的本身不管什么都是有限的，而事物不仅无限而繁杂，更重要的是永远处在变动当中，以你的有限来应对事物的无限，无疑是一种极大的冒险。一个巨型存储器，即使功能强大到天，也装不下整个天空，更何况天外还有天，你如何去装?!

正当修造厂的业务如日中天的时候，农村经营的风向起了急遽的变化，而且有"烽火燎原""摧枯拉朽"之势，原本各家各户自主经营的土地，大多流转为集约化经营，农民再也用不着那些张祯农机修造厂为他们一家一户的生产经营量身打造的农业机械了，而那些通过土地流转经营的农业大户外地客商，生产基本用不着，而这不仅仅是流泉，不仅仅是清河、永昌、河西，几乎中国大地都是如此。面对修造厂经营形势断崖式的下滑，张祯冷静地分析农业发展的大趋势，果断地做出了止损决定，及时停产变卖修造厂的设备，改造厂房，前瞻性地成立了"银鑫农业科技发展有限公司"，投资兴建了两幢大型的恒温库，主观上继续着他的梦想他的事业，客观上继续为流泉服务，为清河服务，为农业服务。

然而，社会的变迁，世事的发展，往往不以个人的意志为转移，就是一个终生刨土的农民，也往往决定不了在自己的土地上，该撒上哪一种种子。拐点常常出现在出人意料的地方。老谢很是平静地说，老张的设计没有问题，"公司＋合作社＋基地＋农户"模式也非常完美，前景是非常广阔可期的，并得到各个方面的支持以及政府部门的肯定，然而在实际操作中，却还是有一定的难度。而正是这难度，也就是当地农村的生产营商环境及条件，让这个模式的运行大打了折扣。事实上，这个模式的实施效果并不理想，最大的问题出在销售环节上，没有畅通的销售渠道，恒温库里的产品就很难变现，这样损失的就不仅仅是公司了。

有人把这个问题起初怪罪到商人菜贩子身上，其实替他们想想，主要还是自己的不足。

一开始农户自信满满，自己要做，自己种植，自己收购，产品入库，信心十足，但却销路不畅，有产品却卖不出去，结果赔了；接着农户生产，商人菜贩收购，但由于种植的农户数量无法确定，没有规模，没有规划，品种繁杂，不管是质量还是数量，都达不到要求，还是赔了；最后，农户自己做不下去了，由商人菜贩自己承包土地，自己规模经营，结果都赚了：农户的收入分为三份，土地租金、劳务工资，还有外出务工所得，旱涝保收。而商人菜贩的收入是由一条龙经营挣得，也就是冷链物流的链条模式：种菜（品种、数量）、收菜、加工、恒温、外运、销售，基本上是一伙子人，也就是一个团队，各负其责。

恒温库大院对面，有一个小院和一栋住宅楼。老谢说，楼房和小院都是老张建的，小院出租给商人菜贩做职工宿舍。楼房基本闲置着，虽然大部分卖出去了，但住了人却没有多少，没有充分利用起来，只有楼下的门面房出租了，这从整个楼体脸面上看得出来，清洁就说不上，有的窗玻璃破碎了也无人修补。倒是那职工宿舍修建得像模像样的，但也是季节性的，就跟恒温库一样，一年之中最多超不过六个月时间。种菜的时候和收菜的时候，由于土地流转，本地大量劳动力都外出打工寻找活生，留在本地的劳力严重不足，最忙的季节，商人菜贩必须要从外地招收民工。而现在外出打工，大部分又都是夫妻两人共进退，因此你看，他们的彩板房都建得比较正规，宽窄、高低和一般民房差不多，即使他们只是零时居住，也基本能保持一个家的完整样式，和生活在家里差不多，只是更加纯粹，没有家里的那么多啰唆。

这样说来，老张的"公司＋合作社＋基地＋农户"的愿景，是以另一种方式实现了，也算不赖。

流泉赋

《流泉赋》雕刻在流泉村村部驻地广场上那块以黄色为主的彩色大理石上。

现在的流泉村广场，当然是在张祯当初出资修建的广场基础上改扩建而成的，要比那时候气势得多，要规模有规模，要品位有品位，要功能有功能。你曾经在某年经流泉去民勤蔡旗镇看蔡旗铁索桥时稍作停留读过，也曾在某年和市上流泉村帮扶单位一块去搞活动时看过，但都没有留下什么深刻的印象。这次去却因为沙尘弥漫，拍的照片不太清晰，最后还是老赵根据记忆给抄写了一份，他说因为是他当村书记时主持广场修建，又是他亲自请永昌文化名人祝巍山老人家撰写的，他早都背得滚瓜烂熟了：

大美流泉，清河绿洲宝地，位于镇之东隅，南眺祁连雄奇，北望龙首威武。凭山控水，形如盆地，古韵悠远，遥如烟雨。西汉置显美县于清河绿洲。华夏同根，数千年演绎更替，坦荡之边疆，孕育着清河文化之瑰丽神奇。

嗟乎，弹指一瞬，斗转星移，流泉人欣逢千年盛世，新中国建立，仅六十六载，即从贫困线上崛起。忆往昔，前代人前赴后继，坚守气节，铮铮若铁，改造山河。后辈人继往开来，创新立异，高举特色大旗，再谱吾之宏谋。平畴沃野，风物俱奇，放眼远望，沙丘变良田，碱滩摇绿树，鸡鸣听三县，农商牧企共扬眉。要问村域多大，二十平方公里，应我民众几许，三千三百余人，生生不息。斯地居民，淳朴勤劳，坚韧率直，乡贤乡严，代不乏人，指难胜屈，民风笃卓，犹重读书育人，莘莘学子，频步高校，济济英才，人才辈出；民俗古朴，名人流芳。二十七姓融洽，包容坦荡，邻里和睦，互爱互帮，助困助学，美德见长，尊老爱幼，二十四孝不忘，克勤克俭持家，反对浪费铺张，优秀传统，世代弘扬。

国之大计，民生第一。以人为本，保护生态；以水为基，尊重科学。珍惜地下水资源，为子孙留下生存路。今之流泉，百业兴旺，社会和谐，人民安康，先进文化，民乐小康，企业家张祯，捐资修建文化广场，供民娱乐，休闲健身，农闲时节，吹拉弹唱，万事皆顺，人心和畅。流泉人，拧成一股神，开拓奋进，前程灿烂，蓝图似锦，为实现中国梦，继续前进！

——《流泉赋》

老赵说，祝老爷子人虽然已经不在了，但他老人家给流泉人留下来的这个赋，却一直让整个流泉人感念着。也是，此赋无论从哪个方面来读，都是很不错的。流泉村的自然地理、历史沿革、人文传承等等，作为流泉人的精缩版"历史"，面面俱到，脉络清晰，尤其是新中国成立以来的历史发展、人文精神的呈现，都让流泉人骄傲且上进。只要是流泉人，就凭着这个刻在石头上的文字，抚今追昔，就能够知道自己的来处，看到自己的现在，展望自己的未来。

在这个赋中，你注意到有这么几句话显得很是特别："企业家张祯，捐资修建文化广场，供民娱乐，休闲健身，农闲时节，吹拉弹唱，万事皆顺，人心和畅。"你之所以感到特别，是因为综观所记整个流泉村的历史，特别是新中国成立之后，英才济济，人才辈出，很是出了些乡贤俊才，你也通过走访，知道了从流泉走出来了许多人物，有的甚至你都非常熟悉，他们在走出流泉之后，工、农、兵、学、商，都是在自己打拼的生活领域里引领风骚，取得杰出成就的人，按老传统，都是些不仅光宗耀祖，也为流泉挣得了脸面的主儿。但这些人在赋中没有一个被明确点出，唯独张祯这个退伍军人，走出去又回来了的农民，被特别地记了一笔，也就是说写进了"村史"的精编版，这是独一份的荣誉。

作为流泉曾经的父母官，其实老赵也算是个响当当的人物。

当年高中毕业，回乡务农。在务习好庄稼之余，常年瞅空子出外打工，当然因为家里的一大摊子事，他打工的地方都在附近，武威、永昌、金昌是最常去的地方，收入也还不错，日子过得虽然不是全村最拔梢子的，但也是在中等人家之上。他的命运改变，从一个纯粹的外出务工者，转而成为一个具有三千多口人的大村当家人，是在 1996 年，他被当时的书记老滕看中，从打工队伍中将他喊了回来，当上了村委会的文书，涉足乡村管理工作；1998 年村委会换届，他更进一步，被村民选举为副主任；三年之后的 2001 年村委会届满换届，老滕书记到龄，原村主任老刘接替当了新一任书记，老赵因为工作出色，就被村民们推举接任村主任一职。

十五年前你开始关注并采写张祯事迹的时候，正是他把个村主任当得风生水起的时候，也正是张祯斗沙造林，农机制造产业暴发扩张蒸蒸日上的时候。他和老刘为你的采写提供了大量的真实可信的第一手材料，尤其是斗沙造林，他们不仅代表村两委深度参与其中，而且他们个人也都以普通村民的身份直接参加到了抗风治沙的行列之中。记得在采访深入到具体治沙的一系列细节的时候，说到艰辛，说到绝望，说到希望，说到最后缚龙囚虎，老刘几次泪花点点，老赵也眼圈发红，你也被感动得一塌糊涂。可以这么说，他不仅见证了张祯事业发展的历程，而且也深度参与了张祯治沙造林的壮举，和企业升级壮大的全过程。

2007 年 10 月，在当了两届六年的村主任之后，搭档长达十年的老刘退休，他顺利接替老刘担任了村书记的职务，这一干就是三届九年，直到 2016 年 12 月届满退休。在这九年当中，他为父老们干成了几件大事：完善了村容村貌的升级改造、人饮（自来水）工程、村村通，建起了 30 座日光大温棚，尤其是建成了流泉人的文化广场，村史博物馆，由此他觉得他没有辜负党对自己的重托，也没有辜负父老乡亲的信任。

而这九年，对于张祯的事业来说，也是一个大步向前，转型升级，创新图强的重要时期。张祯曾不止一次地说起过，他的事业的发展和壮大，除了党和政府的高度关注与支持，更离不开历届村两委持续不断的大力支持和帮助。而老赵说，那么多年的村委工作，他也没离开过张祯的倾力支持，要不是张祯，他的许多工作不知要滞后多少，即如这村广场，要不是张祯出谋划策并伸出援手，不知道到何年何月才能建成投入使用。难怪张祯给你说，想了解他，多问老赵和小滕，和他一块创业的张生银也未必如他们一般了解自己的心路历程。

和老赵聊天

和老赵聊天，说到张祯被写入《流泉赋》，老赵说，不是没有争议，正是因为考虑了可能有的争议，一开始就初稿内容在村里广泛征求了意见，还有县市一些有关方面的专家和在外面干事业取得一定成就的流泉人，最后是村两委和村里的几位说得起话的老辈人坐在一起进行了商议，最后有两个扎实的理由让大家形成了统一的将张祯写入的结果——

一个是，虽然从流泉走出去了很多人，有不少人也取得了很大的成就，不管是当官做学问，还是创业发大财，都是各行各业的能人高手，如果是系统性地修村志，是都能够入的。但这个赋并不能完全承担村志的使命，虽然很重要，但它只是因建广场而作的一篇赋志而已。同时，那些走出了流泉并取得了大成就的人，他们没有一个能够回到流泉来，他们的成就也都是在异地他乡取得的。唯独张祯参军立功，转业到了城里，端上了铁饭碗，吃上了公家饭，已然在城里站住了脚跟，成了一个让乡里人羡慕的真正的城里人，再也不用脸朝黄土背朝天地在土地上挣命了，孩子将来的上学就业，也就不用操心了，可是他最后却义无反顾地放弃了那一切，回到了流泉，当起了一个本色农民。想想，那可是（二十世纪）八十年代末，当一个真正的城里人，是多少人的梦想，有多少半边户的人家，为了一个城市户口而费尽心机，夜不成寐。想想当年"农转非"的盛况，我们就能想来张祯当时是下了多大的决心。

　　张祯回来后，从最小的事情做起，在种好自家的那几亩田之余，开过商店饭馆，贩运过粮食蔬菜，走南闯北，赶集卖过清汤牛肉，烧炉打铁修理过犁头农具……在积攒了几个钱之后，就开始包荒垦田，治沙种树，修村路建工厂，办起了幼儿园，建起了运动场……后来更是投资建起了朱王堡镇唯一的农民住宅小区、敬老院、医养中心、返乡农民创业园等等，挣下了一份让人羡慕的大家业，得到了党和政府的高度评价和奖励，挣得了很多很高的荣誉。如果单从这一点看，他其实还是很难被写进去的，因为流泉挣得比他家业大的人多了去了。

　　那么，为什么他又被写进去了呢？这就要说到他得到的那些荣誉，只拣重要的说（当然最后几个重要荣誉是后来陆续得到的）——

　　市级有：金昌市人民政府、金昌军分区"二等功荣立者"、第五届乡镇企业家、优秀共产党员、劳动模范、道德模范、优秀人大代表、退伍军人暨民兵预备役人员创业致富带头人等等；

　　省级有：星火科技致富能人、五一劳动奖章、原兰州军区"民兵预备役工作先进个人"、"十佳复退军人""甘肃省非公有制企业优秀党员带头人"、民兵预备役暨复退军人"创业致富带头人"、"全省优秀共产党员""最美家庭"、最美"热心公益"家庭、劳动模范、五一劳动奖章、文明家庭、十佳敬老模范等等；

　　国家级有："全国优秀复员退伍军人"、"中国好人榜"好人、"全国模范退役军人"称号和"全国劳动模范"称号。

　　……

　　我们说，没有付出，哪来的得到。张祯得到的这些荣誉，可都是实实在在干出来的，就像在他获得 2020 年"全国劳动模范"称号之后，人们都说，这个荣誉是实至名归，货真价实。市融媒体在 2021 年 5 月 15 日为他的事迹报告会做的视频号，点击量 8 月初已达一百五十余万，这对于只有 40 余万人口的金昌来讲，已属奇迹。老赵说，这些名誉的背后，确实是老张实实在在的付出，这你都知道了，他致富不忘乡亲，挣钱不忘公益，为大家办了那么多的好事实事，深得老百姓的感激和敬重。

你当然相信老赵说的是心里话，也是实实在在的话，你没有必要帮着老赵蹭张祯的热度，但说实在的，张祯创业的历程，也就是老赵当村干部的历程，即使在 2016 年 12 月，老赵刚从村书记的岗位上退下来，就被张祯力邀来到他的公司，担任了刚刚修建起来正准备开业运营的"清河敬老院"的院长。

老赵说，其实当初他是不想来的，一方面是为了避嫌，毕竟你刚退出村委会，就走马上任张祯企业的高层领导岗位，这怎么能让村里人没有七七八八的想法？另一方面，家里面有些实在离不开他，孩子在金川安了家，但是小两口却把事业置办在了远远的内蒙古赤峰，两个孙子没人带，想要带回农村来，小两口又不愿意，他们都是好不容易才从乡下奔出来的，怎么能让自己的孩子再回到乡下去？他们老两口只好妥协，分工照看孙子和干好村里的事，等他退休了就上金川去，和老伴一起带孙子，抽空回来打理家里的那点农事。

可是没有预想到，刚退下来，就让老张给拦下来了。老张当时说得很真诚，他实在是缺少一个能担当敬老院大任的人，他也绝对相信一个能把三千多口人的大村打理得井井有条的管理者，也能打理好一个小小的本土本根的敬老院，毕竟能到敬老院里来的老人绝大多数都是自己的乡里乡亲，能照管好他们的生活，也是积德行善的大好事儿。再说凭着俩人关系，他们在同一块天底下，在同一洼地之上，就像眼睛和睫毛一样，一直都是互相信任，互相照见，互相帮衬，互相取暖来着……

如此，那般，老赵不能不来。

修建文化广场

　　修建文化广场，是张祯入赋的第二个理由，也是最打硬的理由。老赵说，在他当流泉书记的时候，也正是小城镇建设开展得热火朝天的时候。他或是跟着市、县、镇组织的乡村干部考察团，或是自个儿参观考察了许多把小城镇建设做得团花似锦的乡镇和村社，尤其是县域之内，东河西河走了个遍，回来后总结，最大的感受就是流泉的文化基础设施赶不上趟，也就是缺少一个各种各类文化设施比较完善齐全的供大家伙儿娱乐休闲的文化广场。尽管张祯在十年前就自个儿出资修建了村委会的体育场，整修了老戏台，但就目前看，已经远远跟不上形势发展的需要，承担不起乡亲们日益增长的精神文化需求的重任了。但是要按基本标准建设一个村级文化广场，对于流泉村经济来讲，几乎是不可能的，村经济没有那么大的力量，不管是参考兄弟村的样板，还是请有关专家论证，按概算，至少得 120 多万，那可是一疙瘩真金白银呢！村两委数次开会商讨筹资办法，但最终都没有想出个合适的来，最后还是在村里已经流传了许久的那句话提醒了大家："遇事找张祯。"

　　"遇事找张祯"，因为张祯不仅是个急公好义的大善人，更是个大能人，什么事情，只要他想干了，就一定能干成，而且还干得漂亮。找张祯，不一定都是钱上的事情，也许只是请他出个点子，指出一条可行的路，也许只是请他出个面，说几句话就把你千难万难的事情就给解决了。

　　老赵去找张祯，虽然他知道张祯不会拒绝帮忙，但却没想到张祯比他还热心，不仅捐钱出物，而且还深度介入了进来，出点子想办法，有始有终，直到把广场完全建成了。

　　这是 2014 年 3 月。

　　而这时候的张祯，早于两年前的 2012 年已投资房地产业——1.8 亿元的由市、县统一规划的惠民工程——朱王堡镇农民住宅小区绿洲西苑的开工建设，去圆当地村民多年来想和城里人一样住楼房的梦想，投资5600万元建设占地100多亩的农民创业园去了，也就是说，他的事业重心基地已经由流泉村转移到了朱王堡镇。他的"勤奋农机制造厂"随着农村产业结构调整——土地流转的集约化经营——的大环境转变，已经基本进入小农机停产转型，即将华丽转身的以"冷链物流"为主业的公司只是他的"勤奋绿洲实业有限责任公司"的一个分公司而已，他也把家安置在了朱王堡镇。那么，在这种最为现实的情况下，他还会对兴建村里的文化广场感兴趣吗？就是感兴趣了，又能达到多高的度，都是未知数。

老赵说，当时他还真是心里七上八下的呢。

当张祯听明白了老赵的意图，没有多余的话，文化广场早就该修了，修吧，他大力支持。

张祯说，给村里修建一个设施更为齐全的多功能的供村里人休闲娱乐的文化广场，他其实早就有这个心思了。这一方面来源于他的广博见识，他经常因为业务出门考察学习，对于新农村建设既有理性的认识，也有感性的了解，县上是怎么搞的，市上是怎么搞的，外地又是如何搞的，他都看得一清二楚明明白白。没有对比，就没有差距，尽管他早就为村里修建了篮球场等娱乐场所和设施，但那时候新农村建设还没有开始，没有平行参照，也没有前瞻的规划，他只是以一个农村人的朴素的实用的眼光来搞的建设，就像当年修路，国家的"村村通"政策还没有出台，他能修成那样，虽然简陋，但也已经很好了。

其实这是张祯的务实，你如果细究他从参军、复员就业、回家创业的一串串经历，他大多是走在许多人前面的，他基本上能根据党和国家政策，认识和研判当前社会形势的发展，这就像下象棋，高手往往看到多少多少步之远，那么张祯至少能看到两三步之后。即使偶然走眼，也能够及时纠正止损，另辟蹊径，走上正途。正如老赵说的，老张比别个有眼光能看远，别人看到的只是眼前，而他能看到长远。

张祯说，虽然他早已有了想法，但当是正赶上农机厂改造转产，绿洲西苑的事儿实在是忙得脱不开身来，才没有和村委会老赵他们提出来。现在既然村里有了这个意向，而绿洲西苑的事儿已顺利开展起来了，他也正好多少能抽出时间来，又是赵书记亲自出马，那就立马开始着手开干吧。

开干好得很，可是怎么干，怎么规划，资金又从哪里来？既然你早有建广场的想法，那这一切都肯定想到了。老赵说，老张还真都想到了，根据现有的基础与条件，诸如乡村大舞台、篮球场、乒乓球案子、各类健身器材等等，都是必需的，文化长廊、村史农耕博物馆更不能少，那时小学校里还有些学生娃子，就再建一条孝道长廊，让孩子们能够从小接受到传统文化美德的熏陶和教育……原来他是胸有成竹，已经在心里把一切都规划好了，根本不用专门外请专家来设计，能省不少经费。

当然，他依旧没有图纸，也没有书面规划，所谓的蓝图，是装在心里的，是一颗热心。

老赵当然理解这些，按照老张的连比画带说，未来的文化广场是个什么样子，在他的心里也已经成型了，现在的问题就落在了实锤上：经费！

老张自有主张：集资、募捐、化缘，充分利用流泉村的各种资源，尤其是人才，能够在外打拼成功的人都是不可多得的大才，三条路开走。这和老赵们想的差不多，但究竟怎么实施，有多大的把握？同时，三条路在都没有看到终极结果的时候，人们愿不愿提前出手？张祯很是凝重，这疑问问得不是没有道理，而且还很现实，"不见兔子不撒鹰"，曾几何时，在土地上刨食的人把草原猎人放鹰的经验之道用得杠精。但是他说，应该没有啥大的问题，他了解自己的乡亲也相信自己的乡亲，更相信流泉人群策群力干大事的精神，当然他也给老赵吃了定心丸，他先全资垫付开工建起来，三条路走到了终点有多少算多少，缺口他来补！

老赵长长地舒了口气，哪还有什么好犹豫的呢……

文化广场漂漂亮亮地建起来了，经过大家伙儿的努力，流泉人有力出力，有钱出钱，在外打拼工作的流泉人都按自己的经济能力捐了资，加上一些社会组织和个人捐赠的物资，算起来也不少，但最后缺口还高达40多万，张祯二话不说，兑现承诺全部承担了。也就是说，流泉的文化广场，有三分之一多的经费是由张祯出资的。也由于此，在大家伙儿讨论《流泉赋》的时候，一定要将张祯入赋，以表达流泉人的深深敬意与感念。

流泉村史农耕博物馆

　　流泉村史农耕博物馆，是新建文化广场的组成部分。当时流泉小学虽然还没有完全并校，但学生已经不多了，很多孩子都已转学去了镇上、县上、市上，这样就有许多教室都空出来了，张祯就设想充分利用这些空出来的房子，修缮改造建乡村博物馆。

　　老赵是个恋旧的人，是个扎扎实实的农民，对于现代生活已然淘汰出局的祖祖辈辈使用流传下来的农家烟火旧物什，有种说不清道不明的珍与爱，每当看到人们把那些用了几辈人的旧物件当垃圾一样胡乱堆放，或者干脆丢弃了的时候，心里说不出的难过与忧伤，大概过不了多长时间，人们就彻底将它们遗忘了罢，就像丢弃一块破抹布一般随意。然而，如果它们都仅仅是"破抹布"，丢弃也便丢弃了，但是我们有没有想过，连同那些"破抹布"一块丢弃的，还有我们的历史，不仅仅是村庄的历史，更是我们每一人的前世今生。我们的农耕文化不都是附着在每一种"破抹布"之上的吗？那一件件旧家什，哪一件没有故事，没有来历？它们实实在在都是我们的根本与身世……

　　按现在人的说法，老赵是一个身在"乡愁"地还怀乡愁的人。但到底，老赵毕竟是个现代人，也是个走出自己的那一亩三分田，见过世面，走过繁华，生活在日新月异的现代生活里，他知道生活已然到了现代，是不可能再回到过去那种纯粹自然的生活，日出而作、日落而归，鼓风扬场、升量斗归、煤油点灯、柴火烧饭……的日子一去不复返了，但我们应该记住它们，给它们一个尊贵体面的归宿。他参观过许多乡村已经建立起来的乡土博物馆，他看得很仔细，一边看一边想，其实这些乡土博物馆里馆藏陈设，大致都差不多，人间烟火，也就是那些子锅碗瓢盆和春种秋收，那些子人脉气数和星移斗转，差异只在多少，只在细节，只在历史，只在个体的独异和图腾习俗，如果在流泉也建一个，想来内容也就这些，但也有自己的特色，毕竟各个村庄都有自己独特的出身与传奇。

老赵已经有了建立流泉农耕博物馆的打算。至于选址，他早就想好了，和张祯选的一样，流泉小学迟早要被撤并的，村子里能够留守的适龄孩子已经支撑不起一个建制齐全的小学校了。因此，当张祯提出他的规划的时候，和他的设想不谋而合，他举双手赞成，并且提出等最后再也没有一个学生娃的时候，就立即进行修缮改造建起来。至于将来入馆之物的征集和布置，老赵自己就完全承担了下来，老张只是出主意想点子指导指导就行了。他说，那是个费用不大，但却颇为琐碎细致，磨嘴皮子还费时费力的活儿，而且乡里人未必都能够理解它的意义，当然在乡里人的眼里也就很难算是个正经事体，庄稼人肯定不干，有种文化人或者公家人没事干了找乐子玩的感觉，凭着老张偌大的事业，是怎么着都不能请他具体操心这些事儿的。再说他喜欢那些旧东西，他也大致知道谁家里有，哪个地方有，毕竟他当了十七八年的村干部了，对村里家家户户的那些子已经过时了的"家底"都还是多少了解的，他也有时间去找去寻去挖腾……

就这样，在广场全面竣工之后，老赵就腾出手来做建博物馆的工作，这一做便是两年。

在那两年当中，老赵说，他是东家进，西家出，几乎像盘点似的，把每家每户都搜腾了个遍，凡是主家都不用了但又舍不得扔却具有一定代表意义的旧物什，他都运回了博物馆。你问付钱了没，老赵笑着说，大部分没有，好多人家一听要把那么个用不着还占地方的劳什子摆在博物馆里去，还听有什么重要意义，还写清楚是谁家的，都高兴得很，还哪里会要钱呢？当然有些东西你得掏钱，因为那已经不是普通意义上的农家物什了，比如旧石碑之类，一般人家是没有的，要是有也是拾掇来的，尤其那些有些年成的，人家要钱，你就得适当地给人家一些。最是有一个姜窝子，他付给人家一万块钱才拿回来，那可不是一般农家用来捣蒜砸辣子的，而是一个真正的出土文物，是当年开发馒头山时挖出来的。据文物专家考证是不知哪年头驻守馒头山的驻军碾火药的家什。

馒头山？你问在哪里，朱王堡地界一马平川，流泉更是川中川，又哪来的山？

老赵说，就是那西面，到金川去要过的那座山啊，村里人也叫它是西岔山。

那不就是龙口山吗？

老赵笑了，他不知道金川人把那叫什么山，朱王堡这边人都叫馒头山，长得像馒头似的。

你想起关于龙口山有关大宋朝杨满堂征西时甩鞭劈山为口的那个传说，如果事出有因，此物的文物价值就大了去了，老赵为博物馆算是赚大发了。

你问老赵，自己觉得咱流泉博物馆和其他村社的农耕博物馆相较，还有哪些比较独特的内容？老赵有些犹豫，这个还真不好说，但是有些东西他还真没有在别的博物馆中见过，比如从西岔山出土的拴马桩，民国时期的粮库官斗，有名的女鞋"三寸金莲"，还有一些不知年成的石斧、石锄等等。最让他骄傲的是村史，他觉得他看过的村史都没有他整的丰富和齐全，村史简介自然没有含糊，解放后的流泉大事记也条理明晰，最主要的是流泉的文脉他整理得比较清楚明白。

比如从民国年上考出去的高中生，有入仕从政功名显赫的，有做学问成为科学家的；解放后，尤其是恢复高考之后考出去的大中专学生及院校名录非常齐全；1949年之后参军入伍的村民，有的参加了中印、中越战争，谁立了功，谁受了奖，谁提了干，都记载得非常详细；还有各个历史时期获得省级以上奖励和名誉的人员及名誉名称，都做了认真介绍。

博物馆建成之后，来参观的村民，看得最仔细最认真的就是这个版块，议论最多的也是这个版块。老赵说，他认为在村史当中，这块是最重要的，它的意义不仅仅在个人、在家庭、在家族，更重要的是一个祖居之地的文脉传承。一个地方有没有文化，有文化又有多悠久，这块是最好的显性证明，它的展示对后代儿孙，对后世前程的激励作用是非常明显的。

从村委会那边过来

从村委会那边过来，就拐上了那条张祯当年捐资修筑的从这个村通往他家那个社的小路，现在已不复当年的砂石路了，铺了柏油，平平展展的一往无前。张祯说，他修的那条砂石路大家走了好多年，后来国家村村通政策下来，就铺了油路。当时那条路铺的最省时省力省钱了，因为基础好，不牵扯二次征地，也不用重新起基什么的。

你记得老赵在前一天还说起，当年张祯把土路修成砂石路的时候，费劲得很，为了把路线取得相对直一些，路面稍微宽一些至少能走农用车，和社里人做了大量的协调工作，没钱的人出力，有些人就是不出，还说怪话，诸如你张祯有钱，请工程队来修。有些地方要用人家的地边地埂和旮旯旯，人家就是不让，说是旮旯里要积肥，把路修到地埂边，石头会进了他的地。有些地方要用人家的地，张祯就用自家的好地去换，有些人还不换，因为路取直了，就离自家的地头远了……他就是想不明白，这路明明是给社里所有人修的，你难道不走吗，你家人，你家亲戚朋友不走吗？好在咱农村人虽然有时也耍性子脑筋犟，但骨子里是老实醇厚通情达理的，只要你把道理给说明白了，哪怕是苦口婆心，也就都理解了想通了，都出工出力了，最终把砂石路修好了，难肠路变成了畅通路，不管是娃子们上学下学，社里人上地下地，赶集走亲戚，一帮子老少爷们婆姨子娃娃，都高兴得很，把先前一切的不快都扔给了西北风，只剩下感念了。待着后来村村通都铺了油路，路更好走了，村里人也并没有忘记张祯先前铺就的砂石路，在大家都念好的时候，也有的人说风凉话，就是他张祯不要修，等着公家也不一样修了，而且一修就是油路。这话说得真的很窝心，就像说"当初吃的是饭，拉出来的是屎，不如当初就吃屎"一样，好在说这种话的人并不多，也就是个把喜欢巴挣说话的人，大多数的人还是怀有初心感念的。

过这个庄子时，路两边高高大大的白杨树，上面有喜鹊垒的窝，没看见喜鹊在上面盘旋，也许是外出觅食还没有回来，它们和庄稼人一样，为了一口食，是早出晚归起早贪黑的。等过了一会儿你在张祯那片子刚修整过正在栽树的林地里，看到落着许多喜鹊跳来跳去，不时低头叨地，你想也应该有这个窝里的吧。一些零星的杏树和其他的杂树站在黄尘里，正耐心地抽着芽，等着开花。出了庄子，就是麦田，麦田埂子上长着些杨树，有些单薄势孤的感觉。季节还早，麦苗还稀稀拉拉的，你不认真去看就看不见，黄褐褐的看不到边。远处隐约的就是他家的那个社了，也被暗暗的树笼着，那些都算是房前屋后地边地埂的树。靠边就是张祯的治沙林了，好大的一片，远远看去，气势得很，正是它们，正面阻击着由西北强势袭来的大大小小的沙尘暴，直接保护着流泉 5000 多亩的良田，间接保护着附近数万亩耕地。

路边有一个大土墩，是一个废弃了的砖瓦窑，你过去一直以为是一个古烽燧，因为它长得太像你见过的许多古烽燧了，就像金水湖薰衣草地里的那个真正的烽燧，只是不知道上面落的是老鹰还是乌鸦，也因为永昌长达 63 公里的汉明长城，最东端就在朱王堡镇的郑家堡。以前你走过的时候，土墩子周围，尤其死角堆放着许多许多的生活垃圾，还有死猫懒狗破塑料袋子等等，又脏又臭。这次过来，你远远地一下子还是认为那是个烽燧，单看围了那么一圈子墙院，还以为是文物保护单位的措施，但是张祯说，这个烂砖窑，已经变成了垃圾处理站。看来流泉人的家园意识是越来越强了，当然也离不开建设新农村清洁我家园的政府号召。

路遇拐弯车转向，直直地前去就是那片治沙林场了。路两边是前两年你来时还没有建起来的蔬菜大棚，整整齐齐，就像是野战军人的帐篷。这时，从一个大棚里走出一个红脸庄稼汉，热情地和张祯打招呼，说是已经准备育秧栽种了。张祯回头说，这是个外村人，包地种菜呢，这里主要是育苗。你一下子就想起了刚刚看过的那个由农机修造厂华丽转身而来的蔬菜恒温库，想来这里出产的蔬菜，大部分都进了那个恒温库，然后进入冷链物流，流到南方去了吧。张祯纠正说，这不是种菜的，是育苗的，种菜的地基本没有大棚。

然后他又笑着摇了摇头，像这样的蔬菜大棚，流泉现在虽然也不少，但是大部分的菜都流入当地市场，就地消化了。恒温库主要针对的是种菜大户，外地客商一般不做温棚，他们承包的菜地动辄几百亩上千亩，娃娃菜、莴笋、白菜、甘蓝，一下来就铺天盖地的。

进入林场地界，一开始两边又是麦田。张祯看着左手的麦田说，那是他的。你一时有些发愣，稍加思索，一下子醒了过来，恍然而悟，也难怪他当年能下那么大的决心，几乎破釜沉舟，要治理前面那片子数百亩大的沙丘荒滩了，原来沙进人退，俨然已经包围并开始蚕食他的家园他的地，整个流泉人的家园流泉人的地，而他家的则首当其冲，站在沙害第一线。想起一句前些年很惊悚的话叫"风沙紧逼北京城"，在这里就叫"风沙要噬流泉村"了。

张祯治沙，利己利人，达己达人。

那个怀抱树苗子的人

那个怀抱树苗子的人，叫老冯，大号冯志勇，中年兔，奔六了。

车子停在场部，一座宽大的 n 型穹顶建筑，远远看来，像是一个兀立旷野的乡企厂房。下面两侧建了砖石平房，是职工食堂及职工活动室、小仓房，一道花砖玻璃透光墙，隔在中间，分为前后两个部分。前半部分是开放式的大庭院，可停车洗尘，可驻足歇脚，后半部分独立成一个小庭院，典型的农家乐，有假山鱼池，小树繁花，餐厅客房。最有意思的是进庭院两边，设计了两排子大壁橱，摆了不老少的农家老家什，和现在新农村建设少不了的"乡愁"博物馆没有啥区别，和老赵做的流泉历史农耕博物馆稍有不同，眼见要少些内容，而如犁头耱耙、笼头鞍鞯、风箱瓦罐、油灯烛台、香炉老案等，已经退出现代生产生活的旧家什老古董，几乎应有尽有，几乎都油渍麻花落满了灰尘，岁月沧桑。只要你是从农村走出来的，也多少有了些年岁，一眼看到它们，你的心里一定会潮起浪涌，因为那些物什，无不打印上了你无法抹去的乡村生活的痕迹，既温馨而又失落。

有一架古朴厚重的老风车，你愣是不认识，也从来没有见过，虽然跟它摆在一起的风箱、面柜、油灯等等，你是那么的熟悉。你拍了一张照片将它发在了朋友圈求证，结果只要是从当地农村出来的人都认识，是风车，只是叫法不太一致，但几乎都说那只有过去的大户人家或是后来的生产队或是国有粮站上才有，一般的人家是置办不起来的，你恍然大悟，只是你们那里没有或者很少见罢了。真的不知道，张祯是从哪里找来的那么个古董的，它给现在重新看到它的人，能提供什么样的生活回忆，你虽然不得而知，但你能想来，一定很是满满的时光回放，是那段艰难岁月的温馨与暖意。

而让你心生感慨的是，尽管村里的博物馆他没顾上做具体的事儿，由老赵去做了，但那并没有打消他对那些"故旧"的热爱与理解，在老赵已经淘过几回之后，他依旧捡漏淘来了不少宝贝，有的甚至是从外面淘来的。当然这也与他的这个"农家乐"经营理念有关，无意当中实现了留住文明，留住"乡愁"的作用。

后来，当你把老张的这些个"乡愁"说与老赵的时候，老赵显得很是惊奇，他说他不知道老张也会收拾那些东西，这也让你很是吃惊，大概自他从村书记岗位上退休到敬老院任职以来，就再也没有去过张祯的防护林产业园了，由此你认识到，老赵是一个真正在职场上混精了的人，知道职场规则，不该你问的事不问，不该你说的事不说，不该你管的事不管，不该你知道的事不知道，你只知道把你该做的事做好，且要一心一意地做得更好，手里提的是哪一根鞭子，就把那一根鞭子甩得越响越好。难怪张祯对他是那么的信任。

这个农家乐，据说曾经也很红火，是张祯当初计划利用防护林做乡村旅游项目的一个工程，后因种种原因，随着他去了朱王堡镇做更大的事业，也就荒废没落了，从门把上那把有些尘迹的门锁上可以看得出来，已是好久都没有进去人了，让你看得心生莫名的惆怅。有人说，张祯是个有福的人，干啥事儿成啥事儿，干啥都成，一帆风顺的不是一般般。可你看这，不也是一道坎吗？为人为生，其实，谁都不容易，只是有的人遇坎就歇菜了，容易被碰倒，有的人却心志坚定，百折不挠，最终翻过坎去罢了。

就在后来的一天，你又去了一趟林场，请老冯打开了那门，因为里面的情形似乎有些变化，问老冯，老冯说，张总让他把里面收拾咔，看来是准备重新启动经营这个农家乐了。

老冯两口子就住在场部右手的第一间屋子里，其他工人分别住在羊棚把头的房子里，在张祯不去林场的时候，他就是林场的老大，是张祯流泉村治沙林场的场长，已经当了整整十年。你以前曾数次来过林场，你说的当然是2005年之后，也许是不曾留意，好像一点印象都没有。

老冯最初到这个林场，本来是朋友介绍过来打工的。当时，张祯治沙已经二十多个年头，承包的500多亩沙丘荒滩，已经被他驯服得差不多了，只剩下东南一角五十多亩正在继续调教。而驯服乖了的400多亩沙土熟地上，高高矮矮地种满了白杨、毛柳、垂柳、红柳、梭梭、沙枣、沙棘等等，最早长起来的已经是翁翁郁郁，冠盖笼荫，好大一片林子，气势大得很。

老冯原本就是个抓挖土地的好手，一来就很快入道，全身心地投入到调教那最后五十多亩顽主的营生当中了，且干得得心应手，各种活路，样样通透，不管是哪一路，他都干出了自己的精彩，有些段位。由于他为人踏实，又能吃苦，待着那五十多亩的荒滩沙丘变成沙土良田，最后种上了葡萄，他也就顺理成章地留了下来，成了林场的一名工人，且得到了张祯的信赖和任用，当上了林场的场长，率领着一干人管护着整个500亩林场。后来张祯说起老冯，他说是当初他特意让幼儿园的小滕（绿洲西苑幼儿园园长，原流泉村幼儿园园长）给帮着找的这么个能靠得住的人。原来他找老冯来，就是为了让其给他当场长的。

张祯说，他再找不出个比老冯更合适管理林场的人了。

这会儿的老冯，他正领着场子里的几个工人顶着沙尘种树，怀里抱着一捆树苗子，站在地坝上和在条田那头干活的人喊话，具体喊的是什么，他那浓浓的古浪天祝一带的口音你没有听清。那树苗子说不清的大小，和梭梭沙棘差不多，栽到地里不怎么显眼，独独的一枝，尤其是在这沙尘下土的时候，灰褐褐的一片，不认真去看，你会把它忽略过去。他那抱着树苗子的姿势，颇像是抱着一个半大孩子，让你觉得有些滑稽，有些难为情，一个大男人家的，有谁见过那样抱树苗子的，那样的树苗子，除了女人那样抱，男人们基本上是一只手里提一捆，这让你有些感动。大约只有无限爱惜孩子的人，才会那样抱持一捆沾满泥土的树苗子吧。

你顺手拍了一张照片，很有感觉的造型。从林场回来之后，你把这张照片以"一个怀抱山桐苗子的男人"发在了朋友圈里，引起了不小的反响，圈友们从各个角度解读，大多都很有见地，有两位诗人朋友还由之写了诗，是专门写给老冯的。一位是小城本地的诗人俞小平，退休之后又找了份工作，这会儿在河北山里的一个工程上做质检工程师——

致在春天种下树苗的人

在朋友圈里看到一张照片
有一个老汉
怀抱着一捆树苗
站在旷野

留言的人认出来他是老冯
老冯是谁
这不是重点
我只想隔着手机屏
和他交谈几句

我看上了他头上的帽子
而我更看好他
怀里的树苗
在荒滩上
他就是一棵常青的树
独木成林

在缺水的戈壁荒漠
难以想象
一棵树怎样撑过它的少年
又怎样撑过它的青年

怎样在百年后
依然是郁郁葱葱

隔着千里
我依然听到了
沙尘暴之后
有些人的叹息
但我更多的是看到了
有人坚持屹立不倒
用泪水冲刷掉眼睛里的沙尘
按照既定的目标
奋力地前行

向拍了老冯照片人的致敬
向留言的人致敬
因为爱
我们不再陌生
因为爱
即使不再见面
但不会寸草不生

老冯，春雨暖人
一苗暖心

另一位是江苏某中学的老师诗人张平轩——

怀抱春天的男人

一场几十年不遇的沙尘暴
席卷了中国的北方

甚嚣于尘上的
是铺天盖地的咒骂，怨怼和戏谑

同样与木头相关
牛嘴马舌各种吐槽
只有这个男人抱着一捆树苗
跐一双黄胶鞋站在浮尘未落的荒漠
仿佛援一支巨笔在大地上写下
寒冷对温暖的期盼
荒芜对丰收的憧憬
贫瘠对富饶的梦想
今天对明天的许诺

我是摄影的门外汉
不懂得光影和构图
见惯了各种拥抱春天的美图
也许草长莺飞，姹紫嫣红
广场舞，红丝巾是春天的标配
这个略显寒酸的男人
更让我想起父亲
我风雪暗夜归来
他用一双火炉般温暖的手
捂住我冰冻的头脸

那姿势和这个男人并无二致
这一刻我觉得我就是他怀抱里的树苗

人类表达感情的肢体语言极为丰富
这个男人是抱着
用这样一种寻常的姿势

震撼着我们的神经

他怀抱的那种东西还有一个葱绿的名字：

未来

山桐子

山桐子，就是老冯抱在怀里的树苗子。

当时，你还不知道那是山桐苗子，其实你有机会最少猜个差不多，就在相连的地块里，种的是比较大棵的苗子，且有的已经挂上了掌大的叶子，最少你能认出那是桐树叶子，至少你见识过梧桐，见识过泡桐和焦桐，但是你没有注意到。你问一旁的张祯，那是什么苗子，那么小的，还栽得那么规整，行是行，距是距的，还占着这么好的庄稼地。张祯说，是他今年从南方试着引进来的一个新树种——山桐子，一种油果树。榨出来的桐油，即可用在工业上，还可食用。今年只试种了十亩，若是成功了，他就要向千亩万亩，甚至更大面积推广，不仅仅让流泉村的人都来种植，还要向整个清河一带推广，收益是很大的。这地方的土质都差不多，荒漠面积又广又大，栽种还不占耕地，庄稼人肯定很喜欢。

可是……可是南方树种到了咱这儿，冬天就不怕冻死吗，怎么保温呢，你几乎脱口而出提出了质疑。张祯笑着说，他已经考察过了，说是在零下30℃以内冻不死。咱先试着看看，若是真冻死了，看就算了，若是成功了，那可了不得。你不试错，哪来的成功？你释然且似乎明白了老冯那样怀抱树苗子的心情。

引进山桐子，张祯说是在一个偶然的机会里。

有一位国家级的有关方面的老专家来河西考察，由于他的治沙防风林是金昌地区的治沙造田样板林，有关单位就安排来参观了一回。那位专家在前前后后转了一圈参观完之后，很是高兴，大赞特赞他治沙治得好。在临走时，看着他那一排排如戟似剑密密麻麻的白杨林，都很高大，但是有许多已显枯态，那是因为这个白杨树种是速生的，防风治沙效果非常突出明显，但是它的寿命却有限，也就二三十年。专家问他有什么打算，他就说了正在和有关管理部门联系，准备置换，想着换植为经济林，比如苹果、梨子、桃杏等等，一样的防风固沙，还有经济收入，专家听了点头表示肯定，然后有些若有所思地说，河西这地方地广人稀，主要是缺水，但还没有到无水的地步。他这片林地非常好，是能浇上水的旱田。还有他看到有许多边边角角、旮旮旯旯的地方都闲着，野草长得很旺，这要是在缺地的地方，早就都被利用上了。

然后，老专家就又说了，他知道有一种叫山桐子的树，也是一种经济树木，又叫山梧桐、油果树、油葡萄等，是一种理想的优质高产木本油料植物。它的种植适应性很强，山区、坡地、平原的闲置土地、林区、地边地埂、沟沿旱地和房前屋后均可种植，但忌水淹，给人感觉里就像咱大西北无处不生的杨柳，只要有稍带水分的土，它就能够生，也能够长，且生长得葳葳蕤蕤茂茂盛盛。据有关资料介绍，它那大片的叶子还可以做植物农药及生物肥料，本身也是一种优质木材。

张祯知道，这老专家是向他提建议，给他支招儿，给他推荐一种栽植有可能更合算的树种呢。他没有明白说让他试种，但意思在那儿明摆着，他有比别人多不知多少的林地，他反正要种树，更重要的是他有那个胆子做试验。他心动了马上回应老专家，非常感谢老专家的提醒和推荐，反正都是要种树，多试一种，多一种可能，说不定能成呢，焦裕禄在沙漠里种出了天下闻名的焦桐，咱这还是好地。反正咱有能腾出手来的地，先试种些，不怕失败。于是在老专家走后，他就马上投入到了考察和试种的工作中了。

张祯说，为了山桐子，他考察了许多地方，四川、湖北、贵州、云南，只要是已经规模种植开发山桐子的地方，他都要去看一看，看看山桐子那红得触目惊心的花朵，看那山桐子秋后的果实，听种植园主的介绍，听有关专家的讲解和经营的前景，最后他和湖北一家公司签订了育苗、栽植的合同，同时聘请了该公司的技术专家为自己的技术专家，即可以亲来面授，也可以远程指导。

后来，当你们从林场回来，在他向那位专家视频汇报种植情况的时候，那人一看刚刚栽植的山桐子大水漫灌，还以为是栽植在如江南一般的水田里，语气非常急迫，要张祯赶紧去拔了重栽，也许还来得及，说是水田里栽植绝对不行，根本栽不活，树根会被泡坏的。待着张祯解释其实那也是旱田，只不过浇了一水，和南方的水田不可同日而语时，才听得那边的语气和缓了下来……不过还是千叮咛万嘱咐的。

难怪张祯在这种植的当口，无事也要跑三趟，老冯更是像个保姆似的抱着它宠着它了。

老冯一边指挥着地头那边的工人种树，一边扫视着整个新树田和张祯说，这苗子还差一块呢，你看这块就这么些了，这一把最多才五十棵，他用目光指着脚下的地块儿。张祯也扫视着整个林地，嘴里念叨，还剩这一块呢……那就先放下吧，咱们再想办法，先把能栽的栽上……你在一边听着他们的互动，感觉他们就像一家人在一块儿商量家务似的，当然张祯是主心骨，老冯也就尽心尽力地操持着了。

老冯的家在离这儿百公里以远的乌鞘岭天祝山里，那里山大坡陡，还非常寒冷，三十几年前来到清河这块儿给人种地，也就是说在他来治沙林场之前，已经务了二十多年的农，对这儿的天时地利风俗都已经有了相当的了解与融入。

老冯是个典型的新时代"盲流"。20世纪80年代末计划生育最紧张的时候，已生了三个丫头还想生个儿子的他就跑了计划生育，在亲戚朋友的帮衬下，拖家带口来到了和流泉毗邻的董家堡，先是帮人种地当雇工，三年后主家要干别的事儿去，把几十亩地承包给了他，反正他也熟悉了这里土地经营的门道，就让他自主经营。二十多年过去了，起早贪黑，把四个娃娃也拉扯大了，大女儿二女儿考学出去，已经成了家；小姑娘嫁给了当地的一个小伙子，完全成了个当地的人；在这里出生的儿子，上了个学，已经在兰州高新区就业，最近正准备着给成个家。自他来到张祯的林场，孩子们也一个一个地离开了家，承包的地也便种得越来越吃力，白天在这里务习林子，晚夕还要回去抓挖庄稼。毕竟岁数到了这份儿上，再有心力也是跟不上了，还不如放弃一头。于是在三年前，就把承包地给退了，再说现在到处都在搞流转，他想种也不好种了。闲下来的老婆子没事干，张总就让她也跟了过来，给大家伙儿做饭，成了林场里的一个帮工。当然也安了他的心，让他能一心一意地务习林子了。现在家里也没有啥过不去的大事儿了，就是儿子最近要成家，张总给他预支了几万块钱的工资，那也不算啥负担，好好把活儿干就行了。

老冯笑着说，他现在虽然把承包地退了，但却把根几乎扎在了这里，他们两口子也已完全适应了这里，和这里的人一样的生活，至少目前还没有回他那个天祝山里马场村的想法。

老冯喜欢种地，庄稼人的命是天注定，也喜欢种树。刚来林场的时候，是既搞种植，也搞养殖，以养殖为主。刚开始的时候，牛啊羊啊猪啊鸡啊，规模可大了，牛哞羊咩咩，鸡叫猪哼哼，猫儿子打架，狗娃子跑绳，可喜耳了。这几年随着社会变革，林场的经营结构也相应地一步步调整，种植和养殖调了个个儿，以种植为主了，尤其是经济林木。张总有眼光想得远，既然都是树，是树就都能防风固沙，哪何不种经济林一举两得呢？这两年，除了当地已有的桃、杏、梨、山楂，张总还从外地引进了好几种优质树种，如新疆的大沙枣和大枣、小灰枣、静宁的红富士和金冠等几个名气很大的优良品种，还有不知从哪里引进的"吊死鬼"，再就是这两天栽植的山桐子。老冯说，他喜欢林场里几乎所有的树，但这个第一次见识的山桐子他更喜欢。他看过张总从南方带回来的山桐子宣传册子宣传画，看起来可好了。

山桐子，山桐子，你不知怎么把山桐子和老冯的命运联系在了一起。那么多能开花结果的树，他为什么偏偏尤其喜欢这个刚刚试种的山桐子，难道这里面潜伏着一种什么隐喻？

他在地头上挖树坑

他在地头上挖树坑，你说的是那个林场工人李永智，是个受到张祯特别关照的人。

李永智的身体有缺陷，不能和正常人一样和你说话，耳朵也不太好使，是个典型的聋哑人。你若是不知道他的底细，即使迎面碰上了，一定会当是一个普普通通的经过日子磨搓过的庄稼人看了。你和张祯刚走到地头的时候，他正在那里准备挖一个树坑，当看到张祯的时候，就停了手里的活儿，一只手扶着铁锨，嘴里呜呜啦啦，一只手指了指地头那边，或者指的就是老冯，又指着脚下那个已经挖了几锨的树坑，张祯满脸堆笑，看着在眼前"指天画地"的他很快做出应答，对对，这里也应该栽上。然后，他好像很平静，又很平淡地扭头看了看你，就低头继续挖坑。后来，当老冯给张祯说树苗子不够了的时候，你恍然似乎明白，他是说树苗子已经不够了，但这地头得栽上，或者给张祯说他是老冯派过来栽这几棵树的，因为其他人都在隔了几畦地的那边栽种。当然这只是你的理解，这地头是暂时留给整个新栽山桐子林块的进出口，给整块地浇水的闸口就留在一边，待着树都栽完了，这个口子补栽几棵后也就堵上了。平时要进入林地，跨过水渠走地埂就行。

这两天你就住在敬老院的"社会代养老人服务楼"里，和院长赵登庆老赵聊天的机会很多。赵院长说，那是老张刚创建"勤奋"的时候，就有意识地要接纳附近有一定劳动能力的残疾人前来就业，待遇和其他健康人差不多，主要的是帮助他们解决生活中的实际困难，董家堡的李永智就是其中之一。后来修造厂转产，有的就因种种原因自己走了，有的留了下来转到了其他岗位。这个李永智，从在"勤奋"当铸造勤杂工开始，再到林场当工人，已经有十多年了吧，挣来的钱，大部分给了家里。老张不弃，他也不离，而且还忠心耿耿做事儿。

221

　　这个人你别看残疾着，但却聪明得很，老赵说，虽然他嘴里说不清道不明的，耳朵也不好使，可是心里门而清，既能吃苦又能干，还很会干，眼里有活路，心里有想法，是冯场长的得力助手，对林场的事儿比老冯还操心。由于他们天天待在一起，他嘴里呜呜啦啦的话，他那让人莫名其妙的手语，别人大多听不懂猜不来，但是张祯基本能懂，老冯就不在话下了。但后来在你和老冯聊起的时候，老冯笑着说，他也是连猜带蒙，待在一块儿时间长了，也多少知道些他那心里的曲曲道道，尤其是在干活的时候，对于他的手势，就基本上了如指掌了。指天是啥，指地是啥，拍胸口要表明什么，跺跺脚表达的是什么情绪等等，他基本上都知道意思。一般情况下他总是盯着你说话，时不时地转脸看着你说话的能指，然后就急急地和你提建议，你自然就能明白了。

　　其实，那人聪明着呢，是谁和他待得久了，也都能交流个七七八八。

　　在你和张祯继续往前去看他新栽的其他果木田的时候，你回头看了李永智一眼，他正好抬头看着你们的背影，你冲他笑了笑，但他没有笑，却是低下了头，把一只脚踏在了铁锨上，继续挖他的树坑去了。你猛然想起他来了，难怪刚才觉得眼熟，和第一次见着老冯不一样，原来是个老人手。在十五年前你第一次来流泉的时候，在张祯的勤奋院子里，你看到他好像没有固定的工作岗位，是个勤杂工似的，一会儿在院子里铲沙子，一会儿又在车间里收拢那些机床旁的废料，时不时地听到有人喊他，时不时地又听他和别人叽里呱啦地争辩着什么，声音有些大。但你和他那时没有什么具体交集，他只是那个由五十多人组成的合唱团中的一个，唯一引起你注意的是那个不太和谐但也无伤大雅的音符。

　　张祯说，他当初把李永智几个残疾人招收进厂的时候，还有些争议，理解的人都很称赞他，也敬佩他，知道他这是积德行善，那都是些老天打了记号的可怜人，是些天不收地不留，生活几无着落也没有啥希望的人。到他厂里来，不仅有了一口饭，还有了活人的尊严，有了吃也有了住，还凭着自己的劳动，挣着一份和别人一样的工资，活得亮堂。不理解的人，什么弯弯道道的想法和说法都有，人们尽情地发挥着他们的想象，从自己那针尖大的眼孔里看待着整个世界。那时，他没有正面和这些说法交锋，他只是默默地坚持着用心做事。待着后来，人们看到那几个人月月都领着和其他人一样的工资，人也活得精精神神清清爽爽的时候，当他的行为得到了社会的认可，更得到了党和政府的大力支持和表扬，还得到了军区的嘉奖，那种话也就自然而然地少了，最后也彻底没有了。事实胜于雄辩，人也是感恩的，那几个残疾人就是免费的宣传员，包括他们身边的人。他相信百姓心中有杆秤的说法，也相信人心都是软的。

李永智，先天性聋哑，小时候的生活还算过得去，啥事都有爹娘罩着，等着稍长，爹走了，娘又看不见，兄弟待他还是挺好的，但毕竟生活琐碎，日子漫长，他又身有残疾，说话不囫囵，听话不清省，碟碰碗，勺搅筷子的事也在所难免，当然就有些郁闷，正好张祯的新厂子在村委会那里办起来了，正在招工，而且也招有一定劳动能力的残疾人，于是经人介绍张祯亲自去考察之后就直接把人给带进来了。

没想到在张祯这个大集体里，一干就干得欢天喜地，干得如鱼得水，好像整个身心都放大了似的，下班之后别人去张祯刚刚出资修建起来的村广场打篮球，玩比赛，他也去凑热闹捡球当啦啦队；有的人一下班就赶回家收拾庄稼去了，而他在吃完饭后，不是在活动室里看电视，就是坐到大门旁几个老汉子组成的娱乐班一边，听他们喧慌慌、唱小曲、说快板、传古今……到了林场，就更自在了。如果说修造厂还有个大院在规定时间里还约束着他，那么到了林场就算是彻底放飞了自己。他原本就是个农民，土地和他天然的亲近，土地上的活儿一样也拉不下别人，种田、栽树、浇水，养鸡喂鸭，侍候牛羊，样样都行，更何况还有老冯这个庄稼里手时时在一旁指拨点化着，更何况按别人的说法，他也聪明着呢。

当然，这一切你都是听见证了他这一段生活的人说的，你见过的他也就是那个在厂子里打杂，在林田里挖坑栽树，在鸭棚里捉鸭，在饭桌上把骨头啃得干干净净，把菜盘子清得不剩一点汤水，吃得满手是油的普普通通的庄稼汉。他的生活，简单而实在，朴素而纯粹，一过就是几十年，而且看情形，还会一直这样过下去……

对于这样的生活，在一般人的眼里面，也许太过简单，简单到傻，简单到人生没有大意义，只是活着罢了。然而，活着就真那么简单和容易吗？你读到过许许多多的关于想过简单生活想过田园生活的文字，但那都是文化人写出来的，是站在一个相当的精神高地上的大风歌，就像古时陶渊明的《桃花源记》，更像他的《归去来兮辞》；是一些在职场上疲于奔命的人的一时呼号与宣泄，根本没有现实的基础，更何况这样的人也大多都是当初从土地上拼命逃出来的人；更是一些无聊文人玩的文字游戏，是他们的"诗与远方"，如若真的让他们去过这样的生活，只需一个回合，就能打出他们的原形。但是李永智们，却是真真实实地那样生活着，那就是他们的"诗与远方"，尊严而快乐……

经济林

　　经济林，是张祯对他那片子460亩被置换过来的林木的新称呼。

　　正是这片置换林，以50余万株林木的规模，坚守着从腾格里大沙漠刮向金昌市的大风口，是"流泉"不至于因风沙变成"流沙"，5万多亩耕地不受风沙侵害的最后堡垒。因此，这片子防护林的生存状部、发展状况、健康状况都受到方方面面的高度关注，稍有风吹草动，就必然引起有关部门和众人的高度警惕。

　　这不，张祯说，该来的还是来了。

　　正当他紧张有序地按计划开始砍伐老林旧树的时候，省国土资源厅的工作人员从省城火急火燎地找上门来了，说是他们通过卫星定点长期监测的永昌清河一带的防护林突然消失了一片，大约就像一块绿毯，突然被人从中挖掉了一块吧。他们先是到永昌县有关部门了解情况，然后实地考察，确定卫星图像上消失的那个点就是张祯的这片防护林。在了解了实地真相，知道了这片由张祯当年种植、守护了流泉村20年的防护林，正面临着速生杨生长到期，有的已经枯死（不知道的人，还以为是渴死的或者是虫害死的），有的正走在枯死的路上，从树梢到树干，绝大多数的生命正在走向终结。为了不要造成重大的经济损失，也为了防护林的"长治久安"，他已经做好了前期工作，向有关部门申办了有关置换为经济林的手续，得到的许可批复，履行了必需的程序，这才开始操作的。在实地查勘确定进行的是被确证正常且科学的置换，不是"乱砍乱伐"之后，这事也就便就过去了，并嘱咐一定要做好，且做得更好。

其实，置换林木，一开始张祯心里还是很矛盾的。

毕竟，这片防护林投注了自己太多的心血，从祖祖辈辈代代相传都没有治服，而且还继续沙进人退的沙丘荒滩，到自己手里用了近二十年的时光，投入了大量的人力、物力和财力，青春变老，才变成了一片郁郁葱葱葳蕤茂密的林木，发挥了多么巨大的防风固沙、保护农田、呵护家园的作用，自不必说，单就那营造出来的葱茏风光，也给人们无与伦比的精神愉悦。

当然，对于他个人来说，也就是说作为他自己，首先是一个企业家，经商赚钱是首要目的，不管商业逻辑有多少条，头一条便是不能亏本，也就是说他作为一个地地道道的商人，在这里还有更重要的一项，由于白杨的速生性质，它的经济价值并不高，前期投资又太大，因此从 2006 年开始，他已经通过发展"林下经济"来补贴营收，最多的时候，他在林间放养了 30000余只鸡和 2000 尾羊，它们都常以杂草蛆虫昆虫为食，既帮工人除了杂草，又给林木施放了现在已经很少的农家肥料，这样他一举三得：鸡和羊一块、人工一块、饲料一块，只要能省下的就都是收入。这样一块林子，就像他一把屎一把尿拉扯大的孩子，你让他就那么放手，岂是"心疼"二字能用来形容？

然而，现实是残酷的，这种速生的白杨，虽然在水分充足的情况下，易活快长，是短期内防风固沙想要取得成效的不二之选，而且打眼看去，笔直挺拔，很具威严，就像一个荷枪实弹的方阵，看得人心潮澎湃，意志昂扬。但它却并不耐旱，而且寿命只有短短的二三十年，并不适合大规模种植在沙漠边缘，被其他更耐旱如沙枣、梭梭、红柳等树种替换是它的宿命，时间到了，换也得换，不换也得换。若是不及时更植，损失的就不只是那些速生杨，更可怕的是荒沙重来。因此，当发现林木有枯死的迹象后，就痛下决心，提前数年就开始布局运作，有计划地在边缘地带加大了种植梭梭树、沙枣树等兼具耐旱和防风固沙的树种和植物，以确保防风固沙工程安全无虞。

在得到上级有关部门和专家的肯定和支持之后，2018年，张祯砍掉了其中460亩的白杨林，紧接着根据前期考察调研对比的结果，从甘肃静宁、新疆等地采购经济林幼苗50000株，有序栽植。在这里你不能不佩服张祯的远见与卓识和他的长远经营之道，他说，他的经济林木栽植，是严格按照时序轮替进行的，按照果木开花结果的先后，以10亩、20亩、50亩为单元，渐次栽植，开花一波接续一波，结果一档跟着一档，此消彼长，既四时园里有看的，四时市场有卖的。而对于这片子经济林，他更有着自己的期待，不仅原有防风固沙的效果得以维持并加强，而且果树长大后带来的收益也能补贴在这片林子上的投入。还有，他还想着，待果树长成之后，继续科学加大在树下养鸡养羊规模，带动"林下经济"进一步扩大，最终发展起集种植、养殖、采摘、加工、生态旅游为一体的生态旅游可持续项目。

推陈出新，创新发展，这是国人在新时代富民强国的必然之路。张祯这个当初防风治沙标杆式的带头人，如今自己又亲手砍掉了自己的防护林，种起了集防风固沙和经济营收为一体的经济林项目，这个文章做的不可谓不新，不可谓不大。想来，他的那个在场部的服务中心在不久的将来，又可以红火起来了，他已经开始做整修规划工作了。在开展得如火如荼的国策新农村建设中，自是能够发挥不可小觑的作用。

静宁苹果

"静宁苹果"，是张祯从外地引进的诸种经济林木中的重要一种，来自陇东黄土高坡，古称成纪的静宁。而静宁由于其独特的地域、气候、土壤特点，非常有利于苹果生产，被农业部评为"黄土高原优生苹果最佳栽植区域"，因此静宁苹果是静宁乃至平凉地区主打的一张非常亮眼的经济名片，影响非常广泛。但是你想，张祯把它作为重要的经济林木引进来，绝不仅仅只是冲着这个名片去的吧？

那时候，你们刚在山桐子田边畅想着新栽山桐子的未来，张祯就说到那边再看看去。他说的是林田的东面，有一条能走小车的林间土路，土路两边全是新栽的苗木，个头都小，间距很大，加上零零星星一些还没有发芽的苗子没有生气，干翘翘的，稍不注意，你会忽略了它们的存在，整个地块儿就显得空旷而荒芜。他指着右手的新栽树苗子说，那叫"吊死鬼"，挂果要熟的时候，紫红色的果子枝枝条条，一簇簇一团团的，好看得很，你要是没时间及时收摘，那也没有关系，冬天来了，即使下过了雪，叶子落光了，那果子却还好好地挂在那里掉不下来，你可随时前来收摘，因此人们叫它们是"吊死鬼"。你心下疑惑，这果树的名儿咋这么听着瘆人，竟然还有人常吊在嘴上，吃到口里，还说好看得很，那也肯定很好吃。可它究竟是一种什么果子呢？张祯说，就叫吊死鬼啊，他们那边当地人都这样叫的，他又把刚才的话重复了一遍，就是没有说它究竟是一种什么果子，它总是有正名学名的吧，难不成就像一些人的外号一样，叫的人多了时间也长了，老的那么叫，小的也那么叫，结果叫着叫着就把本名给忘了。他这样回答，不等于什么都没说吗？不待你再问，他就又介绍左手的苗子，是杏园桃林，还是梨树老枣，他说得虽然详细，但你只听了个大概，无外乎一些河西大地上的常规果木。

后来当你又一次走进这里的时候，问走在一边的老谢，这个"吊死鬼"究竟是个什么鬼，老谢一脸疑惑，然而也只是一闪而过，什么是吊死鬼，说他从没听说过这个名字，还真不知道是个什么鬼，但这是从新疆引进来的一种枣树，肯定没有错，见他说得那么肯定，听得你一阵子恍惚，新疆大枣，怎么会呢？待到回到朱王堡镇问张祯，他笑着说，对着呢，就是一种新疆枣啊，新疆枣引进了好几种，吊死鬼只是其中一种。你不由得叹了口气，一个"吊死鬼"吊足了你的胃口，让你的心事挂了这么多天，就像一个人挂在树上挂成了鬼，不过是一种新疆大沙枣而已。

路的尽头是东西一长条果田横在那里，张祯指着西头那片子高高的密密麻麻的杨树林，说那是还没有卖掉的树苗子，从那白杨苗子边开始，这一长绺子50亩，栽的全是静宁苹果。他指着眼前地埂边的几棵苹果秧子说，你看都已经发芽了，这是最近几天请静宁那边合作方技术员来亲自嫁接的。

你对果木嫁接的事儿多少知道一些，小时候你就见过叔父突发奇想，把一棵大水杏的苗子试着嫁接在了一棵桃树上，结果嫁接成功了，大约因为是桃结杏，结的果子就叫桃杏了吧，也叫大接杏，橙黄橙黄的，个大肉厚，还不黏糊，干干撒撒的，所以又俗称干板子，亮堂得很，吃起来既有桃子味也有杏子味，有些柔脆，但是没有那些走出本村本社名声在外，汁饱肉绵的靳家坪上大接杏（杏树接杏树，苦胡变甜胡）好吃。后来到了这河西小城，又见识了双湾苹果梨开始的大行其道，和后来的退化衰落，连牛羊都不吃的窘境。现在又见静宁苹果的嫁接，也没有什么惊奇的，只是觉得这嫁接得是否远了些，就像河东远嫁河西的女子，能不能很快服了河西的风土人情。但是这些话你没有和张祯说，只是一转念的事儿。你也没有问嫁接的根是什么根，自然就不知道会结出什么样的苹果来，也许是原根吧，毕竟原汤化原食，效果肯定会更好些。

张祯他一开始并不知道你就是个地地道道的静宁人，对于天下驰名的静宁苹果，还是稍有了解的，可是听他给你介绍，你却突然发现，你了解的静宁苹果还真的属于皮毛一类，这让你还真是心有不甘且惭愧。后来你找了些宣传资料，比张祯讲的更全面更文化些——

静宁苹果，色泽鲜艳、个大形正、果面光洁、质细汁多、酸甜适度、口感脆甜、硬度适中、货架期长、极耐储藏和长途运输，是它的全部最为显著的特质。也正是因为这些高大上的显著标高，让静宁苹果名扬四海，走出静宁，走出甘肃，走出国门，远销东南亚。

这些你差不多都知道且深有体会。你有个在重庆某高校谋生的朋友，说是你们静宁人把个苹果经营得像是五星级似的，硬是和其他品牌拉开了差价，而苹果的品质也确实不一样，吃了真正的静宁苹果，其他苹果就不想吃了，在他家里，老娘和姑娘非静宁苹果不吃，他只好给祖孙俩买一斤15块的静宁苹果，他和媳妇俩买6、7块的当地苹果，还真有口刁人呢。曾经有位乡党来小城办事儿，给你带了两箱，特意说明不仅是静宁的，而且还是静宁某乡某村的，留着自己吃，一咬一口糖，不剩渣。静宁苹果品种很多，品种不一样，品质也就不一样，甚至连在那片子小地域里，品质也是千差万别，就像夏日里的白雨，一片乌云过来，隔着犁沟两重天，一边是暴雨，一边是干渴。

　　张祯说，静宁苹果品种很多，有许多都是得过农业部、国内大型果品评比金奖银奖的品牌，他这次引进的就有红富士系列和秦冠，什么烟富、秋富、长富、成纪等等，总共试种了这 50 亩，他想看看究竟哪一种更适合在这里种植，毕竟咱这里的地域、气候、土壤等等，包括人的口味和那边都有很大的差异。难怪其他果种他最多只种植了 20 亩，油葡萄山桐子只种了 10 亩，这苹果却种了 50 亩，赶情是在优中选优呢。你突然想起最近很火的一句话，把馍馍不要放在一个篮子里。把这话用在张祯身上有些扭，但也不无道理。

媒介很重要

　　媒介很重要，这是一个媒介的时代，也是一个媒介的世界，媒介无处不在，没有媒介，你几乎寸步难行。在现代社会，除了那种直接介绍与沟通发挥作用的介质，还有一种介质却是无意间的，它就在那里，它就是你眼见耳闻的存在。所谓无心插柳柳成荫，并不仅仅只是一种诗人的浪漫。只是那种介质的出现很偶然，人们一开始并没想到它会发挥媒介的作用，也没有想到要它起到除了自己的本职的作用之外其他别的什么作用，它很纯粹，就像一枚叶子生在高处，它就是它本身，但随着时间的奔流，人生践行的变数，它就变成了一种实实在在的介质，显出了它的外溢价值。

　　从一开始听到张祯引进的是静宁苹果，到实实在在看到张祯栽种接嘴，已然发出嫩绿叶芽的果树，就一直充满了好奇，我想，天下苹果多的是，好品种也到处都是，静宁的好苹果出世才多少年。他是怎么想到独独引进了地处偏僻荒庄的静宁苹果呢？

张祯笑着说，还不是那年敬老院开张时，你们静宁那个秦剧团的团长老周不仅带领着他那几十号演员来唱戏，还搂草打兔子，拉来了一车名气很大的静宁苹果，红通通的一车。戏唱得好，唱了好多场，场场爆满；苹果也卖得好，很快就卖完了。在这之前，当地许多人都很少吃到那么好的苹果，虽然当地也有卖静宁苹果的，但是名气太大，价格也高，一般人也消费不起。老周拉的是自家的货真价实的"静宁苹果"，直销价格当然就比市场上低了不少，买的人也就多了。他走南闯北的，什么样的好苹果没吃过，但当他吃了老周家的静宁苹果之后，也直呼好吃。

当然，那时候还没想到在置换经济林的时候，要引进静宁苹果，那时候他才刚有置换林木的想法，待着把那想法要变为行动的时候，想着要置换些什么品种的时候，除了当地普众果木，比如桃李梨杏枣等等，虽然没有什么竞争力，但是市场需求量大，都是必须要种的外，还需要引进些高端大气的，在当地具有高峰极质意义的，比如……他马上就想到了那好吃的静宁苹果。

那时候，由于演戏的缘故，他已和实诚厚道且脑瓜子灵活的老周交上了朋友。想到静宁苹果，于是马上就和老周联系，老周当然很高兴，二话不说满口答应，只要他把嫁木根树种好了，嘴子（嫁接的苗芽）他给亲自培育，保证质量，而且免费提供运送，并派技术员来帮助嫁接。朋友的事就是自己的事，没麻搭，真够义气的。后来，他们当然都没有食言，他打理出了整整50亩土质肥沃的苹果园，老周也派车送来了好几个蛇皮袋子共计几千株的优质苹果嘴子，并帮助完成嫁接。而把剩下的几百株也嫁接在了一旁他早就准备好的育苗田里，以备来年补栽。那天跟着老张去看的时候，有许多刚嫁接不久的树嘴子已经脱胎换骨，发出柔嫩的新芽来了。而一边种得明显比正田密实的育苗田里，老张指着说，你看这些准备替补的苗子，芽子发得比大田里的还好。

你问老张，老周他真的一切都是免费的？

老张笑着说，他是真心实意的，确实是全部免费提供的，可咱也不能白白地占人家的便宜啊。培育那么多嘴子就不容易，一家人不知费了多少的功夫，还派车派人给送过来帮助完成嫁接，这个人情太重了，是怎么着都不能白领的，最后他硬是以加油过路费为由先给了司机1000块钱。老张说，其他人情慢慢还，像帮助老周销售一些苹果之类的小活生，也还可以给要请大戏的朋友推荐他们的戏班子。朋友再好，关系再硬，也都是互相的。不能让人家太吃亏赔本，这是做人的底线。再说，他们的关系从最初唱戏时的甲方乙方，到戏唱完了后的纯粹朋友，现在已经变成了事实上的合作关系，谁又能肯定他这次苹果置业若是成功，就不会还有更大的发展呢？

如果说，一台乡村大戏的演出成了静宁苹果落户张祯经济林的媒介，那么当初他又是如何与老周联系上的呢？秦地、陇东一带，包括老周那样的戏班子不说多如牛毛吧，也是一抓一大把，再说了，在他的事业几乎所有的要事节点，都是要请戏班子来唱戏的，一来是沿袭乡间喜庆风俗，图个喜庆，图个红火，图个热闹，图个吉祥顺遂，也是个"安民告示"，二来也是给一年到头辛苦在土地上，文化精神生活非常寡薄的乡亲们，搭建个平台，提供个互相走动交流、访亲探友、放松娱乐的机会，不是有人说，乡间唱大戏是农村人的一道精神文化大餐吗？因此，这样的戏一唱就是好几天。

也许有人会问，为什么不请当地的剧团剧社呢？其实，这个道理很简单，当地那些很正规的大剧团一是请不起，二是没必要，而那种本地的小戏小曲子，或者折子戏，应付个一场半场还行，而且由于大家都很熟悉，难免受挑剔，熟悉的地方没风景，像他所举办的那样规模的活动是非几出大戏支撑不下场子来的。当年他刚成功改造建起村里小广场剪彩的时候，举办的首届流泉村物资交流大会，通过熟人介绍，他请的是市艺术团来唱了好几天，包括几台秦腔；文化广场建成剪彩仪式，他请来了陕西咸阳一家秦剧团，一连唱了七天，天天不重戏，天天人挤人，吸引得附近乡村的人们就像过大年似的天天来赶场……

那清河敬老院落成剪彩的时候，怎么没有请咸阳那边那些已然熟悉的戏班子来？

据老张说，一开始也想着请那些熟悉的老戏班子呢，但后来去兰州办事的时候遇上了一个人，是那个人的一席话让他改变了想法。

那个人据说是一个很有名的书画家，他是在一次接待一个来朱王堡的参观考察团时认识的，而且已经很是有了些交情。那个人很和善，也很热情，他听别人介绍他说是那个人的书画很有名气，他自己看着也很好。他转身指着他背后墙上的那幅有些气势的山水说，你看，这就是那个人专门给画的，并问你画得咋样。画得咋样，看起来很好的，俗世美感，咱没有专业的眼光，只以世俗的感觉，还是很不错的，主红色的调子，红彤彤的事业，就是尺幅有些小了。他笑着说，那是按以前的墙面尺寸画的，后来重新布置了办公室，就显得小了，两头子补了咔，他已经给人家说了，请画幅大的，人家也答应了。好像是为了证明他和那个人的关系，当时就拿起手机打电话，和那个人聊了几句，电话里听得那人真是高兴和热情，还顺便说起了给老张画的那幅新画。

那次在兰州相遇，茶盏酒杯之际，当他说起他的清河敬老院已经建成，就要剪彩开业了的时候，那个人问了问剪彩的规程之后，就向他推荐了朋友老周的秦剧团，说他看过几场老周的戏，他也了解老周，那几本传统老秦腔唱得很有水平，也有新戏，都很上档次，都能拿得出手。原本他就为要不要还请先前唱过的那些老戏团来唱心里面纠结着，请吧，也没有啥大的障碍，他们的戏唱得好，喜欢看的人也多，可是他们都是那种典型的民间剧团，一般就那么几本传统老戏，已经唱过了，再来唱，庄家人不一定还和以前一样热情和欢迎；不请吧，又能请谁呢？因此，听那个人一介绍老周的情况，尽管对静宁还很陌生，当时就决定了下来。

这老张才是搂草打兔子呢，处处留心，皆是机会。一场敬老院的开业剪彩大戏，竟然与他的事业都有关联。

一场热热闹闹的大戏

一场热热闹闹的大戏，清河敬老院剪彩开业了，它是张祯事业的高光时刻。

开业的那一天，来了许多人，俨然一个大集会。张祯不仅请来了戏班子，也请来了方方面面有头有脸的人物。整个一个大院里，彩旗飘飘，锣鼓喧天，摩肩接踵，人来人往，熙熙攘攘，热闹非凡，还可以用一个词来形容——车水马龙。也许你会奇怪，邀请方方面面的头面人物来剪彩来参观，这是必不可少的规程，毕竟这是一个"公助民建"的敬老院，政府相关部门和其有着千丝万缕的联系，这些人的到来，不仅仅是来剪彩祝贺的，更有可能是来做督查调研的。看戏的人多，自然也有多的理由，十里八乡，靠在土地上劳作求取生活的人，一年里又有多少这样的弹唱和坛场呢，更何况是在镇子上，在新落成的"清河敬老院"？还来了一众的媒体人，当然还有像你这样的一些闲人，这些都好理解。就是那"车水马龙"做何理解呢？

院外街边，停满了车辆，院内也是能停的地方都停了，各色小轿车自不必多说，最惹眼的就是农用三轮和四轮子了，它们大部分都停在了指定的大院一角，密密麻麻一大片，也有少数就停在了戏场中心稍后些的位置。你一开始还有些不解，怎么把三轮子停在那看戏人最要紧最聚集的地方了，那不挡了别个看戏吗？待着挤到近前去一看，恍然而了，原来车厢拖斗里几乎全坐着些七老八十的花发老人，有车铺了干草坐垫，有车是棉被大衣，老人或坐或靠，都是自然舒适的姿态。你跟一个坐在驾驶座前抽着烟的老小伙随便聊了几句——

老奶奶有 80 了吧？

奶奶明年都 90 了。

啊，都 90 了啊，高寿，高寿。看上去挺精神的。

人就精神着呢，能吃能喝，耳不聋眼不花的，就是走不动路了，啥时身边都得有人，都得人扶着搀着的。

老奶奶爱看戏啊。

爱看的很。整天在屋里看着大电视，听着这儿唱大戏，就硬要来，说是"真人"演的好看。正好今天回来看奶奶，就把她拉来了。

有戏就看吧，爱看戏就好，都这把年纪了，老人家图个热闹。

你给老小伙颗烟，就和他喧了起来，话题自然与敬老院有关。

你也是顺便来看房子的吗？

不是，就是来看戏的，也看个热闹，好长时间都没这么热闹过了。

为啥？

我们家老奶奶在家有人侍候着呢。我们两个在县上租了房子，侍候娃子们上学，老爹他们在家，地也都流转了，自家也没有啥活儿，有时间侍候奶奶呢。

那村上有其他人来看吗？

也有，那主要是儿孙们都出去了，在城里工作，家也都安在城里了。老家就只剩下了老奶奶一个，他们也都曾将老奶奶带到城里去，但老奶奶去住上几天就回来了，再是死活不去，就要待在老屋子里，他们也没办法，把人都难肠的。听说这个家门口的敬老院开了，就想将老奶奶送到这里来，就先来看看。

你看那样的老人会住进来吗？

我看很难，八成不会来……也说不定，条件那么好的。

那你看有哪些人愿意住进来呢？

那些个五保户们肯定会来，至少吃住有着落了。

哦，你已经看过了吗？

刚刚忙忙地跑了一圈回来，他笑了，这地方是个好地方，院子就像公园里一样，楼里面很干净，楼上楼下，上下楼还有电梯，对老年人非常方便，房子里啥都有，连厕所都在房子里。他们介绍说，住在里面就像住宾馆似的，吃饭有食堂，不想吃食堂了还可以自己做，连买菜买面啥的，都有服务员代买，打扫卫生也有服务员来做，洗个衣服被褥啥的，也有专门的洗衣房，也是服务员来做的。

你笑了笑，他也笑了，主要是怕不自在，不习惯，成天圈在这么个院院子里，再者是怕花钱。你瞧，他指了一下放在车座上的宣传纸，这价都不低呢。

也是，你很赞成他说的，可是眼见看戏的人多，可是进楼的人也不少，络绎不绝，看起来一家一家的居多，儿女和老人。他也和你一样转眼看着那三个楼口，尤其是中间代养楼那里，好像是自言自语地，看新鲜热闹的多，真正想进来的不会太多，老年人肯定会舍不下自家的那个小院院。

……

台上唱得欢实，台下看得安静，放眼看去，清一色的中老年人，难见年轻的面孔。喧声主要来自养老楼前，他们大多是来参观和看房子的人。你也随着人流走进了宾馆一样的大楼，认真细致地观看和听老赵他们介绍，那个老小伙说的感观基本不差。

你找到了一个有关敬老院及其配套设施颐养中心的文字说明：

敬老院占地面积 33000 平方米，建筑面积 13000 平方米，总投资 5760 万元。开设床位 350 张，其中正常入住 320 张，房间设有单人间、双人间、套间，室内设有养护专用床、紧急呼叫装置、数字电视、老人扶手、防滑地垫、淋浴设施的独立卫生间、冷热水全天供应，房间宽敞明亮，通风采光良好。还设有餐厅、活动室、棋牌室、书画阅览室、农疗基地及健身运动区域，经常性开展形式多样的健康讲座、心理疏导、文化娱乐活动、志愿者活动、户外活动，丰富老年人的文化生活。

随着老龄化的加速，养老服务成为改善民生工程的重中之重。多年以来，我国的养老机构只能提供养老而无法医疗，而医院只能医疗而不能提供养老服务，这种情况最终是导致"医养分离"的结果。为了解决有病看病，无病养老之难题，敬老院结合当地实际，投资建成集医疗护理、康复理疗、养老服务、健康管理、生活照料、营养膳食、文化娱乐等为一体的全方位综合性服务机构（永昌县医养康复中心），是金昌市基本医疗保险定点医院。该中心是金昌市乃至全省规模最大、设施最全、医疗保障能力最强、医护条件最佳的养老康复机构，也得到了各级政府及相关部门的充分肯定和高度评价，受到各类新闻媒体多次报道和社会高度认可。

康复床位 30 张，设置有康复科、中西医结合科、内、外科等科室，配备有 CT、X 光机、B 超、心电图、全自动生化仪、全自动血球分析仪、尿液分析仪等设备，配备有专业的医师、护士、护理员、营养师、专业治疗师等专业团队为入住老人提供医、护、养高度融合的全方位保障服务，并坚持"快乐、长寿"的服务目标，竭尽所能为入住老人提供一种崭新的养老护理生活方式，让他们生活得更有尊严、更加温暖、更加幸福健康！

老有所依，老有所养

老有所依，老有所养，是张祯创办清河敬老院的终极目的。

有一份比较权威的资料显示，永昌清河地区朱王堡与水源两镇，60 岁以上的老人现已达 7300 多人，而且以眼见的速度还在快速增长着，1960 年代出生的一代人也开始步入老人行列，使这个数字只会越来越庞大。在这些老人当中，绝大多数的子女都不在身边。他们有的是早年考学或者其他种种原因离开的，而大多数是随着城镇化的快速发展，土地流转大作业，把他们的手脚都闲下来了，基本上都是外出打工，或是进城陪学兼打零工，或者就直接进了大大小小的城市，去县城的，去市上的，他们有的因就业有了相对固定的工作，已在城里买了房安家落户，那些一时还未寻找到着落的，也只是暂时务工寻找机会，租房寄居，正走在在城市里安家定居的路上，都已变成了候鸟一般。农村被荒疏了，农村的土院老屋变成了真正的空巢，已成了实实在在的空巢老人。随着年轮更替，儿女们的儿女也大都进入上有老下有小的"人生负重"时期，对于他们的关照自然就缩水了大半，老人们的生活也越来越不方便。

另外，还有扎扎实实的"五保"老人 180 多位，他们的人生构成比较复杂，鳏寡孤独，老弱病残，人生能有多少伤，他们就有多少悲，生活原本就过得凄惶无边，现在再加上横行无忌的空巢大风，让他们的生活就更是飘摇欲坠，雪上加霜，在过去还有政府有村里人，还有乡里邻居、亲戚晚辈多少有些照应，这时候，那些曾经照应过他们的人，也大多成了老人，也陆陆续续地成了需要别人来照应的别种意义上的"鳏寡孤独和老弱病残"。

农村人口的老龄化如深秋的一场雪，银色世界提前到来，农村老年人的赡养问题，成了中国最为广大的农村人口的一道硬伤。如何疗治，群策群力，人们寻找着各式各样"老有所依，老有所养"的方式，那些具有大情怀的有识之士更是未雨绸缪，走在了前面，不断地探索着各种各样的养老路径，如何让那些脸朝黄土背朝天，在土地上抓挖了一辈子的老人，能有一个如意的晚年……而最终"农村养老院"这种比较实在比较兴时的养老方式应运而生，这种在传统的农村敬老院基础上形成的养老方式，悄然出现。

在张祯兴办"敬（养）老院"之前，他就对县域内的"敬老"情况做了调研，有许多乡镇，甚至大一些的村社都有大大小小的敬老院，但那主要是针对"五保"老人而办的，而且规模都非常小，都是本村本社的二三位、三五位，最多七八位老人，基础相对薄弱，可以说就是个几位传统意义上无儿无女"鳏寡孤独"老人的家，心里没有牵挂，手头没有活计，有人给照顾着温饱，照顾着生老病苦而已。对于那些典型的"空巢"老人，人们还无法用这种方式做到"敬老"，也根本承担不起对这样的老人敬养的责任。当然就现在的现实，他们还没有"资格"进入这样的敬老院养老。

再说这样的老人从观念上也大多不愿意去敬老院，而更愿意终老家园，像老牛一般，除了自认为有家有室，凭什么住到"公家"去，那"公家"的房子哪有自己家住了几辈人的住着舒心如意？只要还能翻得起身走得动腿，也就能独立生活，又不是躺在床上动不了了，凭什么要让别人侍候？更是有儿有女，为什么要与"鳏寡孤独"为伍，住到那里去不是在丢儿女们的脸面，让别人看笑话吗？等等，说到底还是觉得"公家"条件不如自家的方便，自己的物质生活还能得到保障。至于亲情的疏薄、至亲的远离、老院的荒凉、膝下的寂寞，也大多都认命了，只要能够活着就好。

另外，还有最重要的一点，那就是养老费用问题。

敬老院和养老院在本质上没有什么区别，都是"老有所依，老有所养"，然而在格局构成上却完全不同，敬老院里"五保"老人生活，是由政府兜底的，而养老院里的老人，则由子女购买服务，那费用是少不了的。对于农村人来说，绝大多数人的手头还是不那么宽裕的。有那些钱买别人的服务，还不如在自己的老窝里自己服务自己。

然而，这只是事情的一个面，就像一枚硬币，还有另一个面。张祯在考察乡村敬老院现状的同时，也走访调查了乡村里的一些"空巢老人"及他们的子女。

有的老人曾经被子女接到了城里生活，结果住了一段时间之后，说什么都不住了，儿女们都拗不过，不得不将老人又送回了乡下老家。按老人们的说法，方方面面都不习惯，也不方便，老老少少最少五六口人挤在个小小的鸽笼子里，没有病也憋出病来了。就是出了门，下了楼，也是落寞难耐，眼前人来人往，热闹非凡，可是却很难有一个能说话的人，难以融入，四顾茫然。要是在老家里，总是还有几位和自己一样的老人，总是还有一些老话可以唠叨解闷，想庄田了就去地埂上走走……老人舒了一口长气回到了舍不下的自由自在的老家，安安生生的了，可是儿女们就难受了，尤其是那些孝心重的，就更是寝食难安，心有所扯了。

有的老人，从一开始就没有进城的想法，儿女的态度就很暧昧，各怀各的心事。在一个院子里，也许就已经另起炉灶了，或别说有的早已起庄分家另过了。这样的老人，倒也安心，只是对于将来，却是有些茫然，如果儿女们还在村子里，还在一个院子里，即使有些磕磕绊绊，也总在一起。现在儿女们走了，将来有一天真是动不了了，他们还会回来侍候吗？到那时候，进养老院当然好，可是费用谁来承担？那些进了城的儿女，许多人的日子，过得也许还不如在村子里的时候，甚至如履薄冰。

……

其实，张祯调查到的这些，谁也没少见，谁的身边没有发生着同样的故事，就像一部戏似的在上演在传说？现代的城市与乡村，藕断丝连，甚至勾连得比过去任何时候都紧都密。城乡一体化是个大趋势，但却也是个大概念大数据，因为它无法改变绝大多数乡村与城市的物理距离，也无法在一夜之间改变人们的生存观念。

尽管情况比较复杂，但是张祯还是坚定了筹建养老院的决心。张祯说，他经营养老院，在别人的眼里看起来是一门子新兴产业，是搞经营，从长远来看，从社会发展的大趋势上看，也没有什么错，毕竟他是一个货真价实的且有些成就的商人，这就是一种经营行为，经营是本质，但对他自己来说，除了是一种产业，还应该加两个字：良心，或者就称为良心产业。

张祯说他见不得可怜人，这是一种骨子里带来的脆弱，尤其是那些孤苦伶仃的老人，从那双眼睛里流淌出来的无助与无奈。在调研的过程中，他看得太多了，偌大的个村子，冷冷清清，没有生气，也没有活力，连一声狗叫都听不到；偌大个院子，寂寂静静，喊上半天了，门才慢慢打开，熟悉了一脸惊喜，陌生了满眼茫然。那种孤苦凄清的眼神，让人冷到心里。人是需要群聚的，需要交流的，就像空气和水一样，要是没有了交流，那水就成了一潭死水，那气就成了沉沉死气。人生实苦，可这老来的孤苦原本是能够改善的啊，尤其是整个社会都已进入小康时代，老人们的生活要求都已不仅仅只是基本的温饱问题，养老护理、医疗康复、休闲娱乐和精神慰藉等等，提高生活质量，已是不可忽视的要求。而在养老院里，除了儿女不能时时地守在身边，其他生活所需一应俱全，而且精神生活也非常的丰富。

张祯下决心办养老院，当然也还有两个支点，一个是政府的大力支持，"公助民建"，乡村养老院可以帮政府养老工作省心减压，排忧解难。当然，政府的支持，还有更加宏大的蓝图，那就是可带动起一个全新的产业，提升农村老年人的生活质量，进而影响和改变村民们的消费观念和生活方式。另一个就是绝大多数在城里安居乐业的儿女们，尤其是那些和老人无法"和解"的儿女们，都非常支持他，他们都是些了解养老院能够替他们尽孝让他们放心的人。

清河敬老院

清河敬老院，是"永昌县康怡养老院""永昌县清河敬老院"和"永昌县清河残疾人托养中心"的合称，占地45亩，建筑面积达到1.1万多平方米。据说省上的某位主管领导视察完的时候，肯定地说，这个敬老院是他看过的，甘肃省范围内乡镇敬老院当中，集养医于一体，规模最大、设施最为齐全的敬老院。还在和老人们交流之后深有感触地说，"我到过全省很多敬老院，像这里老人们这样灿烂的笑脸是第一次见到。"你没有去过其他任何地方的乡村敬老院，即使是离家很近，只隔着大半个小区距离的那个市上的敬老院——又叫福利院，只是有两次带着孩子去捐旧衣物的经历，也只是在刚进门的收发室里放下东西，连登记都没有做就转身出来了。至于它的有效规模、内部硬件设施、人员构成、养老服务等等，从来都没有去了解过，也好像没有去了解的动机与愿望。因此，对于这个乡镇敬老院究竟是大还是小，没有一个同业参照的清晰认识。

这个敬老院外观看起来确实不小，院内排布了五栋一幢的建筑，一栋主楼两栋翼楼住宿、一栋综合楼（戏剧大舞台为主，内设多个文化活动室）、一栋医院和一幢大食堂，侧门外面就是张祯公司的综合办公楼。而院子里的空闲之地，被几条相互通连的小甬道分割成几片绿地，并建造了仿古风格的亭台楼榭和田园风格的茅草亭子，绿地边缘栽种了适时的树木，还建了装饰性的小水车，饮水思源。在靠楼这侧，则是块块玻璃橱窗式的围栏，和健身器材一应齐全的适宜老人们的体育活动场地，以及凉亭式长廊和固定的桌椅。如果不考虑"敬老"这个特殊的休闲群体，很像城市里到处都是的街头小公园，好像什么时候，都有老人们的身影驻守在那里。你在养老院待了十天，住在主楼三楼的一间房子里，有些"居高临下"地观察了十天，看到那些能走到院子里活动的老人，基本上都是围绕着绿地在活动，三三两两地坐在凉篷下面，或者到亭子里去嬉闹纳凉，也有一两位老人独个儿围着绿地池栏慢腾腾地走个不停……等开饭的时候，总有几位端着饭碗离开餐厅，来到凉篷下面，围桌聚餐，其乐融融。

院子里最抢眼的，大约就是那架高高在上，刚刚起飞的飞机模型了。张祯说，那是他完全按照自己的心意，自己设计自己建造的，就像他当年经营农机修造厂的时候一样，各种农机都是由他根据当地农耕实际模式和需要自主研发自己铸造。他说每个人都有梦想，即使是七老八十的老人，即使是身有残疾和顽症，他们都还是有梦想的，有梦想就有飞翔，身体飞不了，就让梦想飞起来，让精神飞起来。而支撑飞机模型的则是三根巨大的立柱，柱子上镌刻着由贤达名儒冉生斌和祝巍山两位先生撰写的相关楹联，这些楹联无不表达着张祯敬老养老的初心理念和对颐养天年的老人们的祝福：

羲皇五千年承今朝盛世河清海晏福泽百姓。（祝巍山）

谦恭敦厚屈身担待受人尊，慎言寡欲通达事例善修身。（冉生斌）

岁月苍茫人生坎坷何须问，昨日远去今朝盛世尽享受。（祝巍山）

好生之德敬老扶弱颐养园，善行义举保安复康享福堂。（祝巍山）

说笑开怀心似少年益长寿，歌舞自娱身若顽童乐逍遥。（祝巍山）

远离世俗闭目养神心清静，忘记烦恼宁静悠闲宜健身。（祝巍山）

在立柱后面、主楼前面，由朱王堡和水源两镇政府合立一块浅粉清雅的大理石碑石，上面是由前贤王萌鲜先生撰稿、沙峰（王福和）先生书写的《清河敬老院赋》：

清河平原，绿洲之中，吁兮赫兮，何处楼景？恍若蓬莱，闪金耀银；恍若仙台，来自昆仑。此蓬莱耶，非仙台耶，此处乃清河敬老院，河西养老第一村。

进得门观，惊心骇颜，华堂华庭，美轮美奂。主楼高入云，陪楼如翼挺；金窗夹绣户，珠箔连玉绳；檐下白雾宿，好鸟四处鸣。学习室、医务室、图书室、娱乐室，室室齐整。餐厅、棋室、洗澡间、运动场，个个可心。浴室春暖，热水长清；食堂香浓，饭菜宜人；娱乐室里，笑声阵阵；表演房里，琴声叮咚。华堂主人都是寿星，朱颜鹤发抖擞精神。衣来伸手，饭来张口，不忧寒暖，四季如春。政府关心，老者开心，儿女放心，亲朋省心。清河敬老院，孝心集大成。

贤哉张祯，义哉张祯！勤劳致富，帮助乡亲。拿出巨资，建此华庭。播孝义于一乡，施惠泽于四邻，应群众之心声，扬清河之淳风。大德大义，令人钦佩；高风亮节，誉动远近。

公元二〇一八年四月十五日

在院子里，还有一些时代特色的宣传用语和寓意深远的词语，无处不在，它们都以特别醒目的方式，在最适当的位置营造了一种浓郁的独属养老院的文化气息和氛围。

比如，鲜红的"幸福""平安"就落脚在两只巨大的象征着福禄长寿、平安吉祥的金黄色葫芦模型上；

比如"替天下儿女尽孝""为党和政府分忧"镶嵌在主楼两侧，上下贯通，主旨分明；

比如"秋千润道善""孝心传万世"如匾额一般，悬挂在凉亭式长廊门头；

比如主楼门柱对联："华堂华屋耄耋乐长春，美轮美奂孝悌筑大爱"……

当然24字的核心价值观是少不了的："富强""民主""文明""和谐""自由""平等""公正""法治""爱国""敬业""诚信""友善"，还有"不忘初心、牢记使命"更没有缺席。

安顿

安顿，一个好词儿，一个饱含着温度和抚慰的好词儿。不管是自己安顿了自己，自己安顿了别人，还是别人安顿了自己，别人安顿了别人，或者你安顿了亲人朋友，亲人朋友安顿了你，甚或是活人安顿了死者，都有一种温暖心安到家了的归属感。

人生若有安顿，也便是好人生了。

你被老赵安顿在了主楼三楼上的某一个房间。

没有电，和老赵都已走到电梯口了，这才回过神来。

爬楼梯。悬徊在后门外的风冷冷地挤进来，能看见细细的浮尘，在昏黄的光里翻卷飘舞，落在了楼梯上，和你的脚印一起留下了到此一游的痕迹；落在了墙画上，让两位优雅慈眉的老人在草地上散步遮了眉；也落在两边的护栏扶手上，那里不知有多长时间没被一双双苍老的手抓过了；当然更混进摘了口罩的呼吸里，无数个喷嚏喷薄欲出。老赵说，一天都是老人的事儿，不管是几楼，为了赶紧，啥时候都是跑电梯，这楼梯都把人给忘了。都不习惯了，你咋样？

楼梯忘了人，人又何尝不是忘了楼梯，住在楼里的大多都是七老八十的老头老太太，要让他们爬楼梯，哪不比登天还难。可能自他们住进来，就没有走过楼梯，连楼梯在哪里都不知道。咋样？咋样都行，反正楼梯你是爬惯了的，不管是家里还是单位，每天两个来回，楼层又不高，基本上都是四楼。想想有趣，这大约就叫命，在小城苟且营生三十有年，你基本上是在四楼打转，而且可以展望，如果不出意外，还要一直待下去。至于将来，至于到了"他们的今天，就是我们的明天"的时候，也许和他们一样，也许不一样，谁知道呢，但总会有一个"安顿"在等着你。

你问老赵，住在楼上的老人，这停电了，他们怎么办，也要他们想办法走楼梯吗？

哪能呢，老赵说，这高层上老人不多，还主要是代养老人，他们一般都挺精神的，他们也基本上自起炉灶，家里人也来看的勤，好多吃穿用度就都给送来了，而平时的油盐米菜之类，开上单子由服务员去代买。有时想吃大灶，能去的就自己去了，腿脚不便的，我们就让服务员给把饭送上来了。这个楼上好说，主要是那两栋，有几位老人长年都下不了楼，一直都是送吃送喝的。有些生了病的老人，要么是请大夫上楼诊疗，要么是我们直接给抬下楼，送到医院去，若需要连续治疗，就直接住到医院。医院那边没有电梯，我们就又给抬上去。

麻烦得很？

本来就是个麻烦人的活儿，老赵笑了，其实这些都没关系，大不了出一身臭汗。最难缠的，是有的老人不能动弹，脾气还古怪得很。那边楼上有位88岁的五保老太太，姓尚，大家都叫她尚奶奶，脾气不好，好像和谁都合不来，一辈子过得很孽障。是刚开院不久，因种种原因，从永昌那边转了过来，一个亲人都没有，患有多种疾病，肺心病最重，哮喘最是难缠，也最危险，三天两头就出问题，轻一点就在咱医院治疗，严重了就得赶忙着往河西堡（金昌市第一人民医院）送，一年总有那么四五回。

有次半夜里犯了，是服务员查房时才发现的，已经很严重了，分分钟都是要老命的事儿。服务员当即就打来电话求救，他紧着往那里跑，一边和医院大夫联系，一边把情况汇报给张总，张总说，不行就赶紧送河西堡。在经过紧张的抢救，暂时稳住病情之后，给病人用了氧气包，他和两位主治大夫，还有护士长和一个护士一起上阵，连夜紧急送河西堡大医院，这才抢回来了一条老命。老赵说，那次真把他们给折腾了个半死，啥时候都让人有一种给临终关怀的感觉。

听着听着，就真是危险，多亏了服务员及时发现，不然她就真把自己给安顿了。

但她的脾气还就怪得很，只要是在咱这儿，她就不愿住院，白天在那边打吊针行呢，但晚上非得回到她的房子不行，要是得输几天针，我们就得上上下下地反复抬来抬去，能把人折腾死。究其原因，说是她一个人住在那住院部害怕得很。害怕啥呢？怕死罢，是怕被鬼抓了别人不知道吧。我们反复给做工作，住在那里，一样有人照顾，还是专业护士给盯着，也安静，要是有个啥事儿，医生就在楼下，更方便。可是人家就是不行，我们该就每天小小心心地抬上抬下，有啥办法呢。

哦，再难，也还是给安顿得妥妥的了。

也许，正是因为这种种的缘由吧，人生的磨难，世事的炎凉，让这个尚奶奶在别人问起来的时候，总是说这个养老院好得很，服务周到，住得好、吃得好，各方面照顾的也好，"麻麻香"。

服务员已经打开了房门，那种老老的气味和浓浓的土腥味儿扑面而出。

老赵说，这间房子自防疫开始，那位常住的客人退房之后，就再硬没住过人，今天又刮着沙尘暴，还没来得及收拾。说着就和服务员一起动起手来，并说这被褥床单都是新换过的，要是想换了就再换一套来，你当然回说不用了。掸床擦桌子，拖地抹茶几，三下五除二，很快就弄利落了，然后根据你的需要，又从隔壁抬过来了一张桌子与原来的桌子拼在一起，给你摆成了一张宽敞的写字台，还特意给你找来了一个烟灰缸。你把笔记本摆上去，一个操作间分分钟就安顿好了。

你心里忽然一动，这都几年了，不知道这间房子先前都住过些啥人？

老赵说，都是些候鸟一样的生意人，来来去去的，住不久，多则一年半载，少就三五个月。说着抬头看你一眼，那时他正蹲在地上，擦抹茶几下面木隔板上的灰尘，笑着说，这栋楼上，长期住户主要在二楼，有十来位，三楼上就那么几位，还有医院里的几位大夫，空置的几间，就出租给三五个零碎子的半长期的生意人了。真正的农村代养老人还是少之又少，咱农村人大都还分不清敬老院和养老院有什么区别。冬天相对租房住的人多一些，主要是冲着暖气来的，基本都是拖家带口，尤其是有小娃娃的家庭，他们会从供暖开始，一直住到停暖的时候。

是宣传不到位吗？

宣传工作做得扎实着呢，主要是人们的观念还一时转不过来，怎么说明解释都没用，各人的想法不同，好多老人抱持的还是能熬过去就熬过去，有吃有穿的就行，祖祖辈辈都不是那熬到老的。最主要的还是费用问题，不提费用还好，大家都觉得好得很，一提费用就都皱起了眉。咱们这和其他平行养老院相比，已经很低了，能保住本就不错了，但是许多老百姓还是有些承担不起，还嫌太贵了。他们都用自己平时的最低生活开销，来对标养老院的费用，根本不考虑其他劳务支出，就像种庄稼一样，只算投入的种子、化肥和农药是成本，只算打了多少粮食就是收入，从来不算自己一年流淌的汗水和劳动力。就连一些五保老人，还认为政府每月承担的那几百块钱多得很，怎么算都用不完，动不动还要和你闹一闹。当然，这样的老人也是极个别的，但也很让人闹心的。

（其实，经过几天的实际观察和体验，你感觉到不管是社会上，还是农村里的符合条件的老人大多不愿意来，可能还有更深层的原因，老赵他们分析的这些，可能只是浮在表层的能说得出口的理由，这个暂时不表，后面还要说道。）

……

屋子收拾好了，老赵告辞，他要你先休息会儿，待吃饭时，他来叫你，说是中午就在大灶上和老人们一块吃饭，让你先体验一下老人们的饭食。

你认真地"巡视"了一遍屋子，内里整洁，墙面干净，沙发茶几、电视网络、桌椅床铺和衣架、卫生间淋浴器等等，应有尽有，基本能够达到"拎包入住"的条件。在一般宾馆应有的设备之外，又多了一个完全能够施展手脚的厨房，这大约就是"养老宾馆"最大的特色吧。想想一个人在家过日子的基本所需所求，也就不过如此了。门一关，一个小小的完全属于自己的世界。更何况，还有服务员每天前来收拾"家务"，帮着买菜买米，有个头疼脑热的，医院就在楼下院子里，要多方便就有多方便。

想想，其实也挺好的。

午饭时间

午饭时间，你知道了你的邻居，是"90后"的李爷——李子兰。

李爷应该算是最早住进来的代养老人，和你的屋子隔了一间，就是他的"家"，就是单属于他的一个独立王国，他就是这个独立王国的王，他就是那个空间世界的主。先一天中午在大灶上吃饭的时候，曾经看到他板正的身影，独来独往，一个人去打了饭，一个人寻了个少人的饭桌，一个人坐在那里清静地……清瘦的面容和整洁的衣着，和其他老人在一起，精神面貌有点鹤立鸡群的感觉。

你问老赵那个老人是谁，老赵说，那就是你的邻居，代养老人李爷——李子兰。

那时候，你一边往嘴里扒拉着面条，一边有意无意地扫视着满大厅吃得无声无息的老人们，他们都很少大声说话，也很少与他人交流。因为停电，大厅里的光线有些昏暗，气氛有些压抑。吃完了饭的老人，有的抬身就走，把碗筷留在了饭桌上；有的拿到洗碗槽那里去清洗，然后放进那个铁皮柜子里某一个属于自己的格子去。他们基本不在饭厅里流连，也很少两三个人聚在一起。李爷是什么时候吃完的，又是什么时候走的，你倒是没有注意到，而坐在你们旁边桌上的几位老人吃得似乎有些慢，他们时不时抬头看一眼你们，和善、平静，你冲着他们笑笑，对上眼的回你以微笑，散漫过去的无动于衷，看不出什么波动来。其中有一位就那么有些静静地看着你，你向他点点头，他却没有任何反应，让你有些尴尬，想着他是不是看着看着走神了，他的眼睛里早已没有了你。

老赵笑着说，你是个外人，这些老人们对外人都很好奇，尤其是还能和他们坐在一起吃饭。你心说他们会不会把你这个半大子老汉当成了新来的？也弄出个"遍地知音"的笑话，想想应该不会，记得什么时候有谁说过，别看他们鳏寡孤独老弱病残，脑瓜子反应慢，腿脚也不是太灵活，但是大部分情况不是太严重的人，对于谁是和自己一样住在里面的，谁是外来的，分得门儿清。你若是不主动和他说话，他永远都不会向你张口。

待着老人们都吃光走完了，你才和老赵一块走出了饭厅。天色依旧浑浑黄黄的，虽然肉眼看不见，但能感觉到细尘落在了身上。也许是因为没有风的缘故吧，吃完饭的老人三五成群，有的孑然一身，慢腾腾地，或向着宿舍楼走去，或独处一隅，或就坐在凉亭那里，瓮声瓮气地闲话拉呱着，见我们走过来，就有几个围住了老赵，争先恐后地说起来，一个看起来年龄不大，还戴着副眼镜的中年男子，一边嘴里呜呜啦啦地叫着，一听就是语言智障，一边手往宿舍楼上指点着什么。老赵一边听着，一边给你说，有个事儿他要处理，让你先回房子休息，下午了他再过来……

楼梯的落尘已经打扫干净，但土腥味依旧浓重，刚擦过的合金护栏和扶手上，又见微尘。进了门，走到窗前，视野比院子里空阔了许多，但依旧灰蒙蒙的，近处的楼房蒙在浮尘里，返乡农民工创业园尽收眼底，远处田野一片灰蒙，隐约可见一些树的魅影。院子里，三三两两的老人们还真把黄尘没当一回子事，慢慢地溜达着，或就站在那里……你不知道他们说些什么，或者想些什么。要是有所说，会说些什么呢？要是有所想，又会想些什么呢？

……

邻居李爷

邻居李爷，老赵说，昨个也就是停电着呢，不然李爷在这天气里肯定会自己做呢，你看今个就没有去。平时他也是去大灶上的，偶然自己做一顿，调调口味啥的。

这老爷子已经小九十了，可看起来精神很，若是第一次见，你肯定不会认为他已经马上九十高龄了，要是猜到底也就七十多不到八十吧，就像你昨天在饭厅第一次看到他，心里暗暗估算的，应该有七十多了，结果老赵说已经八十九了。他是啥情况，他来自哪里，是城市还是农村，是外地的还是本土的，是怎么到这里来养老的？他有着一个怎样"特别"的故事，他为什么让人感到与其他老人那么的不同？你从昨天中午吃饭时，就对李爷产生了莫名的兴趣，你觉得这样一位老人来这里养老，肯定会有许多的故事。

沙尘暴已经盘桓了三天，有人说是因为风太小散不去，虽然沙尘已经比前两天少多了，天色也多少亮了些，但依旧昏黄混沌。按约定，老赵差不多准时来到了安顿你的地方，虽然说是随便聊聊，但主要的还是想听听李爷的故事。

谁能想到，听来的故事，竟然与你猜想的大相径庭，如果老赵说得不错的话。

李爷李子兰，如果细究可以称为老革命，1949年永昌解放时参加工作，这有他那块由中共中央国务院中央军委颁发的"庆祝中华人民共和国成立70周年纪念章"为证。据说他当年一开始参加的是永昌县保卫队，后归建编入彭帅的部队，成了一名正规军人，皇城剿匪，抗美援朝他都赶上了，而且正当其时，他都参与其中，但因为工作性质与岗位，他都没有上过前线，没有参加过具体的战斗。1955年退役转业至西北煤田地质勘探局145队，由于没有文化，当了一辈子地质队员、汽车修理工，兢兢业业，艰苦奋斗，在祁连山里找了一辈子煤，把家安在了兰州七里河区的阿干镇。1987年正式退休，之后举家迁了回来，具体说来，就是在外面转了一圈，又回到了老窝子朱王堡镇朱王堡村。按咱老家话说，站在这养老院的楼顶上，就能看见他家烟通眼里冒出的烟。

李爷李子兰，老伴前些年走了。有两个儿子，大儿子从金昌农行退休后，跟着女儿去了海南定居，二儿子在家种着4亩多地，也做着个什么比较费时费力也辛苦的生意（是不是也和村里的许多年轻人一样进了城，这是你猜想的），有时照顾孤身一人的他就显得吃力，两头子抓挖的人都难心，他也不想搅扰和耽搁他们的生活。刚好，这个在家门口的养老院建起来了，他就高高兴兴地住了进来，儿孙们也都很高兴，也都很放心，他们也仔细地考察了养老院，确定养老院真的能"替天下儿女尽孝"，他们就放放心心地把他安顿在了这里，其实也是他自己给自己的个安顿。远在海南的每年都回来看一回，近处的三天两头只要有时间就来了，和走隔家邻居串门一样方便。至于让许多乡下老人和子女望而却步的养老费用问题，以李爷家的情况，根本不用愁，更何况他本人就有退休金。

老赵说，这李爷可有意思了，遇事想得开，不纠缠不计较，却喜欢忆旧，珍惜自己的荣誉，热爱现在的生活。他有许多带着历史意味的存货，一件件看过来，既能看到他一生的经历，也能看到时代的风雨变迁。长龄高寿，身体健康，自信快乐，有时真让人艳羡。

听着老赵的介绍，你就更想和李爷见见聊聊了。

老赵说，那就走吧，这会儿肯定在呢，这种天气不出去转闲，李爷虽然平时话少，你问啥时他才会跟你搭腔，但也喜欢跟人聊天，只要对上了路子。

老赵叫着"李爷"敲开了门，李爷笑脸相迎，当然他的笑是那种很内敛的笑。

电视开着，好像是个什么战争片。

你约略扫了一眼屋子，一张大床好像换成了一张中床和一张小床，中间有一个床头柜，柜上墙上挂着个大相框，满满的照片，有黑白片，多的是彩照。靠里的小床上铺盖整齐，上面叠放着几件衣服，床上还放着些其他物什。老赵说，那是李爷自己给家里来看他的人准备的。整个屋子显得整洁干爽，生活用品放得井井有条，沙发、衣架、大立柜，还有一些小物什，比如一台小小的洗衣机，老赵说，李爷的衣服都是自己随手洗的，他不要服务员代劳拿去洗衣房，他嫌麻烦。等等，一应俱全，很亲切也很温馨，家的烟火味很浓，可能是刚做过饭的缘故吧，不像一般单身男人的家，要么乱糟糟的一地鸡毛，要么冷清清的如古屋穷寺。

老赵口里的那枚纪念意义特别的纪念章镶着框，就摆在电视机下的长条桌面上，旁边杂件很少，只有极少几件，茶叶盒子、茶杯、电视机顶盒而已，因此纪念章的位置很凸出，颜色很亮，红色的框，不落一丝一抹的灰尘，一看就知道平时擦拭得很勤，有种隆重尊贵的感觉，一看也就知道主人是个干脆利落珍惜自己羽毛的人。你小心地拿了起来，仔细地观赏。这个纪念章你当然早就知道了，主色调为红色和金色。核心部分为五星，代表国家荣誉。"70"飘带象征中华人民共和国70年奋斗历程。团锦结环绕在五星和"70"飘带周围，寓意全国各族人民大团结，构建人类命运共同体的愿景。章体外环以如意祥云、光芒构成，象征人民对美好生活的向往，同时表达隆重庆祝中华人民共和国生日，礼赞国家富强、民族振兴、人民幸福的辉煌成就，以及在70年辉煌奋斗成就的基础上不忘初心、继续前进的坚定决心。

你也早就见过了，不过见到的都是报纸杂志新闻媒体上的影子，像雾里看花，看得见摸不着，像这样捧在手里观看，真有种分量特别重的感觉。李爷平静地说，这是谁谁谁从民政局给代领回来的，他那一阵刚好出了趟远门不在，说是专门发给解放前参加工作及那些为国家做出特殊贡献的人，他是1949年参军的，刚刚好，刚刚够上第一个条件。你很为李爷庆幸，"刚刚好"，多好，最主要的是为他老人家还能领到。1949年前参加工作的人多了去了，可像他还能领到这枚纪念章的人，能有几个呢？他还是这样的精神，这样的健康。

这李爷，可真是以院为家养老了啊。

老赵先是介绍了你，李爷满脸笑意，伸出手来，欢迎欢迎，咱这来过的记者很多，还很少有作家来。老赵说你主要是想了解李爷在养老院里的生活，还想看看他保存的"文物古董"。李爷一听呵呵笑了，这不挺好的吗，我那都是些旧东西，看就看吧，一边笑说着，一边过去从床头那里拽过来一个袋子，老赵笑着打趣，这可是李爷的百宝袋啊。

李爷开始一件一件往外掏，手里掏一件，嘴里念叨一件，然后往床上摆一件，一会儿就摆满了整个小床，重重叠叠，琳琅满目。

旧物件有抗美援朝爱心针线包、军区完全小学毕业证、结婚证、几个先进工作者获奖证书和几本硬皮笔记本（奖品）等等。笔记本都用过了，上面密密麻麻地写满了日记，主要是当年发生的一些重要事件的记载，一些学习笔记，还有当年迁徙回来后，当地一些事件记录。

还有一些旧报刊和图片，内容很亮眼。最让你开眼的是一份老文件的复印件，不知道他老人家是如何得到并保存下来的，那是1967年甘肃省决定实行军管的"中发"文件，上面有中央和甘肃的五位历史人物名字。文件上方没有"机密"字样，可能是普发的，但李爷那时作为一名普普通通的地质队员，怎么可能有它呢，是不是那时正是文革兴起的时候，这种文件就像红本本一样，会人手一册，这才让心细的李爷保存了下来？还有本白皮书：《伟大领袖毛主席永远活在我们心中》让你肃然起敬。

老赵拿起这件看看，拿起那件翻翻，嘴里也自顾自地念叨，这些东西件件都有历史，都有故事，都是宝贝啊。老赵曾经说过，他之所以能在退休前把流泉村农耕博物馆一手做起来，就是因为他实在是喜欢那些老年成上的东西了，那是你的根本，是你的来处和去处。

一边翻看着李爷的存货，一边聊着他现在的生活。

按李爷话说的意思，来这里来得对，按现在比较时髦的说法，是一种"双赢"的选择。所谓养老，说到底了，养的是心性，是双方互养，既养老人身心，更养儿女德行。

自到了这里，李爷说他的心情就很少有不好的时候，就像到了自己的另一个家。比起在先前的家里面，人也轻松了许多，儿女们也轻省了许多。自己现在什么闲心都不操了，尤其是让儿女们从忧虑中解脱了出来，再也不为自己的生活而牵肠挂肚了。人老了，就不中用了；不中用了，就要给儿女们添负担了。儿女们自有儿女们的生活，实话说，人老不中用了就是儿女们的负担，这种话对于孝顺的儿女们来说，不会想，更不会说，但活得通透的老人们自己心里明白。赡养与尽孝，是做儿女的内骨子里自带的天性与德行，天下儿女若是做不到，或者是心有余而力不足，就是亏，就是愧，就是心灵上压着的一块石头；而老人要是自觉无用了，就会觉得是给儿女无形中增添了负担，也是亏，也是愧，也就是自己心理上的一种承重。而现在好了，进了养老院，两方面的负担都减轻了，甚至都没有了负担。现代通信发达得很，彼此的思念和牵挂，打开手机视屏就基本解决了。还真是求好得好，各好其好。

老赵说，像李爷这样的代养老人，其实一开始的时候，都还是有些顾虑的，不管是本人，还是儿女们，怕生活不习惯，吃不好，睡不好，怕侍候不好要受罪等等，毕竟不像在自己的家里炕头地上的那样方便，毕竟是一种大集体生活。但是来住上一段时间，慢慢地适应了，也就认可了这样的生活，而且过得有滋有味的了。像隔壁麻老太太，刚开始的时候抵触得很，儿子和姑娘要送来的时候，死活都不愿意。可是待了一段时间，儿女们想接回去住上几天，她却坚决不回去了，说在这里比在家里好得多，还说这里的服务员比儿女们还孝顺。自来到这里，吃饭吃的香了，睡觉睡得好了，心里没啥事了，清静得很，乐得个安享天年。

真是应了那句古人的话，说曹操，曹操就到，是不是真的心有灵犀啊。

老赵正说着麻老太太，麻老太太就推开门，蹒蹒跚跚地进来了，嘴里咕哝着，"听说来了个作家，我来看咔。"李爷和老赵都笑起来了。

老赵说，麻奶奶您的耳朵还尖啊，正说您呢，您就来了。

老太太哟着嗓子说，说我啥呢？语气平和得很，自言自语似的，好像跟你只是打了个招呼，你回答也好，不回答也好。

老赵说，说您女儿来要接您回去，您怎么都不回去的事儿。

老太太自个儿坐在沙发那头，把目光转过来看着你说，我才不去她家呢，吵闹的很，躲都没处躲。你们都有事儿干，就我一个不中用的，还不听人说话。这里多好啊，眼不见心不凡，有吃有喝，说啥是啥，还有人给啥时候都看顾着。老太太说的断断续续，意思大致就是这么个意思。

后来，老赵和你说，这老太太起身其实好着呢，今年84了，有三个儿子和一个姑娘，（朱王堡）新堡子村的，实打实的四世同堂，幸福着呢。大儿子从供销上退休之后去了兰州带孙子，二儿子在家做农副产品的生意，忙得顾头顾不了尾，三儿子在金川搞个体经营，也辛苦得很，姑娘今年都小六十了，也在金川带孙子。老太太先前待在姑娘家里，也好着呢，可时间长了，总是有些磕磕绊绊。锅碗瓢盆在一起还有个磕撞呢，说到人，我们谁其实都一样。老人家的脾气也有些偏，在女儿家里总是有许多的不方便。老人家的子女们其实也都孝顺得很，但也经不住时间的熬煮，于是就商量着送养老院里来。刚开始的时候，急躁的很，你能想得来的，有点脾气的老人嘛，热闹了一辈子，突然安静下来，连个顶嘴的人都没有，能不急不躁吗？但慢慢地，住着住着，就体味出来了，生活也可以是这样子的，也习惯了，甚至还爱上了这里的生活，子女们都高兴得很。你不知道，整个院子里，就数麻老太太家里来的人多，也勤，三天两头姑娘就寻着来了，来时还带着一帮子好几个，火闪闪的，把院里的其他人看得直发愣，吃的喝的用的，都带一大堆，把个老太太幸福的。

聊了半天，你提议几个人坐近一些拍个照，李爷呵呵笑了，"我才不和她

坐一起照呢，要是让别人看到了，还以为我们是老两口呢……"你也不由得
笑了，还真是那么回事呢，要是你不知道实情，也会理所当然那样认为的。

低音炮

　　低音炮，是低音音箱的俗称或简称，是一个极具乡土味接地气的词语，
一开始你并不知道，你一直以为是个流行于市井口头的有些暧昧的词语，哪
里能想到会是个音响的名称。

　　已经在养老院暂住好几天了，几乎每天早晨——刮着沙尘暴的时候，你
好像没有注意到——都被那种热情涨满、活泼动感、火辣辣野嚓嚓的广场
舞"凤凰传奇"等等惊醒，有时也吼一阵子秦腔，好像到了黄土高坡；有时
也能听到当时正流行的《可可托海的牧羊人》，还有降央卓玛的《西海情歌》
和乌兰托娅的草原劲歌等等。

　　一开始你很吃惊，还以为是养老院里也有喜欢早起跳舞的"大爷""大
妈"，院里专门为他们播放的，但你过去拉开窗帘，朝楼下看去，院子里除
了从西南角扩散而来的音响之外，却没看到有什么人。那时天色尚早，从开
了灯的窗子望出去，外面的世界还有些欲明还暗的朦胧。于是就想或者是外
面哪家商店或超市播放的吧，你也曾在早晨外出吃牛肉面的时候，看到在一
家小超市门口，放着音响，两个女人在跳健身舞，自娱自乐，欢实得很。

　　可是你听着听着就发现不对劲了，好像它并不是从同一个方向传播开来
的，更像是一个移动的音箱，从西边到东边，或近或远，从东边到西边或高
或低，像水波似的盘桓着流动着。

　　在第四天还是第五天，终于忍不住没有开灯，到窗前去推开窗子，在微
旭的晨曦里搜索起那个声音的源头来。最初那声音还就在那西南角大舞台那

253 ·

里，随后就慢慢地朝东移动，你锁住了那个音响的原点，你的眼睛也跟着移动，蓦地就看到了一个人，在树影后面忽隐——忽现——，慢慢地朝前移动着，你一下子明白了，原来院子里还有一位坚持晨跑的人，那音响就来自他那里，他就是那个音响，你下意识里觉得他的手里握着个随身听。

可是，那也不对啊，哪有随身听能发出那么浑厚热烈洪亮的声音，那明明至少是个小音箱发出来的。你忽然想起曾经在市区马路上遇到的那种拉着拉杆音箱，旁若无人地从身边滑翔而过的江湖浪人，难道这个人晨跑也拉着音箱不成？但是这个想法很快就被否定了，那个驼着背的人，在慢跑，真的很慢，你感觉到他只是在动，只是做出了跑的动作，好不容易他"跑"到了没有树棵遮隐的敞亮的大门那里，像个动漫剪影似的，戴着顶耷拉着舌头的帽子，两只手还背搭着，弯腰趋步，左摇右晃，蠕动着……身边并没有你想象中的拉杆音箱。

你心怀疑惑。

傍晚，外出归来，有些累，躺在床上，忽又听到了窗外的音箱，但是却没有早晨的那般热烈和清亮，好像还离你很近。你心里一动，翻身起来到窗口去寻，但见院子里散着不少的人，楼前凉亭里最多，院子里到处溜达的也不少，草坪亭子下面也坐着几个，还有如儿童一般互相追逐打闹的，声音也杂，但那音响还是扶摇直上，冲你而来……

你又看见了早起那个身影，驼着背，双手背搭，敞着有些臃肿的外套一般的棉袄——院子里的人们基本上都穿得有些臃肿，到底还是春天，一个纯然老弱病残的世界——帽舌子耷拉着，似跑却走，低着头专注地盯着脚下，身子有些摇来摆去，腿脚不是很灵便，有些弯，但却一往无前，音乐围绕着他，就在楼前眼皮子底下，他确实没有拉杆式的音箱，而那音响也确实是从他身上发出来的，你只能断定他有一个大功率的随身听了。

隔天，你和老赵说起你的疑惑。

老赵笑了，那是个低音炮。听着声音大得很，那原就是个小音箱。那个人进来的时候，就一直带着，说是用社保金买的。他每天都听，也没人干涉，可能大都喜欢听吧。

哦，看起来这个人是很有些趣味的，有歌有戏，还喜欢走路。

嘿，那也是个怪人，话少得很，独来独往的，就爱听歌，有时候也听秦腔。每天只要出了楼到院子里，就喜欢那么围着花园草坪兜兜转转跑步听音乐，每天都起得很早，给人感觉还是个很勤快的人。你说他是有意锻炼身体吧，也对，也好像不对，哪有那么一直不停地锻炼的？看着他那么慢跑，连看的人都急都累。老赵说，他觉谋着对于那个人来说，那种慢跑就是一种爱好，就是一种认定了的健康的生活方式，是在啥时候受到了某种启发，先是和别人一样是有意识地锻炼身体，可是跑着跑着，就跑成了一种习惯，就跑得停不下来了。

这也是一种健康的娱乐生活，伴着那样有些底气的音乐，数着自己的步子，听着自己的心跳，一定会有很多感受，精神上也得到了满足，日子也就好打发多了。你问这院里还有低音炮吗？老赵说，还不少呢，大多和他一样，在还没有进养老院之前就买上了，但那样喜欢大声放好像就他了，随身听有不少。

哪，其他人的平时呢？

其他人也好着呢，除了收听低音炮和随身听，多数的是在房子里看电视，稍微灵便些的会去活动室打麻将翻扑克下象棋，有个别喜欢看书的去阅览室看书，只要是能自个儿出楼的，即使不去活动室阅览室，也在院子里自由自在地活动。还有那坐轮椅的，自己动不了，想要出来放放风，几个身体硬棒些的就会给推出来，大家轮换着推前推后，其乐融融。

还有那三五成群的，叫什么"物以类聚，人以群分"，你不看都提着小凳子小马扎几个人坐在一起晒太阳，喧慌慌，只要天气好，就凑到了一起。你不知道他们在喧些啥，但总是一直在喧着，好像有多少慌都喧不完，看起来喧得很美。

这不奇怪。对于他们，你当然说的是那些五保老人和政府兜底的人，能说的很多，一辈子都在风风雨雨里逡巡奔走，历尽世态炎凉，活得孽障寒碜。到老来，却不料咸鱼翻身，遇到了正大光明，进了不愁吃穿和风雨的敬老院安乐窝，能没有一肚子的话说吗？只要打开了心门，全都是苦乐年华。

有骨气的人

有骨气的人，说的是半路伤残的王有武，一个差点从半道下车又被人拽上车的人。

那一年，早年就失去双亲的他，和唯一的弟弟又走散了，弟弟远走陕西落户渭南。孤苦无依的他，就和邻村一个小伙搭伴去新疆打工闯江湖，十年风霜，虽然艰辛，同去的伴搭都已安家落户，而他还一个人住出租屋，打零工度日，却也算是还过得去。然而屋漏偏逢连夜雨，某一日，祸却从天而降，脑梗放倒了他。是房东发现了，却又发现他竟然身无分文，最后是乌市救助站给予救助，送乌市医院抢救治疗，半个多月后人才苏醒过来，待病情稍有好转，由于除了人，他的一切都在永昌，救助站很快就与永昌这边救助站对接协商，用救护车转送回永昌。虽然辗辗转转得到了政府和爱心人的救助疗治活了下来，但却再也无法独自谋生。别说独自谋生，根本就无法起身，完全不能自理，半身不遂，纯纯的一个需要24小时看护的病人，而且护理难度非常大。你到现在也没有想明白，一个纯粹需要在医院治疗的病人，为什么要让一家刚刚建起来的民营乡村养老院来承当？

把一个一点都没有希望的病人接过来照顾，这得有多大的勇气和担当？

经过反反复复的协商和论证，张祯心软，最终把病人以"五保"老人的身份接进了敬老院，并派专人护理。一个人不够，还得请硬棒些的老人帮忙。三个月后，康复中心正式开业，接受康复治疗的第一个人就是王有武这个重症病人。通过针灸、理疗、按摩等等多个疗程，奇迹竟然发生了，强烈的求生欲和理疗配合默契，康复效果显著，病人竟然不仅站了起来，还能趔趔趄趄地走几步了，只是人还迟钝些罢了。毕竟是脑梗，得了脑梗的人即使治好了，也还是不灵便，我们都见过很多那样的人。

然而好事多磨，老赵说，这人都成那样了，还骨气的很，不知道有多少事都要慢慢来的道理，正就应了那句"心急吃不得热豆腐"，好胜的他，想着能站起来了，也能走两步了，就想着加强锻炼，多走上几步，结果一不小心撑不住就摔倒了，摔成了左髋骨折，送河西堡做手术，四十多天后出院，回来后就只能躺在床上，似乎彻底起不来了，不能行动，比以前更难侍候了。现在都快一年了，好在天遂人愿，他自己也很努力，又慢慢有所恢复，又能坐轮椅，让人推着出楼活动，也能到食堂去吃饭了。说他骨气的很，还就骨气的很，在院子里活动，动不动让推他的人放手，他自己慢慢地划拉着轮椅挪动，有时候急得哇哇叫。也好，只要他自己愿意动，愿意努力，就有希望。

像这种有"骨气"的人，院里多不多？

也多也不多。这里也是一个小社会，但却是一个特殊的群体，他们的身份一样，都是老弱病残鳏寡孤独，但他们的来历不同，先前所处生活环境不同，性格和人格都千差万别，现在处一大家庭，难免这这那那的。人常说，林子大了什么鸟都有。这些老年人，大多年轻时过的日子和我们普通人不一样，有许多的残缺，甚至是破烂不堪，漏洞百出，因此就形成了许许多多性格上的不确定，心理也不太健全。到了老境，尽管生活环境变了，和过去的日子有了天壤之别，但积习难改，很难矫治，侍候起来很吃力。

比如有的老人，生活习惯很不好。一件衣服穿在身上都已经好长时间了，油光发亮，走过你身边，都能闻见从他那里发出的臭味、馊味、汗腥味，但他却穿得心安理得，就是不换不洗，甚至连澡都不洗，服务员要给拾掇，坚决不肯。他一块的人们急了，就硬生生地给强制换洗了，包括洗澡，他会骂骂咧咧好多天，好像极度不适应；有的老人很不讲究公共卫生，真的是随地大小便，你都怀疑他是故意跟你捣乱，便池就在旁边，他就是要撒在外面拉在一边，别人还说不得，纠正不了，他还会和你吵嘴，要是拉在里面了，要你服务员干什么；有的老人说得更是振振有词，稍有不顺就来了，他就是来享受的，就是来让你侍候的，不然到你这里来干什么……反倒是弄得你怀疑人生了，天下还有这么自私无尊的人，敢情人家一开始就是抱着来当爷的，真把你能呛个半死。

当然，这样的老人毕竟是少数，而且随着时间的消磨推移和大家伙的努力，当然主要是服务人员的耐心交流与沟通，他们也都能多少有些改变。毕竟，人心都是肉长的，再冷的石头，也是能焐热的。而绝大多数老人还是很配合院里管理的，他们大都怀有感恩之心，也能很快地融入这个大家庭的生活，天地方圆，守规矩，知进退，尤其是作息时间的养成。这大约与他和几乎所有的服务人员和管理人员的来历有莫大的关系吧，他们大都是当地人，他们基本上都熟悉绝大多数的老人情况，乡里乡亲的，对老人们的底细还都是比较了解的，和老人们的感情沟通上有着天然亲和力。

正如老赵说的，原本就都是庄家人，彼此也都差不多熟悉。虽然过去的关系没有像现在这样紧密，甚至还很疏远，但是现在在一起了，随着生活的高度融合，也就慢慢地产生了那种家人似的亲情，互相信任，互相支持，老人们理解他做的一切都是为了他们好，也愿意有啥事儿了就给他说，他也尽心尽力地往好里做，像孝顺自己的老人一样，虽然做不到尽善尽美，但也要做到随心和顺。

还有一些人，老赵认为也算是有些骨气的人。他们虽然和其他老人们一样，身上总是有这样那样的欠缺和皱纹，但是他们的心态却都比较正，聪明、积极、阳光、快乐、热心助人，有抢着推轮椅抬担架的，有积极打扫卫生的，只要你招呼一声，他们就都聚在你身边来了，听你调度，听你指挥。比如那个哑巴蒋仲银，就是那个中午你在饭厅门口看着的，戴着眼镜，在人堆里叽里呱啦地抢着跟老赵说事儿的。老赵说，你别看那个人看起来不咋样，一众人里，要不是他自己叽里呱啦地抢着发声，你根本注意不到他。但是他很勤快，人也机灵，虽然语言残障，但心明眼亮，也就是心里想事儿有主张，眼里有活儿腿脚快，在有限的环境里，什么都能干，也什么都会干。

你忽然想，也许正是由于有了这样一些有骨气的人，让张祯在敬老院的管理上，广开思路，因地制宜，充分利用现有的条件，想出了许多富有创意的金点子和路径，让老人们的生活不仅不寂寞了，让他们在这里能吃得好、住得好、玩得好，而且开心还有小小的收入。

自留地

自留地，这是你对养老院楼房后面那片空地的叫法，张祯他们并没有这样叫，他们只是说那是一片建楼时剩下的地块儿，其实就是我们所说的犄角旮旯，按常规，是要硬化或者绿化了的，但这块地却依旧保留了地的容貌，可以种庄稼，可以生草木，可以绿意阑珊，也可以草长莺飞。楼后留空地，就像楼前有一定的空间是一样的道理。但是这片空间，却是有些大，大到还能建一栋小楼的地步，据说有十好几亩。前三两年，确实是依旧当耕地菜园一般利用的，至于种的是啥，不外乎玉米、葵花，或者瓜果菜蔬吧，你那时也来过数次敬老院，也数次看到那里不是绿油油的，就是黄澄澄的，一直以为那不是张祯的地界儿，那道铁栏栅分开了内和外，是别人的庄田自己的景，因此也没有太留心。

在你待在养老院里的那几天，总是时不时地站在走廊里，看着楼后发一会儿呆。楼后的那片空地，早已翻耕过了。地的那边才是养老院的外墙，墙外有一条通向村庄的小路，时不时有轰轰隆隆的农机或大大小小的车辆来来往往，路的两边栽植着高大的杨树，时不时的有喜鹊无声无息地落在梢头，逡巡翘羽，然后飞走，这是清河一带村庄的特色，有路的地方，就有树。树的前面就是庄稼地，平展展的不知有多大，更远处的地埂上又是杨树，像一堵长长的墙。那时已近四月，褐色的庄稼地还光秃秃的，青苗稀稀拉拉，似有若无，眯了眼便是古诗里春天里的"草色"。你不知道今年将要种植什么，大田作业，也不外乎玉米、葵花、洋葱、辣椒，抑或是其他如娃娃菜之类。想着院外一年里的葱茏和丰收，在院里的人看着会是怎样的一种心情。

你的目光最后还是会落在院内那片已经翻耕过了的空地，这里今年会是个什么样的景？自那天你听老张说，今年想把这块地分成小块"责任田"，让院里还有劳动能力的也愿意动动手脚活活筋骨的老人们（即有些骨气的人，大多是身有残疾，但还年轻）"承包"了去侍弄，也费不了多少力气，也不用有多少的技术，都是在泥土里滚过来的人，谁还不会抓两把土，在老赵他们的帮助指导下种些蔬菜瓜果之类，按时令，新鲜的菜蔬食堂收购，付给劳动者"承包人"一定的报酬。这样既可以让老人们有种劳动的成就感，也增加了老人们的生活乐趣……你想象着那劳动的场面，也想象着小块地里长着的各种植物，比如一畦西红柿、一畦辣椒、一畦油菜、一畦韭菜、一畦葫芦瓜、一畦水萝卜，或者几垅白菜、几垅玉米、几垅葵花、几垅土豆、几架豆角，或者就是些花花草草，或者就栽几棵枣树，根据"承包人"的意愿……那将是怎样的一种景致！

除了想将这块地弄成格子式的"责任田"，张祯还有个打算，就是想办一个老人编织班，都是从农村里来的人，老太太们大多都还有一些女红功底，他在院子里就见过一些老人坐在一起，喧着慌，手里拿着毛线勾勾扯扯个不停。若是把这些喜欢针头线脑，且有一定基础和能力的老人组织起来，聘请专业行家来做简单的培训，加以辅导，设计一些简单易做的活计，比如拖鞋、手机袋、健身包、烟灰缸等等，和那些"承包责任田"的人一样，既活动了手脚，锻炼了身体，排遣了寂寞，还有满满的活人尊严感和成就感，还有些心理上的自足和小小的收入……

想想挺美的，然而，你再细细想想那些老人的年岁，想想他们的出身，想想他们的过往，想想眼前他们的精神状态，却还是感觉到了那种无形的骨瘦毛长里所隐藏的暗淡，像哑巴蒋仲银那样有一定自主生活能力的也比较年轻的人太少了。果不其然，秋天你再去的时候，那片地只有极小极小的一部分被"认领"，认领人还都是身体健全的医生护士和服务人员等等。你和老赵说起，老赵一脸的无奈，张总想的就好着呢，是张总的好心。可你不想想，能到敬老院里来的都是些什么人，想想他们的出身和背景，若是还能做农活儿，能进来吗？

一声叹息。

门卫

门卫，是一位普通的介于中老年之间的经历过风霜的乡下人，女的。一开始，你并不知道她身有残疾，当你出门时看到门卫室里为你按动电钮，露着平和微笑的那张脸时，还在那里纳闷，都这么晚了，这老张咋请了个女人来看大门当门卫，现在一般看大门当门卫的不都是男的吗，穿着制服，威风凛凛，不管是白天，还是晚上，都即能看，也能守，更能卫，至少也是个能熬夜的精干老头吧？毕竟，门卫是个看起来简单，实在很麻缠责任也重大的岗位，尤其是一些特殊的敏感的重要的大门，不仅仅就是个看着人来车往开门关门的角儿。那天你向老赵问起，尤其是夜班，这才知道她也算是受惠于张祯心忧苍生优先安排残疾人就业，和林场里的李永智、颐养中心的康卫国和张小花们一样，才谋得了这个差事的。至于晚上，她家那个做电焊的男人就回来了，没啥问题。

于是，你逮了个机会，和这个女门卫聊了聊。

她说她叫王格鸿，品格的格，鸿雁的鸿，挺文艺的。说起她的残疾，一点也不避讳，落落大方，好像是说别人的故事。她说她的手是被羊咬伤的，当时家里人没在意，只是简单清洗包扎了一下，结果伤口感染发炎了，没治过来，做了截肢，接着刀口又感染发炎了，还是没有治过来，又做了一次截肢，接着做了第三次截肢，一个手算是彻底废了。

你很吃惊且困惑，一只羊竟然把一个人的手咬得截肢了，说给谁谁信啊？我们常说兔子急了也咬人，还从来没听说过羊也咬人，最多是羝，但那也大多是公羊干的事儿。羊是多么温和善良的动物啊，即使当你准备杀它的时候，它也是懵懂无感的。你去羊群里抓它，刚开始还挣扎一下，可能也是一种本能，当被你抓住带出羊群而后按在地上，就不动了，叫都不叫一声，连眼睛都不眨一下，逆来顺受，是不是认为主人又要给它除毛减负呢，也未可知，因为它只有被剪毛的经历，没有死的感觉，因此就任凭那锋利的刀子一下子捅进自己的脖子，转瞬之间，魂魄俱散，生命走失，而站在不远处的其他羊，在刚开始的时候也是和它一样拥挤着逃跑着的，但当它被主人抓住以后，也就不跑了，还站在那里，一脸茫然地打量着被杀的同伴，好像知道那与自己一点关系都没有，它们充其量就是些看客。

羊怎么还咬人呢？羊挺善的啊，是不是把人家也给逼急了？

谁逼它了啊，她站在那里吃油饼，晒暖暖。

那时她的手里正举着一个油饼，没注意到一只大羊径直走了过来，可能是认为她要喂它吧，一口就连她的手咬住了，不仅撕扯走了她的油饼，还顺带划伤了她的手。

哦，人饿着，羊也饿着。但羊虽然咬了她的手，却也还是善良的，因为它相信人。

那时她才三岁。

难怪。

一个人的命运改变，也就是被羊咬走了的那么一口吃食。

虽然缺了只手，但也没有耽误她早年的上学，只是毕竟缺了只手，干什么都不方便，上的学也就不多，但她喜欢读书，是一直的。后来成年了，嫁人生子，为妻为母，生了一儿一女。儿子大学毕业，暂时还没有找着合适的职业，先是在家待着，他们两口子和许多人家一样，也给在永昌城里按揭买了套楼房，可谁也没有想到，前两年新疆大规模招人，儿子一横心，就应招去了，在南疆当了一名很不错的教师，不知道还能不能回来（大概率是不回来了）。那房子便白白杵在那里，不住人空闲着，还背着按揭。女儿长大了，也离开了他们，去兰州打工，好长时间才回一趟家，看情形也是不回来了。即使回来了，也该嫁人了，到时也有她自己的家。

那她们老两口为什么不住呢？

她说，住就住着呢，只是儿子走了新疆，姑娘去了兰州，就只是偶然住住了，主要还是住在乡下（永昌东寨镇下三坝村）。两头子都得住，两头子都不能空闲太久，这让她们很是纠结。你知道，房子空的时间长了都不好，不管是城里的楼房，还是乡下的平房。但就他们老两口住在城里也没啥意思也没啥盼头，老头子虽然是个很有能耐的电焊工，但在城里寻活也不易，她又缺着个手，在那个狼多肉少的城里，基本上就找不上什么合适干的活生。人家那么多进了城啥都全乎的女人，都急得在劳务市场打转转呢。再说，城里的花销你是知道的，出门就要钱，像个无底洞似的，怎么填也填不满，让你有时几乎迈不动步子。

她们也想把房子卖了算了，可是卖给谁去呢？永昌城里的房子和金昌一样，房比人多，二手房根本卖不上个价钱。再说了，退一步想，儿子要是最后又回来了怎么办，要是姑娘也回来了，还要在城里生活，那不正好可以给姑娘做个嫁妆？真是左也是纠结，右也是纠结。

可是，现在细想，她们自己和城里其实已经没有了多大关系。

她们虽然在城里买了楼房，但那初心却是为了儿子，现在儿子去了新疆，这房子也就买得没啥意义了。虽然自家的80亩地（40亩产权，40亩自垦）已经全部流转，自己已没有片地可种，但那老院子还在，一道结结实实的院子，一院板板正正的房子，房子里装着满满当当过去的日子，因此，她觉得是最后还是要回到那里，那是舍不得的老窝窝。再说了，人老了不回家，还能到哪儿去呢？

80亩地？那可都是水浇田呢，听得让你有些心惊。记得一位天祝的诗人朋友曾经在多年前说起东寨一带时说过，人家前川里的人，日子过得就是好呢，因为地多，还有祁连山的雪水浇着。80亩水浇田，这是个什么概念？算不算得是地主，少说也是个富农吧，光是流转的租金，在农村，也够她们一家子宽宽松松的过日子了。你忽然想，要是你有80亩的水浇田做底，还会不会死劲扒拉地进城去，会不会打造一座美丽的大大的花园，就去过那种"春有百花秋有月，夏有凉风冬有雪。莫将闲事挂心头，便是人间好时节"的生活？

既是有这样的底子，也没有让她好好地待在家里，有些"背井离乡"地到中间隔着几十里戈壁荒漠的朱王堡来，做了一个辛辛苦苦24小时的守门人，把那两处住地都撂在了那里，她就不纠结吗？

没有办法，房贷还远没有还清，儿子还没有娶上媳妇，不找份力所能及的活干怎么行？

人无远忧，必有近愁，实打实的。你那种花园式的理想，在这现实的镜子里，显得是多么地虚妄与矫情？你又忽然想起张爱玲那句名言：生命是一袭华美的袍子，上面爬满了虱子！

有着 80 亩水浇田的看门人为了还房贷，为了给儿子媳妇攒钱，于是通过朋友介绍，张总也是体恤，就来到这里当了个门卫，叫门房也行。虽然工资有限（比市上最低工资标准要高），也熬人，可也有了份固定的收入，加上老头子也大部分时间都在附近寻找些活儿（像这大院里这么大的龙灯就是他一个人给焊的），多多少少挣几个钱，没活生了就不出门，啥时候了都待在一起，也是个陪伴，也能帮着自己看大门。

想想也是，那么个现实，那么个年岁，有些收入，还能相守着在一起，也挺好的。那两处空着的住房，想开了也就那么回事儿了，闲着就闲着去，杵着就杵着去吧。两个人的窝儿，住在哪里不都是个住？

最后她问你是谁，干啥的，先前看你和赵院长在一起，又是从医院那边进的院子，就一直没有问。有院长陪着，还有啥好怀疑的。你给她说了，她高兴地说，早就知道你了，你那个多年前写张总的书她看过。你告诉她，那都是十五年前的张总了，那时他只有治沙林场和农机修造厂，这十五年，他又有了绿洲西苑、创业基地和敬老院，可写的事情多着呢。她说，她了解张总先前的事儿还就是从你那本书里了解的，写得很详细。她还一再地说，张总是个好人，等这本写完了，一定要给她送一本，你答应她一定送一定送。

出了门，你又特意看了看她家老头子给焊的龙灯。

这两条长长的龙灯，在大白天不怎么显眼，就是一束铁锈色的细细钢筋弯弯扭扭地纠缠在三条粗钢筋上，从那头到这头，至尽缩了两个大铁笼抬头张望，正中间旗杆半腰悬一同样颜色的铁笼子，更像是个钢筋编成筋骨的大灯笼，不上心的人根本注意不到。但在晚上合闸瞬间，神龙天降，让人莫名惊异，它们从何而来？那一根根细钢筋纠缠着霎时变成了龙纹龙骨，甲光闪烁，目光灼灼，龙体蜿蜒，王气尽显，各长 50 米，从东西两向腾空扶摇而来，在大门口昂首相聚，二龙戏珠，吉祥如意。每天早晨和晚上会亮两个时辰，你在楼上的窗口里早就见识过多少回了，真有种只有节日才有的"花灯夜放"的感觉。你曾站在门外看过，在它们的上方，那架飞机展翅欲飞，让你心里一动，这古老的苍龙与现代的飞机一起，是不是老张特意制作的满含了他的期望，养老院里的老人们的梦想，会不会放飞得更高更远？

现在是秋天，天下繁盛，大地忙碌。你又一次到来了敬老院，却莫名发现给你开门的人变了，已不是那个叫王格鸿的女人，而是一个已经上了年纪的老爷子，眼神很淡漠也很沧桑，蹒跚着步子，瞥了你一眼，缓缓地走进了门房，从里按开了门。

回到住处，就问随后到来的赵院长老赵，那个门卫王格鸿走了吗？

老赵说，那夏个就回去了。你问是老张辞退的，还是自个走的。

老赵说，是（人）家自己要走的。

你问为什么，老赵说，说不来，可能是太辛苦了，身体吃不消；也可能是回家打工挣大钱去了，毕竟咱这儿工资比不了那些大老板付的工钱。现在农忙时间，大田里都缺工人的很。

这你知道，土地流转，庄稼地上的许多精细的活计，还得庄稼人来做，比如种洋葱收菜，比如割葵花摘辣椒等等，都需要大量的人手。农民们把地包给了老板，华丽转身，就成了老板到时不得不雇请的季节性极强劳动强度极大的农工，而且工钱不菲，据说至少每天三五百，那些身体壮实的，甚至可以达到七八百上下。但这是对一个成年的壮劳力而说的，像王格鸿那样体质的，又究竟有多少竞争优势呢？或者是回城里了吧，说不定是男人在城里找了个啥稳定些的活儿？

老赵说，那就不知道了，她是跟着她老头子走的。

老张没挽留吗？

没有挽留，老张一般不挽留起心要走的员工。

你睡眠不好

你睡眠不好。

那天傍晚从林场回来吃过晚饭后，老张说，今天走了一天，肯定累了，走，给你泡个脚去，按摩按摩，轻松轻松，你也顺便了解下康复中心的情况。你说这合适吗？他说，这就是休闲养生的地方，有啥不合适的。其实，你想的是了解康复中心的情况没啥说的，而且还是必须的，但这泡脚却就是另一码事了。

来到中心楼上，几位值班人员已经准备就绪。

给你安排的是康卫国，从他那操作娴熟的一整套流程看得出来，是有些真功夫的。

其实，你很少专门去做泡脚按摩的，这倒不是对这行当有什么看法，问题主要出在自己身上，有心理障碍。你的老汗脚，常常让你自惭形秽。早年有一次经不住朋友相请，那个服务生在帮你脱袜子的时候说了一句"哎呀，这都多少天没洗了"，让你霎时无地自容。其实，你每天都是热水洗脚的，无奈洗完后袜子一穿鞋一蹬，那气便就源源不断地又往那里聚积了，有时连你自己都闻着熏人很。后来也找中医看过，效果不太大，后来自己从网上看到一个方子，就邮了中药来自己泡，结果还泡出毛病来了，脚气是没了，却把个脚底板泡成了光板，感觉很不舒服，尤其是早晨起床的时候，木愣愣的，凹一下都困难，好像不是你的脚似的，摸上去就像是摸到了玻璃板上。看来这是命，也许光脚走路就好了，一路走一路散，可是你又不是能光脚走路的人，路上石子太多。一位中医院的大夫说，你这是中药中毒了，泡过了头，连汗眼都封闭了，而且还导致了血脉不畅……以至到了现在，虽然坚持热水泡，有所好转，但还远没有恢复过来。真是后悔，早知有这样的后果，还不如让它就那样汗着去，或者就光脚板走起，又能怎的？这世上又不是没有光脚走路的，大不了磨一层老茧。

在配了中药草的热水里泡了一会儿之后，浓郁的药香弥漫开来，开始揉捏，康卫国看着你说了句你的脚底有些硬，你就给他简单讲了这个事儿，他淡淡地笑了笑没有说话，你就又说，有位老中医说了，光热水泡还不行，还是得用中药草泡，配合以按摩，多上几个疗程，会见效的。你那时心里一悸，又是中药草？这脚不就是中药草泡坏的？你已经对中药草有了戒心，但你并不反对这种专业的药草泡脚，可是你能坚持长期来做吗？

真是疼，这手指上的功夫也太深了，疼得你本能地时不时缩脚抽搐，康卫国又说了，你睡眠不好，还爱做噩梦，也有些缺钙，他说得没错，你说你每天最多睡不过 5 个小时，不是不想睡，而是瞌睡就那么多似的；又一阵一阵疼痛，又一次一次地不由自主地抽搐缩脚，他又说了一句，你的消化也不是太好，等等，他说的还是没错……他惜句如金，但每一句都在点子上。有道是，脚是人的第二心脏，他通过揉捏你的脚，就感知了你身体的状况，看来他这理疗还是货真价实的……

足浴完了，正在拾掇着要走时，那边门里进来了一个人，看穿着打扮，脸色怆然，肯定是一个在外面跑生活的人，只听张祯和他打着招呼，像是个熟人，还没送完吗？那个人说，还得两三天，今天跑了三趟，把人累垮了，浑身酸痛酸痛的。张祯说，那就让她们好好给你按按，完了多躺会儿。你轻声问了问张祯，说是给别人送树苗子，连挖带装带送带卸，辛苦的很。这活儿要求时间紧，他这还算是备料，一旦开栽，就只能拼了命的赶。

你无声地叹息了一声，心里也不由得感叹，这个人是个会料理自己的人，该下苦的时候就去下苦，该享受的时候就来享受，也知道怎么样的享受才能让消除疲劳达到事半功倍的效果。你本想问问，街上按摩店洗脚房多的是，咋就偏偏到这儿来了？但又没有问，这还需要问吗？事儿是明摆着的，这儿是康复医院，是健康理疗中心，一切都很正规，理疗也很专业。就冲着刚开业，就让一个几近瘫痪的人（王有武）站了起来这一活生生的病例，也会让人刮目相看。据说，像这样来做理疗足浴的人已经慢慢多了起来。由此可见，提高农村人的生活质量，为其搭建相关的平台有多么重要。

第二天中午在职工灶吃完饭后，康卫国推着电动车回院子里，好像车胎瘪了。他那先天的足疾，朝里拐朝上翘扭曲着，让他的身子有些趔趄打拧，看的人心生怜惜，你赶上前去走在了一起，问了几句，尽管他回答得都很简短，但你也多少了解了些他的经历——

他家是宋家村的，离镇子不远，今年已经 27 岁了。早个七八年，因故随父母移居内蒙古，上了个内蒙古的职业技术学校，能学一门手艺养活自己就好。他先学的是计算机，毕业后算是就地就业，打了一份辛苦的工，但是前途并不乐观，那地方人多手稠，好像遍地都是计算机能手，竞争非常激烈，像他那样的压力就比别个更大。他也了解到，似乎天下到处都一样，怀揣计算机合格证的年轻人一抓一大把，而像他们这种在职业技术学校这种相对更基础学校学习计算机的，不知道有多少奔跑在寻找就业的路上。后经别人指点，他也算是了解了些世相，天下行业三十六，寻找一个最适合自己的去做，很快转行学习中医理疗（主要是按摩），出师后先在内蒙古跟人实习，原也想着就在那儿找个落脚地干下去，离家也近，但现实并不如人意，人多的地方，什么行当都难，最后还是回来了，想着毕竟是故乡，也许就业会好一些。

那时他已经回到永昌，在舅舅家里待了一段日子，正在为如何就业琢磨呢，张总就亲自找上门来了，真是瞌睡遇上了枕头。他刚回来的时候，就听说张总在自家门口朱王堡镇建了个私人医院，叫医养康复中心，聘请来坐诊的，都是一些从各个医疗单位退休的老专家老医师，影响火得很。医院原本就是依托敬老院，以医养结合为特色创建起来的，以养为主，以理疗为重头戏，因此康复中心就办得很有档次。他也想过能不能来找一下张总，看能不能在这家门口就业，也不失是个好前程，没想到张总却早就想到了他。

张祯说，在他刚筹备兴建医养中心的时候，就听说宋家庄有一个从内蒙古学习理疗回来的娃子，患有足疾，眼睛也不太好，正在到处打游击找工作，等医养中心建起来了，就亲处去找他，看他找到工作了没，没找到就请他到医养中心来。当时，他真的显得心花怒放，当即就拾掇起简单的行囊，坐车一起来入职了。

张祯是一位有信念的共产党人，一个有大情怀大抱负的人。创业伊始，就一直很在意残疾人的就业问题，他清楚残疾人生活的艰辛和就业的困难。从创办农机修造厂，到治沙建起林场，又到现在的康复中心，他总是创造机会，先后特别招收了不少残疾人前来就业，为他（她）们解决了实实在在的生活之困，受到了党和政府的支持和肯定，以及众多乡亲们的交口称赞。

张祯后来和你说，小伙子做的理疗大家都很认可，他也很信任小伙子，小伙子也信任他，有什么事情都会直接找他说，他也给予完全的帮助与照顾。他不仅给包了食宿，工资也付得不错，小伙子很满意的，还私下和别人说，他就像是自己的父母一样。这小伙子若是能够脚踏实地，发挥优长，坚持努力做下去，注意在实践中进修业务，精益求精，也能干出些名堂来。就怕年轻人心气浮躁，有点飘，静不下心来，时间长了，干着干着就凉了。从这些话里，已经隐隐约约地透露出他对这个小伙子的不确定来了。

果不其然，就在前几日，当你电话里求证某个事儿的时候，才知道康卫国前一阵已经离开了康养中心，回到内蒙古他父母那里去了。你听到了两个说法，一个是小伙子经过一段时间的工作实践，自感能力的不足与缺陷，需要再去回炉深造进修；一个是儿行千里母担忧，小伙子虽然年龄也不小了，但是远在他乡的父母还是非常牵挂，毕竟他身有残障，干什么都行动不便，即使是故乡有许多亲人照应，在社会上有好多人的关护与扶助，总不如自己当爹娘的看顾来得心定神安。细细想想，其实两个说法两个理由都有道理，但同时又都有些牵强，最重要的还在于他自己。而他自己是咋样想的，也只有他自己知道，别人的任何猜测都是神马和浮云。

张祯倒也理顺的很，从来不勉强任何人，除了敬老院院长老赵是他力挽留职的人，其他任何人都在规矩之内，来去自由，尊重你的任何选择，只要你是诚实的，也是认真的。人各有志，请得来，也送得走，只要你能找到更好的更适合你自己心意的活生，绝不挽留。每个人都有放飞梦想放飞自我的权利，就像那架高悬在大院里的钢架飞机，不就暗含着这样的德行吗？

这个好着呢

这个好着呢，张祯有远见。和医养中心被称为刘主任的大夫老刘晚饭后绕了半圈走了一路回房间，他一边环视着整个院子一边和你说道，虽然目前遇到了一些困难，有经营上的，有其他方方面面的影响，主要还是疫情影响太大了，整个园区的经营几乎停了一年，大多数的门面房到现在都还没有重新开张，往日红红火火的场景一下子看不到了，你想这光是租金一项损失了有多少？住宅小区的房子卖得挺好，但绝大多数房款都远远没有收回来，许多业主也无法按时还款，光还银行贷款利息都很吃紧……但肯定能够克服，这种阳光产业，只要疫情缓下来了，前景好得很。他的目光依次从西到东——文化活动楼、残疾人托养楼、老年人代养楼、社会供养楼、大餐厅——轻轻滑过，落到了东面的医养康复中心。

此时黄昏，沙幛浮尘还没有彻底干净散去，康复楼的楼顶上"永昌县医养康复中心⊕金昌市第一人民医院协作"的大字牌名，在夕阳里发散着鲜红的光芒。院子里到处都是刚吃过饭的老人，溜达散步的、健身器材上打秋千摩背的、喧狐磨牙的、追逐打闹的，或者就站在那里痴痴发呆的，那个喜欢听低音炮的人又绕着花园，似跑非跑，从你们背后磨蹭而过；那位坐在轮椅上，旁边两三个人跟着，自个儿划拉着腿脚，缓缓穿过人缝前行……芸芸众生，走在人间，活在我们每一个人的身边。

记得年前来搞"红色文艺轻骑兵"走基层进社区到农村"送福字，写春联"活动，当一众艺术家走进大院的时候，正是午后斜阳，看到许多老人坐在楼前窗子下面晒太阳，声音就多了起来，后来不知是谁叹息了一句，"唉，他们的今天，就是我们的明天，也许我们有许多人还不如他们"，大家霎时都噤了声。这话说得有些残酷，有些破防，戳中了多少人的软肋，可也是实话。这一人众，大多都是有故乡没有家乡的人，出得来回不去的人。他们年轻的时候，从天南海北辞别父母亲人来到小城安身立命，现在大多也已知天命，事业也有所成，但孩子基本都已考学出去，也大多都和他们当初一样，在外地就业扎根谋生去了，很少有能回到出生的小城里来。天地沧桑，轮回如咒，想想自己的过去，背井离乡奔前程，把根扎在了小城，远不能尽孝；也想想不远的将来，天晚岁暮，孩子又在远方，人生零落也几乎当是一刹那的事情，一切都是那么地不确定，情何以堪。

老刘是医养中心刚建起来的时候，就被张祯聘请过来坐诊的专家，大家都叫他刘主任，你不知道是他科室主任的称呼，还是他的"主任医师"的尊称，抑或者是他未退休前的职务称呼，你从一开始知道他姓刘的时候，就称他为老刘，你感觉他也就刚退休的样子，而你也快到退休的点了，他比你应该年长不了多少。尤其是他也住在三楼，在西头，和你隔了几间房子，除了你刚来的那两天受到停电与浮尘的影响，后来几乎每天的晚饭之后，他都要和球友在三楼门厅（刚好支一张乒乓球案子）来场乒乓球大战，看他那挥洒自如的姿势，活泼灵巧的身手，气定神闲的状态，打完收摊的时候依旧精神抖擞的样子，你根本无法将他划入退休老人的行列，因此就以同龄人相称，他也丝毫没有显露出不悦的神情来。

他所说的"前景好得很"意思是，别看现在来这里养老的人有些少（只有这个二楼的十几个，外加楼上两位），主要是五保老人和残疾人。农村人的养老观念一时还没有跟上来，等慢慢适应了不再以种地为生，村里的人越来越少，孩子都进了城，很难再回到乡下来长时间地养老侍候，而老人又离不开故土随孩子进城的现实，总会有一部分人把目光投到这里来，将来来这里养老的人肯定会越来越多，这是大势所趋，谁也阻挡不住。你看这里多好，把生活的一切都包圆了，尤其是这个康复医院，对老年人特别重要，就像贴身保镖似的。你说，有哪位老人能离得了？我们都是有老人的，我们也会老，我们都有侍候老人的亲身经历，即使是亲身经历得少一些，也都见过别人怎样侍候老人。老人身体好一点还好说，若是稍有些差池的，就尽是烦恼了。

你听着他的分析，心里忽然一动，就问他退休有几年了，他嘴一咧，不知是嗔你没眼力架呢，还是得意于自己的"年轻"，嘿嘿一笑，还几年呢，都已经快二十年了，今年刚刚七十八。你当下心里一惊，早逾古稀，已近耄耋，怎么可能呢，咋一点也看不出来？虽然头发全白了，可一点都不少，修得短短的，精精神神的，典型的中年人气派。满面虽不说红光吧，可也健康，少有耄耋老人才有的皱纹与斑痕，饭量也好，每次吃饭，至少比你吃得多，那个独属的大瓷碗每次都盛得不少。也许正是因为这次见识了老刘的"老"吧，后来你认识了一位喊之为老棒的朋友，能吃能喝能玩，经常玩徒步爬山自驾游的运动，待人接物还很有些"愤青""文青"式的愤世嫉俗，当他说出他退休也快二十年的时候，你一点都不吃惊。

当老刘说他都七十八了时，你立马就觉得称人家为老刘是唐突了，于是就打了个哈哈，真看不出来，您老人家都快成"80后"了，比你都年长二十多，两代人啊。您老都是咋保养的啊，刘主任。改口和其他人一样称呼他了，他也好像没啥不适之感，可能是习惯了吧。

还记得有一句很时髦很流行也很给力的广告语："六十岁的人，三十岁的心脏"，你想为老刘改两个字：八十岁的人，四十岁的心脏。老赵说，刘主任就是显年轻的很，不管是相貌上还是性格上，你根本看不出来他都快八十岁了，性子还是年轻人的性子，喜欢运动，喜欢打乒乓球，还喜欢唱歌，喜欢玩打击乐器。院里经常搞一些适合于老年人的文娱活动，老刘都是最活跃的，吹拉弹唱蹦擦擦，任是谁也都不会把他和一个近八十岁的老人联系起来。

太阳落下去了，暮色渐浓，气温也降下来了，季节毕竟还是有些早。院子里的灯零零星星地亮了起来。倦鸟归巢，溜溜达达的老人明显地少了，那低音炮的声音也早就不知在什么时候听不到了。老刘说，这些人要说，现在都挺好的，一个个都真的是衣来伸手饭来张口，不受冻不挨饿，有个头疼脑热的，马上就有人跟前问候，拿药送水。稍严重些的，医院就在身边，就像个贴身医生，什么都落不下。这样的人，到现在社会上还有不少，我们也见的多了，一个个地，要多可怜就有多可怜……要说，这样的敬老院，还是值得一办。

你心里忽然一动，老刘您现在不也是老人了吗？老刘有刹那间的愣怔，也许他平时有意无意地忘记了自己的高龄，就像你除了说到退休，很少意识到已经奔六，从来没有把自己当老人来看，还以为自己有多年轻正当年呢，现在突然听到有人叫自己老人，有些不适应吧？你正为自己的唐突后悔，老刘却随即开怀一笑，我这不是已经来了吗？这下子倒是让你一愣，他这怎么算是来养老呢，即使想养老，他也不用到这里来养啊？继而一想不由得为老刘的幽默与风趣叫起好来，这大约就叫"以老养老"吧。继而又想，如果他真能够一直就这么待下去，地老天荒，也不失为是他老人家的一段人生佳话。

然而，老刘终究还只是一位被张祯聘请来坐诊的专家，一位从来没有把自己看成是老人的老人，最终也要叶落归根。一切都有机缘。不久前，你在电话里和老赵求证一件关于老刘的事儿，老赵却说，老刘已经辞聘走人了。

辞聘？走人？去了哪儿？为什么呢？

老赵说，说不来，也可能是真年岁大了，干不动了，也可能是嫌这儿给的待遇低吧，你知道现在是医生越老越值钱，想聘的人多的是，人往高处走。去哪儿还说不上，听他自己说是要回家养老去，不想干了。到底是岁数不饶人，八十岁了，还在外面奔波不划算。岁数是大了些，但老赵还是觉得老刘回家养老是一个借口……

后来见了张祯，你又问起老刘辞聘的事儿，他说老刘要走，他也没有过多的挽留，就让他走了。其实，对于老刘，他的心情还是很有些矛盾的，作为一位比较有名的专家，他当然非常高兴能到他的医院来坐诊，一方面提高了医院的知名度和医疗水平，会吸引更多的患者前来就诊，另一方面，也能让自己的乡亲不用跑更多的路，很方便地得到高水平的医疗健康服务。但是作为一位已经八十岁的老人，又有一份担忧。咱农村有句俗话说，"七不留宿，八不留饭，九不留坐"，这话还是很有道理的，人生七八九，西山看日头，虽然晚霞有时候很美，但毕竟已是黄昏。人不怕一万，就怕万一，若真遇到了，对谁都是一种尴尬与麻烦。因此，从各个方面考虑，虽有不舍，但他还是选择尊重老刘的心意，好好地把他送走了。

细想，这何尝不是老张对他一贯尊崇的孝道的践行?! 即为对方着想，也为自己着想，更为天下子女着想。这是一种对我们传统文化最深刻的理解，老张做事真是通透。

农民创业园

农民创业园，是当地人把张祯在朱王堡镇创办的"金昌市农民工返乡创业示范基地"的习惯叫法。从一开始就跟着张祯一起创业已有三十多年的副总经理张生银，在创业园里还有个自己的小小创业之地，一套门面房，上下两层，下层自己办了彩票销售点带卖小百货，由爱人打理经营，上层出租。每次你去，都要找机会，或电话约定，或瞅他在的时候（他在总公司分管的是业务，因此他很忙，似乎比他的张总还忙，你很难在"正点"找得到他）到他那里转转，聊聊天，摆摆龙门阵。而每次都必然会说到这个创业园的事。

他说，这个创业园确实办好了。一个小小的乡镇创业园，一共吸纳来了

300多人落户创业，300多间铺面或售或租，还带动了当地富余劳动力600多人就地就业，真正实现了双赢，但张总也付出了很多。张总这人不一般，他觉得此生他最感幸运的是创业跟对了人，最感佩的是，张总不仅成就了大业，还有一个慈仁济世的博大胸怀。

张祯有脑子，有想法，敢想敢干，胆子也大，还很有眼光，比我们很多人都看得远，看得大，看得高。在我们的生活当中发生的一些社会事件，在我们眼里再平常不过，也习以为常，好像世事历来就是那样子的，最多会觉得那是大势所趋，个人根本无能抗拒。即使看出来那真就是个事情，但也不会想着去怎么解决，也无力解决。除非自己遇上了，但也只是看到了自己，想的是自己怎样脱困，而不会想到别人那里去。但是张总却能从中看出门道，从点到面，从个体到全部，从商业意义到社会意义，他都能抓住要害，摅出头绪，进而寻找出解决问题的路径来。

就拿这创业园的创办来说。

当时社会上有许多劳动力就业艰难，这主要有两部分人组成，一部分是一开始就没有也不能加入外出务工大军，而是留在农村守在家里，一方面照顾老人孩子，一方面在土地上以庄农为生的人，是地地道道的守着本分的农民；一部分是常年外出打工的人，随着年岁的增加，有许多工已经打不动了，就不想再出远门了，外出打工的艰辛让他们心有余悸，当然也还有其他种种的原因，就想着就近找些合适的营生，至少还有属于自己的一亩三分田可耕可种。然而这时候，世道确实是变了，农村更是变得有些让人认不出来了，尤其是土地的大量流转，让以土地为业的人都无业可干，更何况那些最早离开农村外出打工而今返乡却早已生疏了农事的人。当无地可种的农民和返乡的农民工汇集在一起而就业渠道壅塞滞堵的时候，就成了一个不容忽视的社会问题。而张祯早就留意到了，他也做了充分的社会调查，发现在这些人当中，绝大多数人都有就近就业的愿望，也不乏想创业干事的人，而且还不少。尤其是那些多年在外闯荡的人，也大都多多少少地学得了些可以就近谋生的本事。有了这样的调研结果，张祯就思谋开了，且最终形成了他的"创业"方案，创建"农民创业园"。这既是他自己创的业，是"绿洲西苑"房地产的产业延伸，又为想创业而无硬件设施的农村富余劳动力搭建了创业的平台——场所。

由此，当地人到现在还习惯称之为"农民创业园"，也不无它的民意基础和它的原初意义。按张祯自己的话说，就是"社会上好多年轻人想创业，他没有地方，我自己就用了100多亩地，修了个农民创业园，把这些想创业想干事的年轻人聚集在这个地方，让朱王堡的市场也繁荣起来，让他们这些年轻人挣上钱了，我也高兴，把我的市场和这个修下的闲置的房子也带动起来。"这事儿往小里说，是张祯抓住了商机，是他自己商业的一单比较成功的生意；往大了说，却是为社会在一定程度上解决了一大难题，为乡里乡亲提供了创业致富的渠道与坛场，为党和政府的农村工作分了忧担了责。

张祯不止一次地和人说起，也是他的真切感受。他的创业虽然主要靠的是自己的决心和努力，但更重要的是自己在创业之路上，总是能够遇上"贵人"的帮撑，也就是说，他的主观意志总是能得到客观意志的加持。梳理张祯一路走来，你就能理解他所说的这个所谓"贵人"，概念是很宽泛的，不单指某一个特别的人给他的方方面面的帮助，更主要说的是创业之路尽管历尽艰辛，但总能得到党和政府，不管是市、县、镇、村、社，还是有关部门、单位及时伸出双手给予的帮助与支持，即使是一条小小的建议或者意见，都能给他莫大的力量和正能。

还是这个创业园，最初的时候，也只是他的一个小小的心愿，一个"你好我好他也好"，即利己也利他的项目。但是当初建稍具规模的时候，迎来了一位重要客人，这位客人在参观调研的过程当中，似乎对这个创业园特别感兴趣，要他详细介绍一下。在听完他的项目策划及创建愿景之后，客人很高兴，说这个项目非常及时，也非常好，只是根据目前的社会经济发展大势，尤其是在作为"全国小城镇综合改革试点镇——永昌县朱王堡镇"，起点还是有点低了，愿景有些单纯，要干就往大里干，以现有的基础和规模，应该再提升一下，功能再丰富些，使之成为一个"基地"式的创业园区。

真是"听君一席话，胜读十年书"，这个建议真如醍醐灌顶，一下子打开了他的思路，最终，一个小小的初具规模的"农民创业园"，实现华丽转身，在市、县人力资源和社会保障部门的支持指导下，升格为远近闻名的"金昌市农民工返乡创业示范基地"。它的简介是这么写的——

朱王堡镇农民工返乡创业园位于河西走廊东段的武威、永昌、民勤三县

交界的全国小城镇综合改革试点镇——永昌县朱王堡镇，创业园占地面积59000平方米，建筑面积23000平方米，总投资1.2亿元，设有农机销售孵化区、农机维修孵化区、创业孵化区和汽车创业区4大功能区。

重点孵化农机销售、农机维修、汽车销售、五金机电、物流、餐饮等项目。

创业园是在市、县人力资源和社会保障部门的支持指导下，由永昌县勤奋农机制造有限公司负责日常管理运营与后勤保障服务。创业园本着"创新引领创业，创业带动就业"的宗旨，为返乡农民创业者提供创业培训、技能培训、结对帮带等各项服务。通过每年两次的集中培训，现已累计培训人次200余人。每月组织结对帮带活动，"成熟一个，发展一个"，形成了"培训100个，带动200人"的良好效应。

通过以上举措，创业园带动效应逐步凸显，园区不但积极吸纳符合专业发展的创业团队，还注意吸收和孵化具有发展潜力的创业团队。未来园区重点计划打造创业交流平台及模拟创业平台，建设和培训同步进行。经过不断的努力，朱王堡农民工返乡创业园品牌优势开始逐渐显现，申请入住团队达到近65家。发展储备了一批成长性中小企业，对于提升镇区经济发展水平，带动广大农民工返乡创业和就业起到了较好的示范作用。

张生银说，创业园建起来了，创业者也陆续进驻，红红火火地举办了开业大典。在刚开始的时候，大家的运转资金普遍紧张，而且许多都是小门小面的小商户，手头就那么几个钱。张总为了鼓励大家干事创业，繁荣当地市场，为商户们想之所想，急之所急，先后为入驻的农户们减免房租、水电费、暖气费已达100多万元。尤其是这两年的疫情，很多小商小户都干脆关门歇业了，还在经营的也是不死不活，所谓房租、水、电、暖费也就成了个说法。

可是，你在园区转悠的时候，尤其是门面这一块，看上去也还算红火，来来往往的人不少，尤其是农机（汽车）维修，各家各户门前都有等待维修的车辆排着队啥的。

张生银说，也就是这一块红火。朱王堡这块地儿，车就是多，大大小小的，包括各种农机，不知道有多少……你没有看到疫情前的盛况，那才叫个红火。除了农机维修，餐饮业也非常有人气。大大小小的餐厅堂食，都经营得相当红火，稍具规模些的年收入都能达到二、三十万，最好的是李军开的金六合餐厅，那是朱王堡最大最豪华，每次能待客五六十桌，每年收入都在六、七十万元以上。现在就差多了，在疫情停业期间，甚至逼得两口子去给别人打工，靠打扫卫生看大门来维持生计。

哪，现在恢复营业了，情况咋样？

具体情况咋样，看起来还行，可能是疫情之后恢复经营最好的一个了。具体咋样你还得亲自去看看，找他本人聊聊……

金六合

金六合，这个张生银口里的朱王堡镇最大最豪华的餐厅，位于创业园东南角上，外表装修好像没什么特色，至少不很亮眼，与同等经营规模的城市餐厅门面相比，甚至有点太朴素了。然而当你走进去一看，不由得会慨叹一声，给它一个被人用俗了的词儿"高大上"，一点都不为过。李军说，这是张总按规划修建的一个车城，他买下了产权后，就改造成了餐厅。既然是车城，自然就有车城的规模和基础，高和大是少不了的。李军将这么大一栋建筑改造装修成了餐厅，就可知其内可纳的锦绣。

那天从林场回来，张祯领你去找见了老板李军，说明了来意之后，就去忙自己的了，并说中午就在那里吃李军刚推出来的特色菜"柴火鸡"，物美价廉，很有点百姓堂食"农家乐"的气息。看来这李军很懂经营之道，在这个说城太小说乡太大的镇子上，餐饮经营走城乡结合的路子，无疑有着很强的操作性。

李军还很年轻，待人接物也很谦和，一时之间你还没能把他和一个身价几百万的小镇大餐厅老板对上号，但是经过一个多小时的交流，并参观了整个餐厅设施与布局之后，你这才确信，人不可貌相，海水不可斗量。

李军确实还年轻，才 48 岁，按现在流行的年龄段的划分，还是青年，离观念意义上的事业老大有成的壮年还有一段的距离，正是人生干事创业的黄金时期，不知道这事业还能干到多大，不可限量。虽然才 48 岁的年纪，但却有 30 年的创业经历。也就是说，当你在这个年纪还在求学的时候，他已经离开学堂走上了社会，走上了他艰辛备至的创业之路。十八岁离开学校之后，就出门向外闯荡江湖，拜师学艺，边打工边学习，开过饭馆，当过裁缝，五年之后的 1997 年返乡，回到了朱王堡镇，在这块生他养他的土地上开启了他新的人生。

李军说，他真正地挣钱是从 2004 年开办乡村流动席开始的。那时候，乡村人的生活已经有了相当的改观，手头也大多宽松了许多，也可以说是大部分人都富起来了，遇上需要"操办"的大事儿，诸如红白喜事、孩子考学、老人过寿等等，酒席之事为图方便省麻烦，大多不再亲力亲为，全权交给了"乡村流动席"，既上档次，又省钱省事省人力，还省却了去东家挪借锅碗瓢盆、到西邻搬动桌椅板凳的人情。李军说，办乡村流动席很辛苦，大车小车拉着全套酒席必备家伙，既有厨房锅灶上的，还有院子里席面的酒盅茶杯，那可不是个小数目，都是不可磕碰的东西，更有大厨和不少的服务人员，走村串社跑四处，几乎跑遍了周围村社，连金川、武威都去过不少回。而且时间上大多集中在冬夏两季，不是酷暑，就是严寒。但是，活儿虽然辛苦，但有赚头。等到赚了个差不多，到 2009 年，就在不是镇中心也算是镇中心的地界儿建起了一幢两口四层的私家楼房，花了 100 多万，一层门面开了个餐厅，二楼以上除了自家居住的，全部出租，日子也算是过得红火起来了。

从那时起，就不再做乡村流动席了吗？

不做了，也做不下去了。有两个方面的原因，一个是人们的生活水平普遍提高了，对待客标准也有了相应的提高，渐渐地对乡村流动席虽然特色实惠，但相对粗放单一的方方面面产生了疑虑；二是交通发达了，就近去乡镇或县市都很方便，因此人们遇上"事儿"更愿意去镇上或县上市上操办，既省事儿又体面，里子面子都有了。你说，在这样的情况下，咱还能吊在那棵树上吗？

楼房建起来了，餐饮也开业了，人兴气旺，一派红火。要是他一直就这么干下去，那也好着呢，可惜世事如棋局局新，计划不如变化。一方面是孩子要上中学了，从自身的营生经验和对生活的认识，必须给孩子提供一个相对良好优质的学习环境与平台，才有可能得到一个好的前程；另一方面，也是事业发展的需要。虽然新门面的生意不错，但显然格局有些小了，面对日新月异的餐饮市场，经营有些局促，发展空间有限。另外，单一的经营模式也让他有些疲倦。于是，他在将孩子转到市上学校的同时，在市上投资开办了"金鼎轩"餐饮。

让他没有想到的是，这次投资却是一场实实在在的"走麦城"，失败的原因多多，他没有多说，只是说苦苦支撑了数年，赔了100多万之后关门大吉。但是，他也有两大收获，一是孩子后来考了个好大学，今年就要毕业了，喜欢汉语言文学，正专心备战考研；二是套用一句俗话，"失败是成功之母"，从投资失败中也学到了许多经营之道。失败也是有价值的，他看清了他的路在哪里。

2016年，他又一次返乡，回到了朱王堡。他的根基在朱王堡，他的人脉也在朱王堡。

他说，当他回到朱王堡的时候，当头就遇上了他生命中的贵人——张总张祯。

他说得很诚恳，你能从他的眼神和语气里感觉得来，是一个很暖心的故事。

遇上张总，就遇上了"天时、地利与人和"。张总的创业园已经建起来了，已有不少商户已经入驻其中，车来车往，前肩后踵，人旺得很。张总知道他的基本情况，知道他的餐厅在金川遇上了坎，赔了不少，好在及时止损，却也是有些伤了元气。惺惺相惜，对他还是很有些惋惜，但也理解，做生意虽然多的是旗开得胜，却鲜有一帆风顺，哪有不遇坎的。生意场上没有永远的赢家，赔赔赚赚，如影随形。即如张祯自己，风风雨雨三十年，遇到的坎比走过的路还多。只是遭遇他这样大的变故，有的人会一蹶不振，从此退出江湖，而有的人则会在哪儿跌倒的哪儿爬起来，蓄力再发，就像岳飞的那句"待从头，收拾旧山河，朝天阙。"张祯相信他是后者。尽管他们两人先前并没有打过什么交道，生意上也没有什么交集，但是互相都听说过对方，一个在镇子上开餐厅修了楼房，挣下了些家业，又上金川发展去了，在业内也算是成功人士；一个在乡下治沙造林、建厂铸铁、情系三农、办幼儿园、修桥补路、慈善扶贫做公益，声名在外。只是当张祯开拓房地产来到镇上的时候，他却已经转战金川了，阴差阳错，两人失之交臂。然两个人都是不服输的人，都是有心志有毅力的人，一旦相遇，必有火花。

一个想创业，一个要招商。张祯听到了李军有意创业园的时候，便主动和李军取得了联系，但没想到李军在创业园考察来考察去，看上的已经有主了，无主的他又看不上，最后竟然盯上了他的总房产480万的三号楼，那可是他设计中的理想车城，尽管当时还没有意向上的客户，但李军想用它来办餐饮，是不是有点太那个啥？然而当他听完李军的全套规划，经营前景，就很郑重而爽快地答应了，而且还热心地帮其出谋划策。他非常赞同李军的经营理念，不办那种千篇一律的就是个吃饭的食堂，也不办那种一般人进不起不愿进也进不来的高端，要办就办老百姓"有面子也有里子"的，也就是达官贵人富商豪客们不丢面子、普通平民百姓不卑不尬有面有里的。当然，他也知道李军当时的资金情况，光是装修大约不下于百万之多，这个压力不是一般的大，而是相当的大。因此，为了让其顺利开业、早日经营，经过协商，只交了60万元的首付，剩余款项延后陆续付仡，给了李军资金上极为宽松的缓冲空间，同时在其他方面面面开足了优惠条款。

这是多大的支持呢？你只要想到，他才刚刚在"金鼎轩"的经营中赔了那么多万，而这里的后续装修又得最少150万（大框架、主体、基础不变，加装钢结构二楼）。而且，还给了那么多后续经营过程中的优惠条件，李军说，他真的很感激张总。为了自己，也为了这份感激，他也得把这个餐厅办得红红火火，不说在朱王堡是一流，而且在朱王堡之外也要争得彩头，办出质量，办出特色。

果然，天不负人，人不负天也不负客，生态园式的"金六合"一开业，就赢得了广大消费者的青睐，经营数年，每年盈利都在六、七十万元。要是生意一直那么做下去，那该多好啊，不出几年，他就能交清张总的房款，也能还清所有的外债，轻轻松松地搞经营了。可惜啊，李军叹息了一声，天又不随人愿了，风雨雷电兜头而来。2020年全球性的疫情，几乎给"金六合"

带来了灭顶之灾，往日的客来客往欢声笑语一夜之间就消失得一干二净，看着冷冷清清空空荡荡的餐厅，看着一个个无奈离去的员工那惶彷灰暗的背影，李军两口子欲哭无泪，愁得上火。然而大势所逼，只有关门，只有和那些大大小小的门面生意一样，暂停营业，且不知道疫情什么时候才能过去。

悲伤的不只是李军两口子，更有那些一夜之间失去工作的员工。李军说，餐厅长期员工虽然只有8个人，但是季节性的临时员工却有20多个，尤其是经营旺季，有时候一下子要临时聘用30多人，才能顾得过来。没有细算过，一年的营业额在270到280万，最多一年达到300万，其中人工工资就发放50万上下。另外，那些常年的食材供应商也失去了他这个不可多得的客户，损失有多大，算不清细节，但从大头（肉类）上就能看出来，羊肉40万元、鸡肉26万元、猪肉50万元、牛肉30万元，其他菜蔬和辅助食材50万元上下。就这，一下子都没有了，李军悠悠地说，他们两口子最难的时候，几乎连锅都揭不开了，只好托人去戈壁滩上的一家农业开发公司打临时工，打扫卫生看大门，这才好不容易撑了过来。当然，"揭不开锅"可能有些夸张，主要还是"消闲纾困"，"关门""暂停营业"，加上"不知时间"，给人造成的身心压力是巨大的，若不想方设法及时纾解，到了极限会"爆炸"，会"崩溃"；也当然，不仅没有收入，还有必需的支出，就不得不让他们面对现实，由过去别人来他们这儿打工，转变为他们到别人那里去打工，多少都是个收入，也把自己忙着了。

咋就那么被动呢？每年都有那么可观的收入，除了偿还一定数额的债务，就没有留足可支周转的资金，以防抖手吗？

不是没留，只是太少了。主要是没想到事情来得那么突然，准备不足。就是留下的一些，也都在防疫开始后，陆续支付了一些不能不付的费用。一些契约可以延后，一些契约却是必须。比如食材方面，一般都是稍积即付，但也超不过三五天或五六天，必须结清，因为鸡羊猪牛也不是他们自家饲养的，他们也得及时结清源头。在这样的小地方要做长久的生意，必须要讲信誉，用信誉做担保，以人格做担保，你才能做下去，且越做越好。比如那些临聘员工，她们也基本上是契约员工，只有契约了，才不会临时抓瞎，几乎都是当天结清。她们大都是镇子上和附近村子里的富余劳动力，有的甚至还沾亲带故。你若不能兑现承诺，你还怎么做人，在你急需的时候，你还怎么指望她们再来搭一把手？

　　事到如今，李军说，他都不知道该怨谁又该感谢谁。大的疫情终于熬过去了，他的餐厅终于有条件限规模地恢复了营业，尤其是进入 2021 年，生意终于慢慢地有了起色。

　　说到张祯说到其他人在疫情期间对他的支持与帮助，李军显然有些动容，张祯就和他一直互动着，对于水电暖等等等等的费用，能免的一概免去，能减的都减到了最低线，能缓的都缓了，有些都已不计成本，所谓契约，也就只剩下了一张纸。其实他知道，张祯在那一阵也很难，尤其是敬老院那一块，几乎要出大问题了。想想也让人有些心惊胆战，那可是一百多号纯粹需要供养的老人啊，政府所拨那些政策性的人头经费根本支撑不起整个敬老院工作机制的正常运转，主要靠其他经营收入来补贴，其中房屋租金占了一大块。可是自疫情开始，养老院里的宾馆清空了，到现在还不允许开业，创业园里的许多租户都关门歇业了，没有了收入来源；医养中心也是，好像一疫情，医源也少了许多。整个企业营收锐减，自然给敬老院的贴补也就有些跟不上了，敬老院的工作受到了很大的冲击，其员工工资听说已拖欠数月。种种困难，让张祯承受着巨大的物质与精神的双重压力。但他还是咬紧牙关，选择和大家一起共度时艰，对创业园里的商户们给予了力所能及地照顾与帮助，减免了许多该交的费用。

　　张祯就是张祯。谁让他是张祯呢？李军说，疫情期间，创业园的商户都有损失，有大有小，但损失最大的莫过于张总了。而损失最大的张总，现在也硬是挺过来了。听说他倾力打造的那个合作社的田园综合体项目，已初具规模了……

时间过得很快

时间过得很快，从春到夏，由秋到冬，一年的时间，事情很多，整个儿的人，忙忙碌碌，但又好像没干成多少事情，就恍恍惚惚地过去了。大地苍黄，你又一次来到了朱王堡。你不知道这次张祯又能给你多少惊喜，是什么样的惊喜，但你相信一定有惊喜会等着你。

张祯还是那样的忙活。

记得春天刚到敬老院的时候问过老赵，问他老张为什么总是那么忙。

老赵说，张祯确实是忙。他一直觉得自己就很忙了，不管是当村干部的时候，还是现在负责敬老院，他就觉得天底下再没有比自己更忙的人了，可是和张祯相比，哪还是哪儿啊。

在老赵的眼里，张祯就是个闲不住的人，你想让他闲咔，他也闲不住。就是个忙碌的命，就像鸡娃子刨食，把它放在麦囤子里，也要刨着吃。从他干事儿创基业开始，就像个陀螺似的，脚不点地，不是正干事儿，就是正走在去干事儿的路上。好像不是他找事儿，而是事儿排着队在找他。想想，他确实是事儿比戈壁滩上的石头多，且不管大小，都是他的石头。好多事情，在一个大企业里算不得啥事的，但在他这个企业里，却都是大事儿。再说了，实话实说，好多事情，别人也确实插不上手，插上手了也不见得就能办成，尤其是一些决策上的事儿，比如人事、财务，尤其是财务上的事。毕竟这是他自己创办的企业，而且因其"小"，还没有发展出自己的比较出色的管理团队。很多台面上的事情他都得亲力亲为，亲自张罗才行，下面的人只要做好自己的本职工作就是最好。不仅台面上的事，就是其他大番小事，他也要时时过问。你不看他只要不出门，就各个部门之间走来走去，一会儿去食堂看看老人们的伙食，一会儿去医院问问大夫，一会在养老楼里看看老人，一会儿去幼儿园看看孩子，一会儿又去创业园瞅瞅，一会儿又到了林

283 ·

场，看看树木的生长，听听鸡鸭的鸣叫……总之他是停不下来，也就是个闲不住。

这不，因为事前没联系，等到了他的办公楼下再打电话，却听他在电话里说，他早已到了焦家庄，来看一个五保户，看条件够不够，能不能按县民政的介绍接来给养老。然后他说他很快就回来了，事情差不多就快办完了，让你在办公室先等会儿。你听得心里一下子凉了半截，你不知道他说的很快究竟有多快，从朱王堡到焦家庄至少近百公里路呢，即使他当下就回返，少说得一个半小时才能回到朱王堡。你心里之所以发凉，是因为像这样的事体你已经遇到过许多回了，从十五年前第一次采访他开始，就不知有多少回遇上他的"你等会儿"，结果一等就是大半天，或者干脆的"失约"，另找时间。

果然事无例外。从九点半到近十二点，你在他的办公室里，换了两遍茶，听完了幼儿园园长小藤对幼儿园重装改造之后的情况介绍，正闲聊时，他这才打来了电话说他回来了，他就不上楼了，请你下楼去吃饭，不管有多少事，咱边吃边说。

果然是个忙人。

老赵是和张祯一起去的。吃饭的时候，他们还谈早晨的事儿，并给老赵交代，说那个人各种条件都符合养老政策的要求，吃完饭后就出发，去给把一切手续办了就直接把人给接过来。这时候的张祯，在你的眼里，和三月份来时见到的已大是不同，那些笼罩在脸上的忧云愁雾，那些谈吐之中满含的焦灼之气，已经完全看不到也听不见了，精气神已是满满的。看来最难熬的那段时日已经过去，2021 年的事业，虽然未能满血复活，但已大有起色，恢复得还很不错。

由焦家庄的那个五保老人，自然延伸，还是谈到了他的养老事业，看来一开始造成的那种经营困局还让他心有余悸。忽然他像想起了什么似的，半开玩笑半认真地看着老赵说，要不是当初你们都挡着不让我做电动车，我在流泉老老实实蹲着，哪来现在的这些麻缠事儿！听得出来，调侃多于埋怨，也许在内心深处，还在感谢老赵他们呢，感谢正是老赵他们的规劝，让他到了镇子上，让他干出了大名堂。老赵笑眯了眼，想说啥又没有说。你听了半天才明白过来，原来要在农机修造厂准备转产改造升级的时候，他原是想转产搞电动车制造，可是在征求村委会意见的时候，却被老赵（当时的村委书记）他们一班人给知心达理地劝住了，劝住的理由是啥，你没有问，可以猜想至少与市上前些年引进的电动车制造项目失败有关，和市场的大前景有关。却也听明白了另一件事的来龙去脉——

也正是在那个时候，朱王堡镇的农民住宅小区项目正在面向社会招标，情况很不乐观。原本张祯先前就和镇上谈过他想入局的意愿，但镇上考虑他虽然做事有方有魄力，也有实力资金支持，但却从未与房地产打过交道，怕他干不好，马失前蹄，也怕他因之吃亏，就婉拒了他。可是时间过去了数月，却并没有招来合适的承包商，眼看就要流标了，权衡之下，就又反过来邀请张祯了。于是一方劝难，一方力邀，实现了"无缝对接"，让张祯彻底改变并实现了他的再次创业。

其实，做房地产，张祯也是有备而来，并非一时心血来潮的盲目投资。他说，一方面是响应政府城镇化的大政策，但他也看出了其中的商机；另一方面也并非人们所说的他完全不懂房地产，在流泉村委会驻地，自他的勤奋机械厂建起来之后，商业活动也逐渐活跃了起来，尤其是土地大流转，他的"冷链物流"的建立，流泉一带出现了大量的外来客商、土地经营者、流动务工人员和各色商务人员，他们的住宿问题一下子摆在了台面之上。因应形势的急迫需要，他很快不仅建起了一院数十间平房，还在旁边建起了一栋商住楼房，使他掏到了涉足房地产的第一桶金。他也很直白地告诉你，正是这第一桶金，才使他看到了农村房地产的前景，下定了承接朱王堡镇"农民住宅小区"项目的决心。

难怪！有钱可赚，谁又不想干呢？

他说，当时，当他和镇政府正式签署了有关协议和征地拆迁合同之后，为了尽早开工建设，当然也怕夜长梦多，他动了家底，直接提现几百万元装袋，背到了镇政府，放到了主管项目的副镇长面前，还吓了副镇长一跳，哪见过这阵仗？可见张祯的诚意与信心。副镇长立马联系银行人员，和张祯一起把钱暂时存进了银行。其实，这也是张祯的一个小心思，钱已到位，有倒逼镇政府尽快启动有关工作的嫌疑，尤其是拆迁这块硬骨头。

然而，他哪里知道，村镇房地产的水会有那么深，他那一栋商住楼和一院平房成功的"房地产经验"，让他在朱王堡镇"农民住宅小区"的建设中，真正地历尽艰辛。

征地、拆迁在镇政府的竭力协调和帮助下，也基本上算是顺利，只有极少数的几户人家比较难缠，但也在政府人员和他的双重努力下，得到了妥善解决。而最难的也是最后一户是位老人，这老人家不是嫌钱少，或者其他什么的，他就是舍不得他的老房老院，舍不得从祖上传下来的那片片老根底，而那片片地方又恰好在小区建设比较关键的位置。镇政府的人跑了三趟五趟，即使磨破了嘴皮子，老人家就是不答应。最后还是张祯亲自上门，经过数次苦口婆心地劝说，既讲道理，也说感情，并主动答应给老人家在小区外面紧贴小区的地方修建了一栋合标准也合规的房子，离他那片舍不得的老地方真就一步之遥，老人家终于舒展了眉头，答应了。

完成了拆迁征地，正式开建，一路高歌，一步到位，一个高标准的拥有1000套住房的住宅小区很快就建设完成了，看起来很美，也确实很美，鲜花遍地，掌声一片。然而让他万万没有想到的是，那热烈的掌声余音未尽，问题就来了。别人大多是卖房容易建房难，而他却正好相反，建房容易卖房难。除了一开始就订购的部分，剩余的即使卖出去的，由于种种原因，不能收全房款，许多房主一年住不了多少天，一年也交不了多少余款，甚至都不够偿还利息。还有些因政策因素，鼓励和补贴农村人自建房屋而退订的房子、一些潜在的意向性的订户也消失了，导致近70套房子就静静地躺在那里，却还产生着不菲的利息让他来还……

一声叹息！

时间真是过得太快了，开发房地产从2012年开始，到2021年，十年就像一眨眼似的，一晃就过去了。好事多磨，创业园也一步步地恢复了生机，而他的合作社田园综合体也初具规模，产能效益明显，再加上政府的大力支持，大家群策群力，尽可能地盘活住宅小区空置资产……这些都像是他留的后手似的，支撑着他慢慢地一步一步地走出阴霾，眼见着光明的前景正在前方向他招手……

第三个十年

第三个十年，对，就是他一再说起的展望并已经起步的"第三个十年"，其实是第四个，回归乡村再创业的十年。当然这里所说的"回归乡村"，是打了引号的，是说他的事业从朱王堡镇回到他的流泉村回归农业，把他的主要精力要放在振兴乡村建设美丽乡村上来，而他自己又何曾离开过乡村呢？不管是最初在流泉创建农机修造厂（实现第一个十年的事业腾飞），还是后来到朱王堡镇涉足房地产，建养老院、幼儿园、返乡农民工创业基地（实现第二个十年的事业腾飞），哪一个是真正离开了乡村呢？实打实的，他创业的根基就深深地扎在那片灼烫的土地上。是那片土地给了他丰厚的滋养，是那片土地让他的事业飞了起来，在乡村这个主轴上分蘖的两支奇葩。只不过是飞得高一些飞得远一些罢了，最终还是要飞回来。只是腾飞时还是个少年，回来时已两鬓斑白。经历了沧海桑田，把余力奉献给那片生他养他的土地，这大约也是一种境界一种宿命吧。当然，不可否认的是，国家的新农村美丽乡村建设政策，对他这个在党的政策指引下创业干事，且富有硕果的人有着莫大的吸引。他原本就有很好的经营农业的经验和物质基础，现在又有了党的富民政策——新农村建设的加持，他不回乡再创业才怪。

吃完饭后，张祯说你先去休息，他先处理些事情，等下午一上班就谈。然而，还没等到下午上班，也未等你和他联系，他的电话却就先打过来了，说是下午要接待什么上面来的人，很重要，和你又没时间了。明天吧，明天一早你就过来。

你只能又一声叹息。

第二天一早，你没有等着到点去他的职工食堂吃早饭，而是早早地到对面牛肉面馆解决了问题，然后直奔他的办公室，你确实有些着急，有些怕又夜长梦多。到了他在二楼的办公室，没想到他正在开会，而且已到了尾声。

参加会的人连他就四个，副总张生银、物业公司经理张寿，敬老院院长老赵，都是他的左膀右臂。按照企业经营模式，这应该是个生产调度会。你有些后悔，咋没有来得再早一些？现在只听到了张祯最后强调说的，我们都要想一想，问题究竟出在哪里，我们有没有责任，是不是问题就出在我们自己身上，不要找理由，也不要推诿敷衍，要设身处地地去想，要扛得起，要想法设法地去解决……

会开完了，他也从桌后站了起来，对你说，走，咱们现在就到林场去。

在车上，还没等你问什么，他就一五一十地说开了，且说的都是你这次来准备要了解的情况。他说他知道你这次来想问的事儿，因为其他的事你已了解得差不多了，就剩这些事儿你还不是太清楚。他还说，这些事儿他以前很少对外人说起，说也是个大概，不是专业的人很难琢磨得透彻，你不刨根问底你就根本不明白他说的事体。你前几次来是多多少少感受到了些，但那时基本上还是在心里，事情也才刚开始，看不到实物，你所感受到的可能连皮毛都算不上。

车子到了林场，也就是他准备继续干事图业的老地方。这时候的林场已与你秋天来时，有了很大的变化，尤其是那栋刚刚矗立起来的崭新的厂房，很是引起你的注意，你想，张祯自己所定义的第三个十年光阴，大约就在这个厂房里了。在前几次来的时候，当他说是要在这里除旧布新建个厂房的时候，你还没想过来究竟是个啥样子的厂房，你也没弄明白建这个厂房要干什么。现在看到了这个庞然大物，心就被一下子激动起来了，就欲立即前去看个究竟，但是张祯却说，走，咱先看看那边去，回头再看这边你就更明白了，还只是个大框架。

这个大厂房，让场部这个林场的中心一下子增添了莫大的气势。

路还是那条平整的路，一边是羊圈鸡舍，一边是果树田头。

羊圈里的羊不是很多，但鸡却不少，乌麻麻地，咕咕声合唱，少说上万了吧，走过那里，气味浑浊熏人。张祯说，就是臭得很，要是将来这个中心一切都启动起来还这样的气味，就是来上个客人也怕是就被熏跑了。为了打造个好环境，他抬手指着远离这里的林场西南角说，他在那边建起了一个养鸡场，共有四座规模鸡舍，到时把这边的全部搬过去就好了。

那么大，哪能养多少鸡啊，销路有保障吗？

最少得有 3 万只的基础吧，那厂房主要就是为这个养鸡场建起来的。

你一时还有些懵懂，老张笑着说，等过会儿你看了厂房就明白了。

我们继续往前走。路两边那两排高大端直茂盛的新疆杨早就在置换整块林木的时候砍伐掉换上了新疆大沙枣，只剩一个跟着一个的矮矮的粗大的树桩子直到路的尽头。记得前几次来，陪你的人都在叹息这两排子树不该和其他树一起伐掉，其他树都置换成果木树，还说得成，可这两排子换上大沙枣，就有些太可惜了，让整个林场少了许多"林荫大道"的气势，你也觉得可惜，但你没有问，张祯做事，都有奔头。这树自有他砍伐的道理吧。

那片子春上你来时正在栽植山桐子的林地上，没有想象中的排排的准备越冬的山桐子，而是杂草丛生，只有些干枯的山桐子树苗还直愣愣地站在冷风里，用别样的方式，过着它们来到北方的第一个也是最后一个冬天。在西北引进栽植南方树种，原本就有一定的风险，山桐子没有种成，这你虽然惋惜和难过，但并不吃惊，似乎一切都在预料之中。更何况正在栽植的时候，你亲耳从老张的视屏电话里听到了聘请的南方专家那斩钉截铁的声音，绝对不能浇水，浇水绝对活不了。但张祯却已按西北种树的习惯，不仅浇水了，还来了个大漫灌。听着南方专家的警告似的提醒，也没有及时拔出来重种，他还是怀了侥幸之心，毕竟这地已干了一个冬天了。结果就弄出了个这么的让人有些心痛的结果，不仅让十亩良田没有产出，还白白地赔进去了树苗和人工，当然还有热望。你问老张明年还种吗，他很坚定地说，种嘛，怎么能不种，这头茬子没种成很正常。你看那些活下来的几棵，不是长得很好吗？只要明年开春它们还能缓过劲来，那就证明它们能适应咱这里的环境。今年就当是种了个教训，明年一定按人家专家指导的来种，该就差不多了。

初冬的果园，有些萧条。张祯一边走一边指着一片片初具规模的果木说，夏天你来过了，这些核桃、黄桃、梨子、大接杏、李广杏、静宁苹果、新疆枣子都已零零星星开始挂果了，预计明年能挂三分之一以上。你看着排排果树之间宽宽的间距问他，哪，这中间也就不再套种葫芦瓜之类的其他作物了吧？秋天你来的时候看见，间距里撒满了密密麻麻的葫芦瓜，一片片的在斜阳里闪着金黄的光泽。

不种了，也不能种了。

有些浪费，这间距也太大了。

不，这是按照果木大棚的标准需要预留出来的，等稍闲些就要搭大棚了。

搭大棚？你是说要给这些果树搭大棚？你有些不相信，给这么上百亩的果树搭大棚怎么搭？你还没见过大棚果木，听都没听说过，哪得搭多高的棚啊，果树又不是蔬菜。这个老张，真是想一出是一出，且出出都不仅出人意料，而且还超前。

能搭嘛，就像蔬菜大棚一样，只不过就是尺寸更大了许多。你看这行距20米，树距10米，一棚长300米，两排60棵，有足够的空间。至于高度，也没有多高，原本大多是矮树种，你见过你静宁的苹果树才有多高，再一个还要修剪抑制压枝，完全能装得下。

你这可真是新鲜。老张笑了，也没多新鲜，在东部和南方一带多的是，只不过我们这里少见些。说简单些，就是大棚果业，这是他这个综合产业园的一大块，它能够让果木充分保墒充足采暖，返青早结果快，多少有些反季节的意思，每一种果子都与普通果子一样，错峰上市，产出效益肯定要比一般的好不少。同时，还要做现在流行起来的乡村旅游采摘项目，那也比一般的上市销售要好。

你仔细想想，确实还是那么回事儿。

但愿老张他心想事成吧。

转了一圈回来，终于可以参观他的新厂房了。

新厂房很大，内里分为两大部分，面粉加工车间和屠宰车间，现在还是个大框架，具体分割结构（装修）还没有做。按张祯的说法，将来车间与廊道要以密闭玻璃墙分隔，有种"明厨亮灶"的感觉，一切都是透明的，客人在外面能清晰地看到整个流线型产品生产加工过程，无形中加强了你的质量信心，提高了幸福消费指数，这让你想起了参观过的一些酒厂流水线作业。

你问他给厂子起名了没，张祯说还没有，就暂时叫作"鸡羊面综合加工厂"吧。按照他的设计，这第一个车间就是生产加工小袋石磨清河面粉，清河小麦是有名的，而石磨面粉有点复古，带点乡愁；这第二个车间就是屠宰，杀羊自然不用多说，而宰鸡就有个说头。按他的规划，他打造的是一个宰鸡流水作业，"宰杀→包装（真空）→冷藏（小冷库）→销售"，而且可透视参观，每次开机每小时可宰鸡数百只。

每小时数百只？你有些吃惊，就是一天数百只，哪有那么多的鸡啊，新建养鸡场是不小，最多也就是个 3 万只的基数，咋供得起？张祯笑了，数百只是理论上的，操作起来也得看实际情况，也许一整天都不开机呢。再说，也不能光靠养鸡场提供鸡源。他还有个设想，就和当初在流泉办农机修造场时让农户代养鸡一样，他想发动全村农户养鸡，现在村里既不能出外打工，又还有一定劳动能力的老人比较多，年轻人少了，院子也空了，有时间也有地方。由他无偿提供鸡仔，长成后他再以市场价全部收购回来。几百户人家，每户只养 20 只，循环养殖，那就是个很大的数字，这样既增加了农民的收入，也为屠宰场提供了鸡源，是美美共美，双赢的事儿。这个老张，时时处处都没有忘记自己要带领乡亲共同富裕的初心。

出了车间，转回到场摊，他指着路边与车间之间的一绺子空地说，在这块儿将来准备搭建一排子烧烤滩，做乡间烧烤。好想法，你不禁为这个预设的田园经营格局叫起好来。然而，老张却又话锋一转，他的计划应该说没啥毛病，但是究竟能不能做好，还得看风向咋转。毕竟，要把这些一一落在实处，还有很长一段路要走。

路漫漫

路漫漫其修远兮，吾将上下而求索。

——（先秦）屈原《离骚》

现在是 2022 年 6 月，骄阳似火。不管是从新闻联播里，还是在微信朋友圈里，到处都下着大雨，到处都有暴风雷电、洪水和泥石流造成的灾难。但在这西北偏西的河西小城，却是数月很少见一粒雨滴，即使突然有了那么些雨意，狂风卷地，乌云罩顶，但最后至多也只是撩撩眉梢，聊胜于无。旱字当头，你曾经去过小城的三大水库，那水位线和平常相比，低得有些触目惊心，低得你心里发凉，尽管那时你被晒得只想寻找一片树荫。你也曾去过清河一带，马路边的一些娃娃菜田，有的已经铲净，有的正开着农机碾压，问之是因为无水可浇，被晒蔫了，再压一遍，好被彻底晒干，好种下一茬。也就是说这一茬已经绝收。农民苦啊，老天父也没有怜惜。

这个文字眼看就要见底，可是越到最后却越是心里没底。尽管这个文字你把时间设定在 2005 之后至 2020 之前共 15 年时间，但是现实却让你不得不把时间外溢，因为张祯的事业，不管是在这个时间段之前还是之后，都与之有着千丝万缕的关联与传承，没有之前就没有之中，更没有之后，尤其是就没有之后（当下）正在的开启。而正是这个开启，让你疑虑重重。因为，疫情当下，这个开启就显得格外的难得与艰难。也因为，正是 2019 年底 2020 年初的疫情所造成的事业上的空前困窘，促使他下定了事业的"第三个十年"开启的决心。

你不知道，张祯的事业究竟能螺旋到什么高度。

离去年深秋初冬最后一次去流泉，已是过去了大半年。时光荏苒，疫情反复。你不知道张祯开启的那个事业究竟发展到了什么程度，比如他引进的那个山桐子，他要做的那个大棚果业，他的那个"鸡羊面综合加工厂"等等，心里总是有些忐忑。尽管你从不同的渠道听到了许多信息，但你若不是亲眼所见就总是不能肯定事情的真相究竟是一种什么样子。

无论如何，你都得再去一趟，即使只为了这个文字的最后一个句号。

那天天气很好，你约上了小兄弟生军直奔朱王堡，直奔流泉。

生军是电视台记者，对张祯和他的事业非常熟悉，他说他以他的职业已经跟踪了十多年，尤其是自农机修造厂正式对外挂牌（2005）之后，正好是你的"后十五年"，每一个节点他都必然准时到达，用镜头用心灵记录了点点滴滴。去年那个点击量达数百万的视频号，就是他一手做出来的。他一直对张祯的事业充满了敬意与畅想。然而，这次在车上和你聊起来，说得最多的就是疫情时代让张祯"太难了"，敬老院难、房地产难，林场那边也难……他对张祯事业的发展，也是充满了迷惘与多思。

张祯依旧是忙。你们到朱王堡的时候，他正陪市、县两级残联对他承担的"居家养老"工作的检查与调研。到了这时，你才知道由于他开办敬老院的缘故，还承担着清河地区"居家养老"的部分（一百多）残疾人的服务工作。他说这个工作说难就难，说不难也就不算难。难的是，这一百多残疾人分散在几十个村社里，一家一家地跑下来，也得好多天，时间都花在跑路上了；说不算难也就真不算太难，比起来院里养老的人，好服务多了。就是带着干活的几个人，包括医务人员，去了的重要工作是慰问，了解了解情况，检查检查身体，理理发，洗洗衣服被褥，打扫打扫卫生，收拾收拾一下屋子等等，毕竟能居家养老，大多都是些能生活自理的人，且多少都有些劳动力。他们坚持且必须每月一次的到达，只要是手勤快些，眼明亮些，心暖和些，就都不成问题。

张祯一时不能招呼你们，就让养老院的副院长李永龙陪你们先去看看。

李永龙今年刚过而立，精精瘦瘦的，待人很谦和也很实在，是父母的独子。早些年的时候，也曾随大流出门打工闯江湖混世界，待着年龄稍长，娶妻生子，父母也上了年纪，肩上的担子无形之中就重了许多，于是就结束了信马由缰的生活，不再出门，在家过起了平平淡淡奉老养小的农家人日子。后来，经人介绍，来到了张祯的公司，干起了养老院侍奉老人的后勤活生。张祯没有说，老赵也没有说，他自己当然更不会说，但你感觉到他的那个岗位其实很重要，一方面要协助老赵，做好养老工作。在养老院里，一个年轻力壮的小伙子实在是太重要了，个中因由大家都知道。另一方面，他还担当着一个司机的重任。不管是张祯临时派工接送各路客人，还是出车接老人进院、送重病之人去外就医，他都是安全第一责任人。

在林场里，生军就个儿去航拍了，李永龙一直陪着你，穿林过埂，看果园，瞧鸡舍，他都尽可能地回答着你的所有疑问。

首先看到的就是那10亩山桐子，还没走近，打眼看去，一片绿油油的样子，看来张祯真的又重新种了。可是你却急忙认错了，李永龙说那是小桃树，长势好得很。那山桐子种不活，去年种的活下来的又全被冻死了，连根冻。春上解冻之后，张总过来一看那情形，就改种了桃树。你看，这桃树长得多好啊，这东西没问题，对面是前两年种的，你看结的多繁。

在张祯寄予厚望的50亩"静宁苹果"园，你并没有看到张祯规划中搭建的大棚，也没有看到苹果树的郁郁葱葱，只见苹果树还是一排又一排，大小不一，高矮不同，树行间的空地依旧种着深绿绿的洋葱和葫芦瓜，和去年的情形没有啥大的区别。李永龙说，搭大棚的事他纯粹不知道，苹果树之所以那样，据说是去年包地种洋葱葫芦瓜的人，在打农药时不小心给打死了许多，那些小的都是今年补种的。后来张祯告诉你，那大棚之所以没有搭起来，是因为那沙土打不起墙来，试着打了几次都塌了；纯粹搭钢架子，成本太大，不合算；那苹果树，除了人为的伤害，主要还是因为静宁苹果太娇贵太挑剔土壤环境，黄土地上长得旺，到咱这河西的沙土地上就长不大。他曾经挖了一棵送到某权威科研部门去鉴定，结果是不太适应这里的土壤，和当地苹果相比，没有太大的优势，但种植没有啥问题。说这话的时候，张祯的口气虽然无奈但也平静，只是脸上稍带淡淡的忧伤，他的内心翻着怎样的澎湃，你看不出来。也许，在创业之路上，遇到的坎儿太多，已经习惯了，心里已很难起太大的波澜。

走过枣园，枣树们还算精神。细心地瞅着，李永龙说，这些新疆枣子还不错，挂果不少。只是现在还太小了，你不容易看着。你挨近了寻找，果然树叶子下面藏着许多比米粒还小的绿绿的小颗粒，有的稍为长一些。李永龙说，那是新疆大沙枣，长成了就像人的小拇指一般。

梨园杏园桃园，长势喜人，大多已经挂果了。

养鸡场那边，以远的去年来时看到的那片树苗子林缩小了许多，看来今年卖得不错，李永龙却说，那大多都被张总捐给了南坝的那个花果山了，他是人大代表，那里弄了个人大代表林。你猛然想起某天看到媒体上的一条消息，说是全国劳模、市人大代表张祯响应人大号召，为南坝乡何家湾子的"花果山"捐赠了树苗多少万棵。具体多少你忘记了，还得从张祯那里求证。其实，细细想想，具体多少万棵已经不重要了，重要的是张祯这次的公益，做得就比较大了，可能都快赶上他前些年做的公益总和。想想，一棵树苗子的单价咋着都得上十几、几十块了吧，那么大的树苗子，怎么都不能称为"苗"了。

还没走到养鸡场跟前，就闻到了浓浓的发散出来的难闻气味。四个养鸡大棚连在一起，又都格式化的独立成院，互相为墙，每个院子又分为内外两个部分，内为棚舍，外为露天，真的是散养。此时正是阳光最烈的时候，露天地里闲逛的鸡并不多，想来是大都进舍纳凉去了，但露天地儿并不寂寞，有出来喝水的，有刨沙磨喙的，最多也是最热闹的地儿，算是舍檐下那一绺子蛋窝了，从这头看去，几乎所有的蛋窝里都卧着一只，而周围还有几只在散步，发出"搁蛋""搁蛋"的叫声。

李永龙仿佛是自言自语，这蛋窝看起来有些少了，有些鸡等不及都下到窝外边去了。你不由一笑，想起在某些地方某些时候人们等着方便的情形……你叹了一口气，这鸡真的不少，李永龙接口说，最少上万了吧。听冯场长说，这一茬刚出几天，下一茬这两天就送过来了。你想起张祯设想的想让农家养鸡以补充鸡源的事，李永龙说，这事儿他也不清楚，但现在好像农家养鸡的不太多，养着的也大多没有几只，能上市出售的就更少了。后来你问起张祯，他说那条路已经走不通了，他没想到当他带着鸡仔去推广去送的时候，很多人都没有那个热情，说是没有养鸡赚钱的心思了，说是养的少了不顶事儿，挣不了几个钱，养的多了又不好养，屋头没有年轻人，老年人也嫌麻烦嫌脏账的很。总之，还是现在人的生活好了，小钱也看不上赚了。那这边怎么办？他说没事儿，不急。等着加工厂的有关手续办下来，整个启动起来，销售铺开了，加大养鸡场的规模就行了，不成问题。

和李永龙正说呢，忽然想起有个谁给你说起过，鉴于清河水煮鸡名声在外，是清河地区的一张美食名片，就像陕西潼关的肉夹馍一样，张祯正在给他养的鸡申请注册一个"清河水煮鸡"的商标，不知办下来了没有，李永龙说，他也听说了，但不知道办的具体情况。你想起前一阵子陕西潼关肉夹馍因商标闹的那一场风波，假如张祯真把"清河水煮鸡"的商标办下来了，设想遇上那样的事儿，张祯会怎样处理……毕竟清河水煮鸡和潼关肉夹馍一样，并不能确定究竟谁是原创，都是从老古就传下来的。但有一点却是非常肯定，清河水煮鸡，必须是清河的鸡清河的水，才能做出那个味儿来，这就又和兰州牛肉面一样，出了兰州就都不是那个味儿了。

下午，等着张祯终于闲下来了，他就又领你们去了一趟林场。在路上，你就你所关心的事儿求证，结果和李永龙说的基本上差不多。他说的似乎更随意些，只是多了些叹息，对于他的第三个十年规划，也多少有些失落，但还是有信心做下去，即使做不到设计的那么好，毕竟基础在那儿放着呢……

2022 年 6 月 22 日初稿
2022 年 7 月 25 日修订

跋

茫茫戈壁见峥嵘　盈盈流泉谱沧桑

◎ 彭 青

宋代邵雍《三十年吟》中有"三十年间更一世"诗句，三十年对于个体生命来说，可以用沧海桑田来形容其变化之巨大。三十年，足以让"善偶鸳鸯头早白，能啼杜宇血先流"；三十年，也足以让"我有凌云志，仗剑走天涯"的豪情化作"悲欢离合总无情，一任阶前，点滴到天明"的惆怅。一个正常人，工作满三十年，就面临着即将退休的时光。面对永恒的宇宙，三十年能算得上什么？面对茫茫戈壁，三十年能改变它多少？面对浩瀚的腾格里沙漠，人们又能做些什么？带着这些疑问，我们把目光投向位于河西走廊东端的金昌市，体味两位不同命运的人物在三十多年里的遭际。

20世纪80年代末，一位踌躇满志的中文系毕业生，带着青春的笑脸，怀揣着文学的梦想，从外地来到金昌市。金昌是一座新型的工业城市，因产镍而蜚声海内外。这位文学青年扎根金昌，笔耕不辍，用30年的时间进行文学创作，他写作的体裁涉及散文、小说、报告文学等，经过30多年的风雨路程，他由一颗默默无闻的文学青年，成长为著名作家，担任金昌市作协主席。文学是他的挚爱，30年多年，他始终与文学为伍，在文学的道路上筚路蓝缕、砥砺前行。

同样是20世纪80年代末，一位退伍军人转业到金昌市，当了一名小工厂的工人。他是永昌县朱王堡镇流泉村人。当时，他的工资收入微薄，不足以养活他一个人，更不用说养活家里的老小了。他果断辞职，回到生他、养他的流泉村。小村就在腾格里沙漠边缘，与民勤县、武威市接壤，被称为

"鸡鸣三县听"的流泉村。回到流泉村的他经历了艰苦创业，1990年至2000年，是他事业的初创期，他开饭馆、搞贩运、修农机，小本经营，小本积累；2001年至2010年，是他事业的起步期，他带领群众治沙植树，进行农机制造，成立勤奋农机厂；2011年至2020年，是他事业的上升期，他从事房地产开发、农业科技创业、育小养老（创办幼儿园与敬老院）。他的人生有何独特之处？他的人生的价值和意义在哪里？

在这样的思考中，以上两位不同命运的人产生了交集，一个用他的笔记录另一个人奋斗不息的人生；一个是抒写者，一个是被抒写者。他们分别是作家苏胜才和企业家张祯。如果把他们俩放在全国视野，苏胜才在全国文坛的知名度可能不大，张祯在国内企业的声名可能寂寂无闻。但是，请您想一想，有多少默默无闻的写作者撑起了中国文坛这座大山？是无数基层作者们像一粒粒土一样撑起了这座山头，他们勤奋创作，视文学如生命，在工作、劳动之余笔耕不息。他们才是中国文学的根基和命脉；请您再看看中国企业，除了"百强"，也有无数的小微企业创造了就业岗位。改革开放40年，正是这些平凡而又不甘平凡的人们创造了历史，并给自己生命添上了华彩篇章。

张祯，这个倔强的西北汉子，凭着那股倔强和不服输的劲头，在自己的能力范围内，创造了属于自己和这个时代的辉煌。张祯的价值，不在于他的事业搞得有多大，个人积累的财富有多少！张祯的价值在于不甘心命运的安排，积极进取，总是走在同时代人的前列，扎根乡土、回报社会，践行着一个共产党人的神圣职责和使命，带领乡亲们走向共同富裕的道路。张祯的创业之路是艰辛的，他回到流泉村后，在土地上劳作之余，开小卖部、第一个买来冷藏柜卖肉、卖清汤牛肉、贩粮食，修理农机……当张祯看到乡亲们撒化肥被风吹走，表现出痛苦、遗恨的表情时，他产生了制作播肥机的想法，他硬是靠着在部队学习到的一些机械知识，刻苦钻研，研制出了播肥机，乡亲们的化肥最大限度地发挥了效用。在这件事的鼓励下，张祯继续研发农机，聘请技术人员，成立了永昌县勤奋农机制造厂。张祯的农机制造与研发，紧紧围绕当地群众的需求，急村民所急，忙村民所忙。洋芋挖掘机、玉米联合铡草机、玉米秸秆青贮机、洋芋切片机、多功能铡草机等都适合农民使用。张祯的厂子规模逐渐扩大。但是，流泉村被腾格里沙漠包围、困扰着，流泉村是金昌市八大风口之一，当地民谣是这样描述的"黄沙一起沙满天，庄稼树木连根断。一茬庄稼种三遍，大风绝收小风欠。"村子北边风口，长期没有治理好，村子里的几千亩良田遭受着被沙漠吞噬的危险。张祯年轻有魄力，自告奋勇，担当起治沙的重任。他凭着顽强的毅力，带领村民终于建成了防护林，成功阻止了沙漠对流泉村的威胁。每当提到治沙和植树造林典型时，我们首先想到是"塞罕坝"，塞罕坝是闻名全国的植树造林模范。塞罕坝有农业部支持，有坚强的后盾。而张祯所在的流泉村，治理沙漠，起初靠的是村委会，资金筹备需要个人掏腰包，力量十分有限，但面对的是巴丹吉林沙漠和腾格里沙漠双重的威胁。小小的流泉村、有限的资金，张祯愣是带领村民们种植好防护林，将风沙阻挡住了。有句诗是这样描述男子汉敢作敢为的气魄的："男儿不展风云志，空负天生八尺躯。"张祯是一位敢作敢为、努力奋斗的典型。而这个典型人物的事迹，是苏胜才用他的妙笔生动地记录下来的。2005年，苏胜才完成报告文学《天眷流泉——2005张祯纪事》。

15年后，即2020年，张祯怎样了？苏胜才的人生又经历怎样的变化？

2020年，苏胜才重访永昌县朱王堡镇，15年前，张祯的勤奋农机厂建在隶属于朱王堡镇的流泉村，而今，他的脚跟落在了朱王堡镇。此时的张祯年届花甲，苏胜才也早已超过不惑之年。这个时候的张祯，将自己的事业从此前的农机制造、房地产开发回归到农村、农业，因为农机产品、房地产开发已经过时，不适合时代发展的需要。张祯创办农村养老院，办幼儿园，创办农业科技公司，将十几年前的治沙防护林重新更换树种，向经济林过渡。从张振后十五年的经历看出，他是一个有眼光、有胆识，具有大胆改革、锐意进取的人物。但是，作为一名民营企业家，他的事业并不是一帆风顺的，事业发展也是困难重重。由于新冠疫情的影响，他的养老院面临着重重困难、农业科技公司产品也受到影响，资金不足，事业举步维艰。但是，三十年来，张祯从未停止过对社会的回报，从未停止过对乡亲们的帮助和关爱。他总是在自己力所能及的范围内帮助有残疾、生活有困难的乡亲们。面对疫情，张祯依然保持着顽强的信念和勇气，努力拼打，他甚至还有下一个"十年目标"——回归田园再创业。我们从张祯身上看到了"天行健，君子以自强不息；地势坤，君子以厚德载物"的刚毅坚卓，发愤图强、永不停息的奋斗精神，也看到他具有大地一般厚实包容的气概。

张祯以上经历，苏胜才用报告文学《流泉笔记——张祯三十年》进行全面描述。2021年4月，当苏胜才再次踏上永昌县朱王堡镇的街道时，他华发早生。他的人生、身体也发生了重大变化。2016年9月，苏胜才移植了肝脏，这是一个大手术，除了手术，还要长期服药的后续治疗，几年下来，费用近百万元。对于西北边陲小城的普通工薪阶层，这是一个比较大的数目，需要借债才能完成治疗。就在这种状况下，通过几年的后续药物治疗和个人保养，苏胜才的身体有所恢复。他除了应对平常的工作之外，依然进行文学创作。对农民企业家张祯后十五年的人生续写，通过八、九次实地考察、访谈，对《天眷流泉》进行修订，对张祯后十五年（2005—2020）进行续写，最终完成了近30万字的报告文学《流泉笔记——张祯三十年》。

摆在读者面前的是一本关于张祯的人物传记，而这传记凝聚了作者多少辛劳与构思？曹雪芹说："满纸荒唐言，一把辛酸泪，都云作者痴，谁解其中味？"《红楼梦》的"荒唐"，在于作品有虚构，而以人物传记为中心的报告文学写作，不能有虚构，必须建立在真实的基础上。龚举善认为"报告文学是非虚构视野下或谱系中具有特别强烈的现实性、真实性、时效性、问题性和批判性的一种文体样式。"苏胜才的报告文学作品，除《流泉笔记——张祯三十年》外，还有《洞穿祁连》《百年树木，九年树人》等。苏胜才三十多年如一日，用他的笔记录时代，反映了金昌、祁连山、河西走廊广阔而又真实的生活画卷以及改革开放40多年来人物的命运遭际。在严酷的自然环境下，沙漠的肆虐以及人们与沙漠的抗衡；干旱之地的人们如何艰辛地寻找水源；濒临绝境的厂矿业子弟学校谋求生存之道，等等。苏胜才的报告文学作品，没有轰动效应的题材内容，但贴近现实，记录了时代的风貌，展示了西部人民艰苦创业的奋斗历程，表现出报告文学直面现实的能量和勇气。

与前期报告文学创作相比较，苏胜才现在的报告文学写作中，饱含着浓郁的抒情色彩，蕴藏着苍凉悲壮的人生感悟。从表面上看，苏胜才在写张祯这个人物的三十年奋斗史，实际上，他也在写自己三十年的人生感悟，往远处说，他在用他的笔记录一个时代人物的悲欢离合！孙过庭《书谱》中有这样一句话："会通之际，人书俱老。"是讲融会贯通，醍醐灌顶的时刻，人和书法，都达到了最高境界。写作的最高境界也是如此，当写作者对他所描写的对象熟知并有深刻感悟时，作者与他笔下的人物之间，会心心相契、合二为一。苏胜才笔下的张祯不屈服于命运的安排，具有奋力拼搏，永不服输的精神。苏胜才身上，同样具有这样的性格特征。

"三十年为一世而道更。"道更，就是大道理、大规则发生了变化，三十年，人的思想观念也发生了实质性的转变。三十年，茫茫戈壁见峥嵘；三十年，盈盈流泉谱沧桑。

（彭青，兰州交通大学文学院教授、硕士生导师。中国评论家协会会员、中国写作协会会员。主要从事写作学、现当代文学教学与科研工作。主持并完成教育部项目《新世纪以来中国"三农"题材文学创作研究》，主持并完成国家社科基金项目《保安族文学资料的整理与研究》）